U0513741

蔡宗齐
主编

声音与意义

中国古典诗文新探

THE SOUND *and* SENSE
of CHINESE POETRY

上海古籍出版社

图书在版编目（CIP）数据

声音与意义：中国古典诗文新探／蔡宗齐主编.
上海：上海古籍出版社，2024.9. -- ISBN 978-7-5732-
1235-1

Ⅰ. Ⅰ206.2

中国国家版本馆 CIP 数据核字第 2024Y8L825 号

声音与意义
——中国古典诗文新探
蔡宗齐　主编

上海古籍出版社出版发行

（上海市闵行区号景路 159 弄 1-5 号 A 座 5F　邮政编码 201101）

（1）网址：www.guji.com.cn

（2）E-mail：guji1@guji.com.cn

（3）易文网网址：www.ewen.co

启东市人民印刷有限公司印刷

开本 890×1240　1/32　印张 12.5　插页 2　字数 324,000

2024 年 9 月第 1 版　2024 年 9 月第 1 次印刷

印数：1—1,500

ISBN 978-7-5732-1235-1

Ⅰ·3848　定价：68.00 元

如有质量问题,请与承印公司联系

引言
中国诗文的声音与意义

蔡宗齐

　　"声音当是意义的回声"（"The sound must seem an echo to the sense"①）是 18 世纪著名英国诗人亚历山大·蒲柏（Alexander Pope）所说的名言。在讨论西方诗歌的声音时，人们往往会引用这句名言，证明声音于诗歌艺术所起到的重要作用。和西方诗歌类似的是，在中国诗歌文化中，声音也与意义密切相关，而且不仅是意义的回响，还往往自身就蕴藏有意义。然而，在中国诗文的研究中，声音的重要地位长久以来却为人们所忽视。为了唤起研究者对中国诗文中声音的重视，我们邀请海内外的专家共同合作，按历史时序深入探研声音在不同诗文体式中的重要性，期望揭示声音与意义的内在关系。所收录的十二篇文章都从各自不同而独特的角度切入声音的各个维度，探寻中国文学中的声音议题，并试图清楚地阐发中国诗文某一文体或多类文体中，声音与意义的互联、互动关系。为此，本书以"声音与意义：中国古典诗文新探"为名。

　　本书分三大部分。第一部分为"古体诗：叠音词与诗行节奏之声音与意义"，其中三篇文章聚焦于早期四言、五言诗体，讨论早期古体

---

① Pope, "An Essay on Criticism," p.29.

诗中声音与意义的共生共存的关系。赵纳川（Jonathan Smith）通过讨论《诗经》的叠音词而探讨声音与意义的密切联系。他首先介绍了各种语言中,声音与意义之间普遍存在的、自然而然的关系——比如说,英语中 glare、glow、gleam 三词共有的"gl"与三词所表达的概念意义——即光束之强烈度——实则一直都大有关系。而赵氏进而通过分析《诗经》中极为常见的"丬丬"、"纠纠"等叠音词,发现上古汉语似乎有着更为明显的"语音象征"（sound symbolic）现象。虽然这些叠音词基本不带任何实义,它们在词义上往往是高度描绘式的,从而可更为有效地使得读者的感知体验更为全面、更为独到。赵氏认为,这一现象,很大程度上可归功于叠音词对"声音—意义"这一关系的深度发掘。目前某些当代语言学家甚而将叠音词称作是"表情词"（expressives）,这一观点也是颇为合理的,在赵氏看来,这或许是因为叠音词在功用上可通过声音表达对一个外在场景的情感反应。因此,按照赵氏的观点,上古汉语的"语音象征"效应或许更可激发读者对中国古代诗篇更为细微之处的理解与体会。

赵敏俐的文章则证实了在五言诗形成过程中,韵律节奏与语言的变迁有着紧密的联系。与《诗经》、《楚辞》不同,五言诗最为突出的一点在于其五言诗句所具有的"上二下三"（2+3）的韵律节奏,也就是说,五言诗的五个音节实则是由两个音节的"对称音步"与三个音节的"非对称音步"之组合。与典型《诗经》句子之 2+2 节奏,或《楚辞》中"3+兮（或其他连词）+2"的头重脚轻结构相互对照,赵氏发现,上二下三的韵律节奏使得单个的五言诗句在语法上,更加灵活,句与句之间的承接更为平滑,更为流转圆融。不但如此,五言诗的这类新节奏让两句之间对偶句法得以更为充分地使用,进而为后继五、七言近体诗的韵律之规范化打下声律基础。

罗桢婷的论文承接赵敏俐对五言诗韵律节奏的分析,进一步细分五言诗的韵律节奏,并且认为五言诗节奏的发展,大致经历了从"二一二"主导,转向广义的"二三"结构这一变化过程,然后"二二一"式兴起,与早期的"二一二"间错相用。在她看来,这一轨迹表明:一方面,来自《诗经》《楚辞》的较为古拙的"二一二"式,是五言诗兴起的重要来源,同时也是汉魏五言古诗独特艺术风貌的重要组成部分;另一方面,五言诗在自身的发展过程中,也逐渐寻找到一种更具新变意味的构句方式,从而促使齐梁"二、五异声"的声律法则,向近体诗"二、四异声"的节奏转变。

在探讨了古体诗中声音与意义的共生关系以后,我们将视角转向近体诗。本书第二部分"从古体诗到近体诗:走向声调格律的漫长旅程"收录了三篇论文,主要讨论中古时期,也就是从魏至梁这一时段中,声调格律的生成和发展的过程。声调格律的起源时间与起源地点,早已是传统学界与当代学者讨论较多的重要议题。而这里的几位作者则试图通过新的研究思路进一步深化对这一问题的认识,通过宏观层面上的数据分析法解决一些前人单凭直觉往往很难解决的问题。在研究方法上,三位作者不约而同地采取了量化分析方法。通过计量分析,他们不仅力图挑战现有学界对声调格律发展阶段的既定观点,而且试图依托于坚实的统计数据,系统地提出他们的崭新观点。

张洪明的论文关注永明(483—493),这一往往被当作是声调格律出现的时期,而沈约又往往被看作是此时有意尝试声调格律的最佳代表。学界通常认为,沈约提出了"四声八病"之说。不过,沈约个人的诗作却往往和其所提倡的理论不同,其尤有不少句子常犯"八病",因此研究者往往对这一点感到困惑不解。这里,张氏则通过对沈约诗的个案分析,提出了两点重要结论:首先,沈约诗中的声调模式,实际上与其四声理论可谓是互为佐证、相互一致的,不过,他使用的某些声调样式没有传至唐朝,进而对后人而言,显得尤为陌生。其次,所谓"沈约诗常犯八病"这一论断实则并不存在。张氏进而认为,"八病"概念实际上并非沈约提出,而是沈约之后才出现的说法。基于这一点,张氏因而对梅维恒与梅祖麟的观点加以质疑。梅维恒与梅祖麟认为,沈约在梵文诗的韵律影响下,发明了"八病"理论,而张氏通过对比分析,认为梵文偈颂(śloka)的格律模式其实并非近体诗格律可切实采用的格律规则,而且,梵文诗中的叠声(yamaka)也不太可能影响"八病"理论的形成。张氏的观点无疑可为近体诗声律起源的讨论添砖加瓦,从而,极有可能再次开启对近体诗声律起源的新一轮讨论。

杜晓勤的论文则将视角转向永明之后,即永明四十余年之后的梁代大同(535—546)时期,通过对刘孝绰(481—549)、刘缓(约549年前后在世)、徐摛(471—551)三位大同时期知名诗人作品的穷尽式统计分析,杜氏认为,这三位的作品足以代表大同句律的"二、四字异声"的特征,从而为唐人近体诗声调句律的发展打下基础。第四字成为节奏点,因此在句法上也有所变化。杜氏从而穷尽统计汉乐府、古诗十九首、谢灵运诗、谢朓诗中所采用的"二二一"句式,从而厘清了"二二一"句式的历史发展过程,并注意到这些诗人在对应的句法意义上的探索。他认为,在梁代大同时期出现的声律实际上也与当时五言诗表情达意功能的拓展有很大的关系,从而满足了当时人们对五言诗单句韵律和意蕴兼备的新要求。

随后,金溪的论文考察了北齐诗的用韵和平仄搭配,从而探讨当时文人是如何充分学习齐梁诗体式的。她的分析证明了当时相当一部分北方士人已经掌握了用韵、单独律句、两句平仄搭配等方面都完全格律化的新诗体。而且北齐诗人进一步依据本身的文学观念与集团中的入齐南人进行交流,确立了融合了文学形式与内涵的文学理论架构,并且以此为据进行了创作尝试,为初唐的诗歌革新打下了基础。

最后一个部分题为"诗歌与散文:相互影响和相互转化",所收录的四篇文章将讨论的焦点从上一部分的音律转回节奏,不过,这几篇论文所讨论的节奏不是局限于诗类内部的,而是注意到诗与其他文体的互动,从而展开对诗文节奏的讨论。冯胜利的文章首先从散文角度探讨了诗与文的有机互动关系。他认为骈文的主要特征便是诗律与文律两种文体节奏之组配与糅合,而且这种融合产生了参差错落的美感,认为骈文别称"四六文",恰巧反映出这类文体从最初源起时,便是散文与诗有机的混合体。冯氏以鲍照(417—450)的《芜城赋》为中心文本对骈文节律进行分析,发现"四六文"的"四"总是呈现出典型的2+2的诗歌二步节奏,而其"六"则是由散文性的各类节奏组配而成。冯氏进而指出:四六骈文的美感便在于其完美地结合了诗歌传情达意中的曲折抑扬以及散文势不可挡的前行文气。诗文之间的有机张力因此产生了另一种美感,这一美感生发于诗类"词汇+诗律"与散文"辞藻+文律"之间的互斥互吸,从而带来了壹加壹大于贰的美感效果。不仅如此,骈文之诗、文节奏,雅、俗辞藻,以及该文提出的超时空句法之间的参差错落,使得一篇骈文读起来具有如同交响乐团合奏一般的多维复调之美感。

葛晓音的文章分析了杜甫五古作品是如何移用散文节奏的,从而带领读者从先唐时期进入唐代。历代评论均感觉到杜甫五古"诗中有文",然而却一直没有厘清杜甫五言古诗中的"文"的意义与特征。葛氏通过对杜甫长篇五古的文本细读,认为读者应该在内容与形式两个方面上理解"文"的内涵。杜甫诗中对社会政治的评论如同散文,其对叙述节奏的频繁使用也如同散文。杜甫的叙述节奏与白居易、苏轼不同之处在于:杜甫五古的叙述节奏是打散的,被放入表情达意的诗歌节奏中,而且同时叙述节奏的整体性又没有被破坏。因此,在看到了杜甫五古中,散文节奏与诗歌节奏的有机互动之后,我们则可在更为细微的层面上理解杜甫五古的艺术成就。

施议对的论文则集中考察词类文体,区分词体的音律与声律。他认为倚声填词既倚乐歌之声,亦倚歌词之声。而音律与声律,各有所司,各尽其职,二者不可混淆。自沈约起,唇齿鼻喉舌与宫商角徵羽两相对应,为乐歌脱离音乐创造条件。倚声填词之所谓填者,自温庭筠起,其以文词的声律追逐(应合)乐歌的音律,为歌词创作脱离音乐创造条件。沈约与温庭筠因此可以作为两个标志性的人物,体现出词体的乐歌、歌词分别各自脱离音乐的渐进过程。

陈引驰的文章则带领读者快进到了清代,也在论述对象上,从诗词转移到了文学批评。陈氏的文章聚焦于讨论刘大櫆(1698—1779)、姚鼐(1731—1815)、方东树(1772—1851)、曾国藩(1811—1872)等几位桐城古文派大家的声音理论,讨论桐城古文派理论对声音的考察。桐城古文派往往将声音当作是文学创作之基础,他们的声音理论不仅适用于诗歌创作,而且也适用于散文创作。根据陈氏的分析,在桐城古文学家看来,"声"作为桥梁,恰巧沟通了文章的"神理气味"与技术层面上的词句篇章,也就是说,在涵咏古代作品之时,作者不仅沉浸于文字,而且通过声音,与前代贤人神气交会,达到心领神会的效果。通过这样涵咏古人文章,他们便可开始自己的古文创作。陈氏同时也注意到桐城文派的声音理论往往贯通诗、文两类文体,也就是说,声音理论实则超越了文类之别,并且凸显了文类之间的交互关涉。因此,前代诗歌理论中对文章神理气味的讨论,兼以桐城文派的古文理论,继而一道影响了晚清古典诗歌的创作。

胡琦的文章则从另一个角度考察了明清散文声调理论的发展,认为明代八股文批评中出现了较为显著的"调法"说,即以"声调"的概念重组了宋元以来有关字法、句法、篇法的论述,使得原本较为笼统抽象的"气调",落实为具体可感的文本细部批评。这种批评可以涉及文本结构的各个层面,但主要聚焦在"股"之下,形成种种关于"句调"的分析。明代中期以后,调法批评从八股文扩展到古文乃至经史典籍,乃是桐城派声音理论的知识基础。对八股文、古文、经书的诵读,实际上可以看作此类批评的口头呈现。

笔者的文章,作为本书的最后一篇,在理论层面上也涵盖了前面十余篇已然触及的不少议题。和前面诸位学者一样,笔者的文章也认为声音在中国诗歌中起着极为关键的作用。西方讨论中国诗歌时往往会强调象形文字的重要性,然而通过比较分析,笔者认为象形文字对诗歌创作本身并没有太大作用,而汉语单音字方对创作本身作用居大。笔者主要讨论了汉语的单音字如何使得中国诗歌的韵律与语义节奏得以融合,达成一致,与西方诗歌对比可见,韵律、语义两种节奏的融合是中国诗歌极为独特的特性。这一特性又反过来决定了诗体组词造句的主要语序以及可以承载的句式,而诗中的主谓、题评两大句法加诸章法、篇法上,又成为章节、篇章的组织原则,进而形成了诗体的基本结构。传统评论常常根据直接印象,讨论声音是如何使得诗的句法、章法、篇法三者达成一体,这里,笔者的研究试图将声音置于中心,分析汉字字音与汉诗艺术的关系,对作为整体的诗歌艺术加以理论反思与分析。

　　以上十二篇文章作为整体,展现出中国诗歌的声音不仅是意义的回响。而且,在字、词、句、篇各个层面上都对意义的表达不可或缺。单字层面上,如赵纳川所示,很多无概念实义的声音实际具有独立传情的意义。在句子层面上,赵敏俐、冯胜利及笔者本人的文章均讨论了节奏与句法的互联性,从而可知单音节声音排列组合达成的表音节奏本身就创造了意义,而且决定了可能产生的句法结构。在结构上,又如陈引驰及笔者所示,声音也可对诗文的结构有所影响,而且会与文章的神理气韵合一,为读者带来神、气、声三者合一的超时空体验。

　　在为本书组稿时,笔者希望征集的稿件既能在论题上涵盖广泛,又能在论述中顾及各个角度,而现在,似乎可以欣悦地看到这一目标的达成。本书所讨论的文体包括四言诗、兼及古体诗、近体诗、词,又涵盖骈文、古文,可谓是包涵了中国文学的各种诗文体式。而在时代上则上溯先秦,下迄清代,从而凸显出声音在各个时代都不可或缺的地位。这些文章的作者有的是美国学者,有的是中国学者,而且业有专攻,来自文学与语言学两大研究领域。这些论文所采用的研究方法更是多种多样,不仅结合了传统的文学诠释与新颖的统计分析方法,也兼及了实证分析与理论考察两类取向。因此,笔者希望,本书可与西方学者的研究形成对照,从而为文学研究中诗之声、声之诗这两个方兴未艾的议题添砖加瓦,同时唤起更多学者对中国诗文的声音之重视①。

(作者单位:香港岭南大学)

---

① 西方诗歌研究中对声音与意义关系关注较多,对最近几年研究成果的概述可参见 Perloff and Dworkin. "The Sound of Poetry/The Poetry of Sound."

目　录

声音与意义——中国古典诗文新探

理论反思

古体诗：

叠音词与诗行节奏之声音与意义

《诗经》叠音词的语音象征

赵纳川(Jonathan Smith)著,钟志辉译

一、关于语音象征的介绍

本文研究《诗经》(*Book of Odes*)——一部最早在两千多年前以古代汉语吟诵的诗歌总集——的语音特性。《诗经》留给我们的只有文本形式,这些诗的许多表达功能注定是无法恢复的。然而,下面两个原因却给了我们一些希望。一是越来越精细的古代汉语语音——现代汉语语音的起源——重构。我所以能进行这项研究,完全是因为在这个领域的学者的努力。二是基于语言学的一般原则:构成人类语言基础的认知过程在历史发展中是保持不变的。在这篇论文中,我认为在古代汉语词汇的特定范畴中是普遍存在语音象征词(sound symbolic)的:完全相同的重复,用现代汉语表达是"叠音词"(duplicated-syllable words)。但这个说法只有建立在对现代语言声义关系的平行观察中才有意义。这种还有生命力的、能启发读者对古代汉语诗歌进行更精细地鉴赏的语音象征就在我们身边——包括现在还在使用的古代汉语词汇。比如下列词汇,它们的意义都与现代汉语的"圆"有关:

表 1　现代汉语中的"圆"义词

词　汇	国际音标	意　义
圆 yuán	[yæn˧]	圆
团 tuán	[t'uan˧]	圆;球
回 huí	[xuɛɪ˧]	回归
轮 lún	[luən˧]	车轮
滚 gǔn	[guən˩]	滚动
拐 guǎi	[guaɪ˩]	转弯
转 zhuǎn	[tʃuan˩]	翻转;旋转
卷 juǎn	[tɕyæn˩]	卷起
旋 xuán	[çyæn˧]	旋转
弯 wān	[uan˧]	使……卷曲;弯曲
丸 wán	[uan˧]	球;药丸

对于历史语言学家来说,在高本汉(Kalgren)式的研究中,上述例子可能代表着一组在假定上相关的词汇——词组。但是,我希望大家关注的只是这些词存在于现代汉语中的语音和意义,它们的较早形式以及词源学上最早的起源,对于经常使用这种语言的人来说是未知的、不相干的,因此也与他们处在该语言的使用群体中的心理状态(psychological status)无关。我对上述词的特定兴趣在于:每一个语项(item)中间都包含了圆滑音(rounded glides)[y](拼音 ü~yu~u)和[u](拼音 u~w);调查的确发现令人意外的少量词汇,它们在语义上与"圆"有关,但语音上没有这种特征。声称普通话中的圆滑音

在任何传统方式上都表示"圆"义的这个说法是不恰当的,更不确切的说法是,"圆"义词的出现是因为它们包含这类语音部分(例如,"球"qiú 是圆的,但它的语音中缺少圆滑音,然而有一些词汇与圆一点关系都没有,比如 chūn 春,筷子 kuàizi)。这种现象是否最近才出现,或者是否从更早的语言发展阶段传承过来,这些问题不是我们讨论的重点——表 1 清楚地表示,在普通话中语音和意义存在着非常明确、从统计学上来看非常重要的关系,不管它的起源如何,使用者都会不自觉地意识到这些关系。那么创造这种关系是语言学家,诗人,还是其他人呢?

在中国语言学传统中,声义关系的本质问题,经常以不同的方式,在不同的场合出现。蒋绍愚的《古汉语词汇》介绍了前人的研究成果,这点很有用——但是这种做法反映了现代汉语学家的普遍性观点:词与词之间唯一的实质性关系是把同源词联合起来的历史的、词源学的关系①。比如,蒋氏很合理地指向宋代的"右文说"。右文说考察的是中国汉字中特定的语音成分和意义成分之间的系统性联系,它比之前的分散独立、主观任意地考察词的音义关系的"声训"方法,拥有更明显的优势。虽然,对于蒋氏来说,宋代音义关系的研究值得关注,因为它很明显地沿着具有现代性、合理性的词源学研究方向,往词汇学迈出了重要的一步。在同样的方式上,清代学者对于这种独立于字形外的语音的恢复,也被当作在相同方向上的重大突破,只不过更新、更深刻。虽然,王念孙(1744—1832)等人并没有明确提出不同词可能有共同起源的观点,蒋绍愚却认为"这就是对同源词或词族的研究"②。

基于这点认识,对凡是认为语义之间的关系总体上不可能是主观任意的看法,蒋氏都予以否认。因此,他否认了早期学者的观点,如陈

---

① 请参阅该书第六章,第一节《前人对音义关系的探求》,第 156—171 页。
② 蒋绍愚:《古汉语词汇纲要》,第 168 页。

澧(1810—1882)(他认为"大字之声大,小字之声小")以及刘师培
(1884—1919)(他认为"支、脂二部之字,其义恒取于平陈")。对于刘
师培的结论,蒋氏举出了一个显而易见的反例,"明"字在声母
([m-])上与"微末"有联系①,但是在韵母([-ing])上又与"微末"完
全不同的"高明美大"②有联系。蒋氏由此断定,声称语义之间有非任
意联系的观点,"在理论上是错误的"③。

语源学不可置疑地处在历史语言学研究的中心,这当然不是中国
学者的偏见。在研究古代汉语音义关系这个复杂问题上,从来不缺少
西方学者的身影。高本汉(Bernhard Karlgren)最早对古代汉语"词
类"作出描述:大量依韵组合起来的词汇群,在语音和意义上具有相
同特性。Dobson(1959)从语音和意义的角度分析了古代汉语叠音词,
事实上,他在脚注(p.7,注释9)中提到音义相关现象的显著性这一
点。普利布兰克(Pulleyblank,1973)研究过声母(onset, syllable-
initial)部分,指出许多被前人忽略的语音和意义的联系。然而,这些
研究首先追求的是如何阐释词源学的联系(etymological links),实际
上,普利布兰克是把语音象征描绘成一个无定型、非科学的概念,在此
概念下,他不愿为自己观察到的古代汉语的这种现象的解释寻找证据。

蒋绍愚、普利布兰克等大多数人的看法有值得肯定的地方,因为
我们当然希望能以更严格的方式讨论普通话中诸如中间字母/u/和
/y/及其与"圆"义的关系。问题是,在上述学者研究视野下的语义,
明显不是独立语音所拥有的特定的、附属于它所在的更大词群的意义
的结果,专有语素(morphemes proper,如英语"un"、"ing")通常就是如
此。相反,语意是非组合的,它有某种语音,仅仅是在统计学上更容易
包含具有特定类型意义的词。这种情况是不能用传统的语言学理论

---

① 译者案:蒋氏同书介绍近人刘赜的观点:"(刘赜)有《古声同纽之字义多相近》一
　文,认为明母(包括中古的微母字)均有'末'义。"
② 译者案:蒋氏同书介绍刘师培《左盦集·古音同部之义所相近说》观点:"其属于阳、
　钦、东三部者,又以'美大高明'为义。"
③ 蒋绍愚:《古汉语词汇纲要》,第171页。

来解决的,但能用最新的认知学的方法来解决,至少表 1 是可检验的假设的开始。在现代汉语中,特殊的语音集([y]滑音和[u]滑音,往往与[n]组合使用)在狭义上有语音象征,它在"圆"义词中出现的更多,其次是在作为一个整体的词汇中。这个语言学现象不完全是主观随意的,至少在这个词汇的特定子集中是如此。

这并不意味着可以四处宣传一些实在的、潜在的认知原理。(也即是说,我们不应该过度相信"有趣的语音〔sounds of interest〕是伴随着圆唇产生的"这一看法。)相反,作为第一步,我们应该准备关于某特定语言词汇的语音和意义分布的语料派生(corpus-derived)资料,就像 Bergen(2004)曾经研究过英语复辅音声母[gl-]和[sn-]分别与光效应(glow、glisten、glare)以及鼻子和嘴巴(snore、sneeze、sniff)的语义对应关系。进一步的研究发现,语言使用者会在潜意识中领会到形式和意义的关联(form-meaning associations, Bergen 2004, Cassidy 1999, Kelly 1990),因此他们就能够应对和利用这种关联,这意味着,我们做的统计确实能启发使用者如何理解他们的语言并与之互动(或者曾经如何理解及互动)。至于古代汉语,我们不可能就这个问题直接询问任何人。因此更重要的是如何利用认知语言学理论,以尽可能深刻地理解《诗经》的语音。

二、作为表情词(expressive)的
古代汉语叠音词

许多语言都有一类被称为"表情词"(Diffloth 1994)或者"拟态词"(ideophones, Samarin 1971, Childs 1994)的词汇,原因是它们经常被用作语音象征的成分而显得特别突出。它们本质上往往具有很强的描述力,主要用于表达感性经验各个层面的往往难以理解的印象。Childs(1994:178)曾经调查过非洲境内语言的拟态词,他发现许多例

外特点：特殊的形式（比如重复，就是存在拟态词的语言的一个共同现象，比如班图语）；句法行为（Childs 的拟态词往往是与话语〔utterance〕主体区别开来，就像古代汉语叠音词是作为难以归入名词、动词等类别的句法附属出现的）以及历史身份（词源的模糊性是一种常态，这类词中的一部分是临时创造的——即一时兴起的，特设的，Childs 的研究提高了这种可能性）。这些特点同样存在于古代汉语叠音词中。

现在的研究中有一个看法，认为古代汉语的叠音词非常像非洲语和澳大利亚语的拟态词、日语的拟声语/拟态语、韩语的의성어/의타어等等，因此称之为表情词是合理的（虽然对于普通话来说，与前面所提到的看法相似的语音象征关系很可能是存在于整个词汇中的）。这些关键的表情特性可能不是叠音词独有的，为了表明这种可能性，下文涉及古代汉语叠音表情词时，我会更加谨慎。我认为这类重叠词不可能是专门为满足与诗歌形式相关的韵律需求而产生的（不管是《诗经》、《楚辞》还是其他中国早期的诗歌总集），Gallagher（1993）也曾在评论《楚辞》时提到这个看法。相反，这类词是古代汉语自身的一个特色。（而且，应该注意到它们在同时代的诗歌中并不罕见。）

关于古代汉语中的这类词的结构，首先要注意叠音表情词不符合古代汉语的单音节语素的普遍规则，它不能被分解成有意义的组成单位。研究《诗经》的学者，总能碰到文本中的重复词汇。周法高（1963）的类型学研究抓住这些特点，并以现在已经成为通例的方式将其分目：首先将完全相同叠音词（identical reduplicatives，首先是字形重复，然后是相同语音的音节）与非完全相同叠音词（nonidentical reduplicatives）区别开来，再进一步把后者划分成押头韵（alliterative，即声母类）和押尾韵（rhyming，即韵类）两种。总的来说，完全相同叠音词作为这项统计研究的重点，它有一种纯粹的模仿或形容功能。对于同样具有高度表情功能的非完全相同叠音词，往往能从词汇学范畴对其进行分类：比如，押头韵的叠音动词（alliterative reduplicative verbs)能与"循环"和"重复"联系起来;而大量用来命名植物和昆虫的名词则采用押(尾)韵的形式,也许表明这类词含有"减少(diminution)""熟悉(familiarity)""感情(affection)"及相关含义①。下面列出的是周氏传统分类的一些例子,非完全相同(alliterative and rhyming)语项具有更加明晰的身份:

表2　周氏分类的古代汉语叠音词(1963)

类　别	词　例	古代汉语	意　义
完全相同	喈喈	krij-krij	(鸟叫声)
	莫莫	mak-mak	(描写植物)
头　韵	辗转	trjanʔ-	(翻来覆去)
	伊威	ʔjij-ʔjuj	地鳖虫
尾　韵	逍遥	sjaw-ljaw	逍遥自在
	菡萏	gomʔ-lomʔ	荷花

这种分类方法,虽然很有启发性,但它是根据音节成分对叠音表情词进行分类,而没有顾及作为叠音表情词本质的语音位置。比如,很明显的是这些字形(graph)所以被选用代表这些词,是因为它们具有表现特定声音的能力,因此,作为叠音形式的字形,与在其他文本中

---

① 孙玉文(1999)是第一个以严格的方式对古代汉语重言形式的形态学作出解释的学者,虽然他的描述不是我所研究问题的关键。他从古代汉语叠音词如何产生的角度对其作出分类:从积极的角度来说,由作为结尾的"重叠"音节(〔*sjaw-ljaw〕>*xiao-yáo* 逍遥"roam unencumbered"〔逍遥自在〕)的添加所扩展出来的单音节基础(画线部分),产生了周氏的尾韵类型;从消极角度来说,由作为引导的重叠音节(〔trjanʔ-trjonʔ〕>*zhǎn-zhuǎn* 辗转"turn over repeatedly"〔翻来覆去〕)的添加所扩展出来的单音节,产生了周氏的头韵类型;而纯粹的重复(〔*mjen-mjen〕>*mían mían* 绵绵"长,拉长"),则产生了周氏的完全相同类型。

使用的相同字形，彼此之间的意义往往是没有联系的①。在 Hinton et al.'s（1994）所提出的实体（corporeal）、类比（imitative）、通觉（synesthetic）以及规约（conventional）语音象征的分类中，作为专注于研究语音角色的补充类型学（supplementary typology），是被模型化了的。上述类型的第一个，实体语音象征，作者解释为非常"象似的"（iconic），因为它直接表现了主体心理或者精神状态（大笑、痛哭等等）。在古代汉语叠音词中，有少量这个类型的词——像语气词——比如，表达惊奇或者强调的语气词：

    （1）嗟嗟烈祖。jiē jiē liè zǔ "［tsjaj-tsjaj］illustrious ancestors".（嗟嗟杰出的祖先。）

    （2）於乎有哀。yú hū yǒu āi "［ʔa-xa］the torment".（於乎痛苦。）

当然，［*tsjaj-tsjaj］和［*ʔa-xa］这两个词——如果它们能被称作词的话——在一定程度上是被假设为规约化的，因此不是完全直接表达说话人的情感状态。因此它们与拟声词（onomatopoeia）或者类比语音象征（imitative sound symbolism）有很多共同点，类比语音象征是用来表现自然界声音的高度形象化语言（这个类别可以容纳如［*krɨj-krɨj］嘒嘒"〔鸟叫声〕"等类型的词）。在古代汉语叠音词所表现自然声音类型中，从规约化（conventionalization，从固定形式到完全临时的创造——作者）的角度来看，它似乎能表现各个方面的声音：

---

① 比如，作为古代汉语意思为"不，没有"的"莫 mò"［*mak］（《国风·邶风·北门》，"莫知我艰"——"没有人知道我的艰苦"），与用来描述植物的叠音词"莫莫 mò mò"［*mak-mak］，两者只有语音上的相似性。同样，多种字形可以在不同场合代表相同的叠音词：《诗经》中，"镳镳 biāo biāo"（《国风·卫风·硕人》）、"麃麃 biāo biāo"（《国风·郑风·清人》）、"儦儦 biāo biāo"（《国风·齐风·载驱》）和"瀌瀌 biāo biāo"（《小雅·角弓》）等都被叠音表情词［*pjaw-pjaw］所代表，传达一种人群移动、马群、雪等印象。

　　（3）虺虺其雷。huǐ huǐ qí léi　"〔xuj-xuj〕the thunder".（虺虺雷声。）

　　（4）鸣蜩嘒嘒。míng tiáo huì huì　"cry the cicadas〔hwets-hwets〕".（蝉鸣嘒嘒。）

　　（5）营营青蝇。yíng yíng qīng yíng　"〔wjeng-wjeng〕the green flies".（营营青蝇。）

通觉语音象征与拟声紧密相关，但形式不同，用 Hinton et al. 的话来说，它关注的是"非声音现象的声音象征"（the acoustic symbolization of non-acoustic phenomena）。《诗经》的作者们选用一类词，被称为"动作模拟词"，因为它的声音能特别地引起某种重复行为，然而，具体到实际案例时，这些特性很难得到体现。在综合考虑了所有与非听觉领域有关的语项后，下列例子是诸多古代汉语叠音词的一部分，它们可能符合通觉词的特征：

　　（6）汎汎其景。fàn fàn qí jǐng　"〔phjum-phjum〕（the boat's）silhouette".（汎汎〔船的〕影子。）

　　（7）执爨踖踖。zhí cuàn jí jí　"（they）work the stoves〔tshjak-tshjak〕".（他们把炉子烧得踖踖。）

　　（8）彼黍离离。bǐ shǔ lí lí　"that millet〔rjaj-rjaj〕".（黍苗离离。）

　　（9）瓜瓞唪唪。guā dié fěng fěng　"the gourds〔boŋʔ-boŋʔ〕".（瓜果唪唪。）

　　（10）窈窕淑女。yǎo tiǎo shū nǔ　"〔ʔiwʔ-liwʔ〕graceful lady".（窈窕淑女。）

第一个语项，"〔*phjum-phjum〕汎汎"，像是指船的浮动，而（7）"〔*tshjak-tshjak〕踖踖"描述的是更加复杂的人类活动。在这两种情况下,动作是用声音来表现的(这意味着我们可以借用 Hinton 的话,称之为"动作模拟词"),但是由于动作本身自然可能会直接产生声音,因此这些音节是可能有真正的拟声基础的(就是说,像[*tshjak-tshjak]这类语音,是能够通过传达动作所产生的声音,来暗示心情或者动作方式)。不同的是语项(8),"[*rjaj-rjaj]离离",更像是在表达一种状态而非动作,但这也是不能确定的;有的学者不愿意把它与(6)、(7)类语项完全分离开来。对于(9)"[*boŋʔ-boŋʔ]嗉嗉"和(10)"[*ʔiwʔ-liwʔ]窈窕"来说,更是如此:它们各自可以静态地传达瓜果的肥硕和身体的苗条等印象,但这好像忽略了动态性,而这是叠音词不可或缺的一部分。

最后,一种假定的音义对应关系,可能完全是一个规约问题:语音单元与某种意义的细微差别(就像英语声母[gl-]对于"light"与[sn-]对于"mouth;nose"一样)的规约(与象似相对)联系,曾被定义为"联觉音位"(phonesthemes,Firth 1930),然而,Hinton et al.却把这种现象定义为规约语音象征。这对前面的古代汉语例子来说也是如此,即使对于还在使用的语言,往往很难界定某个貌似假定的语音象征词是否包含象似性——也就是说使用了像存在于前高母音[i](eeny-weeny 或者 teeny)和"小"(smallness)的对应关系中的认知学的普遍概念——还是它所以有这个功能,仅仅是因为某种语言(比如,还是英语[gl-]或[sn-])中存在的特定的、任意的语义联系①。比如,在前面第一部分已经探讨过,普通话的韵腹"[u]"与"圆"义词之间的关系,只是对某种语言(及其他相关语言)而言特殊的规约呢,还是透露出对人类认知器官而言更为本质的讯息呢?对古代汉语而言,这种问题很难解决。然而,通过更加深入地研究部分早期诗歌中叠音形容

---

① 在这个领域已经出现一些实验性的结果:比如,Ultan(1978)发现,小称标志(diminutive marking)与前高母音[i]联系很明显,这种联系还是跨语言存在的。Ohala(1994)在他自己研究(1984)的基础上,发现了基本的发音频率与指示对象的尺寸对应得很整齐。

词,至少能从统计学上确立特定音义关系的认知现实,以及更精确地描述部分词意的精细之处。

三、《诗经》叠音词的语音象征的部分实例

为这些简单测验所使用的资料主体,是由《诗经》中所有完全相同叠音词构成的。由于非完全重复词汇要么是声母不同,要么是韵母不同,为了统计测验的目的,因此没有对他们直接分类。另外,由于这类词在很多时候是来源于先存词汇,所以不能很明显地确定它们是否运用了语音象征。关于这个资料集,有些情况是需要简单解释的。首先,并不是文本中所有重复字形都能作为完全相同叠音词①。其次,字形差异(由语音和意义特点来决定)已经被自由地归入单独语项之下,以保证音义联系的特定类型容量不会过大(所以前面的[*pjaw-pjaw],写作"镳镳"、"麃麃"、"儦儦"、"瀌瀌",是一个词而不是四个)。由此得到一个包括 320 个各自独立的叠音表情词的集合。具备了以下条件,我们可以开始一场统计之旅②:在著名的 Baxter(1992)的古代汉语系统基础上的音韵学重构,主要来源于诸如《毛诗》、汉代字书《尔雅》等书的注释,以及清代学者王筠对叠音词汇的研究,当然,还有 Legge(1879)、高本汉(1950)以及 Waley(1954)的翻译。检验一种特定的假设的音义联系需要两个资料集,一个是关键语音的存在(+)或者不存在(-)资料集,另一个是关键意思的存在(+)或者不存在(-)的资料集。对特定音义联系的检验结果被分成四项,分别标记

---

① 比如,叠音词"[* ?ens-?ens]燕燕"是与平静、宁静的印象联系在一起的,但在《国风·邶风 ·燕燕》中,与鸟有关的重言"[* ?ens ?ens]燕燕",明确与前者无关。

② 语音重构带来不可避免的不确定性,同样的,前人的注释也未必都可信。因此,下面的结果首先是建立在对古代汉语语音系统的特点有相对充分认识的基础上,然后再从最普遍认可的语义学原则开始,考虑到了在现代分析框架所建议的、被如此清晰地提示的替代性解释,了解这一点很重要。

+/+,+/-,-/+,-/-。我们直接运用统计检验来研究观察到的分布特性,特别是对给定的、完全任意的音义关系,检验它们不能成立的概率有多大。统计的结果以表格形式呈现①。

[-aŋ]韵

《诗经》的叠音表情词中,潜在的最显著音义联系,存在于[-aŋ]韵和表示亮度或者色彩的语义之间,这与现代汉语的情况一样。在《诗经》中出现的 23 个[-aŋ]韵的完全相同叠音词中,至少有八个与"光亮"的语义有关。当然,也存在不带[-aŋ]韵但表示相同意思的词,同样的,也有带[-aŋ]韵的词,"光亮"也不是其主要语义。表 3 展示了这种情况:

表 3 语义"光亮"与[-aŋ]韵

	+ [-aŋ]	- [-aŋ]	总　数
+"亮度或色度"	8	24	32
-"亮度或色度"	15	273	288
总　数	23	297	320

上述资料产生的 p 值是 0.000 7,远远低于 0.05——这是普遍接受的统计显著性的临界值。也就是说,表示"亮度或者色度"的语义与古代汉语[-aŋ]韵协同出现的概率,远远超过可以预期地假定的音义之间任意联系的概率。如前所提,把这个统计结果当做一个有用的依据,证明古代汉语使用者已经在他们的词汇中隐隐意识到这种重要的联系(就像现代语言的使用者也保留了这种意识一样),因此在自发地创造叠音类型的新词,或者理解其他自发创造词的过程中,可能会

---

① 下面所用的 Fisher's Exact,是以不大于 0.05 或者 1/20 的双尾 p 值来确定检验结果显著性的临界值。某项分布产生的 p 值如果很小,那可以判定为,这个分布极其不可能在任意的音义联系的情况下出现。

不自觉地使用这种对应关系。

然而，诸如此类以[-aŋ]结尾的词汇可能是更小数量词根的派生词吗？且可以解释其共有的语音、语义特征吗？笔者在上文已论述为何大部分词源派生词并不能反映出此类词汇的词源，不过在之前已经断定它们与"明亮"有关的语境下，讨论下面八个带[-aŋ]韵的语项依然有意义：

表 4　以"光"义和[-aŋ]韵为特点的完全相同叠音词

	字形（graph）	古代汉语	意　　义
1	裳裳	[djaŋ-djaŋ]	灿烂（花）
2	黄黄	[gʷaŋ-gʷaŋ]	色彩明亮（狐裘）
3	阳阳	[ljaŋ-ljaŋ]	明亮（比如，旗帜）
4	明明	[mrjaŋ-mrjaŋ]	明亮（比如，天空）
5	苍苍	[sraŋ-sraŋ]	明亮的青色（芦苇）
6	牂牂	[tsaŋ-tsaŋ]	鲜明（叶子）
7	煌煌/皇皇	[waŋ-waŋ]	闪烁（星星），灿烂（花朵）
8	央央/英英	[ʔrjaŋ-ʔrjaŋ]	明亮（比如，旗帜）；灿烂（云朵）

比如，语项（2）"[gʷaŋ-gʷaŋ]黄黄"和（7）"[*waŋ-waŋ]煌煌/皇皇"，似乎可以这样认为：第二个语项是通过首码形态学（prefixing morphology）派生出第一个语项（或者认为它们仅仅是词源成对词[etymological doublets]）；同样的，传统的对"[*sraŋ-sraŋ]苍苍"和（6）"[*tsaŋ-tsaŋ]牂牂"的传统语音重构，可能通过假设的古代汉语中缀[-r-]让它们产生联系。假如上述情况是对的，那即使把这两个相当可疑的词排除出去，也不会对统计结果产生很大的影响（p值变为0.013）。因此，我们所讨论的音义联系，极其不像是偶然出现的。

　　进一步,上述统计结果是自觉地建立在严格地对"亮"的定义基础上的。对于非常熟悉所讨论的古代汉语词汇的人来说,上述结果好像低估了这一种联系。表3列出的23个带[-aŋ]韵的完全相同叠音词中的15个,是明显缺乏这种关键语义的。虽然从统计检验的角度来说上述15个语项缺乏这种关键语义,但都与"明亮"有联系,这种联系是非常明晰,非常一致的。这里不能忽视通觉效果:有五个语项("[*baŋ-baŋ]旁旁|傍傍"、"[*tsjaŋ-tsjaŋ]将将"、"[*tshjaŋ-tshjaŋ]锵锵|鸧鸧|玱玱"、"[*wraŋ-wraŋ]喤喤"和"[*ʔrjaŋ-ʔrjaŋ]央央|英英")与下列物体的声音特征(注意英语"bright"含有类似的跨感官所指[reference])有关联:铃、编钟、盔甲的撞击;即使是自身采用这种关联,这五个叠音词也展示了统计学上的[aŋ]韵和"声音的亮度"之间的重要联系(p=0.002 9)[①]。当然这些语项至少是部分拟声的;也就是说,从音质角度来说,它们是被与外界声音感知相似所刺激的。Rhodes(1994)把英语中的尾音[-ŋ]与声音的"延长衰退"(extended decay)联系起来,进一步讨论了"听觉形象标签"(aural image labels)在展现某些词形变化结构上,应该从拟声本体中分别开来[②]。不管是哪一种情况,包含模仿性成分的词汇,构成了这里讨论的现象的一个子集,而不是这个现象的特例,而且,统计结果虽然在一定程度上显得直观表面,但仍然是有效和有用的[③]。对这个问题的技术性证明,可

[①] 前面已经注意到"央央|英英[*ʔrjaŋ-ʔrjaŋ]"与视觉的明亮关联;这个音节与"光"(《小雅·出车》、《小雅·六月》和《小雅·采芑》有"央";《小雅·白华》有"英")及声音(《周颂·载见》有"央")都有关联的事实,证明了通觉效应在叠音形容词中是常见的。

[②] 比如,Rhodes(1994)(p.280)认为,"clack"和"crack"的[-ack]都表达了突然衰退的声音特征,但从声母的规则性来说则相反。

[③] 古代汉语[-aŋ]韵字又与空间的开放性有关。《诗经》完全相同的叠音词中,相对比较明显的例子是"[*hlaŋ-hlaŋ]汤汤"、"[*maŋ-maŋ]芒芒"、"[*ʔjaŋ-ʔjaŋ]泱泱"和"[*ljaŋ-ljaŋ]洋洋",都与宽广的开放性陆地或者水域空间有关。这个组合的p值是0.013,是该韵第三重要的独立结果。虽然与统计所表明的内容没有关系,但对"光亮"与"宽广"的联系,是可以探讨它的概念隐喻理据:对于封闭的空间在经验上是把它与"黑暗"相联系,宽广的、开放的空间相对来说更倾向于伴随"光亮"而出现。

能需要一个现代读者对被称为联觉音位[-aŋ]的原始效果有所了解。

主要母音[-a-]

关于[-aŋ-]韵,由于前面已经探讨了许多与资料分析有关的问题,现在可以快速讨论一些很明显能观察到的联系。首先,与前例相关,古代汉语中的主要母音[-a-],非常明显地与"广大"(largeness)或者"宏大"(grandness)之意联系在一起(尤其是单独出现或者与韵尾[-n]、[-ŋ]同时出现)。在这个意义范围内,我应该展示一个在后母音[-a-]、[-o-]和[-u-]之间更普遍的联系,但我选择把研究限制在与"宏大"义有非常明显的联系的韵上:

表5　语义"重大"(great)与[-a],[-an]及[-aŋ]韵

	+ [-a(n, ŋ)]	– [-a(n, ŋ)]	总　计
+ "重大"	23	29	52
– "重大"	33	235	268
总　计	56	264	320

在这种情况下的 p 值大约是 5.1×10^{-7},很明显这个统计分布不可能是偶然出现的。下列是单独的语项:

表6　语义为"宏伟"的完全叠音词与[-a]、[-an]、[-aŋ]韵

	字　形	古代汉语	语　义
1	渠渠	[grja-grja]	宏伟(房子)
2	讦讦	[hwja-hwja]	大(河流及水池)
3	肬肬	[xas-xas]	丰富和充足(平地)

声音与意义——中国古典诗文新探

	字　形	古代汉语	语　义
4	甫甫	［pjaʔ-pjaʔ］	大(鱼)
5	麌麌|俣俣|噳噳	［ŋwjaʔ-ŋwjaʔ］	大量
6	闲闲	［gran-gran］	充足
7	丸丸	［wan-wan］	柱状(?)
8	言言	［ŋjan-ŋjan］	高(墙)、宽广(土地)
9	汕汕	［srans-srans］	大量
10	涣涣	［hwans-hwans］	辽阔(水)
11	板板	［pranʔ-pranʔ］	崇伟(上帝)
12	反反	［pjanʔ-pjanʔ］	伟大(人的行为)
13	简简	［kranʔ-kranʔ］	伟大(祝福)
14	阳阳	［ljaŋ-ljaŋ］	狂喜
15	卬卬	［ŋaŋ-ŋaŋ］	大、高
16	穰穰/瀼瀼	［njaŋ-njaŋ］	伟大(祝福);充足(露水)
17	洸洸	［kwaŋ-kwaŋ］	深、广(水)
18	京京	［krjaŋ-krjaŋ］	巨大(悲痛)
19	洋洋	［ljaŋ-ljaŋ］	丰富、辽阔(水)
20	泱泱	［ʔjaŋ-ʔjaŋ］	深、广(水)
21	芒芒	［maŋ-maŋ］	宽广(土地)
22	汤汤	［hlaŋ-hlaŋ］	辽阔(水)
23	荡荡	［laŋʔ-laŋʔ］	伟大(上帝)

虽然在这种情况下,母音[-a-]当然可能被称为联觉音位,但对这种联系的普遍认知理据至少值得思考:已经有大量的交叉语言学研究,把[a]和[u]与"光明"义广泛地联系起来,而像[i]这个母音则是与"小"联系起来①。

韵[-iw]和[-ew]

"修长"义词也经常出现在含这对韵尾的古代汉语词汇中。

表7 "修长"义与[-iw]/[-ew]韵

	+[-iw]/[-ew]	−[-iw]/[-ew]	总 计
+ slender	4	5	9
− slender	13	298	311
总 计	17	303	320

这里的 p 值是 0.000 59,表明两者有非常强的关联,虽然样本偏小,只有四个语项包含所讨论的语音和语义。

表8 "修长"义完全相同叠音词与韵[-iw]/[-ew]

	字 形	古代汉语	意 义
1	藋藋	[lew?-lew?]	细长(竹竿)
2	翘翘	[gew-gew]	高出貌(木柴)
3	蓼蓼	[griw?-griw?]	高(植物)
4	纠纠	[kjiw?-kjiw?]	缭绕(绳索)

---

① Ohala 的"频率码"(frequency code)理论为这个联系提出了生物学理据,认为低频率的发言暗示着巨大的物体,存在威胁,高频率的发言则相反。

在这里,积极叠音词(progressive reduplicatives)强化了这种关联:

表9 以[-iw]/[-ew]为韵的积极叠音词

	字　形	古代汉语	意　义
1	绸缪	[drju-mrjiws]	缠绕(柴火)
2	窈窕	[ʔiwʔ-liwʔ]	苗条(女性)
3	窈纠	[ʔiwʔ-kjiwʔ]	"纠结"(心情)
4	椒聊	[tsjiw-riw]	花椒树

在这里,所有语项都明白无误地联系着"修长"义的名词,(如果没有什么疑问的话,"花椒"因长而弯的卷须而引人注目,同首诗后面的句子证明了这一点:"椒聊且、远条且。""Oh, the pepper plant / How its shoots extend." "啊,花椒树,它的嫩枝伸展得多长啊。")

[-oŋ]韵

[-oŋ]韵是与语义为"坚固"(solidness)或"丰满"(plumpness)的词联系在一起的:

表10 "丰满"义与[-oŋ]韵

	+[-oŋ]	−[-oŋ]	总　计
+ plump	4	5	9
− plump	6	305	311
总　计	10	310	320

p值很低(0.000 057),但因为只有下面几个语项组成的小样本,可能让人对结论产生怀疑:

表11 "丰满"义完全相同叠音词与[-oŋ]韵

	字 形	古代汉语	意 义
1	啨啨	[boŋʔ-boŋʔ]	丰满(葫芦)
2	僮僮	[doŋ-doŋ]	繁复(头髻)
3	庞庞	[broŋ-broŋ]	丰满(种马)
4	驹驹	[djoŋ-djoŋ]	丰满(种马)

[-oŋ]韵词与植物密度相关,是上述集合的一个隐含扩展,单独来看,两者的关系 p 值是 0.001 9:

表12 "茂盛"义与[-oŋ]韵

	+ [-oŋ]	– [-oŋ]	总 计
+ lush	4	16	20
– lush	6	294	300
总 计	10	310	320

表13 "茂盛"义完全叠音词与[-oŋ]韵

	字 形	古代汉语	意 义
1	幪幪	[moŋʔ-moŋʔ]	茂密的(麻和小麦)
2	菶菶	[poŋʔ-poŋʔ]	密集的、茂盛的(植物)
3	蓬蓬	[boŋʔ-boŋʔ]	丰富的(植物)
4	芃芃	[boŋ-boŋ]	茂盛的

韵尾[-wk]和[-k]

大致能用英语"shiny"表示的多种光效,也出现在带[-wk]和[-k]韵尾的古代汉语词中:

表 14 "闪耀"义与韵尾[-wk]

	+[-wk]	−[-wk]	总　计
+闪耀	5	15	20
−闪耀	11	289	300
总　计	16	304	320

统计再一次表明两者之间存在重要的联系,p 值是 0.001 6。当然,前面提到的[-aŋ]韵也与光联系在一起。值得注意的是[-aŋ]和[-wk]是被当作完全独立的,这意味着大量与明亮色彩联系在一起的、也因此可能与"发光"、"发亮"联系在一起的[-aŋ]韵词,可能会减弱这里提到的音义的关联,反之亦然。在这两种情况下,我们发现这种音义的关系仍然很强。然而,探究这种音与义的联系,会随什么样的方式而变化?这个问题是很有趣的:[-aŋ]韵倾向于表现极端、持久强度的光、色效果,而[-wk]则好像与一种更加弱化的,更加分散的"图元化"("pixilated")效果有关:

表 15 "闪耀"义完全叠音词与[-wk]

	字　形	古代汉语	意　义
1	翯翯	[grawk-grawk]	闪光(白鸟)
2	凿凿	[tsawk-tsawk]	闪耀、漂洗干净(石头)
3	灼灼	[tjawk-tjawk]	灿烂(花朵)
4	沃沃	[ʔawk-ʔawk]	有光泽(美丽的树)
5	濯濯	[lrewk-lrewk]	有光泽(鹿)

至少语项(1)、(2)和(5),描写大量的白鸟、一堆反光的石头,以及闪光的鹿皮的视觉效果,能证明前面的解释。类似的效果也出现在听觉领域:韵尾[-ŋ]伴随着逐渐衰弱的声音,而在很多情况下,韵尾[-k]则表现了更加尖锐的声音,像薄薄[*phak-phak]"whipping"(鞭打)、橐橐[*thak-thak]"pounding"(击打)、泽泽[*lrak-lrak]"ploughing"(耕作)、阁阁[*klak-klak]"lashing up"(捆绑)和肃肃[*sjiwk-sjiwk]"tapping"(拍打)。

有趣的是,少量带韵[-k]的古代汉语叠音词也被用来表达热切的、专心的或者崇敬的(solicitous, attentive or reverent)行为:

表 16 "恭敬"义与韵尾[-k]

	+ [-k]	− [-k]	总　计
+"恭敬"	5	3	8
−"恭敬"	31	281	312
总　计	36	284	320

两者的联系很显著,p 值是 0.000 60,相关语项如下:

表 17 "恭敬"义叠音词与韵尾[-k]

	字　形	古代汉语	意　义
1	踖踖	[tshjak-tshjak]	(恭敬的动作)
2	抑抑	[ʔjik-ʔjik]	(专注的行为)
3	宿宿	[sjuk-sjuk]	(恭敬的行为)
4	莫莫	[mak-mak]	(恭敬的)
5	肃肃	[sjiwk-sjiwk]	(恭敬的、严肃的)

如果(3)宿宿[*sjuk-sjuk]和(5)肃肃[*sjiwk-sjiwk]确定是叠音词的话,那 p 值就上升到 0.003 7。然而,除了考虑这个联系的重要性外,我们应该考虑在这些例子中运用韵尾[-k]的动机:由于[-k]代表声音的急促(而且,经常在动作中,如"趯趯[*hlewk-hlewk]"、"跃跃[*ljawk-ljawk]":蝗虫和兔子的急促跳动。以及肃肃[*sjiwk-sjiwk]:急促行走),同样,用来表示敏捷的动作或者服务行为也是合适的。

古代汉语声母的语音象征

对古代汉语韵母的研究多于对声母的研究,这是一个普遍认可的事实——中国诗歌中容易发现的大量例证,能够相对清晰地勾勒出影响汉语音节押韵变化的转变轨迹。虽然对声母的研究在慢慢推进,但在这个阶段不可否认的是,深入地研究古代汉语音义关系,能从对韵尾的研究中找到更坚实的基础。尽管如此,我们依然能找出大量与声母相关的有趣关系,尤其是在中古汉语向现代方言的发展中,语音的发展有相对明确的过程这一情况下。唇音就是一个相关的例子;[ph-]就与"空气流动"的意思有非常强烈的联系:

表 18 "空气流动"义与声母[ph-]

	+ [ph-]	− [ph-]	总　计
+ "空气流动"	5	9	15
− "空气流动"	7	299	305
总　计	12	308	320

p 值是 0.000 049,虽然存在大量的词义派生,但两者关系强度可以部分归因于明显的拟声起源:

表 19　"空气流动"义完全相同叠音词与[ph-]

	字　形	古代汉语	意　　义
1	苾苾	[phjit-phjit]	芳香的
2	翩翩	[phin-phin]	飞动的、油嘴滑舌(glib-tongued)
3	雱雱	[phjɨn-phjɨn]	飘飞的(雨和雪)
4	芬芬	[phjɨn-phjɨn]	芳香的
5	霏霏	[phjɨj-phjɨj]	飘飞的(雨和雪)

　　如果(3)和(4)语音能被当作完全相同叠音词的话(但也得注意它们不同的语义),p 值是 0.000 47。同时也应注意,带声母[ph-]却与"空气流动"没有语义上的联系的词汇,如"沸沸[*phits-phits]"和"肺肺[*phjots-phjots]",虽然传统上都解释为与"茂盛"有关(历史上这一类叠音词,都与植物有关),但也很适合用来表现树叶在风中飘动的声音(或者,更宽泛地讲,是印象)。同样值得注意的反例是,"骓骓[*phjɨj-phjɨj]"和"伾伾[*phrjɨ-phrjɨ]",它们分别描绘了马和战车速度,因此毫无疑问地与空气的急速流动有关。

　　声母[l-]能与活动的"安逸舒适"(ease of movement)联系起来,下面的资料的 p 值是 0.008 3:

表 20　声母[l-]安逸舒适

	+[l-]	−[l-]	总　　计
+"舒适安逸"	5	13	18
−"舒适安逸"	20	282	302
总　计	25	295	320

表 21 "安逸舒适"义与完全相同叠音词

	+ [l-]	– [l-]	意　义
1	泄泄	[ljats]	舒缓移动
2	逸逸	[ljit]	舒适
3	棣棣	[l̥ips]	庄严的(举止)
4	佗佗/蛇蛇	[laj]	优雅的、顺从的
5	唯唯	[ljujʔ]	出入自如(鱼)

Fonagy(1961)在 Tsur(1992)研究的基础上,运用统计学的方法,研究诗歌中特定语音和情感的关系,发现在一系列语言中,包括法语、德语和匈牙利语,鼻音和流音[n]、[m]和[l]在诗歌中都相对频繁地表现温柔的主题,而[k]和[t]在这类诗歌中与此主题则没有预期那么明显的联系。当然这远远不是建立在认知基础上的结论或者解释。但这是一个观点,而且,古代汉语[l-]与"安宁"、"舒适"有关联,我们也没必要惊讶。

不幸的是,极少量带声母[n-]的叠音词让统计的结果变得难以确定,但这类词确实表现出与"流动"的联系:

表 22 "流体"(liquid)义与声母[n-]

	+ [n-]	– [n-]	总　　计
+"流体"	2	5	8(译者案:总计数值似有误,实原文如此)
–"流体"	2	311	312(译者案:总计数值似有误,实原文如此)

表 23 "流体"义完全相同叠音词与[n-]

	字　形	古代汉语	意　义
1	浓浓	[nrjowŋ]	密集(露水)
2	泥泥	[nɨjʔ]	下滴(露水);悬挂(缰绳)

其中一个带声母[n-]的词,"耳耳[ěr ěr *njɨʔ-njɨʔ]",被列入缺乏"流体"义的类别中,但应该可以把它与"泥泥|泜泜[nɨjʔ-nɨjʔ]"等同起来,因为它们的语义相似,都可用来指晃荡的绳子。

另一个鼻音声母,软腭音[ŋ-],所对应的语义差异是很大的。有大量的例子证明,这个声母与"参天高度"(towering height)相联系,p值是 6.5×10^{-8}:

表 24 "高"(high)义与声母[ŋ-]

	+[ŋ-]	−[ŋ-]	总　计
+"高"	6	5	11
−"高"	4	305	309
总　计	10	310	320

表 25 "高"义完全相同叠音词与声母[ŋ-]

	字　形	古代汉语	意　义
1	峨峨	[ŋaj-ŋaj]	高
2	言言	[ŋjan-ŋjan]	高(墙)
3	卬卬	[ŋaŋ-ŋaŋ]	伟大、高
4	敖敖/嚻嚻	[ŋaw-ŋaw]	高;高傲
5	颙颙	[ŋjoŋ-ŋjoŋ]	伟大和高(人)
6	孽孽	[ŋrjat-ŋrjat]	高(发型)

　　事实上,"高"义不是不隐存于任何反例中:"业业 [*ŋjap-ŋjap]"
"great, imposing"(伟大,壮观),"嗷嗷 | 嚣嚣 [*ŋaw-ŋaw]""high-
pitched (of sound)"(高的声调)(注意它与语项〔4〕字形相近;最好把
它们当作同一个词);"蘱蘱 [*ŋ ji ʔ-ŋji ʔ]""luxuriant (of millet) (but
conceivably "high")"(粟苗的)茂盛(会让人想起"高"),和"麏麏 | 俁
俁 | 噱噱 | 语语 [*ŋwjaʔ-ŋwjaʔ]""great"(伟大)。就像百乐思(Blust
2003)指出的那样,联觉音位(phonesthemic)作用不是要么存在要么完
全不存在的一个命题;从认知的角度来说,所有带声母 [ŋ-] 的语项,
隐含"高"义,与古代汉语使用者的自觉意识有关,这个看法,即使不
完全正确,也是有道理的。

　　最后,我们也可能注意到声母 [g-] 和各种光效的微弱联系,p 值
是 0.016:

表 26　"光"(light) 义与声母 [g-]

	+ [g-]	− [g-]	总　　计
+ "光"	4	15	20(译者案:总计数值似有误,实原文如此)
− "光"	14	287	300(译者案:总计数值似有误,实原文如此)
总　　计	18	302	320

表 27　"光"义完全相同叠音词与声母 [g-]

	字　　形	古代汉语	意　　义
1	皓皓	[guʔ-guʔ]	纯白、闪光
2	鬻鬻	[grawk-grawk]	闪光(白鸟)

续　表

	字　形	古代汉语	意　义
3	烨烨	［gip-gip］	闪光（白鸟）
4	黄黄	［gwaŋ-gwaŋ］	色彩明亮

　　现代的研究进度当然不能解释每一个词的音义联系,古代汉语叠音词就是如此。然而,上面的结果至少展示了某些音义联系,这种不可否认的联系是存在的,虽然它们在很多情况下只是一个规约的问题,但某些音义联系确实表明,在认知的普遍性规则上的研究正在推进,这些都值得我们乐观期待。

四、古代汉语叠音词的文学意义

　　至今为止,本文主要研究的,都是古代汉语叠音词的语言学身份和结构;理想地讲,一个能够解释这些特点的理论框架,应该能用于解释它们对诗歌的影响。这种框架存在于认知文体论中。认知文体论的目的是对文本形式特点和它们对读者的影响这两者之间的关系,作出基于原则性和认知性的解释:我们在认知基础上,尝试研究对一些人来说是令人沮丧的、模糊不清的文本解读。Tusr(2002)对这个假设提供了一个有用的介绍,以及这个研究模式常用的方法,而 Stockwell(2002)则提供了一个该领域更详细的概述,他特别关注认知语言学理论,以及指导认知文体论的理念。关于中国诗歌,高友工和梅祖麟两人研究中古诗人杜甫《秋兴》的音型、节奏和这种类型的伪拟音(pseudo-onomatopoetic)效果,是较早的从这个角度切入所做的研究成果。我尝试研究的是叠音表情词的文学意义,这种意义是与概念隐喻和视点(point of view)的文学成分相关的。

表情词与视点

如果把文学理解为"经国之大业"（a project of world evocation），认知文体学探讨的是精准的方式，文本通过它，让读者能够建构和体验这样一个世界。在这里，对于操纵视点而言，至关重要的是整体的语言能力，以及文学作品的能力。使这些操纵得以可能的关键方法，是使用需要参考它们的目的语境的语言学原理。语言的这个特点被称为"指示"（deixis）：比如，英语第一人称代词"I"指向而不是具体说明说话人自身，因此只有在能确定此人身份的文本中才是完全有意义的。同样的情况下，英语代词（this, that），指向总体上确定的物体和确定的参照物（the, the girl），还有一系列时间和空间术语（here, nearby; today, long ago），这些都涉及语言学背景（linguistic ground）。合并了指示元素（deictic elements）以及它们所能调用的客观事物的话语，都涉及与主体有关的暗示，允许听众或者观众从提示的角度去想象（模仿）场景。某种程度上，是文学作品的指示性特色的多样性的累积效果，让读者去"建构一个世界"（"build a world"）。

我认为，"指示"与我们研究的表情词语义是高度相关的。比如"乔qiáo"这个词，汉代的注释者解释为高"tall"（Dobson, 1959）。这个词明显是指客观参照物，表示很大的垂直高度，像英语的"tall"。同样也有与"高"义相关的完全相同叠音词：比如《诗经》的"jié jié [*kjat-kjat]揭揭"。然而，传统的注释并没有将"揭揭"定义为"高"，而是定义为"高貌"，Dobson对它的准确翻译是：给人一种"高、崇高等等印象"（giving an impression of height, loftiness, etc）。传统用来定义叠音词的"貌"（"描述"、"印象"），可以从"指示"的角度对其解释：当"乔"隐含着某种实体的高度的时候，"[*kjat-kjat]揭揭"，隐含的不仅仅是一个主体"高"的事实，更确切地说，是"高"这个印象。这个词，以及许多相似的词，提供了一个角度，让读者能从特定的角度去想象"高"。用"乔"来评论帝国大厦时，是与透视无关的，因此，在楼下的行人、头顶的直升机员或者楼内的人用"乔"来形容它时（假如纽

约),是没有问题的,而我们可以确定的是,使用包含透视意味的像
"[*kjat-kjat]揭揭"这样的词汇,则常指站在街道的行人观看的视像
和印象,这些视像和印象让他们显得很小。

现在的研究已经认识到古代汉语叠音表情词的本质是"指示",
其他语言相似词类也是如此。比如,在 Verhagen(2004)所提出的框架
内,它们可以被理解为"描绘轮廓,或者使之更突出"(they may be
thought of as profiling, or bringing to prominence),主体的对某些实体
或者事件的特定经验,用术语来说是"概念化的物体"(object of
conceptualization)。如果文学确实从事于构建世界,那么,无须惊讶的
是,拥有与这项事业直接相关的功能的表情词,在古代汉语诗歌中的
作用应该非常突出。在《公刘》的第三节中,作为有意义的表情词词
例,它是与其他指示特点协同使用,用来操纵视点:

笃公刘　Dǔ Gōng Liú

逝彼百泉、瞻彼溥原　Shì bǐ bǎi quán, zhān bǐ pǔ yuán

迺陟南冈、乃觏于京　Nǎi zhì nán gāng, nǎi gòu yú Jīng

京师之野　Jīng Shī zhī yě

于时处处、于时庐旅　Yú shí chǔ chǔ, yú shí lú lǚ

于时言言、于时语语　Yú shí yán yán, yú shí yǔ yǔ

(笃公刘、于京斯依⋯⋯)　(Dǔ Gōng Liú, yú Jīng sī yī⋯⋯)

首先请注意"公"和一系列动作:"逝 shì 'go'(去)","瞻 zhān 'gaze'
(注视)","陟 zhì 'climb'(爬)"和"觏 gòu 'look'(看)"。代词
"彼"、"那"、"那些"(那泉水,那平地)起到关键的指示作用,把叙述
者、读者从主要角色中分离开来。因为"迺/乃 nǎi 'thereupon, with
that'"("于是,然后")的使用,使得叙述者与主角的分离得到加强:
在这个语篇世界里,首先是公爵的动作被具体化,它在一定距离外发
生,组成一个跳跃的时间片段。

由于复沓形式所造成的困难,这一节的第二部分在过去没有得到很好的解读。一般来说,"处处 chǔ chǔ[⁎khjaʔ-khjaʔ]"、"庐旅 lú lǔ[⁎grja-grjaʔ]"、"言言 yán yán[⁎ŋjan-ŋjan]"和"语语 yǔ yǔ[⁎ŋrjaʔ-ŋrjaʔ]"都是被当作动词,这是因为"处 chǔ'to reside'(居住)","言 yán'to speak(说话)'"和"语 yǔ'to speak'(说话)"这几个词都有动作意义。对上述解释构成最明显的障碍是:尚未证实古代汉语中是否存在动词的重叠现象;因此,把它们理解为不确定动机的简单重复,这似乎是可行的。同样也有语义的问题:到达山顶,只是为了"居住",然后出现与"居住"不连贯的动作:"谈话"。同样,在结构上,这种解读没有满足我们的阅读期待,因为"笃公刘 Dǔ Gōng Liú'Noble Duke Ryu'(高贵的公爵刘)"作为这一节第一部分的开端,在它后面是一组四个与它相关的谓语,我们期待的是,作为这一节第二部分的开端"京师之野 Jīng Shī zhī yě'The open country at Krjang'(建基于京的国家)",能够充当相似谓项的主体。

我们并不是在对这几个表情词的字形内容的研究中,而是音韵内容的研究中,找到作为上述解读的替代观点的证据:"处处[⁎khjaʔ-khjaʔ]"、"庐旅 lú lǔ[⁎grjaʔ-grjaʔ]"、"言言 yán yán[⁎ŋjan-ŋjan]"和"语语 yǔ yǔ[⁎ŋrjaʔ-ŋrjaʔ]",与前面的表示"宏大"的词汇,("渠渠[⁎grja-grja]"、"讦讦[⁎hwja-hwja]"、"脁脁[⁎xas-xas]"、"甫甫[⁎pjaʔ-pjaʔ]"和"麌麌|俣俣|噳噳[⁎ŋwjaʔ-ŋwjaʔ]"有相同的韵,而"言言[⁎ŋjan-ŋjan]"和"语语[⁎ŋrjaʔ-ŋrjaʔ]"都带声母[ŋ-],这个声母与"壮观的高度"相关。与其像 Legge〔1879〕及其他人解释的那样,说是一个公爵,到达山顶俯瞰他的统治范围,"居住"、"讲话"和"商议"〔"dwelling","telling"and "deliberating"〕。)不如说更像是他所注视的山顶和峡谷,都被所使用的表情词描绘了。因此,这一节的第一部分的事件序列就有了符合逻辑的解释:刚刚到达山顶,很自然就会观赏周围景观。我们也要注意其中的透视转换:当公爵第一次到达泉源和平原,选用的是近指代词"时"("这个",这里),然而选择具有

直指成分的表情词,则表明是至今仍然在远处跟随着公刘的第二部分的叙述者或读者,在替公爵发表意见。

表情词和概念隐喻

《诗经》中概念隐喻的主体,本身就是一个研究课题。然而,这些成分与叠音词的协同出现,提供了一个研究其给诗歌带来的效果的机会:

《小雅·小弁》第四节

菀彼柳斯、鸣蜩嘒嘒	Wǎn bǐ liǔ sī, míng tiáo huì huì
有漼者渊、萑苇淠淠	Yǒu cuǐ zhě yuān, huán wěi pì pì
譬彼舟流、不知所届	Pì bǐ zhōu liú, bù zhī suǒ jiè
心之忧矣、不遑假寐	Xīn zhī yōu yǐ, bù huáng jiǎ mèi

这首诗中,在诗歌的叙述核心之前先述预示的、传统的称为"兴"(arousals,兴起)的柳树、蝉等自然场景的图像,这是《诗经》中重复出现的意象。概念隐喻(Lakoff 和 Johnson,1980)是认知语言学中解决隐喻过程的一种方法,它不是建立在像这样的语言中,而是更加广泛地建立在人类认知机制上。认知隐喻提供了一种模式,通过这种模式,特定的"兴"在特定诗歌文本的运用,可能经得起检验。基于这个理论,"譬彼舟流,不知所届"("我像漂流的船,不知会停泊在什么地方")这句话可以理解为"概念联系"(conceptual linkage)"life is a journey"(生活是一趟旅程)的一个特定的语言实例。建立在共同经历的有目的的行为和出行的生活上的(比如,"obtaining beer and going to the store""获取啤酒和去商店"),我们关于这两个领域的映射知识,允许这个坐在任意漂流的船中的场景,被理解为没有目的,或者没有指导原则的生活参照。

这里的"兴"与所表达的情感不是没有关系的,然而为了阐释这个场景,我需要对传统的解读做一些调整。第一行结尾的叠音词"嘒嘒",明显是在模仿蝉鸣声。然而,第二行的"湝湝",则被普遍理解为植物的密度,或者植物的繁茂。然而,"萑苇湝湝 huán wěi pì pì 'the reeds[phits-phits]'(芦苇湝湝)",指的是芦类植物在风中的瑟瑟声,这是利用了[ph-]和"空气流动"义的联系,这至少能够说得通。这种理解明显与诗歌的情感基调更加一致:通过暗示间接的、不确定的和烦乱的(indirectness, uncertainty, and agitation)氛围,弯曲的柳枝、蝉的奇怪鸣声,芦苇丛飘过的方向不定的风,连同一个深水池的景象,为后面的诗节中表达的不确定感觉提供了隐喻对象。相比之下,"芦苇是茂盛的……我的船在漂流",就是一个过时的认知解读。

相似的隐喻效果在《陈风·东门之杨》中也很明显,虽然几乎完全是由叠音表情词形式所表达的:

> 东门之杨、其叶牂牂　Dōng mén zhī yáng, qí yè zāng zāng
>
> 昏以为期、明星煌煌　Hūn yǐ wéi qī, míng xīng huáng huáng
>
> 东门之杨、其叶肺肺　Dōng mén zhī yáng, qí yè pèi pèi
>
> 昏以为期、明星晢晢　Hūn yǐ wéi qī, míng xīng zhé zhé
>
> Willows at East Gate, leaves [tsaŋ-tsaŋ] [~gleam](东门的柳树,叶子牂牂　[~微光])
>
> Dusk was the date, morning star [waŋ-waŋ] [~glow](以黄昏为约,晨星煌煌　[~发光])
>
> Willows at East Gate, leaves [phjot-phjot] [~flutter](东门的柳树,叶子肺肺　[~飘动])
>
> Dusk was the date, morning star [tjat-tjat] [~flicker](以黄昏为约,晨星晢晢　[~闪烁])

这首诗很短,由词根串联而成(tree [-aŋ] / sky [-aŋ] // tree [-ot] /

sky［-at］）；韵脚是四个叠音词，而且事实上，它们被用来区别第一和第二部分，这两部分几乎是相同的。因此，这几个语项必须理解为激动人心的情感进展的组织者，而且翻译的人不得不尝试理解这些效果。然而，因缺乏理论去检验它们的意义，这些表情语的效果曾被严重忽略。比如，Legge（1879）选用实际上是相同的词，去描绘叠音词所展现的杨柳叶子（首先是"luxuriant"〔繁茂的〕，然后是"dense"〔稠密的〕），并在第一部分和第二部分的翻译中，用完全相同的词去描述星星（或者星球）："the morning star is shining bright"（晨星在闪闪发亮）。

运用前面讨论过的音义范例分析方法去分析这首诗，将有很大的进步。在第二部分，［-aŋ］韵是和光或色的强度联系在一起的（当然，也与"grandness 宏大"联系在一起）。然后，Rhodes（1994）提出的听觉领域的"缓慢的衰变"概念，同样可以在视觉领域中使用。在上述两个认识的基础上，可以说前两句的叠音词（"牂牂 zāng zāng［＊tsaŋ-tsaŋ］"和"煌煌 huáng huáng［＊waŋ-waŋ］）"，表现了光和色的强烈感和相对持久感，这是考虑了它们与树和天空的对应关系的。相反的是，诗的第二部分以［-t］为韵尾的叠音词（"肺肺 pèi pèi［＊phjot-phjot］"和"晢晢 zhé zhé［＊tjat-tjat］"）象似的是快速的衰退，描绘的是更加易逝和更加不稳定的感觉效果，无论是声音的还是光的。（英语中的对等词汇显示了以上特点，首先是连续音［w］和［m］，然后是爆破音［t］和［k］，这并不是一个巧合）。就像前一个例子，"肺肺 pèi pèi［＊phjot-phjot］"的声母［ph-］和（通过叶子的）气流之间的关系，同样也在第三行诗中通用，这与诗的第二部分所描述的杨树在田野中的起伏波动也是一致的。总的来说，在对外界一而再的观察过程中，这首诗成为对"等待"的完美的象似表现。通过暗示作者变得越来越焦急，所选用的叠音词创造了一种让人激动的、情感发展的感觉，他或者她的观察为自然界投射了源源不断的情感。

前面的研究目的是把古代汉语叠音词放入能包含它们的语言学框架中：把它们理解为一类表情词汇，这些表情词系统地使用了音义之间的象似和规约联系，许多与这个词汇子集相关的解释困难都得到了圆满解决。对于这些字形的语音和语义的研究，揭示了存在于一系列的语音成分和特定的语义领域之中重要的统计学联系，并且大量的更加显著的音义关系的存在，也强烈地意味着把叠音词当作表情词是合理的。此外，当把叠音词放在它们原始的诗歌文本中去研究时，很明显的是，以现有理论去分析，会大大地修正《诗经》中许多诗歌的传统解释。参考最近对古代汉语叠音词的语音学和形态学的研究，认知语言学的方向性原则，为叠音词语项的语言学身份和对它们的诗歌意义做视野更开阔的研究，提供了一个强有力的框架。

论五言诗体的音步组合原理

赵敏俐

  中国早期诗体的生成与音乐有直接关系,五言诗也不例外。它是由一个对称音步与一个非对称音步组成的诗行,且对称音步在前,非对称音步在后。这是在四言体和楚辞体之后形成的一种新诗体,也是中国诗体发展形式上的一个飞跃。它兴盛于汉代,以汉语诗体对音乐节奏的探索为内在动力,又有赖于语言的发展。中国古典诗词脱胎于音乐,因而特别重视诗歌的声音节奏,对称具有重要意义。同时,由于汉语是一字一音的语言,理想的诗行需要保证有单音词的灵活存在和自由组合的音乐条件,五言诗恰恰能够同时满足这两条要求。五言诗体的初起阶段,诗人所关注的主要是音步的对称和诗行的对称,进而关注词性的对称和句法的对称。其所以走向格律化,同样是音乐节奏在其中起了重要作用。

　　五言诗是中国古代最重要的诗体之一,关于它的起源问题,从挚虞、刘勰等到现代学者,都有人进行过探讨。不过早期的探讨主要集中在例证的搜集,试图通过在《诗经》、古歌谣等文献中出现的个别五言诗句或者全章,证明五言诗起源于某个时代①。当代学者则试图通过五言诗句的语法构成和语言节奏分析,来说明五言诗起源和成立的语言学机制②。这种探讨,对于我们认识五言诗体的形成问题自然有极大的助益,本人早年也在这方面做过探讨③。然而不可否认的是,以往这些探讨,或者只是就表面现象的统计描述,或者仅仅把五言诗的起源看成是简单的语言学问题,因而忽略了五言诗作为一种诗歌艺术的形式本质。现存最早的五言诗句见于《诗经》,先秦歌谣中也存在着比较完整的五言诗句。汉代是五言诗大发展的时期,现存的汉代五言诗,以乐府诗为多。被后人所称道的文人五言诗,如《古诗十九首》,与汉乐府关系紧密,有人甚至认为文人五言诗出自乐府④。这说明,与中国早期的三言诗、四言诗、楚辞体一样,五言诗体的生成与早期的音乐歌唱紧密相关。在此我们想要追问的是:作为诗歌中的五言诗句,与散文中的五言句有何不同?阅读和欣赏五言诗,我们所获得的形式美感是什么?显然这不是单纯的语言学问题,还是艺术学的问题,说得具体些是音乐学和诗学的问题。诗是什么?"就文体特征

---

① 此处可以参考罗根泽《五言诗起源评录》,载于《河南大学文学院季刊》第 1 期(1930 年)。

② 葛晓音:《论早期五言体的生成途径及其对汉诗艺术的影响》,《文学遗产》第 6 期(2006 年),第 15—17 页。

③ 见拙著《四言诗与五言诗句法结构与语言功能比较研究》,载于《中州学刊》第 3 期(1996 年)。

④ 关于汉代文人五言诗与乐府的关系,古今多有论述。此处可参考赵敏俐《中国诗歌通史·汉代卷》第十一章第二节,北京:人民文学出版社,2012 年版。

而言,诗是有节奏有韵律的语言的加强形式。"①诗并不等同于一般的语言,节奏和韵律是构成诗体的基本要素。特别是在诗歌艺术生成的早期阶段,音乐与诗歌更是密不可分,诗歌的语言形态同时也是一种音乐的形态。以后,诗歌逐渐与音乐脱离,独立的诗歌形态才得以建立。即便如此,由音乐而生成的节奏韵律,仍然是诗歌体式的本质特征。因而,对五言诗这一诗体的形态奥秘做出合理的解释,光靠语言学是不行的,必须同时借助于音乐学和诗学。关于五言诗体的成立这一问题,也必须从音乐与诗学的角度入手来进行特殊的语言分析,这也是本人多年来对五言诗体问题的进一步思考②。本文的目的,就是要从这一角度进行初步的探讨,以求教于方家。

一、五言诗句的音步组合方式及其特色

为从音乐的角度探讨诗体的生成,本人借鉴了冯胜利教授的韵律构词学和韵律句法学理论。该理论从韵律学的角度来规定词的概念,将"韵律词"定义为"最小的能够自由运用的语言单位"。韵律词的产生基础为"音步",音步是"人类语言中'最小的能够自由运用的韵律单位'"③。一个音步最少由两个音节组成,此即标准音步,所以一个韵律词至少是一个音步,相应的这个词也可以称之为"标准韵律词"。

---

① 杨公骥:《〈诗经〉、楚辞对后世语言形式的影响》,《东北师大学报》第 5 期(1986 年)。
② 葛晓音教授已经认识到这一点,她说:"现存的汉魏音乐资料与唐宋音乐资料不同,几乎没有线索可供今人了解当时乐府诗的音乐结构,从词乐关系去探讨五言诗的生成途径是极为困难的。因此笔者还是只能根据文本分析。"(《论早期五言体的生成途径及其对汉诗艺术的影响》,载于《文学遗产》第 6 期〔2006 年〕。)本人认为,如果从先秦两汉有关的音乐资料中恢复诗歌的音乐结构,的确是不可能的。但是诗歌与音乐之间的关系还是有迹可循,其核心就是早期诗歌节奏与音乐节奏之间的对应关系。
③ 冯胜利:《汉语的韵律、词法与句法》,北京:北京大学出版社 1997 年版,第 1 页。

按此推衍,由三个音节组成的音步就叫"超音步",与之相对应的韵律词就称之为"超韵律词"。韵律构词学和韵律句法学就是在此基础上探讨中国语言词汇和语法构成的理论。该理论突出了语言的声音韵律在汉语词汇与句法的构成中所起的重要作用,这对于我们进行诗歌语言形式的研究有相当重要的借鉴意义。在本人看来,中国古典诗行的构成与音步直接相关,音步的组成又以声音是否对称为基础。音步可以分为两种形式,一种是"对称音步",它由两个音节组成。一种是"非对称音步",由三个音节组成。此外,汉语诗歌中还存在着一种独立的单音节。在诗歌语言中,与一个对称音步和一个非对称音步相对应的并不一定是一个词,它还可能是一个片语或者是一个临时的组合。因此,本人在这里不采用"基本韵律词"和"超韵律词"的概念,而分别将其称之为"双音组"与"三音组"。之所以作如此修改,是使之更符合诗体生成的音乐特征。事实上,在中国早期诗歌中,声音的组合比词汇的组合更加重要。在很多情况下,后人记录下来的早期诗歌中保留着诸多的音符,如"兮"、"啊"等等,它们在很多场合都以一个独立的音节的方式存在,并不等同于后世所说的"词"。有些双音组和三音组只是临时性的音步组合,以体现其对称或不对称的特征,将它们称之为词也有些勉强,如《邶风·绿衣》:"心之/忧矣,曷维/其已。"从韵律学的角度我们可以把这两句诗各分为两个对称音步,但每一个对称音步的两个字却不能看成是一个词。这种组合的方式从语言学的角度来讲似乎并不合理,但是在诗歌当中的存在却是合理的,而且是有意义的。

从音乐的角度探讨中国早期诗歌的诗行构成,包括三种基本要素,第一是独立的音符,主要以一些嗟叹词为主;第二是对称音步;第三是非对称音步。随着人类语言的发展,在诗歌中嗟叹词越来越少,诗行逐渐由对称音步和不对称音步以不同方式组合而成。简言之,二言诗是由一个对称音步构成的诗行,三言诗是由一个非对称音步构成的诗行;四言诗是由两个对称音步组成的诗行。楚辞体相对来说比较复杂,其典型诗行组成方式是"三兮(X)二"和"三兮(X)三"两种形式,前者为一个非对称音步与一个对称音步组成的诗行,后者是两个非对称音步组成的诗行。但两种方式中间都有一个独立的音符"兮(X)"存在。这说明,楚辞体在诗行的组成方面虽然比较复杂,但同时由于其仍然保留着一个独立音符,所以从其诗体形式上来讲仍然比较古老①。

从现有文献记载看,虽然早在《诗经》时代就已经有了一些五言诗句的出现,春秋后期甚至还曾产生过短小的五言歌谣,如《左传·定公十四年》所载《野人歌》:"既定尔娄猪,盍归吾艾豭。"虽然楚辞体中的"三兮(X)二"式,如果去掉了每句中间独立的音符"兮(X)",基本形式就是五言,但人们并不认为这是"五言诗",作为一种成熟的诗体形式,五言诗的确兴盛于两汉时代,那么,这种五言诗的诗体形式特征究竟是什么?其本质还在于其音步的组合方式,这一点,我们尤其是在和楚辞体的比较中看得出来。

楚辞体中最典型的句式"三兮(X)二"式,去掉每句中间独立的音符"兮(X)",基本形式变成五言,如"君不行兮夷犹,蹇谁留兮中洲,美要眇兮宜修",就变成"君不行夷犹,蹇谁留中洲,美要眇宜修"这样的五言句。但我们阅读这样的诗句与汉代的五言诗的感觉却大不一样,音乐的节奏感明显弱化,语句也显得不是那么流畅。何以如此?当然最重要的原因就是去掉了句子中间独立的音符"兮(X)"。但我们接着再问一句,为什么去掉了句子中间独立的音符"兮(X)",它的感觉就会与汉代以后的五言诗不一样呢?原来还是二者的音步组合方式不同。去掉独立音符的楚辞体五言诗行,其音步组合方式是"三二"式,即非对称音步在前,对称音步在后,而汉代标准的五言诗行,如"行行/重行行"、"青青/河畔草"、"江南/可采莲"等等,却是

---

① 以上有关论述,请参考拙著《咏歌与吟诵:中国早期诗歌体式生成问题研究》,载于《文学评论》第5期(2013年),第56—66页。

"二三"式,即对称音步在前,非对称音步在后。这说明,在汉语诗行的建构中,以何种音步开始具有重要意义。以对称音步开始,这句诗就具有明显的节奏感,而以非对称音步开头,则节奏感明显弱化。一行诗是如此,两行诗以上这一特征更为突出。这说明,从表面看起来"三二式"与"二三式"只是顺序的颠倒,从声音节奏上看却有对称音步在前与非对称音步在前的重大不同。从楚辞到五言之间的这一变化,正是中国诗歌体式发展过程的一大飞跃。

对称音步在前,是中国古典诗体形成中一个重要的现象,四言诗是如此,五言诗也是如此。对称音步在前,意味着四言、五言的前两个字一定不能破读,同时也要求这两个字在语义上的联系一定强于第二与第三两个字。换句话说,它可以允许这两个字有独立的意义,如"何不/策高足,先据/要路津"里的"何"、"不"与"先"、"据",每个字都有自己的独立意义,但是它们在诗句中黏合力却很强,可以分别构成"何不"与"先据"这样的片语,从而与诗行中的第三个字分属于两个不同的音步。但是我们却不可能将第一个字独立出来,将第二与第三字组合在一起,将这两句诗的词语组合变成"何—不策—高足,先—据要—路津"。因为那样的话,就破坏了音步与词汇之间的统一平衡。

对称音步在前增强了五言诗的节奏感,非对称音步在后则增强了五言诗节奏上的变化。和四言诗相比,由于五言诗后面的一个音步是非对称音步,其诗行节奏不再是简单的对称重复,而是复中有变,从而显得摇曳多姿。何以如此?有两个原因,第一是汉语诗行押尾韵的方式起到了强化节奏的作用。第二是五言诗后面的非对称音步,依据其词汇本身意义组合的疏密,可以再分解成两种形式,使它们与前面的对称音组产生更好的节奏呼应。

第一种形式是这个三音组可以分解为"一二式",从而使全句的节奏变成"二一二"。这样,整个诗行变成了一个前后对称的形式,中间的单音成为连接音。无论我们对它轻读或重读,在节奏上都强化了诗行的前后对称,如"行行/重/行行,与君/生/别离"。

第二种形式是将这个三音组分解为"二一式",从而使全句的节奏变成"二二一"。这样,整个诗行的节奏就变成了两个对称音组在前的形式,而后面一个单音,由于有诗行的停顿,照样是对节奏的强化。所以,"二二一"句式不但没有影响全诗的节奏,反而显得更加流畅,如"青青/河畔/草,郁郁/园中/柳"。

由于这两种方式都不影响全诗的节奏感,所以,五言诗的句式节奏在"二三式"的基础上可以分解为两种变体形式,一种是"二二一",一种是"二一二"。而且,无论是何种形式,其实都将"三言"这种非对称音步纳入诗歌的音乐节奏之中,强化了它的节奏感。当然,这也使五言句法有了更大的张力,可以更好地进行语言意义的组合。作者也可以根据自己的欣赏习惯进行节奏上的调整。如:"西北/有/高楼,上与/浮云/齐。交疏/结/绮窗,阿阁/三重/阶。"四句诗,其词语组合方式分别是"二一二"、"二二一"、"二一二"、"二二一",这和简单的"二二"式的四言诗词语组合方式相比,更具丰富性。

简言之,五言诗是按照对称音步在前的方式,是由一个对称音步与一个非对称音步组成的诗行。与非对称音步在先的楚辞体相比,它不需要咏叹词就可以显示出语言本身的音乐节奏。与四言诗相比,它更显得摇曳多姿。从语言组合的角度来讲,由于五言诗后面的非对称音步可以分解为"二一"和"一二"两种形式,从而为诗歌语言的组合提供了更大的空间,也就可以表达更为丰富的内容。

二、五言诗体的音步组合与汉语言的发展

据历史文献记载,早在《诗经》时代,就已经有个别的五言诗句出现。如《召南·行露》:"谁谓雀无角,何以穿我屋。谁谓女无家,何以速我狱。"《小雅·北山》:"或燕燕居息,或尽瘁事国;或息偃在床,或

不已于行。"《大雅·绵》："虞芮质厥成,文王蹶厥生。予曰有疏附,予曰有先后。予曰有奔奏,予曰有御侮!"《周颂·时迈》："时迈其邦,昊天其子之,实右序有周。"可是,在现存的先秦文献中,却不见四句以上独立完整的五言诗。这说明,诗体的发展,既与歌唱有关,也与语言的发展有关,是音乐节奏与语言形式的完美组合。

如我们上文所论,四言诗是由两个对称音步组成,五言诗是由一个对称音步与一个非对称音步组成,而且对称音步在前。仔细分析《诗经》中已经出现的个别五言诗句,其音步组成方式却很复杂。这里面有符合汉以后五言诗音步组合方式的诗句,如上引《召南·行露》、《大雅·绵》中的五言诗句。但是更多的诗句并不符合,如《小雅·北山》,从音步的组合来看,诗句的前面是一个单音节词,后面则是一个四言句:"或/燕燕居息,或/尽瘁事国;或/息偃在床,或/不已于行。"《小雅·斯干》:"唯/酒食是议,无/父母诒罹。"还有的五言句则是非对称音步在前,对称音步在后,如《小雅·小旻》:"匪先民/是程,匪大犹/是经。维迩言/是听,维迩言/是争。"还有更多的五言诗句里面运用了具有衬音作用的嗟叹词,如:《召南·驺虞》"於嗟乎驺虞",《邶风·式微》"胡为乎中露"、"胡为乎泥中",《鄘风·君子偕老》"胡然而天也! 胡然而帝也"。这种情况说明,《诗经》时代五言诗句的音步组合,还远远没有形成统一的模式。这些形态各异的五言诗句偶然杂在四言诗为主的诗体当中,只是出于内容表达的临时需要。这同时也说明,《诗经》时代尚没有自觉的五言诗句创作意识,当然更谈不上五言诗体的产生。

到了汉代以后这种情况几乎发生了彻底的改变。现存的汉代五言诗及其诗句,从汉初戚夫人的《春歌》:"子为王,母为虏。终日/舂薄暮,常与/死为伍。相离/三千里,当谁/使告汝。"到李延年的《北方有佳人》:"北方/有佳人,绝世/而独立。一顾/倾人城,再顾/倾人国。(宁不知)倾城/与倾国,佳人/难再得。"再到汉乐府中的大量五言诗作,如后世公认产生较早的《江南》:"江南/可采莲,莲叶/何田田,鱼戏/莲叶间。鱼戏/莲叶东,鱼戏/莲叶西,鱼戏/莲叶南,鱼戏/莲叶北。"以及比较长的诗篇《鸡鸣》:"鸡鸣/高树巅,狗吠/深宫中。荡子/何所之,天下/方太平。刑法/非有贷,柔协/正乱名。黄金/为君门,璧玉/为轩堂。上有/双樽酒,作使/邯郸倡。刘王/碧青甓,后出/郭门王。舍后/有方池,池中/双鸳鸯。鸳鸯/七十二,罗列/自成行。鸣声/何啾啾,闻我/殿东厢。兄弟/四五人,皆为/侍中郎。五日/一时来,观者/满路傍。黄金/络马头,颖颖/何煌煌。桃生/露井上,李树/生桃傍。虫来/啮桃根,李树/代桃僵。树木/身相代,兄弟/还相忘。"其音步组合全部符合标准,即对称音步在前,非对称音步在后。至于被后人推崇的文人五言诗《古诗十九首》,更是如此。同时我们还会发现,在汉代的五言诗中,基本上不再使用嗟叹词,虚词的使用量也大大减少,作为《诗经》四言诗抒情描写重要标志的重言词,除了个别诗篇之外,大部分诗篇也很少使用。这说明,五言诗句的音步组合模式已经定型,五言诗体也基本成熟。汉人已经有了相当自觉的五言诗体意识。

五言诗体的成熟,表面看起来是古人对于五言诗音步组合方式的掌握,但是一个深层的原因却是语言本身的发展。汉代是中国语言大发展的时期,其中一个重要的标志,是虚词使用的减少和双音词的大量增加①,这带来了汉语语言句法上的一大变化。首先,虚词的减少意味着一个句子可以少用或者不必使用它们进行句子的连缀,这同时意味着词语本身在句中的黏合力增强,或者说人们更能通过语言节奏的变化来组合文句。其次,双音词的大量增加意味着语言表达功能的增强,人们有了对于事物进行叙述和描写的更强有力的语言表现手段。只有在这种情况下,汉语语言才能满足五言诗音步组合的要求,或者也可以说,从此以后,人们才可以比较轻易地完成五言诗句的

---

① 对此,学者们已多有研究,如程湘清主编的《两汉汉语研究》,济南:山东教育出版社1992年版。

创作。由此本人认为：汉语诗体的发展以音乐节奏方面的内在要求为动力，而它之所以能实现则有赖于语言的发展，二者是相辅相成的关系。这一点，我们通过五言诗与四言体和楚辞体的比较就可以看出。

先秦时代最典型的诗体形态是四言体，它由两个对称音步构成，与之相应的语言，也可以比较自由地组成两个二言音组。先秦时代是以单音词为主的语言时代，将两个单音词组合在一起，自然就是一个双音组，相对于后世而言，这种组合是不难的。但是，先秦时代的语言词汇并不丰富，有限的单音词组合并不足以完全表达诗歌创作的需要。所以我们看到，在《诗经》各类诗篇的诗句组合中，使用了大量的嗟叹词、虚词和双声叠韵词。其中相当大部分的虚词在诗中并不表现特殊的文字意义，只是为了填充音节。大部分的双声叠韵词都属于形容词，是诗人用来摹声和摹形的工具，这固然有歌唱时的音节和美之优长，从另一方面也说明那个时代的语言词汇的相对贫乏。这一点，在《国风》当中表现得特别明显。当然，这并不意味着《诗经》中的诗歌艺术水准不高，一个优秀的诗人或者一首优秀的歌曲，总是能够充分利用当时的技术条件，将一种艺术形式发挥到最好，从而使之成为不朽之作，如"关关雎鸠，在河之洲，窈窕淑女，君子好逑"；"昔我往矣，杨柳依依。今我来思，雨雪霏霏"；"文王在上，于昭于天。周虽旧邦，其命维新"，等等。反观《诗经》中现存的五言诗句，却没有一句是这样精彩的。

我们再来看楚辞体。从音步的组合角度来讲，如上文所言，楚辞体的基本句式"三兮（X）二"和五言诗类似，同样是由一个对称音步和一个非对称音步组合而成，只不过次序颠倒了而已。但楚辞体的这一句式中间却多了一个具有分割节奏作用的音符"兮（X）"。有了这个分割节奏作用的音符，一方面使楚辞体显得更加摇曳多姿，更具有音乐的美感。从另一个方面来讲，利用这个音符，使楚辞体前后两个音步之间发生了断裂，变成了黏合力不强的两个片语，呈现为一种简单的并列关系,这在一定程度上降低了楚辞体造句的难度。这种情况在楚辞体的另一种典型句式"三兮(X)三"中表现得更为明显,如《九歌·山鬼》:"若有人兮山之阿,被薜荔兮带女罗。既含睇兮又宜笑,子慕予兮善窈窕。"假如我们把中间的音符"兮"去掉,就变成了由三言诗组合的诗句:"若有人,山之阿,被薜荔,带女罗。既含睇,又宜笑,子慕予,善窈窕。"从语法结构上讲,一个三言诗句和一个五言诗句的差别是很大的,其组合难度,甚至比四言诗句还要容易。这种情况说明,楚辞体产生的语言环境,同样还是与以单音词为主的先秦时代的语言发展水准有直接关系的。

在楚辞体中,也有一些句式,如果去掉句中或句尾的"兮"字或其他虚字,就会与汉代标准的五言句式相同,葛晓音曾指出:如《哀郢》"鸟飞返故乡兮,狐死必首丘";《怀沙》"变白以为黑兮,倒上以为下";《思美人》"登高吾不说兮,入下吾不能";《远游》"往者余弗及兮,来者吾不闻"等,她认为这些句式"是早期五言体诗化的重要途径"①。本文不否定这一点,但是要指出的是,楚辞中这一类句式的出现,与《诗经》中出现一些合乎汉代标准五言句式的情况是一样的,只是偶然为之,并没有自觉追求的意识。

我们知道,汉语是以单音词为基础构成的文字语言系统,但是最具有声音效果的语音却是对称的双音组合。因而,由单音词组合成双音词,便成为汉语最能表达意义的词汇再生方式。从这一点来讲,由两个对称音组组成的四言诗体,对于汉语词汇向双音词方向的发展有着相当大的推动作用。但是,由于先秦时代文字和语言本身的不发达,双音词的组合又受到了极大的限制,所以,《诗经》中的许多四言诗句中的对称音组,其实并不能称之为词,而只是为了满足双音组合效果的临时组合而已,如《周南·葛覃》:"葛之/覃兮,施于/中谷,维

---

① 葛晓音:《论早期五言体的生成途径及其对汉诗艺术的影响》,《文学遗产》第6期(2006年)。

叶/萋萋。黄鸟/于飞,集于/灌木,其鸣/喈喈。"仔细分析这六句诗,
会发现这里有几种双音组合方式:(1)两个音节中一个实词一个虚
词,音节只起衬托作用,没有实际意义,如"葛之"、"覃兮"、"施于"、
"维叶"、"于飞"、"集于"、"其鸣",共有七组,数量最多。(2)由两个
实词以偏正方式组成一个新词,如"中谷"、"灌木"、"黄鸟",有三个。
(3)由一个单音词经过重叠而组成一个重言词,如"萋萋"、"喈
喈"。这种情况非常充分地说明了先秦时代语言发展的状况,双音
词的组合方式在那个时代尚不成熟,还没有成为主要的造词方式。
当然,诗人也在这个方面进行了一系列积极的探索。所以我们看
到,在《诗经》时代双音词的组合中,除了我们上面所看到的偏正式
组合之外,还有并列式,如"参差"、"窈窕"、"瘼痒"、"辗转"、"家
室"、"公侯"、"腹心"等等。但是,由于《诗经》时代双音片语组合
的技巧尚不完善,所以,这样的组合词方式尚不足以满足四言诗创
作的需要。

　　那么,我们不免要问,既然单音词的组合能力不强,诗人为什么还
要追求双音组合,进行这些临时搭配呢? 问题可能需要从诗歌的音乐
效果方面进行解释。因为四言是两个双音组的对称,如果不能构成这
种对称,就不足以形成四言这种完整的形式之美,也不会产生和谐的
双音对称效果。所以,最简捷的方式就是进行这样临时组合的双音搭
配,这其中,又以重言词和实加虚的方式构成双音组最为简便。反过
来讲,如果一行诗不能由两个对称音组组合而成,那么就不能成之为
四言诗。这就产生了两种情况,一种情况是在实际的语意表达中四言
并不是最佳方式,所以诗人就会在创作中有意无意地突破四言体式,
而代之以三言、五言等多种形式。一种情况是努力满足四言诗的对称
音组要求,尽量进行各种方式的拼合,甚至产生不少在后世看来过于
呆板的四言诗篇。前者是《国风》中的常例,后者在二《雅》当中常见。
这从另一个角度说明:四言诗虽然有着非常典型的对称之美,但是却
限制了汉语语言一字一音的表达自由。过于严格的对称要求,也使四

言诗句缺少了变化之美，寻求汉语语言表达与诗歌音乐之美的更好结合，势必成为《诗经》后时代的发展方向。从这一角度来讲，楚辞体的确是《诗经》体之后中国人在诗体形式上的一大探索。但是楚辞体存在着两点不足：第一是非对称音步起首的方式弱化了诗行的节奏，从而造成了对于歌唱音符"兮"的过度依赖；其二是鲜明的二分节奏使两个音组之间产生了断裂，难以进行更为复杂的语言表达。五言诗的产生，则有效地弥补了四言诗与楚辞体的不足，更适合汉语言的发展趋势。

五言诗是五个字连缀在一起组成的诗句，由一个对称音步与一个非对称音步组成。对称音步在前，强化了诗行的音乐节奏；非对称音步在后，为汉语言单音词在诗歌中的应用提供了充分的条件。它不需要像四言诗那样，把所有的单音词纳入对称音步之中，而是允许它的存在，并且有非常大的自由组合的空间。这个三音组，从音乐节奏上来讲，既可以是"1+2式"的组合，也可以是"2+1式"的组合，从而使这个单音可以在诗行的第三和第五的位置上自由变化。从语言的角度来讲，既可以组成一个三音词，也可以组成"1+2"或者"2+1"式的两个片语，也可以是三个独立的词，从语法学的角度来讲，这样就可以容纳更多的有效语法成分，从而增加语言的容量。同时，因为单音词在句中的灵活运用，使诗句的语言表现更为流畅，而不必过多地使用虚词来填充音节。中国古典诗词脱胎于音乐，因而特别重视诗歌的声音节奏，对称具有重要意义。同时，由于汉语是一种一字一音的语言，理想的诗行须要保证有单音词灵活存在和自由组合的音乐条件，五言诗恰恰能够同时满足这两条要求。梁人钟嵘在《诗品》中说："夫四言，文约意广，取效《风》、《骚》，便可多得。每苦文繁而意少，故世罕习焉。五言居文词之要，是众作之有滋味者也，故云会于流俗。岂不以指事造形，穷情写物，最为详切者邪？"通过上面的分析，我们可能才会理解钟嵘此话的含义，更加清楚地认识到五言诗体在语言表达上的优势。

三、五言诗的音乐节奏与诗体格律化

中国早期诗歌体式的形成与音乐有直接的关系,四言诗和楚辞体如此,五言诗也是如此。现存汉代较早的五言诗,大都属于乐府诗,都是可以歌唱的。所以如此,大概还是音乐节奏对于诗歌语言起到了强化的作用。以此而言,五言诗在汉代的兴盛,有赖于一种新的音乐的流行。这种新乐,不同于以四言为主的先秦古乐,不同于楚歌,也不同于汉代从西北地方流入的鼓吹和横吹,而应该是相和歌。事实上,汉代较早的五言诗也恰恰保存在早期的相和歌里。何谓相和?郭茂倩《乐府诗集》引《宋书·乐志》:"《相和》,汉旧曲也。丝竹更相和,执节者歌。"又引《晋书·乐志》:"凡乐章古辞今之存者,并汉世街陌谣讴,《江南可采莲》、《乌生十五子》、《白头吟》之属是也。"相和歌的具体声音表现形态如何,我们今天已不可考,但是它更适合五言诗的演唱,当是不争的事实。

我们知道,在中国早期诗体形成的过程中,音乐起着重要作用。在诗体中最重要的音乐因素就是声音的对称,只有对称才能构成鲜明的节奏。在诗中,对称不仅表现为音节的对称,由此而构成对称音步;而且表现为句式的对称和押韵的对称,由此构成对称的诗行;进而表现为章节的对称,由此而构成一首完整的诗篇。对称还内在地制约着语言词汇组合,形成语言意义上的对称,这为诗人的遣词造句提供了可以遵循的原则与便利。对称性原则在四言诗体中所起的作用甚大,典型的四言诗体可以体现对称的上述各种元素,如《周南·关雎》:"关关/雎鸠,在河/之洲。窈窕/淑女,君子/好逑。参差/荇菜,左右/流之。窈窕/淑女,寤寐/求之。"《小雅·伐木》:"伐木/丁丁,鸟鸣/嘤嘤。出自/幽谷,迁于/乔木。"《小雅·采薇》:"昔我/往矣,杨柳/依依。今我/来思,雨雪/霏霏。"这里有音步的对称、诗行的对称,押韵的对称,还有词性的对称和句法的对称。正是这种对称式的语言表达，与四言诗音韵的和谐相映成趣，构成了四言诗特有的形式之美，也造就了中国四言诗歌的典范。

对称在五言诗诗体形式方面所发挥的作用，一点不比四言诗差。而且，因为五言诗在诗体形式上有比四言诗更加灵活的音步构成，在对称的利用方面也有了更大的发展空间。随着人们对于五言诗体的熟练把握，利用其对称性原则进行艺术的加工，促使五言诗逐步向格律化的方向发展。我们可以把这个过程大致分为三个阶段。

第一阶段是五言诗体的初起，诗人所关注的主要是音步的对称和诗行的对称，而不太关注词性的对称和句法的对称。这可能由于五言诗的兴起最初与音乐关系紧密的缘故。由于五言诗与四言诗的最大不同是每句诗中包含着一个非对称音步，而且是对称音步在前、非对称音步在后组成的诗行。只要符合这两点，就会达到与四言诗和楚辞体不同的节奏效果。所以我们看到，早期的四言诗在词语的组合与句法结构上并不讲究，甚至带有很强的随意性。如《江南》："江南/可采莲，莲叶/何田田，鱼戏/莲叶间。鱼戏/莲叶东，鱼戏/莲叶西，鱼戏/莲叶南，鱼戏/莲叶北。"整首诗由七句组成，从语言结构来讲，前三句是三种不同的句式。第一句是个陈述句，谓语又是一个复杂的动宾片语。第二句是个描写句，谓语是一个偏正结构的形容词。第三句也是个陈述句，但是在谓语动词后面是一个复杂的补语结构。后四句是第三句的句法结构的重复。也就是说，如果从修辞学的角度来看，这首诗在句法上是不讲究的，它就是自然的语言，是客观的描述，没加任何修饰。用胡适的话说，这首诗也没有什么深意，"只取音节和美好听，不必有什么深远的意"①。早期的五言诗大都具有这一特点。如据说是西汉大音乐家李延年所作的《北方有佳人》也是如此："北方/有佳人，绝世/而独立。一顾/倾人城，再顾/倾人国。（宁不知）倾城/与倾国，佳人/难再得。"据说，李延年"善为新声变曲，闻者莫不感动"，这

---

① 胡适：《白话文学史》，上海：新月书店1928年版。

首《北方有佳人》就是其代表作。但是我们今天从章法修辞的角度来看，这首诗并不高明。这种情况，甚至到了东汉乐府诗和《古诗十九首》的时代也还是如此。如《长歌行》："青青/园中葵，朝露/待日晞。阳春/布德泽，万物/生光辉。常恐/秋节至，焜黄/华叶衰。百川/东到海，何时/复西归。少壮/不努力，老大/徒伤悲。"《行行重行行》："行行/重行行，与君/生别离。相去/万余里，各在/天一涯。道路/阻且长，会面/安可知。胡马/依北风，越鸟/巢南枝。相去/日已远，衣带/日已缓。浮云/蔽白日，游子/不顾返。思君/令人老，岁月/忽已晚。弃捐/勿复道，努力/加餐饭。"后人评价这些汉代乐府诗和文人古诗，往往赞叹其情真、景真、事真、意真，却很少有人说这些诗在遣词造句方面如何讲究辞藻对偶。的确，从后世诗歌创作追求语句精练的角度讲，我们看这些诗甚至有些啰唆絮叨。可是，它那自然流畅的语言，与音韵流畅的五言诗相配，的确会产生令人心旌目荡的效果。

　　但是受中国诗歌对称性原则的影响，即便是在这些早期的五言诗中，也不免会自然生成一些对称性的语言章法结构。在乐府诗中已有好多这样的例子，如《陌上桑》形容罗敷之美是："头上/倭堕髻，耳中/明月珠。缃绮/为下裙，紫绮/为上襦。""头上"、"耳中"两句，自然对称；"缃绮"、"紫绮"二句，上下相应。《长歌行·仙人骑白鹿》中的景物描写："凯风/吹长棘，夭夭/枝叶倾。黄鸟/飞相追，咬咬/弄音声。""凯风"两句与"黄鸟"两句，也形成章法上的对偶。《君子行》告诫人们言行要谨慎："瓜田/不纳履，李下/不正冠。嫂叔/不亲授，长幼/不比肩。"不仅四句排偶，句法相同。而且在前两句和后两句中，各自组成更为严格的对偶形式。"瓜田"对"李下"，"嫂叔"对"长幼"，都是非常标准的名词性片语相对；"纳履"对"正冠"，"亲授"对"比肩"，也是比较严整的动词片语相对。我们之所以不觉得这些对偶式的句子在诗中特别显眼，是因为它们与全诗融合无间，是自然而然的内容表达，体现的是一种自然之美。如果诗人意识到了语言对偶的妙处而有意为之，那就进入了五言诗体的第二个发展阶段。

　　五言诗体发展的第二个阶段，也就是诗人开始注重语言修辞的阶段。它与第一个阶段不能完全分开，是因为我们并不能排除在早期的五言诗创作中诗人一点也不注意语言的修辞问题，因为那是不可能的。一个好的诗人总是想要用最准确的语言来表达自己的情感。但是正如我们上文所说，在以歌唱相配合的五言诗初期发展阶段，音调的和谐在这里占有更重要的地位，早期的诗人更注重的是五言诗的节奏韵律。所以我们看到，在早期的五言诗中，最通用的语言修辞方式并不是词语的对偶和句法的对称，而是双声叠韵与重言词的使用，是句子的排比。我们知道，双声叠韵词和重言词在《诗经》四言诗中起着重要作用，这与那个时代的语言发展特点有关，也与四言诗诗体形式有关。五言诗中由于有非对称音节的存在，对双声叠韵和重言词的要求并不强烈，但是在注重音韵和谐的乐府五言诗早期阶段，双声叠韵词和重言词还是在其中扮演了重要的修辞作用，特别是重言词的使用，非常引人注目。如："莲叶何田田"，"鸣声何啾啾"，"颖颖何煌煌"，"为人洁白皙，鬑鬑颇有须。盈盈公府步，冉冉府中趋"，"岩岩山上亭，皎皎云间星"，"夭夭枝叶倾"，"咬咬弄音声"，"华灯何煌煌"，"音声何噰噰"，"凤凰鸣啾啾"，"默默施行违"，"翩翩堂前燕"，"凄凄复凄凄"，"竹竿何袅袅，鱼尾何簁簁"。何以如此？因为重言词相对而言是最简单的一种复音组词方式，有很好的摹声摹形效果，而且音节流畅，所以自然会受到注重音韵和美的早期诗人的喜欢。从句式来讲，排比则是最好的对称方式，因为它是一种句式的重复，自然就会形成有规律的声音节奏，相对而言也是一种比较容易的造句方式，特别适合用于口头歌唱，所以，我们在早期汉乐府当中，会看到大量的排比句式的出现。如《江南》："鱼戏莲叶东，鱼戏莲叶西，鱼戏莲叶南，鱼戏莲叶北。"《陌上桑》："行者见罗敷，下担捋髭须。少年见罗敷，脱帽著帩头。耕者忘其犁，锄者忘其锄。""十五府小史，二十朝大夫。三十侍中郎，四十专城居。"《长安有狭斜行》："大子二千石，中子孝廉郎。小子无官职，衣冠仕洛阳。三子俱入室，室中自生光。大妇织绮纩,中妇织流黄。小妇无所为,挟琴上高堂。"

重言和排比的修辞方式,相对而言毕竟有些简单,它适合于口头歌唱,并且有音韵和谐的优点。但是,当汉语言词汇的组合能力日渐丰富,诗歌形式给这种组合提供了更多空间的时候,诗人自然不会满足于简单的重言与排比,一定会追求更加丰富的语言组合方式。特别是当五言诗逐渐发展成一种脱离歌唱艺术的独立语言艺术形式的时候,对于诗句的语言修辞手段的要求必然越来越多,相应的修辞方式也会越来越丰富。

以《古诗十九首》为代表的汉代文人五言诗,本与乐府诗有不解之缘,但是后人之所以更看重它与乐府诗的区别,将其视为后世文人五言诗的典范。其重要原因,除了这些诗篇在内容上表达了汉代文人士子的生活经历和思想情感之外,就因为这些诗篇是脱离了歌唱的艺术,同时表现了更多的文人诗的修辞技巧,从而为五言诗的发展开拓了更加广阔的天地。

《古诗十九首》与汉乐府诗在修辞技巧上的重大不同,是有了更加复杂的词语组合方式与句式变化。我们知道,汉语言是以单音词为基础发展起来的语言,一字一音,没有固定的时态和语序要求,这为它的词汇和句式组合提供了巨大便利。在汉语诗词当中,只要符合节奏的分割,它的语言形态就可以尽情变化。反过来讲,只要按照节奏诵读不破坏语义,它的句式组合就可以多种多样,表达的内容也就更加丰富。下面,让我们以其中的第一首《行行重行行》为例进行分析:

> 行行/重行行,与君/生别离。相去/万余里,各在/天一涯。道路/阻且长,会面/安可知。胡马/依北风,越鸟/巢南枝。相去/日已远,衣带/日已缓。浮云/蔽白日,游子/不顾返。思君/令人老,岁月/忽已晚。弃捐/勿复道,努力/加餐饭。

首先我们注意到,作为汉乐府诗中最典型的重言词,在这首诗中只出现了一例"行行",但是这个貌似重言的组合,与其他重言辞却有本质的区别,因为它不是由两个重言形容片语组成的一个不可分割的新词,而是两个动词的排比,从本质上还是两个词。所以它表达的意思也不是一个简单的重言形容词的摹形摹声,而是用两个动词表达"行"这一动作行为的持续不断,我们可以把它看成是诗人在语言组合上的一种新的创造。其次是诗中没有出现重复的句子,"相去日已远,衣带日已缓"两句,虽然也可以算作排比,但是在句法结构上有所变化,而且前后两句还有一种因果上的关联,是更高级的一种章法结构。类似的句子还有:"浮云蔽白日,游子不顾返。思君令人老,岁月忽已晚。"前两句是由自然的物象联想到人事,后两句则是由人事转向自然。特别是"浮云蔽白日"一句,"浮"、"蔽"、"白"三个字,用词准确,蕴含丰富,有明显的文人诗韵味。值得注意的还有"胡马依北风,越鸟巢南枝"一联,"马"对"鸟","胡"对"越","北风"对"南枝","依"对"巢",名词对名词,动词对动词,方位对方位,对仗相当工稳,显示了高超的修辞技巧。我们相信,这样一种诗歌的写作,已经包含着诗人在五言诗的创作艺术方面的有意追求。

不过,由于《古诗十九首》在总体语言风格上与乐府诗比较接近,以自然清新的口语式句法占主要比例,所以人们还是特别赞赏其真切自然的情感表达和通俗质朴的语言风格。到魏晋以后,文人们开始将五言古诗作为抒写情志的主要诗体形式,五言诗也因此从音乐中脱离出来而走向了一条独立发展的道路。

在引导五言诗走向辞藻的修饰方向方面,曹植是一个标志性人物。对此,钟嵘在《诗品》中称之为:"骨气奇高,词彩华茂,情兼雅怨,体被文质,粲溢今古,卓尔不群。嗟乎!陈思之于文章也,譬人伦之有周孔,鳞羽之有龙凤,音乐之有琴笙,女工之有黼黻。"曹植以其超人的天赋,将五言诗体的形式与汉语词汇的运用完美地组合在一起。在曹植的五言诗里,重言词比《古诗十九首》明显减少,三句以上的排比句式几乎没有,尽可能地发挥汉语单音词的功能,采用各种极具变化的组合方式,凝练成复杂的五言句式,从而达到写景与抒情的效果。

如《美女篇》描写美女,明显地借鉴了汉乐府《陌上桑》的夸张方式,但二者却大不相同:"美女妖且闲,采桑歧路间。柔条纷冉冉,落叶何翩翩。攘袖见素手,皓腕约金环。头上金爵钗,腰佩翠琅玕。明珠交玉体,珊瑚间木难。罗衣何飘飘,轻裾随风还。顾盼遗光采,长啸气若兰。行徒用息驾,休者以忘餐。"词汇丰富,语言华丽,句法富于变化。比较典型的例证再如《白马篇》:"仰手接飞猱,俯身散马蹄。狡捷过猴猿,勇剽若豹螭。"《公宴诗》:"明月澄清影,列宿正参差。秋兰被长阪,朱华冒绿池。潜鱼跃清波,好鸟鸣高枝。"追求对仗工整,用词讲究,呈才使气,雕琢痕迹明显,体现了文人诗的特征。自曹植以降,这种风气越来越浓,陆机、谢灵运等人是其代表。语言的雕琢,为律诗的对偶奠定了坚实的基础。

五言诗发展的第三个阶段是对平仄的讲究。它是对于诗歌音乐节奏把握的更高阶段,也可以说是当五言诗脱离了歌唱,变成诵读的艺术之后,诗人对于诗歌内在的语言节奏的认识与有意追求。汉语本身是有声调的语言,声调主要分为平仄两类。平声与仄声的相对应,本身也容易形成语言声调上的对称。但是,将它同声与声之间的音节对称比起来看,声调对称的节奏感就不那么明显了。所以,中国早期诗歌之重视节奏,最重视的还是音节的对称。当诗人掌握了一种诗体形式的音节对称规律之后,就会在此基础上追求语言修辞,以期用更为准确生动的语言与诗的节奏相配合,从而更加准确地表达思想情感。所以,在汉代以前,我们看不到有关中国诗歌创作在平仄方面的理论记述。

但平仄本身既然是一种客观存在,无论诗人是否有意追求平仄,在诗歌创作中都会有平仄对称的现象存在。如《诗经·周南·关雎》"参差荇菜,左右流之","参差荇菜,左右芼之",如果按平仄分析,就是"平平仄仄,仄仄平平"①,对称相当工整。《古诗十九首·今日良宴会》"人生寄一世,奄忽若飙尘",按平仄分析就是"平平仄仄仄,仄仄

---

① 《诗经》平仄的分析依据的是王力的上古音系统。

仄平平"。《庭中有奇树》"馨香盈怀袖，路远莫致之"，按平仄分析就是"平平平平仄，仄仄仄仄平"。《驱车上东门》"白杨何萧萧，松柏夹广路"，按平仄分析就是"仄平平平平，平仄仄仄仄"。"服食求神仙，多为药所误"，按平仄分析就是"仄仄平平平，平平仄仄仄"①。这种平仄上的对称，与后世律诗所要求的平仄对称虽然不一致，但是它说明，平仄对称的语言现象是存在的，掌握了平仄的规律，对于强化诗歌本身的声韵之美是有帮助的。

中国语言的四声与音乐的五音之间有相互对应的关系，古人早就有所认识。早在三国时期李登编著的《声类》和晋代吕静编著的《韵集》，就用宫、商、角、徵、羽来分类。《魏书·江式传》："（吕）静别放故左校令李登《声类》之法，作《韵集》五卷，宫、商、角、徵、羽各为一篇。"又，据唐代封演《闻见记》所言，《声类》是"以五声命字，不立诸部"。段安节《乐府杂录》："太宗朝，挑丝竹为胡部。用宫、商、角、徵、羽，并分平、上、去、入四声。其徵音，有其声无其调。"徐景安《乐书》："上平声为宫，下平声为商，上声为祉（徵），去声为羽，入声为角。"姜夔《大乐议》："七音元协四声，或有自然之理。"从这些记载看，四声的产生，当和音乐中的五音有一定的联系。魏晋六朝人认识到四声与五音的对应关系，所以在诗歌创作中不仅讲究节奏的配合，开始逐步重视四声的应用。不过，四声与五音之间的关系比较微妙，从古人的记载看，大概起初人们只是认识到不同的平仄声适合用于不同的音调，但是诗歌中在每个位置上到底要用什么平声还是仄声的字，似乎还认识得不太清楚。直到齐梁时期的沈约诸人，才有比较清晰的认识。刘勰《文心雕龙·声律》："夫音律所始，本于人声者也。声合宫商，肇自血气，先王因之，以制乐歌。故知器写人声，声非学器者也。故言语者，文章关键，神明枢机；吐纳律吕，唇吻而已。古之教歌，先揆以法，

---

① 以上所依据的是《广韵》系统，见李珍华等编《汉字古今音表》，北京：中华书局1999年修订版。

使疾呼中宫,徐呼中徵。夫宫商响高,徵羽声下;抗喉矫舌之差,攒唇激齿之异,廉肉相准,皦然可分。"这说明,在刘勰看来,声律的缘起本是由于人声,肇自血气。所以教人学习乐歌,首先要教人发声之法,所谓"疾呼中宫,徐呼中徵"。因为发声歌唱,发现字与字之间的配合十分重要:"凡声有飞沉,响有双叠。双声隔字而每舛,叠韵杂句而必睽;沉则响发而断,飞则声扬不还,并辘轳交往,逆鳞相比;迂其际会,则往塞来连,其为疾病,亦文家之吃也。"如果要改变这种状况,就要通过吟咏的方式仔细体会:"左碍而寻右,末滞而讨前,则声转于吻,玲玲如振玉;辞靡于耳,累累如贯珠矣。是以声画妍蚩,寄在吟咏,滋味流于字句,风力穷于和韵。异音相从谓之和,同声相应谓之韵。韵气一定,故余声易遣;和体抑扬,故遗响难契。属笔易巧,选和至难,缀文难精,而作韵甚易。虽纤意曲变,非可缕言,然振其大纲,不出兹论。"①括其要义,就是在反复吟咏的过程中,把握住"和"与"韵"二者。所谓"和",就是"异音相从",也就是掌握平仄之间的对应关系。所谓"韵",就是"同声相应"。这两者之中,又以"选和"最难,也就是掌握诗中"异音相从"的平仄更难。沈约《宋书·谢灵运传》:"夫五色相宣,八音协畅,由乎玄黄律吕,各适物宜。欲使宫羽相变,低昂互节,若前有浮声,则后须切响。一简之内,音韵尽殊;两句之中,轻重悉异。妙达此旨,始可言文。"沈约此文所说,与刘勰完全一致。包括两点,第一,诗歌当中对于平仄的把握,是为了使其更便于歌唱;第二,平仄协调的要义在于平仄有规律的变化相应。所以我们也可以说,中国诗歌的格律化过程,其实还是来自汉语诗歌本身对于节奏韵律的要求和把握,是从最初仅重视音步节奏的配合到重视语言的协调再到平仄协调的自然发展过程。

(作者单位:首都师范大学文学院)

---

① 按关于《文心雕龙》此段文字,多有异文及不同断句,此处引自周振甫《文心雕龙选译》,北京:中华书局 1980 年版,第 187—188 页。但"滋味流于字句,风力穷于和韵"两句与周文断句不同,具体考证不赘。

论早期五言诗的节奏演变与美学示范

罗桢婷

以"上二下三"作为五言诗的典型节奏,是自明清以来的共识。但所谓"下三"结构并非不可再分的最小意义单位,五言诗据其内部变数仍可进一步细分为:"二一二"式、"二二一"式及不可再分的"二三"式。它们在五言诗发展的各个阶段互有消长,大致经历了从"二一二"主导,转向广义的"二三"结构,最后"二二一"式兴起,与早期的"二一二"间错相用,成为此后五言诗的主导节奏。这条五言诗的节奏演变轨迹表明:一方面,来自《诗经》、楚辞的较为古拙的"二一二"式,是五言诗兴起的重要来源,同时也是汉魏五言古诗独特艺术风貌的重要组成部分;另一方面,五言诗在自身的发展过程中,也逐渐寻找到一种更具新变意味的构句方式,从而促使齐梁"二、五异声"的声律法则,向近体诗"二、四异声"的节奏转变。

一、广义"二三"式主导节奏的形成

根据《先秦汉魏晋南北朝诗》，分析先秦至两晋五言诗的节奏演变，如下表所示①：

句　式	先　秦	汉	魏	晋	趋　势
二一二	52.17%	64.03%	69.21%	66.20%	↑魏↓
二二一	13.04%	17.70%	10.44%	12.60%	↑汉↓魏↑
二三	4.35%	14.97%	18.40%	19.70%	↑
一四	8.70%	2.83%	1.69%	1.39%	↓
三二	21.74%	0.48%	0.25%	0.10%	↓
广义"二三"	69.56%	96.70%	98.05%	98.50%	↑

我们不难发现：广义的"二三"式自汉代起就已占据绝对的主导地位，其比重始终稳中有升。而"一四"、"三二"句式的比重迅速萎缩，其总和由先秦时期的30.44%锐减至汉代的3.31%，到晋代更跌至1.49%。这说明，五言诗自萌芽之初就有寻找主导意义节奏的自觉。其选择广义"二三"式的必然性，葛晓音、吴小平等已从汉语结构、诵读习惯，以及历史渊源等方面给出充分解释②。但是，"一四"式与"三

---

① 逯钦立辑校：《先秦汉魏晋南北朝诗》，北京：中华书局1983年版。以下句式统计及所引诗句原文，皆据此书，不再注引。"一四"式的内部虽可细分，但鉴于其内部变数颇大，且不具代表性，故兼而论之。具体篇目或有异文，或存歧见，在所难免。然细不妨要，以总体资料勾勒出来的早期五言诗的发展态势当是大致可信的。

② 葛晓音：《论早期五言体的生成途径及其对汉诗艺术的影响》，《文学遗产》，第6期（2006年），第15—27页；吴小平著：《中古五言诗研究》，南京：江苏古籍出版社1998年版，第131页。

二"式的衰落原因同样不容忽视,需作进一步阐释。

"三二"式在先秦的使用频率仅次于"二一二"式,但其句法构成却几乎千篇一律,曰:"佐雍者尝焉,佐斗者伤焉"(《国语》);"借车者驰之,借衣者被之"(《战国策》)。经两汉至晋,句法亦未见新变,曰:"太仓令有罪"(班固《咏史》),"富贵者称贤"(赵壹《秦客诗》),"淮南弟称王"(曹操《蒿里行》),以及"荣与壮俱去,贱与老相寻"(张翰《杂诗》)等。值得注意的是,这些"上三"部分在当时均由不可缩减的名词性短语构成,应属作者的无奈之举。由于烦琐的称名指代与五言诗寻求主导节奏的努力背道而驰,故后世概以惯用简称规避之,如称"凌烟阁"为"凌烟"、"烟阁",称"凤凰池"为"凤池";称司马相如为"马卿"、"相如",称公孙弘为"公孙"、"孙弘"等。至于"佐雍者"、"借车者"、"所怜者"之类泛指,则一律省去"者"字,如南朝乐府中就频现"所欢"、"所怜"等。除此以外,规避"三二"式的更为积极的手段当属颠倒句序。如晋阮侃诗曰:"飘飘然远征。"(《答嵇康诗二首》其一)此即是为正常句序而失掉整齐节奏;至南朝诗人专以颠倒句序为尚,在骈文中已大量使用"孤臣危涕,孽子坠心"(江淹《恨赋》)的描述,更何况于诗? 如沈约《石塘濑听猿》曰:"嗷嗷夜猿鸣,溶溶晨雾合。"即是此例。

可见,"三二"式盛行于先秦,很大程度上与早期五言诗在构词、造句上所受的限制有关。随着诗体语言的灵活性增强,"三二"式也因其对和谐节奏的破坏,而渐遭冷落。同时,又因其因循古拙,足以代表先秦五言古风,故时或成为后世诗人追慕模仿的对象,如阮籍《咏怀》频繁使用"所怜者谁子"、"宾客者谁子"、"仇怨者谁子"等句;杜甫也特意在七言拗律《白帝城最高楼》中写下:"杖藜叹世者谁子。"这些过分相似的语言、结构,虽笨拙乏味,但若置于精心结撰的篇章中,又往往成为诗篇之骨节筋腱处。

同样,"一四"结构的比重从先秦至两汉锐减,此后亦稳定下降。与"三二"式相比,它的突出特点是散文化、口语化的倾向更加严重,尤其多见于民间谣谚或人物对话中。前者如"故为人所羡,今为人所怜"(《成帝时歌谣》);"豹则虎之弟,鹰则鹞之兄"(《古艳歌》);"桀放于鸣条"(《折杨柳行》),以及汉乐府中常用的"客从远方来"等。后者仅在叙事长诗《孔雀东南飞》中,就能举出"君当作磐石,妾当作蒲苇","云有第三郎","理实如兄言","先嫁得府吏,后嫁得郎君","吾独向黄泉"等数句。毫无疑问,"一四"式对五言诗节奏日趋整齐的发展同样是种威胁,但其散漫随意的姿态,也为后世诗人提供了改造五言诗的另一种可能。杜甫《月夜忆舍弟》曰:"露从今夜白,月是故乡明。"中唐韩愈以文为诗,更不乏此类用法,如《南山诗》连用五十多个"或"字领起,曰:"或连若相从,或蹙若相斗。或妥若弭伏,或辣若惊雊。或散若瓦解,或赴若辐辏。或翩若船游,或决若马骤……"值得注意的是,这种以名词(以人称代词为主)或副词起首的用法,有别于后世填词以动词领起的"一字逗",是先秦诗歌散文化、口语化的典型特征。

总之,早期五言诗尚未发展出成熟的"诗的语言",故"三二"、"一四"等散文化的五言构句节奏,作为广义"二三"句式的对立面,大量保存于先秦的五言歌辞谣谚,乃至汉乐府如《孔雀东南飞》中。然而,由于五言诗的"诗化发展",以及对主导节奏的积极追求,"三二"、"一四"式在大盛于先秦后,旋遭弃用。这也使其得以留在萌芽之初,保持着或古拙或散漫的姿态,成为后世诗人求新求变的灵感渊薮。

二、"二一二"与"二二一"的对立消长

早期五言诗选定广义"二三"式为其主导节奏的实质,是"二二一"式崛起,逐渐打破先秦以来"二一二"式的主导局面,并与之分庭抗礼的过程。具体而言,"二二一"式的比重由先秦至汉增加了4.66%;从汉到魏,下降了7.26%;入晋后,则又增加了2.16%。在这些

看似随意的数字变化背后，自有其必然存在。虽然"二二一"式所占比例至两晋时也仅为 12.60%，仍低于先秦的 13.04%，但其内部构句法的改变，却传递出一种极为重要的新变消息，成为后世五言诗节奏成熟定型的关键。

"二二一"式的首次增长是在两汉。此时的构句法以"二/副词/一"为主，居中尤多判断副词，如"临食不能饭"、"长夜不能眠"、"匪席不可卷"、"虽知未足报"（秦嘉《赠妇诗》）；"河清不可俟，人命不可延"（赵壹《秦客诗》）；"远道不可思"、"辗转不可见"、"入门各自媚"（蔡邕《饮马长城窟行》）；"良时不再至"、"悢悢不能辞"、"皓首以为期"、"对酒不能酬"、"相见未有期"、"羽翼不能胜"、"驽马不可乘"、"塞耳不能听"、"彷徨不能归"、"有翼不好飞"、"闻子不可见"、"生时不识父"（《李陵录别诗》二十一首）等。虽然居中的"二"并非完全排除使用名词，如"天汉东南流"（《李陵录别诗》二十一首）；"翩翩飞蓬征，怆怆游子怀"（《古八变歌》）等，但明显尚未表现出作意好奇的自觉。这与刘宋以后代表着新变的"岩高白云屯"（谢灵运《入彭蠡湖口》）、"鱼戏新荷动，鸟散余花落"（谢朓《游东田》）等佳句可谓大异其趣。二者的主要区别在于：首先，前者多用虚词，以"二/副词/一"式为主；后者多用实词，表现为"二/名词或形容词/一"式。其次，前者以叙事抒情为主，多比兴手法，意不在景；后者以客观描写为主，选词极富修饰性。最后，前者词义疏朗，常出现整句，甚至是好几个句子使用相同主语的情况；而后者有时意象密集，一句分涉两个主语，可细分为"一一/二一"式。

由于汉代五言诗的"二二一"式古拙散漫，故难免与始于魏晋的"文学自觉"倾向背道而驰。魏人在大量削减两汉"二二一"式构句法的同时，也在尝试着对其进行文人化改造，并成功孕育出新变因素，如"蟋蟀夹岸鸣，孤鸟翩翩飞"（王粲《杂诗》）；"一纵两禽连"（曹植《名都篇》）；"越夷水中藏"（曹植《苦热行》）；"东观扶桑曜，西临弱水流"（曹植《名都篇》）等。此类句法以"二/名词或形容词/一"式熔铸情景,初见锻炼之功。

入晋后,文人虽囿于玄言,未能在新变之路上走得更远,但前期的惯性仍使"二二一"式在此期实现了小幅回升。此前,汉魏诗人以五言铺陈场面,必然以"二一二"式为主,如曹植《公宴诗》曰:"清夜游西园,飞盖相追随。明月澄清影,列宿正参差。秋兰被长坂,朱华冒绿池。潜鱼跃清波,好鸟鸣高枝。神飙接丹毂,轻辇随风移。"至西晋也多仍旧制,如王浚《从幸洛水饯王公归国诗》曰:"圣主应期运,至德敷彝伦。神道垂大教,玄化被无垠。钦若崇古制,建侯屏四邻。皇舆回羽盖,高会洛水滨。临川讲妙艺,纵酒钓潜鳞。八音以迭奏,兰羞备时珍。古人亦有言,为国不患贫。与蒙庙庭施,幸得厕大钧。群僚荷恩泽,朱颜感献春。赋诗尽下情,至感畅人神。长流无舍逝,白日入西津。奉辞慕华辇,侍卫路无因。驰情系帷幄,乃心恋轨尘。"然而,东晋曹毗的《咏冬诗》全用"二/名词或形容词/一"式吟咏冬夜,曰:"绵邈冬夕永,凛厉寒气升。离叶向晨落,长风振条兴。夜静轻响起,天清月晖澄。寒冰盈渠结,素霜竟檐凝。"诗以描写为主,遣词富于修饰性,尤其是"夜静轻响起,天清月晖澄"一联,可谓得风气于"岩高白云屯"之前。

在锻炼新句法的同时,晋人对汉魏"二/副词/一"式的运用也有着同样清醒的认识。以西晋陆机的五言诗为例,此时构句仍以单句为主,不太涉及意象密集的双主语,但其遣词造境,已具有惨淡经营的自觉,故能以"才高词赡,举体华美"(钟嵘《诗品》)擅胜。篇中佳句如"音声日夜阔","迅雷中霄激,惊电光夜舒"(《赠尚书郎顾彦先诗二首》);"虎啸深谷底,鸡鸣高树巅","夕息抱影寐,朝徂衔思往"(《赴洛道中作诗二首》)等,皆以实词为主,绘藻雕饰,颇具巧思,很符合摘句的需要。但是,在其拟古诗十二首中,作者却有意回避了这类精心结撰的佳句,以及造句的实词化倾向,大量模拟汉魏句法,使用"还期不可寻"、"羽觞不可算"、"高谈一何绮"、"华容一何冶"、"牵牛西北回,织女东南顾"、"美人何其旷"、"西山何其峻"、"慷慨为谁叹"、"玉容谁能顾"、"踯躅再三叹"这类简古浑成的句子。

　　源于先秦的"二二一"式经由文人改造后,由古拙趋于精致。在不断拓宽其表现力的同时,也逐渐具备与"二一二"争胜的实力。这在声律的演变中可以得到佐证。以沈约为代表的永明声律论者要求五言诗中"二、五异声"(异四声),表现出对广义"二三"结构的认同。此后,"二、四异声"(异平仄)作为一股不可忽视的暗流,始终冲击着"二、五异声"的定式。这也正是作为意义节奏的"二二一"式在新变中成长,并与"二一二"式展开漫长角力的时期。直至初唐,近体诗律在沈、宋等人的积极推动下才得以完成。从单句内部看,确定二、四异声,以第五字为韵脚,恰与作为意义节奏的"二二一"式相符①。换言之,永明体所选择的诵读节奏,与广义"二三"式的意义节奏相符;而近体所选择的,却是脱胎于广义"二三"式后的更为细化的"二二一"式。虽说诵读节奏的确定与意义节奏的选择之间并无直接而必然的联系,但二者互为影响,大体趋同的态势却依然能够说明问题。换言之,五言诗从永明体到近体,反映的是其意义节奏从广义"二三"式走向分裂与细化的过程。此后,原本主导广义"二三"式的"二一二"式,与充满新变活力的"二二一"式在古、近体之间各擅胜场,共同造就了五言诗整齐但并不单调的意义节奏美。对此,初唐人就已表现出清醒的认识。《文镜秘府论》"西卷·论病第十九、第二十条"列有"长撷腰"、"长解镫"二病,曰:

　　　　第十九,长撷腰病者,每句第三字撷上下两字,故曰撷腰,若无解镫相间,则是长撷腰病也。如上官仪诗曰:"曙色随行漏,早吹入

━━━━━━━━━━

① 何伟棠著:《永明体到近体》,广州:广东高等教育出版社1994年版,第111—177页。"二、五异声"要求五言诗的第二、第五字不同"四声";"二、四异声"要求的是第二、第四字不同"平仄",而第五字或入韵,或不入韵。所以从音节节奏来看,在五言诗句内,前者是"二三"式,后者却是"二二一"式。

繁笳。旗文萦桂叶,骑影拂桃花。碧潭写春照,青山笼雪花。"上句
"随",次句"入",次句"萦",次句"拂",次句"写",次句"笼",皆单
字,撷其腰于中,无有解镫者,故曰长撷腰也。(此病或名束。)

第二十,长解镫病者,第一、第二字意相连,第三、第四字意相
连,第五单一字成其意,是解镫;不与撷腰相间,是长解镫病也。
如上官仪诗曰:"池牖风月清,闲居游客情,兰泛樽中色,松吟弦
上声。""池牖"二字意相连,"风月"二字意相连,"清"一字成四
字之意,以下三句,皆无有撷腰相间,故曰长解镫之病也。

元兢曰:"撷腰、解镫并非病,文中自宜有之,不间则为病。
然解镫须与撷腰相间,则屡迁其体。不可得句句相间,但时然之,近
文人篇中有然,相间者偶然耳。然悟之而为诗者,不亦尽善者
乎。"(此病亦名散。)

"撷腰"者,单字居中,即"二一二";"解镫"者,第五字单成其意,
即"二二一"。二式乃五言不可或缺的基础节奏,但以长用之,不相间
为病,故要求"屡迁其体"。此文病不为大患,只是不能"尽善"而已。
元兢也指出:"时然之,近文人篇中有然,相间者偶然耳。"后世诗人也
多不奉守此法,大体拟古者多使"撷腰",玩新者多用"解镫"。这场角
力的结果,是哪一方都不可能偏胜,因而得以维持相对稳定的状态,这
正是五言诗意义节奏真正发展成熟的标志。

三、早期五言诗的节奏特征与"句腰"的出现

"二一二"式在先秦五言诗中初占比例为 52.17%,此后逐渐攀升
至魏时 69.21%的巅峰,至"古体遂涓"[1]的晋代才有所下降。可见,

---

① (明) 许学夷:《诗源辩体》,北京:人民文学出版社 1998 年版,卷五,第 87 页。

"二一二"当属汉魏五言诗的基础意义节奏。也就是说,汉魏五言诗当受"二一二"的诵读节奏支配,并以此统一在意义层面上尚存分歧的各类节奏,从而形成诗体统一的韵律节奏。

关于韵律节奏,松浦友久先生主张将汉魏古诗的拍节节奏确定为以"○○／○○／○×"的"三拍子",在此基础上进而提出"休音"说。这事实上是利用了声律论中二、五异声与二、四异声的现象。为了说明他的理论,他举出《古诗十九首》之十"迢迢牵牛星,皎皎河汉女。纤纤擢素手,札札弄机杼";曹植《送应氏》之二"清时难屡得,嘉会不可常。天地无终极,人命若朝霜"两例。一方面,他认为汉魏古诗"从节奏结构方面看……已与唐代全然相同",是"○○／○○／○×"的"三拍子",即"二二一"式;另一方面,他又不得不承认"就包含平仄的整个韵律结构而言,尚未达到同一程度",他甚至不得不面对他所举例句中"纤纤擢素手",当然还包括"札札弄机杼"、"清时难屡得"、"天地无终极"、"人命若朝霜"等句,在意义上是不折不扣的"二一二"式①。为了解决这一矛盾,松浦先生提出"有时句末半拍的休音移到第三字之后,几乎读成接近于 ○○／○×／○○ 的形式"。

但是,这里仍有两个问题无法解决:第一,汉魏时期根本不存在任何探讨声律的尝试,那么,借助声律自觉后形成的理论来规范前代诗歌创作,是否合理呢? 第二,既然说"有时"句末休音移到第三字之后,就意味着这一情况当是例外。但事实上,如果以"二二一"为韵律节奏,则韵律节奏与意义节奏龃龉的情况定会普遍存在。因为作为意义节奏的"二二一"式所占比例最多也不过是 17.70%,而"二一二"式所占比例至少也有 64.03%,两相比较,后者显然具有压倒性的优势。这种情况自然也违背松浦先生所说的:"就语言表现的自然形态看,

---

① ［日］松浦友久著,孙昌武、郑天刚译:《中国诗歌原理》,沈阳:辽宁教育出版社1990 年版,下编:第五篇《诗与节奏》之《中国古典诗的节奏》(六)"五言诗",第110—111 页。

无论是在韵文还是散文里,韵律节奏与意义节奏基本上是相一致的。"①

作为汉魏五言的基本节奏,"二一二"式集中反映了早期五言古诗发生、发展的轨迹。"二一二"式产生之初,多以虚字为句腰,留下了由诗骚"二×二"式(×为虚字)演化而来的痕迹②。随着五言诗在文人手中日渐发展,句腰实字化的趋势在汉诗中开始出现,到魏代又进一步出现了针对句腰进行炼字的倾向。然而,魏五言虽时见字眼,却能浑成,犹不失古意。

先秦五言最早表现出以虚字为句腰的鲜明特征,如"唇亡则齿寒"(《墨子》引古语);"田父可坐杀"(《列子》引周谚);"蠹众而木折,隙大而墙坏"(《商子》引谚)。两汉五言诗亦不乏以虚字为句腰者,仅以蔡琰《悲愤诗》聊举数例,如"拥主以自强"、"肝脾为烂腐"、"当发复回疑"、"观者皆歔欷,行路亦呜咽"、"胸臆为摧败"、"为复强视息"、"竭心自勖厉"、"旁人相宽大"、"虽生何聊赖"、"托命于新人"。这一现象说明,汉魏五言中的基本节奏"二一二"式,是来自先秦。其中最极端的例子是秦嘉、徐淑夫妇的赠答诗。秦嘉《赠妇诗》三首,全用五言写成,而徐淑的答诗虽具五言之形,但事实上全是以"兮"字为句腰的五言骚体句,如下:

> 人生譬朝露,居世多屯蹇。忧艰常早至,欢会常苦晚。念当奉时役,去尔日遥远。遣车迎子还,空往复空返。省书情凄怆,临食不能饭。独坐空房中,谁与相劝勉。长夜不能眠,伏枕独展转。忧来如寻环,匪席不可卷。
>
> ——秦嘉《赠妇诗》三首其一

---

① [日]松浦友久著,孙昌武、郑天刚译:《中国诗歌原理》,沈阳:辽宁教育出版社,1990年版,下编:第五篇《诗与节奏》之《中国古典诗的节奏》(三)"'韵律节奏'与'意义节奏'",第104页。

② 葛晓音:《论早期五言体的生成途径及其对汉诗艺术的影响》。

妾身兮不令,婴疾兮来归。沉滞兮家门,历时兮不差。旷废
兮侍觐,情敬兮有违。君今兮奉命,远适兮京师。悠悠兮离别,无
因兮叙怀。瞻望兮踊跃,伫立兮徘徊。思君兮感结,梦想兮容辉。
君发兮引迈,去我兮日乖。恨无兮羽翼,高飞兮相追。长吟兮永
叹,泪下兮沾衣。

——徐淑《答秦嘉诗》一首

两汉虽以虚字为句腰,但已能充分地利用虚字的优势来表情达意
了,其使用效果丝毫不逊于精警的实字字腰,别有一番意趣。如"勿
复空驰驱,哀哉复哀哉"(赵壹《鲁生歌》);"花花自相对,叶叶自相
当"(宋子侯《董娇饶诗》)。一"空"一"复",对于驰驱子的哀叹已溢
于言表;两"自"字,使无情物作无情态,而人情立见。郦炎《见志诗》
也大量使用虚字,如"修翼无卑栖,远趾不步局……贤愚岂常类,禀性
在清浊。富贵有人籍,贫贱无天录。通塞苟由己,志士不相卜"。
"岂"、"苟"一类语气强烈的虚词与"有"、"无"二字的对比,又使一个
桀骜愤懑的诗人形象跃然纸上。

在改进虚字句腰的同时,两汉也加速了句腰实字化的进程,其中
"枯桑知天风,海水知天寒"(蔡邕《饮马长城窟行》);"金甲耀日光"
(蔡琰《悲愤诗》);"浮云起高山,悲风激深谷"(秦嘉《赠妇诗》);"弹
筝奋逸响"、"馨香盈怀袖"、"东风摇百草"(《古诗十九首》);"流尘生
玉匣"(《汉书》歌)诸语皆妙。题为《古诗》中"晨风动乔木"、"微风动
单帷"二句,以"动"字为句腰,兼含使动与被动二义,为魏人所法。以
上各句虽妙,终不失浑成,未见刻意炼字之作用。

魏代始有炼字之意,后人亦多于其间寻觅句眼、响字,所论又以曹
植为多,如"惊风飘白日"(《野田黄雀行》);"秋兰被长坂,朱华冒绿
池","神飙接丹毂"(《公宴诗》);"白日曜青春,时雨静飞尘"(《侍太
子坐诗》)等句中,"飘"、"被"、"冒"、"接"、"曜"、"静"皆响。其他如
"藿蒲竟广泽,葭苇夹长流"(王粲《从军诗》);"冰雪截肌肤"(王粲

《七哀诗》);"菡萏溢金塘"(刘桢《公宴诗》);"游响拂丹梁,余音赴迅节"(曹丕《于谯作诗》);"卑枝拂羽盖,修条摩苍天"、"惊风扶轮毂"(曹丕《芙蓉池作诗》),句腰处已经颇见锻炼之功。

西晋五言诗人于炼字上更为用力,如"襟怀拥虚景"(张华《情诗》);"玄云拖朱阁,振风薄绮疏"(陆机《赠尚书郎顾彦先诗二首》其二);"中夏贮清阴"(陶潜《和郭主簿诗》);"白云宿檐端"(陶潜《拟古诗九首》),句腰皆堪称警遒。但晋人炼字,已不局限于句腰处,如"愁来不可割"(张望《贫士诗》)之"割"字,"音声日夜阔"(陆机《赠尚书郎顾彦先诗二首》其一)之"阔"字。即使如此,句腰在五言诗中的核心地位尚未动摇,如陶潜《乞食诗》中有一句"叩门拙言辞",此句的正常语序应是"叩门言辞拙",之所以特地将"拙"字置于句腰,变"二二一"式为"二一二"式,正为强调其重要性。

因此,"二一二"式在汉魏晋五言诗不断加强其主导地位的过程,也是句腰"一"的重要地位得以不断确认的过程。《对床夜语》卷二云:"五言律诗……于第三字中下一拗字,则妥帖中隐然有峻直之风。"《童蒙诗训》载:"潘邠老云:……五言诗第三字要响。"都突出了句腰的重要地位。南宋魏庆之《诗人玉屑》讲炼字,不拘于炼五言诗中任一字,却偏偏指出"古人炼字,只于眼上炼,盖五言诗以第三字为眼"①。称古人唯炼句腰者颇有其人②,这正说明句腰之出现与早期五言诗的体制特征有莫大关联。从先秦至两晋,五言诗句以"二一二"为主,其内部特征主要为"名词性短语/动词/名词性短语"。由于名词性短语的可变性有限,故诗句的成败就只能决定于处于句腰位置的动词,如"中夏贮清阴"(陶潜《和郭主簿诗》)之类是也。

---

① (宋)魏庆之撰,王仲闻点校:《诗人玉屑》,北京:中华书局2007年版,卷八《句中有眼》,第242页。

② 何谿汶撰《竹庄诗话》卷一引《漫斋语录》云:"五字诗以第三字为句眼……古人炼字只于句眼上炼。"见吴文治主编《宋诗话全编》,南京:凤凰出版社1998年版,第10054页。

四、"句腰"由虚转实与汉魏诗风"浑成"论

后人论诗,不乏追慕汉魏者。其所标举大致不出情深意远、简古浑成二端。严羽《沧浪诗话》云:"诗有词理意兴。南朝人尚词而病于理,本朝人尚理而病于意兴,唐人尚意兴而理在其中,汉魏之诗,词理意兴,无迹可求。"胡应麟《诗薮》说:"两汉诸诗……至《十九首》及诸杂诗,随语成韵,随韵成趣,辞藻骨气,略无可寻,而兴象玲珑,意致深惋,真可以泣鬼神,动天地。"

两汉是五言诗体探索的初创阶段,既无成法可寻,又不必刻意翻新,其体尚俗,难登大雅。朝廷既不以兹取士,文人亦不托之自重,故时人感物而动,若非一段郁结无说处,皆不必为五言,故胡应麟《诗薮》称:"二京无诗法,两汉无诗人。"因此,汉魏五言诗创作别具风神,且与节奏演变密切相关,共同构成了汉魏古体。

一、虚字句腰与汉诗意境"浑成"的关系。严羽《沧浪诗话》所谓"气象混沌,难以句摘",已是论者颇夥,本文不再赘述。但我们认为,"浑成"也同样体现在"句不可字摘"上。如前所论,汉诗古质,虽已出现句腰实字化的倾向,但仍以虚字句腰为主。虚字的特点在于,它主要是起语法上的组合作用,表意比较虚,但往往能在起承转合处表现鲜明的态度和强烈的情绪。而一旦将这种鲜明的态度和强烈的情绪,置于普遍的人生命运与人类情感中去,无疑会获得最广泛的共鸣。如"修翼无卑栖,远趾不步局","贤愚岂常类,禀性在清浊","通塞苟由己,志士不相卜"(郦炎《见志诗》);"河清不可俟,人命不可延","文章虽满腹,不如一囊钱"(赵壹《秦客诗》);"书中竟何如"(蔡邕《饮马长城窟行》);"翠盖空踟蹰"(辛延年《羽林郎诗》);"少壮不努力,老大徒伤悲"(《长歌行》)。

汉魏五言诗常用的虚词比较固定,主要有以下几类:

① 副词类:如表否定的副词"不"、"非"、"无"、"勿"、"莫";表频

率的副词"再"、"复"、"还"、"常";表语气的副词"竟"、"可"、"当"、"徒"、"实"、"良";表时间副词的"正"、"方"、"辄";表范围的副词"皆";以及特殊的代词性副词"相"等。

② 连词类:如"以"、"且"、"亦"、"复"、"与"、"相"等。

③ 介词类:如"为"、"于"、"乎"等。

④ 感叹词类:如"何"、"一何"、"何其"等;

可见,汉五言常用的虚字句腰有相当部分都是副词,而副词的语法功能很窄,这也在某种程度上决定了汉代五言句式不可能发生太大变化,而保持相对稳定的状态。独立的虚词并不具备任何审美可能,而一旦进入某一特定文本,它就充满了各种表现力。如"长歌正激烈,中心怆以悲"(李陵《别诗》)之"正"字,单看时平淡无奇,若放入上下文中,便勾勒出临歧之人为长歌所感,哀曲、心曲纠结纷乱之境。这正是虚字句腰从属于篇章,而很难成为"句眼"的原因所在。

二、实字句腰与魏诗意境"浑成"的关系。汉诗作为五言源头,历代诗论对其简古浑成的特质都不曾有所怀疑,对魏诗则不然。如严羽在《沧浪诗话·诗评》中说:"建安之作,全在气象,不可寻枝摘叶。"并进一步肯定"晋以还方有佳句,如陶渊明'采菊东篱下,悠然见南山',谢灵运'池塘生春草'之类"。而许学夷却认为"魏人……情性未至,始著意为之,故其体多敷叙,而语多构结,渐见作用之迹"。胡应麟《诗薮》也认为"魏诗虽极步骤,不免巧匠雕镌耳"。

以上两派说法针锋相对,各有其合理处。正如钟嵘《诗品序》所言:"降及建安,曹公父子,笃好斯文;平原兄弟,郁为文栋。刘桢、王粲为其羽翼。次有攀龙托凤,自致于属车者,盖将百计。"由于曹氏父子的爱好与宣导,刘桢等人凭借五言诗创作所获得的殊遇①,向时人展示了一条借由创作开启的晋身之阶,从而造就了一群"攀龙托凤"

---

① (魏)曹丕撰:《典论·论文》,又《与吴质书》曰:"公干有逸气,但未遒耳。其五言诗之著者,妙绝时人。"见(梁)萧统编,(唐)李善注:《文选》,上海:上海古籍出版社1986年版,第2270—2273、1897页。

之辈。因此,与汉相比,魏五言诗似乎在落笔之初就已略逊一筹。

　　但是,魏代出现的炼字倾向也导致了严羽与许学夷的分歧。因此,在探讨实字句腰与汉魏古诗传统之关系时,必须排除这一产生于魏代的新变因素。事实上,汉魏在使用实字上一脉相承处主要有三点:

　　第一,选词无尖新生涩之感,如频繁使用"激"、"难"、"厉"、"纷"、"含"、"凌"、"如"、"空"、"鸣"、"感"、"盈"、"冒"等词。然而,选词虽熟,但用法颇巧,比如习惯性地隐去动词主语。"二一二"式的构句方法多是"名词/动词/名词"。这是一个最适合使用主谓宾搭配的构句法,如"上叶摩青云"(《豫章行》)。但汉魏五言并不受此拘束。如"枯桑鸣中林,纬络响空阶"(《古八变歌》),说的是枯桑在中林悲鸣,纺车在空阶回响。然而,枯桑何以自鸣?纺车何以自响?显然,作者巧妙地回避了"鸣"、"响"的施动者,而将本应出现的施动者巧妙地置换成了处所名词。这与汉魏诗中多用"自"、"生"为句腰的努力相一致,如"入门各自媚"(蔡邕《饮马长城窟行》);"花花自相对,叶叶自相当"(宋子侯《董娇饶诗》);"北面自宠珍"(刘桢《公宴诗》);"湛淡自浮沉"(曹丕《清河作诗》)。由于这一现象在写景状物中的普及,无情之物在隐去施动者后都似乎活了过来,变得有情,使诗歌获得了深情与天然的特质。

　　第二,模糊动词动与使动的指向,使居中的动词与前后名词融为一体。譬如,"东风摇百草"(《古诗十九首》之"回车驾言迈"),既可解作"东风摇动了百草",也可解释作"东风使百草摇动起来"。但绝大部分诗句,如"菡萏溢金塘"(刘桢《公宴诗》),都无法做这样的置换。由于"东风摇百草"之句腰"摇"兼有动与使动二义,则必然使其与"东风"、"百草"分别相关,最后以之为中介,使了不相干的前后两个名词也成为有机整体。此类诗句还有"微风动单帏"、"因风动馨香"(李陵《别诗》);"丝桐感人情"(王粲《七哀诗》);"哀笑动梁尘"(王粲《诗》);"绮树焕青葱"(陈琳《宴会诗》);"悲声感路人"(阮瑀《咏史诗》);"清风飘我衣"(曹植《情诗》)。

第三,善用数词,寄情于内,如"一岁三从军"(左延年《从军行》);"一沐三握发"(《君子行》);"五日一来归"(《相逢行》);"飞来双白鹄","五里一反顾,六里一徘徊"(《艳歌何尝行》)。这些诗篇中的数字,大多是虚数,甚至根本只是个符号,如"双白鹄"一类。其实诗人未必真见到了白鹄,铺陈数字的目的,并不在于数字本身,而是在利用质、量相关性,将其显而易见的褒贬态度与情感诉求隐藏其中。

总　论

汉、魏、晋五言诗节奏的演变可以从四个层面进行归纳。首先,是迅速抛弃了"三二"、"一四"等散文化、口语化的节奏,并选取"上二下三"、即广义的"二三"结构作为自身发展的规定性方向。此后,五言诗的主导节奏演变只是在"上二下三"内部的各种可能性之间展开。其次,在《诗经》中形成,并在"骚体"中得到发展的"二一二"式理所当然地成为汉魏五言诗的主导节奏。然而,随着文学自觉与五言诗的"诗化发展",更具新创特色的"二二一"式也随之崛起,大有取代前者之势。第三,自汉末魏初开始的诗艺探索,同样波及较为传统的"二一二"式,其突出表现为:炼字日渐集中于中顿半拍的"一"处,并直接导致了"句腰"(亦称句眼)的出现。"句腰"由虚转实,由古拙向精致发展,虽契合此后五言诗"文人化"、"华丽化"的发展方向,并成为最终得以与"二一二"式争胜的法宝,但同时也失落了诗骚迄于汉魏的"浑成"风貌。第四,"二二一"与"二一二"式,都从属于广义"二三"结构。二者在角力中创造平衡,终于使早期五言诗节奏从摇摆驳杂走向成熟。而散文化的"三二"、"四一"式,与广义"二三"节奏对立,也为魏晋以降的五言诗提供了最初的美学示范。

(作者单位:北京大学中文系)

从古体诗到近体诗：

走向声调格律的漫长旅程

汉语诗律起源
——证自沈约诗案例研究

张洪明

  永明诗歌,对中国学术史而言,其意义不仅在于诗歌史,它在文学史、文化史、语言史诸方面之影响,也非其他诗体所能匹配。论永明体,自然要谈沈约声律论。但沈氏学说究竟为何,其论与其作关系怎样,学界至今少有服众之论。坊间相当流行的说法,其实问题不少。在此仅举其荦荦大端,略说一二。学界普遍认为,沈约首创"四声八病",并将四声分成平仄两类,构成汉语近体诗平仄二元对立的声律体系。梅维恒(Victor Mair)和梅祖麟(Tsu-lin Mei)则进一步主张,沈约是受梵诗格律影响而有"八病"之说、"平仄"之创。不过,让人困惑的是,沈约及其他六朝诗人的创作实践并不遵守这些规则。可见,汉语近体诗声律的起源仍是一个不解之谜。本文就以下诸问题对沈约诗歌作一穷尽性研究,希冀解决这一谜团:(1)诗律的本质;(2)汉语格律诗的声律模式;(3)汉律梵源说证伪;(4)汉诗格律如何由六朝律嬗变至唐朝律。

引　言

一般认为,汉语格律诗极为重要、必不可少的特征——"声律",发轫于永明时期(483—493)。学界普遍认为,沈约(441—513)提出了"四声八病"①,并将四声分成平仄两类。北美学者梅维恒和梅祖麟(以下简称"Mair-Mei")进一步主张,沈约是受梵诗格律 śloka(首卢柯)影响提出"八病"之说。此若属实,那么,我们有理由相信,沈约应知行合一,其诗作理当遵循他自己提出的诗律理论。然而,细查沈氏作品,发现其诗并不遵循这些规则,而且病犯(八病)不少。因此,成说有必要重新检讨②。

本文认为,"八病说"成于隋唐(581—907)时期,与沈约无关。所谓沈约声律理论和其诗歌创作实践之矛盾,其实并不存在,有此误说,实因研究视角偏误所致,以唐代(618—907)诗律衡量沈约及六朝(222—589)人之作,未能通盘考察汉诗声律发展的全貌。

本文首先介绍前人有关沈约声律理论的看法,重点考察 Mair-Mei 提出的汉律梵源说,证明梵文 śloka 格律并非汉诗声律原型,"八病"理论出现也与梵文 yamaka(叠音)无关。通过进一步考察相关文献,确证"四声说"的主要倡导者为沈约,但并无可靠证据显示他发明了"八病说"和"平仄律"。最后分析沈约诗作自违其例的所谓"悖论",证明其声律模式与其声律理论高度吻合。

---

① "四声"指中古汉语平上去入四个调类。"八病"包括"平头、上尾、蜂腰、鹤膝、小韵、大韵、旁纽、正钮"。有关四声的语言学性质讨论,请参见潘悟云、张洪明:《汉语中古音》,《语言研究》,2013 年第 33 卷,第 2 期,第 1—7 页;Wuyun Pan and Hongming Zhang:"Middle Chinese Phonology and *Qieyun*", in *The Oxford Handbook of Chinese Linguistics*, Oxford University Press, 2015, pp.80‐90.

② Victor Mair & Tsu-lin Mei, "The Sanskrit Origins of Recent Style Prosody," *Harvard Journal of Asiatic Studies* (*HJAS*), vol. 51, no.2, 1991, pp.375‐470.

一、沈约诗律理论平议

（一）中国学者的观点

"声律"之发明为永明文学最突出成就之一,标志着汉语格律诗的发端。不过,研究永明声律,首先面对的棘手问题,就是需要厘清沈约诗律理论与"四声八病"之关系,以确定他是否提出了声病说。因此,有必要先考察一下学界主流就此问题的通行观点。下面是中国学术界就此问题的论述:

> 永明新体诗的声律要求,以五言诗的两句为一基本单位,一句之内,平仄交错,两句之间,平仄对立。其余类推。另外又要求避免平头、上尾等八种声韵上的毛病,即"八病"之说。①
>
> 沈约等人将四声的区辨同传统的诗赋音韵知识相结合,研究诗句中声、韵、调的配合,并规定了一套五言诗应避免的声律上的毛病,即"病犯",也就是后人所记述的"八病"。②
>
> 沈约……作诗讲求声律,提倡"四声"、"八病"说,与王融、谢朓等创造"永明体"诗,开古诗向近体诗发展之先河。③
>
> "四声八病"说即永明声律论,是与沈约的名字连在一起的。④

由上可知,最有影响的两部中国文学史教科书、篇幅甚巨的《中国诗

---

① 章培恒、骆玉明:《中国文学史》,第三编《魏晋南北朝文学》,第二章《南朝诗文与民歌》,第二节《齐代诗文》,上海:复旦大学出版社1996年版,第384页。
② 袁行霈:《中国文学史》,第二卷第三编《魏晋南北朝文学》,第六章《永明体与齐梁诗坛》,北京:高等教育出版社1998年版,第122页。
③ 傅璇琮等主编:《中国诗学大辞典》,杭州:浙江教育出版社1999年版,第299页。
④ 林家骊:《沈约研究》,杭州:杭州大学出版社1999年版,第231页。

学大辞典》、研究沈约的学术专著,几乎都持同一立场,即认为避病犯、调平仄是沈约诗律理论的基本内容。

(二) 西方学界的看法

在欧美,这方面研究影响最广泛、深远的当属北美学者梅维恒和梅祖麟(Mair-Mei)的看法,在其合著之作《汉语近体诗声律的梵文来源》(*The Sanskrit Origins of Recent Style Prosody*)中,他们持与上述中国学者相同意见,认为沈约创立"四声八病说",将四声分成平仄两类,并进一步主张,"八病说"乃沈约在梵文诗病理论影响下提出的,其论如下所示:

> It is our thesis that the famous "Eight Defects" of Shen Yue and the "Twenty-eight Defects" of the *Bunkyō hifuron* … were derived from Sanskrit treatises on poetics. In what follows, it will be seen that some of the names of specific defects are identical in Chinese and in Sanskrit, the number and types of defects in the two traditions are comparable, and the presentation follows the same format of defining a specific defect and then citing examples to illustrate it.[1]
>
> 我们认为,沈约著名的"八病"与《文镜秘府论》"二十八病"都来源于梵语诗学著作。在下文中可以看到,在梵语与汉语的诗学著作中,有些具体诗病的名字相同,诗病的数目与种类相互对应,评述诗病的文字格式保持一致,并皆引例说明。

Mair-Mei 认为,汉诗"八病"中有四病直接源于梵诗。具体而言,

---

[1] Victor Mair & Tsu-lin Mei, "The Sanskrit Origins of Recent Style Prosody," *Harvard Journal of Asiatic Studies*, vol. 51, no.2, 1991, p.380.

"平头"、"上尾"、"蜂腰"、"鹤膝"分别来自梵文的 Padadi-Yamaka（音步开头叠音）、Samudga-Yamaka（同起叠音）、Kanci-Yamaka（腰带叠音）、Samudga-Yamaka（同起叠音）。[1]

Mair-Mei 进一步论证，梵文诗律的基本对立要素在于音节长度（即长短对立），而这种对立启发了沈约将四声分成两类，构成汉语诗律二元对立的声律体系，即今天我们所熟知的"平仄"[2]。

必须要说明的是，梵文诗格上百种，Mair-Mei 将其中最有名的 śloka 视作是沈约发明汉语诗歌声律的直接灵感来源，如下所述：

> The bulk of Buddhist Sanskrit verse is written in the *śloka* meter, and asserts that it is the acquaintance with this meter on the part of Shen Yue and his followers that triggered the revolution in prosody. In trying to pinpoint the type of influence Sanskrit prosody might have exerted during this period, the historian of literature needs to know with which Sanskrit meters the Chinese Buddhists were most likely to be familiar.[3]

> 与佛教有关的梵语诗歌多采用"śloka"格律，沈约及其追随者很熟悉这种诗体，所以才会引发诗律变革。为了阐明梵语诗律在这一时期的重要影响，文学史专家需要了解哪些梵文格律最有可能为当时中国佛教徒们所熟知。

Śloka 体作品常见于敦煌写卷和《法华经》。Mair-Mei 相信，齐梁时期（479—557）译成中文的梵文佛教诗歌大多采用 śloka 的格律，并推测沈约及时人熟谙 śloka，进而引领了汉语诗律的变革[4]。

---

[1] Victor Mair & Tsu-lin Mei, "The Sanskrit Origins of Recent Style Prosody," *Harvard Journal of Asiatic Studies*, vol. 51, no.2, 1991, p.447.

[2] Ibid, p.380.

[3] Ibid, p.381.

[4] Ibid, p.381.

何谓 śloka 格律? śloka 格律从每行八音节的吠陀梵语 anuṣṭubh 诗律发展而来,但标准的 śloka 体作品其结构是每节两行,每行十六音节,如表 1 所示:

表 1　Śloka 的基本格律模式

1	2	3	4	5	6	7	8	9	10	11	12	13	14	15	16
∨	—	—	∨	∨	—	—	∨	∨	—	—	—	∨	—	∨	∨
1	2	3	4	5	6	7	8	9	10	11	12	13	14	15	16
∨	—	—	∨	∨	—	—	∨	∨	—	—	∨	∨	∨	—	∨

印度文学史上最著名的两大史诗之一 *Rāmāyaṇa*(《罗摩衍那》)所用格律即为 śloka 体,例示如下:

namaste puruṣādhyakṣa namaste bhaktavatsala |

namaste'stu hṛṣīkeśa nārāyaṇa namo'stu te ||

《罗摩衍那》(*Rāmāyaṇa*),1.5.59

不过,Mair-Mei 把 śloka 的基本格律模式图解成表 2,并认为 anuṣṭubh 和 śloka 对应于汉语的"颂"或"赞",因为它们的基本词义都是"赞美诗"。

表 2　Mair-Mei 的 Śloka 格律模式

奇数音拍	X	X	X	X	∨	(—)	(—)	(∨)
偶数音拍	X	X	X	X	∨	—	∨	X

根据 Mair-Mei 的解释,śloka 包括四个音拍(pādā),或曰"四行",每音拍八音节。在每十六音节一行中,除第五、第十三、第十四和第十五音节有格律限定外,其余各音节长短不拘。上表 X 表示可长可短,— 表示长音节(long syllable),∨ 表示短音节(short syllable)。Mair-

Mei 还认为,梵文学者对于第六、第七和第八音节如何用律并未形成
共识,所以他们将这些音节标成(—)或(∨)①。

为了把表二所述的 śloka 模式跟汉语律诗平仄律建立起对应联
系,Mair-Mei 对 śloka 的结构进行了重组,把一个八音节的音拍(pādā)
一分为二,变成两行,每行四个音节,如下所示②:

第一行	X	X	X	X
第二行	∨	(—)	(—)	(∨)
第三行	X	X	X	X
第四行	∨	—	∨	X
第五行	X	X	X	X
第六行	∨	(—)	(—)	(∨)
第七行	X	X	X	X
第八行	∨	—	∨	X

通过这样的重组,Mair-Mei 认为汉语格律诗两联一节的基本模式
就是对 śloka 四音拍(pādā)格式的模仿。在此基础上,他们将汉语格
律诗的格律整理如下,其中 A 和 B 表示音节必须选自对立的调类(平
或仄),O 表示声调不定,Y 表示必须为平调,X 表示必须为仄调③。

$$O\ A\ O\ B\ X_1$$
$$O\ B\ O\ A\ Y$$
$$O\ B\ O\ A\ X_2$$
$$O\ A\ O\ B\ Y$$

---

① Victor Mair & Tsu-lin Mei, "The Sanskrit Origins of Recent Style Prosody," *Harvard Journal of Asiatic Studies*, vol. 51, no.2, 1991, pp.381–382.

② Ibid, pp.453–454.

③ Ibid, p.408.

Mair-Mei 还试图通过寻找其他一些证据来支持他们在上面建立的那种梵汉对应关系,提出"颂"和"偈"这两个汉字分别是梵语词 śloka 和 gāthā 的汉译[1]:

song 颂 corresponds to Skt. *śloka* (hymn of praise or glory),
and *ji* 偈 corresponds to Skt. *gāthā* (the metrical part of a *sūtra*).

"颂"对应梵语的 śloka(称扬或赞颂的赞美诗),"偈"对应梵语的 gāthā(佛经的节律部分)。

(三) 中国文学史的悖论

如果我们认同是沈约提出了"四声八病"和"平仄律",那么这里的悖论显而易见,即沈约的诗歌创作实践并不遵守他自己提出的声律理论,他的很多诗作都犯了"八病"中的一条或多条弊病,也经常违反"平仄律"。在下面所列沈约诗作中,每首都犯了"八病"理论避忌的一条弊病,分别是(a)"平头"、(b)"上尾"、(c)"蜂腰"、(d)"鹤膝"、(e)"小韵"、(f)"大韵"、(g)"旁钮"、(h)"正钮"[2]。

a. 浮云一南北,何由展言宴。《送别友人》
[Mather, *The Age of Eternal Brilliance*, 1:158] (逯钦立, p.1635)
b. 殊庭不可及,风熛多异色。《和刘中书仙诗》
[Mather, *The Age of Eternal Brilliance*, 1:257] (逯钦立, p.1660)
c. 徒闻音绕梁,宁知颜如玉。《咏筝》
[Mather, *The Age of Eternal Brilliance*, 1:125] (逯钦立, p.1656)

---

[1] Victor Mair & Tsu-lin Mei, "The Sanskrit Origins of Recent Style Prosody," *Harvard Journal of Asiatic Studies*, vol. 51, no.2, 1991, p.383.

[2] 有关这些例子的英译可参考 Mather 所著 *The Age of Eternal Brilliance: Three Lyric Poets of the Yung-Ming Era* (484 – 493),第 1 卷,第 240—250 页。

d. 思鸟聚寒芦,苍云轸暮色,夜雪合且离,晓风惊复息。《咏雪应令》

[Mather, *The Age of Eternal Brilliance*, 1：139]（逯钦立,p.1645）

e. 凤龄爱远壑,晚莅见奇山。《早发定山》

[Mather, *The Age of Eternal Brilliance*, 1：164]（逯钦立,p.1636）

f. 夭矫乘绛仙,螭衣方陆离。《和竟陵王游仙诗》

[Mather, *The Age of Eternal Brilliance*, 1：259]（逯钦立,p.1636）

g. 登高眺京洛,街巷纷漠漠。《登高望春》

[Mather, *The Age of Eternal Brilliance*, 1：143]（逯钦立,p.1633）

h. 锦衾无独暖,罗衣空自香。《古意》

[Mather, *The Age of Eternal Brilliance*, 1：147]（逯钦立,p.1639）

很多学者因这种显而易见的矛盾而质疑沈约及同时代诗人的诗歌创作声律水准,具体评论如下:

> "八病"的规定过于苛细,当时人即不能完全遵守。①
> 就其创作实践而言……连沈约自己也难以达到要求。②
> 谢朓……最为后人所称赞的作品,并不完全符合沈约所提出的声韵格律。③

其实早在明朝(1368—1644)就已有学者注意到这个矛盾:

> 沈约本人的诗赋创作"亦往往与声韵乖"。④

---

① 章培恒、骆玉明：《中国文学史》,第三编《魏晋南北朝文学》,第二章《南朝诗文与民歌》,第二节《齐代诗文》,上海：复旦大学出版社 1996 年版,第 384 页。

② 袁行霈：《中国文学史》,第二卷第三编《魏晋南北朝文学》,第六章《永明体与齐梁诗坛》,北京：高等教育出版社 1998 年版,第 122 页。

③ 傅璇琮等主编：《中国诗学大辞典》,杭州：浙江教育出版社 1999 年版,第 684 页。

④ 胡震亨：《唐音癸签》,上海：上海古籍出版社 1981 年版。

沈约作为一个历仕三朝、该悉典章、博物洽闻、擅长诗文、为当世所敬的文坛领袖,其诗歌创作实践居然跟其毕生所倡导的创作理论扞格不入。这个不可避免必须要面对的中国文学史悖论,其问题究竟出在哪里?是永明诗人言行不一,抑或后人解读有误?需要指出的是,沈约当时从未被时人批评不能创作符合他自己理论要求的诗作。相反,他的诗因成熟的诗律以及由之而来的优美音乐效果,被六朝(222—589)诗人广为称赞,作品倍受推崇。因此,很难相信,沈约诗作跟其诗律理论所谓的"冲突"是因他能力有限而致。那么,是否存在着另一种可能,即:是我们以今律古,以后世之规(如唐律)定前世方圆(如六朝作品),误解了沈约的诗律理论?本文将证明:的确如此。以往研究,错误地把后世他人理论归于沈约。沈约的诗歌创作实践,其实跟他当时提出的声律理论高度吻合。

二、汉律梵源说证伪

(一) Śloka 格律再析

根据 Mair-Mei 的假设,汉诗格律源于梵诗的 *śloka*,现让我们来评估这一理论。

首先,Mair-Mei 对于 śloka 的描述是不准确的。Śloka,也称作 anuṣṭup,是梵语使用最广的格律,见于《摩诃婆罗多》(Mahābhārata)、《罗摩衍那》(Rāmāyaṇa)、《往世书》(Purāṇas) 的大部分诗节。Śloka 用于对立的语言成分是重音节(heavy syllable)和轻音节(light syllable)①。重音节是指一个音节有长元音,或一个短元音加上一个辅音韵尾,有两个莫拉(mora)。长短音节的概念不同于轻重音节。

---

① 一般来说,轻音节有一个韵素(mora),重音节有两个韵素。短元音算一个韵素,长元音、双元音、一个短元音加上一个辅音韵尾算两个韵素。

长音节是重音节,而短音节则既有可能是轻音节,又有可能是重音节,取决于其是否带辅音韵尾。如果短音节带辅音韵尾,它就是一个重音节,否则是轻音节。下面是梵语里轻重音节与长短元音之间关系对应的例子:

重音节	*vā, pat, sam*	长元音	*vā*
轻音节	*va*	短元音	*va, pat, sam*

需要补充说明的是,梵语很多元音都有长短两个形式,比如[a]分别转写为 *ā* 和 *a*(元音 a 上面的横杠表示长音节),但[e]和[o]因源于原始印欧语的双元音,这两音的转写虽无横杠,在音系上却仍被视为重音节,有两个莫拉。因此,[de]和[mo]都是重音节。

在知晓了梵文音节的节律对比是轻重对立,那么就很容易发现 Mair-Mei 的长短音节假设会落入何种困境。如果根据 Mair-Mei 的模式来理解 śloka 诗律,那么下面前两首诗第一行的第十四音节、第三首第二行的第十四音节都应是长音节(即粗体并带底线标示的第一首诗中的 pat,第二首的 vat,第三首的 tam),但实际上它们都是短音节。需要强调的是,这三首梵诗都遵循严格的 śloka 格律。因而,除非 Mair-Mei 把这些事实归为例外,否则他们的理论完全不能解释这些现象。另外,这里的关键问题之一是,梵语在类型学上是音节重量敏感性语言,而不是音节长度敏感性语言。因此,梵诗的格律特点是基于音节轻重对立而非长短对立这一语言特征。在下面各例中,音节都是短音节,但却都是重音节,具备两个莫拉,完全符合 śloka 的格律要求①。

vāgarthāviva sampṛktau vāgarthaprati**pat**taye ǀ
jagataḥ pitarau vande pārvatīparameśvarau ǀǀ

---

① 引自 Mishra: *Chandovallari: A Handbook of Sanskrit Prosody*, pp.21 - 22。

（引自迦梨陀娑（Kālidāsa）《罗怙系谱》[*Raghuvaṃśa*] 1.1）①

namaste puruṣādhyakṣa namaste bhakta**vat**sala ǀ

namaste'stu hṛṣīkeśa nārāyaṇa namo'stu te ǁ

（引自阿迪亚特摩（Adhyātma）《罗摩衍那》[*Rāmāyaṇa*]，
1.5.59）②

sādhunā sādhunā tena rājatā rājatā bhṛtā ǀ

sahitam sahitam kartum saṅgatam saṅga**tam**janam ǁ

（引自婆摩诃（Bhāmaha）《诗庄严论》[*Kāvyālaṅkāra*]）③

有关上例诗作两行四音拍的格律详解如下面表 3—5 所示。
"一"代表重音节，"∨"代表轻音节，关键位置用阴影显示：

表 3

第一音拍	第一行音节序号	1	2	3	4	5	6	7	8
	声律	—	—	—	∨	∨	—	—	—
第二音拍	第一行音节序号	9	10	11	12	13	14	15	16
	声律	—	—	—	∨	∨	—	∨	—
第三音拍	第二行音节序号	1	2	3	4	5	6	7	8
	声律	∨	∨	—	∨	∨	—	—	—
第四音拍	第二行音节序号	9	10	11	12	13	14	15	16
	声律	—	∨	—	∨	∨	—	∨	—

① 汉语大意："为了获得话语和意念的知识，我向湿婆（Śiva）主神和帕尔瓦蒂（Pārvatī）女神祈求，他们是宇宙之父和宇宙之母，如话语和意念般紧密相连。"
② 汉语大意："向您致敬啊，您是引导一切的至尊神灵！向您致敬啊，您是所有皈依者的所爱！向您致敬啊，您是理智的统治者！向您致敬啊，您居处在所有灵魂的深处！"
③ 汉语大意："为了联合盟友，为了团结众人，这位高尚的人现在掌执王权。"

表 4

第一音拍	第一行音节序号	1	2	3	4	**5**	**6**	**7**	8
	声律	V	—	—	V	V	—	—	V
第二音拍	第一行音节序号	9	10	11	12	**13**	**14**	**15**	16
	声律	V	—	—	—	V	—	V	V
第三音拍	第二行音节序号	1	2	3	4	**5**	**6**	**7**	8
	声律	V	—	—	V	V	—	—	V
第四音拍	第二行音节序号	9	10	11	12	**13**	**14**	**15**	16
	声律	—	—	V	V	V	—	V	—

表 5

第一音拍	第一行音节序号	1	2	3	4	**5**	**6**	**7**	8
	声律	—	V	—	—	V	—	—	V
第二音拍	第一行音节序号	9	10	11	12	**13**	**14**	**15**	16
	声律	—	V	—	—	V	—	V	—
第三音拍	第二行音节序号	1	2	3	4	**5**	**6**	**7**	8
	声律	V	V	—	—	V	—	—	V
第四音拍	第二行音节序号	9	10	11	12	**13**	**14**	**15**	16
	声律	—	V	—	—	V	—	V	—

　　由上可知，Mair-Mei 关于梵诗节律本质的理解是错误的，而且，
śloka 的格律模式与汉语格律诗的声律模式也完全不同。汉语格律诗
遵循一定的固有规则，下面列举的基本规则是在刘若愚的基础上加以

修改归纳而成①：

    a. 每首诗有一定行数，或四行或八行。

    b. 每行有一定字数，或五字或七字。

    c. 每首只用一韵。五言诗二、四、六、八句必押韵，首句可不押。七言诗一、二、四、六、八句押韵，首句有时可不押。

    d. 八行诗的中间四行必须对仗。

    e. 声律固定，但处于非重要位置的音节有一定的灵活性，通常五言诗的一、三位置，七言诗的一、三、五位置，其平仄可灵活处理。

汉语格律诗的创作须在每行特定位置对音节特定调类进行调配，典型五言格律诗如下所示（X 表示平声 A 或仄声 B 都可用于这一位置）：

    X B X A B（或 X B B A A）

    X A X B A

    X A X B B

    X B B A A

    X B A A B

    X A X B A

    X A X B B

    X B B A A

这一典型声律模式为诗中每一音节指定平仄，但在实践中可以有一定程度的改变。较常见的是五言诗一、三和七言诗一、三、五位置的

---

① 参见 James Liu（刘若愚）：*The Art of Chinese Poetry*。汉语格律诗还有其他一些必不可少的重要特征，如每联之间的"粘"等，但 James Liu 未列出。

音节可以不遵守规则①,但五言诗二、四、五音节和七言诗二、四、六、七音节必须严格遵守相关声律要求。

然而,*śloka* 的格律模式要求每首诗两行,每行十六音节。当然,十六音节的一行还可重新分为两个音拍(pādā),每首诗变成四音拍,每音拍含八音节(即八音节音拍)。为了建立汉语近体诗的声律模式与梵诗的关系,Mair-Mei 把 śloka 一行八音节的一个音拍再分拆成两行,变成每行只含四音节的半个音拍。如果允许这样的拆分,那么这种重构至少有三方面问题。

首先,还从未发现有八行诗的 *śloka*,且不论这种人为的四音节的半音拍梵诗如何跟汉语格律诗五音节一行对应。考虑到汉语诗歌结构的历史演变,汉诗怎样从一行四音节突变为一行五音节,这仍是中国诗歌史上一个悬而未决的难题。

其次,即使我们接受 Mair-Mei 假说,认为诗律结构上梵诗与汉诗有关。那么,跟梵诗相关的也应是先秦时代的《诗经》,而非六朝以后的汉语格律诗。因为《诗经》主要是四言诗,而格律诗则是五言或七言。若果如此假设,那么,《诗经》受梵诗 śloka 影响的假设也是站不住脚的,因为《诗经》的出现远早于 śloka。

第三,如上面典型的五言诗所示,汉语格律诗每一行都有固定模式,而 śloka 的韵律位置只在第五、十三、十四、十五音节,具体见下表(L 表示轻音节,H 表示重音节,X 表示任何音节皆可):

表 6 *Śloka* 中的格律位置

音节	1	2	3	4	5	6	7	8	9	10	11	12	13	14	15	16
第一行	X	X	X	X	L	(H)	(H)	X	X	X	X	X	L	H	L	X
第二行	X	X	X	X	L	(H)	(H)	X	X	X	X	X	L	H	L	X

① 这条规则即是大家熟知的"一、三、五不论,二、四、六分明"。但有研究指出(如王力 1958;Ripley 1979),即使是"不论"的位置,也不能随意使用。请参见王力:《汉语诗律学》;Ripley: *A Statistical Study of Tone Patterns in Tang Regulated-Style Verse*.

如果坚持要说 śloka 和汉诗格律存在着某种相似之处,那就只是"对立"的运用。"对立"是众多语言各种韵文格律的核心,是一种普遍机制,并非某种语言所特有。我们没有理由认为,若无梵诗启发,汉诗声律的发明者就不知道"对立"概念,也不知如何运用"对立"这个概念。因此,强调这一点是没有意义的。更何况汉语格律诗的"对立"和 śloka 的"对立"有着本质上的差异。汉语格律诗构成声律对立的语言属性是声调,通过平仄制造的对立不是依赖该语言直接所属的显性韵律特征(prosodic feature of poetry),而是通过吟诵(chanting)表演来彰显这个语言的隐形韵律特征(prosodic feature of poetic performance)。语言本身具有的特征(feature of linguistics)跟通过语言表演反映出来的特征(feature of linguistic performance)是两个不同的概念。梵诗格律构成对立的基础是音量(重或轻)。汉语的平仄是通过表演,间接反映诗歌的节律对比(linguistic performance-based contrast);梵语的轻重则是通过语言特性,直接反映诗歌的节律对比(linguistic property-based contrast)。梵汉之间不管在押韵模式还是声律机制上,毫无共同之处。因此,主张梵诗 śloka(首卢柯)的格律是汉诗声律模型的主要来源,这种说法不能成立。

(二)"颂"、"偈"与 *Śloka*、*Gāthā*

Mair-Mei 为了支持汉律梵源假设,认为"颂"和"偈"这两个汉字是来自梵文 śloka 和 gāthā 的汉译。他们提出,既然《妙法莲华经》(*Lotus Sūtra*)是沈约时期最具影响力的佛教文献,那么其中大量的 śloka 诗节则可能是沈约诗律理论的灵感来源,如下所述:

> In addition, the *śloka* is the second most frequent meter in the *Lotus Sūtra* (Skt. *Saddharmapuṇḍarīka-sūtra*), a text that had been several times translated into Chinese before 400 but became

enormously influential through Kumārajīva's (344 – 413) version (406?).

（另外,在《妙法莲华经》频繁使用的诗歌格律中,śloka 居第二位。《妙法莲华经》在西元 400 年以前曾先后几次译为汉语,其中以鸠摩罗什 [344—413] 译本 [406?] 的影响最大。）①

然而,根据朱庆之的研究,《妙法莲华经》译者在翻译 gāthā 时,时常互用"颂"和"偈"②。如果 Mair-Mei 的观点是正确的,那么我们看到的应该是只用"颂"译 śloka,用"偈"译 gāthā。朱庆之列出了三种不同的汉译本(《正法华经》③、《妙法莲华经》④、《添品妙法莲华经》⑤),通过对比可以清楚地看到,gāthā 在《正法华经》中译为"颂",而在另外两部里译为"偈"。

    a. [Sanskrit] atha khalu maitreyo bodhisatvo mahāsatvo

       mañjusriyaṃ kumārabhūtam abhir***gāthā***bhir adhyabhāṣata

       "Then Bodhisatva Maitreya, wishing to state his meaning

       once more, asked the question in *gāthā* form."

       《正法华经》：于是慈氏以颂而问溥首曰。

       《妙法莲华经》：于是弥勒菩萨欲重宣此义,以偈问曰。

       《添品妙法莲华经》：同上。

    b. [Sanskrit] atha khalu mañjuśrīḥ kumārabhūta etam evārthaṃ

       bhūyasyā mātrayā pradarṣayamānas tasyāṃ velāyām imā ***gāthā***

       abhāṣata

① Mair and Mei: "The Sanskrit Origins of Recent Style Prosody," p.381.

② 朱庆之:《梵汉〈法华经〉中的"偈"、"颂"和"偈颂"》,《汉语史研究集刊》,第 3 辑,第 176—192 页,成都: 巴蜀书社 2000 年版。

③ 译者为竺法护 (Dharmarakṣa, 231—308)。

④ 译者为鸠摩罗什 (Kumārajīva, 344—413)。

⑤ 译者为阇那崛多 (Jñānagupta, 523—600)。

"At that time, Mañjuśrī, wishing to state his meaning once more, spoke in *gāthā* form, saying."

《正法华经》：于是溥首菩萨欲重现谊，说此颂曰。

《妙法莲华经》：于是文殊师利于大众中欲重宣此义，而说偈曰。

《添品妙法莲华经》：同上。

c. [Sanskrit] atha khalu bhagavān etam evārtham bhūyasyā mātrayā saṃdarśayamānas tasyāṃ velāyām imā ***gāthā*** abhāṣata

"At that time, in order to fully explain the same question, Bhagavān chanted the following *gāthā*."

《正法华经》：于是世尊欲重解谊，更说颂曰。

《妙法莲华》：尔时世尊欲重宣此义，而说偈言。

《添品妙法莲华经》：同上。

d. [Sanskrit] atha khalv āyuṣmāṃ cchāriputras tasyāṃ velāyām imā ***gāthā*** abhāṣata

"At that time, wishing to state his meaning once more, Sāriputra spoke in *gāthā* form, saying."

《正法华经》：时舍利弗以偈颂曰。

《妙法莲华经》：尔时舍利弗欲重宣此义，而说偈言。

《添品妙法莲华经》：同上。

　　"偈"和"伽他"其实都是梵语 *gāthā* 的汉语音译①。*śloka* 在汉语中则有很多音译，熟知的有"首卢柯"，其他还有"首卢"、"首卢迦"、"室路迦"、"室卢迦"、"输卢迦"、"输卢迦波"等②。至于"颂"，是

---

① "偈"的中古音依高本汉（Bernard Karlgren）的构拟为 * ghǐɛt，"伽他"的构拟为 * katha，参见高本汉《汉文典》。

② "首卢柯"依高本汉的中古音构拟读作 * çĭəu luo ka。

gāthā 的汉语意译,而非音译。自《诗经》时代起,"颂"即表示"颂赞或赞美诗",因而也就成了 *gāthā* 的意译词。所以,*gāthā* 既可用来对应源自梵文语音的汉语音译词"偈",也可用来对应源自梵文语义的汉语意译词"颂"。由此可见,Mair-Mei 所提出的"颂"音译自梵语 *śloka*、而 *gāthā* 只对应"偈"的说法是站不住脚的。

(三) 梵语诗歌理论中的 *Yamaka*

Mair-Mei 还支持沈约创立"八病"的说法,并认为梵语诗歌学中的 *yamaka* 就是汉语诗律学"八病说"之源。其论证过程是,首先把 *yamaka* 解读为梵语诗歌里的一种"诗病"(doṣa),然后证明汉语诗律理论中的"八病"借自 *yamaka*。

但是,*yamaka* 在梵语诗歌理论中从未有"诗病"之意,而是一种积极的修辞手法,梵语叫庄严(ālaṅkāra),是"叠音"意,属于"音庄严"。*Yamaka* 一词最早见于婆摩诃(Bhāmaha)的《诗庄严论》(*Kāvyālaṅkāra*),那是最早的梵语诗论著作,为 7 世纪时的作品,晚于永明时代近两百年,沈约如何完成这种学术"穿越"?《诗庄严论》分六章,首章讨论诗歌功能、特点、分类。次章和三章涵盖诗歌创作中广泛使用的三十九种修饰手法,包括 anuprāsa(谐音)、yamaka(叠音)、upamā(明喻)、rūpaka(隐喻)。第四章和第五章介绍各种诗病(doṣa),最后一章讨论作诗时词语的选用。

Yamaka 是婆摩诃在其书第二章讨论的一种修饰手法。*Yamaka* 的字面义为"声音重复",具体是指重复使用同音异义的音节①。*Yamaka* 细分为五类:音拍开头叠音、音拍腹尾叠音、音拍叠音、连续叠音、四音拍相同位置叠音。下面所举例子显示的是叠音出现在四个音拍的开始:

---

① Sastry: *Kāvyālaṅkāra of Bhāmaha*, pp.23 – 28.

sādhunā sādhunā tena **rājatā rājatā** bhṛtā |

sahitam sahitam kartum **saṅgatam saṅgatam** janam ||

（引自婆摩诃的《诗庄严论》）

婆摩诃非常鼓励梵语诗人使用 *yamaka* 这一修辞手法来作诗,从来没有把它作为是"诗病"而要加以规避。因此,Mair-Mei 把汉语声病说的"八病"跟梵语 *yamaka* 扯上关系是没有根据的。

在《诗庄严论》的第四章和第五章,婆摩诃详细介绍并举例说明了诗歌创作中要规避的二十五种诗病（doṣa）和七种喻病。二十五种诗病分成两组,第四章列出的第一组诗病包括:（1）apārtha（意义不全）、（2）vyartha（意义矛盾）、（3）ekārtha（意义重复）、（4）sasaṃśaya（含有疑义）、（5）apakrama（次序颠倒）、（6）śabdahīna（用词不当）、（7）yatibhraṣṭa（停顿失当）、（8）bhinnavṛtta（诗律失调）、（9）visandhi（连音错误）、（10）deśavirodhi（违反地点）、（11）kālavirodhi（违反时间）、（12）kalāvirodhi（违反技艺）、（13）lokavirodhi（违反人世经验）、（14）nyāyavirodhi（违反正理）、（15）āgamavirodhi（违反经典）。

第五章列出的第二组诗病包括:（1）neyārtha（费解）、（2）kliṣṭa（难解）、（3）anyārtha（歧义）、（4）avācaka（模糊）、（5）ayukti（悖谬）、（6）gūḍaśabda（晦涩）、（7）śrutiduṣṭa（难听）、（8）arthaduṣṭa（庸俗）、（9）kalpanāduṣṭa（组合不当）、（10）śrutikaṣṭa（刺耳）。

至于七种喻病,则分别指:（1）hīnatā（不足）、（2）asambhava（不可能）、（3）liṅgabheda（词性不同）、（4）vacobheda（词数不同）、（5）viparyaya（不相称）、（6）adhikatva（过量）、（7）asaḍṛśatā（不相似）。

由此可见,*yamaka* 并未列在梵语诗歌创作要规避的二十多种诗病之中。这二十多种诗病涉及的大部分问题是语义模糊含混、不合语法或修辞手法运用不当等,只有四种诗病跟语音有关:śrutikaṣṭa（声音刺耳）、yatibhraṣṭa（停顿失当）、bhinnavṛtta（诗律失调)、visandhi(连音错误)。这些诗病和汉语诗病理论中的"八病"均无相似之处。

上述讨论说明,并无证据表明汉语格律诗的声律模式是仿自梵诗 śloka 的格律,而 *yamaka* 也非"八病"之源。

三、"四声八病"与"平仄"

(一) 沈约与"八病"

证伪了 Mair-Mei 的汉律梵源假设以后,下面的问题是,沈约是否创制了"四声八病"和"平仄律"?

回答上述问题之前,先考察一下沈约自己的有关表述。关于沈约声律理论的历史文献如下所示,第一条引文应是能找到的最早记录了。

> 欲使宫羽相变,低昂互节,若前有浮声,则后须切响。一简之内,音韵尽殊,两句之中,轻重互异。①
> 作五言诗者,善用四声……②

沈约在此提倡利用声调构成节律对比和旋律不同,强调在特定位置使声调富于变化。不仅此处,其实在其他任何文献中沈约都只字未提"八病",但却明确提及了"四声"。这不免让人产生疑问,如果"八病"和"四声"这两个概念都是沈约自创,那为何不宣传"八病",却只推广"四声"?

与沈约同时代之人,在对沈约及其理论的评述中,也找不到"八

---

① 沈约:《宋书》,第 1779 页。
② 引自遍照金刚:《文镜秘府论》,第 102 页。

病"概念。当然,钟嵘(468—518)关于声律问题的论述,我们还是要讨论一下的。下面是钟嵘对沈约及跟声律论有关的评说:

> 王元长创其首,谢朓、沈约扬其波。……余谓文制,本须讽读,不可蹇碍。但令清浊通流,口吻调利,斯为足矣。至如平上去入,则余病未能;蜂腰、鹤膝,闾里已具。①

钟嵘应是六朝学界的"愤青",因而对学界大佬沈约的诗律理论和实践非但不敬,且有讥讽之意,认为诗歌创作没必要对声调进行严格操控。钟嵘虽列出了"四声"之名,并跟沈约挂靠,但他却把声律理论的首创权送给了王融,沈约只得了一个追随者的名号,颇有不让沈约争功掠美之意。值得注意的是,在上述引文里虽出现了"蜂腰"和"鹤膝"这两个术语,但并无"诗病"之义而要让人规避,反而这是要肯定的东西,只是不让沈约诸人专美而已。有些学者引用钟嵘上述文字,认为沈约时代已有"八病"之中的二病:"蜂腰"和"鹤膝"。这是曲解文义。钟嵘要表达的观点其实很清楚,"蜂腰"和"鹤膝"这两种文体早已见于乡野之作,并非为沈约之流的文人雅士作品独有。由上下文语境可知,根本无涉"诗病"。至于"余病未能"之"病",是动词,为"忧虑"、"担心"义,并非名词,不是"疾病"、"诗病"之病。

另有一例也将沈约之名与"四声"连在一起,但同样没提"八病"。下面是梁代萧子显《南齐书》里有关永明声律论的记载:

> 永明末,盛为文章,吴兴沈约、陈郡谢朓、琅邪王融,以气类相推毂。汝南周颙,善识声韵。约等文皆用宫商,以平上去入为四

---

① 钟嵘:《诗品》,第340页。

声,以此制韵,不可增减。世呼为"永明体"。①

"八病"术语最早出现在隋代(581—618),见于阮逸注王通的《中说·天地》,如下所示。

四声韵起沈约,八病未详。②

阮逸在此明确指出,"四声"跟沈约有关,但"八病"起源不得而知。"八病"中作为正式"弊病"的四病名称,始见于唐代,但从此"八病说"却与沈约纠缠上了。下面是唐代作品《封氏闻见记》的有关说法:

永明中,沈约文词精拔,盛解音律,遂撰《四声谱》。文章八病,有平头、上尾、蜂腰、鹤膝。③

不过,如果我们仔细比较一下梁代萧子显《南齐书》和唐朝李延寿《南史》的有关记载,就可以发现一个关键证据,证明"八病"中的这四病名称是梁(502—557)以后才形成的概念。下引《南史》中的文字除加粗部分(即"八病"中的四病名称)未在《南齐书》出现之外,其余的与《南齐书》完全一致。

齐永明九年……时盛为文章,吴兴沈约、陈郡谢朓、琅邪王融以气类相推毂,汝南周颙,善识声韵。约等文皆用宫商,将平上去入四声,以此制韵,有**平头、上尾、蜂腰、鹤膝**。五字之中,音韵悉

---

① 萧子显:《南齐书》,第898页。
② 引自遍照金刚:《文镜秘府论》,第398页。
③ 赵贞信:《封氏闻见记校注》,第13页。

异,两句之内,角徵不同,不可增减。世呼为"永明体"。①

由此可见,有关永明体的这段文字,李延寿的《南史》是完全抄袭萧子显的《南齐书》,只加了一句话,即"有平头、上尾、蜂腰、鹤膝"。但这却恰恰说明四病名称是梁代所无而为梁之后才形成的概念。然而,唐人却将四病视为是永明之物,附会到沈约名下。其实,直至宋代(960—1279)以后,才有学者明确提出诗律有"八病"之说,如下所示:

诗病有八。②

通过以上讨论,可知,"八病"概念在历史上出现甚迟,传世文献中找不到证据可以证明"八病"是沈约创造。所以,把八病视为沈约诗歌理论的基本内容之一是不妥的,中国文学史应只有"沈约声律论",而无"沈约声病论"。

(二)"八体"抑或"八病"?

在沈约自己的表述和当时的文献中,我们并未发现"八病"概念,但却在有关记载中找到了"八体"的说法。有学者认为,"八体"就是"八病",语义上没有差别。这种解读是牵强的。"体"并无"病"义,从"八体"的使用看,不难发现此处的"体"其实是指值得提倡的文体,让人们学习模仿。六朝时的"八体"可以是泛称,泛指多种文体(或曰"八种文体")。下例引自沈约《答甄公论》,可为佐证。

---

① 李延寿:《南史》,第 1195 页。
② 魏庆之:《诗人玉屑》,第 331 页。

作五言诗者,善用四声,则讽咏而流靡;能达八体,则陆离而华洁。①

"八体"在其他地方也不以"诗病"概念出现。下面的第一条引文是《诗品论》中庾肩吾(487—553)对沈约的评价,第二条出自北魏(386—534)常景(?—550)的《四声赞》②,其中的"八体"都是用来赞美文采焕然。

均其文总文书之要指,其事擅八体之奇。
四声发彩,八体含章。

以上所引文献证明,我们可以将"四声"的发明归于沈约,然而"八病"概念的形成则远迟于永明时代。至于钟嵘《诗品》中的"蜂腰"和"鹤膝",应是两种文体,并无"诗病"之义。

(三) 沈约与平仄律

如果"四声说"出自沈约,那么下一个问题是:沈约是否在"四声说"的基础上发展出了平仄律? 在讨论这个问题之前,有必要先弄清楚诗律的本质。

诗歌节律系统的二分,以及这种二分在定义诗歌节律条件时,都会起到至关重要的作用。比如,在重音语言中,重音和非重音音节是两个自然类,特定声律中的节律规则首先把诗行划分成节律组,然后安排重音和非重音音节分别出现在相应特定的节律位置。节律二分具有普遍性,但二元化对立的不同性质可以反映不同语言的个性。汉

---

① 引自遍照金刚:《文镜秘府论》,第102页。
② 引自遍照金刚:《文镜秘府论》,第103页。

语平仄二元分类是声律系统求异的一种实现方式,但从历史角度看,这种独特的二分方式的发展需要时间,而且也需要诗人们的创造。汉语作为声调语言,中古的平上去入四个调,并不像重音语言中重音和非重音的自然分类那样很容易被区分成两类。平仄两分法影响太大,很多学者过度简化了这个过程,以致把最终才发展定型的平仄二分作为是汉语格律诗形式的唯一理解。由此,也把倡导四声和诗歌声律的沈约错误地以为是平仄规律的发明者(如王力就把平仄观念的发现归于沈约)①。但是,通过对沈约自己的诗歌创作实践进行研究后发现,沈约本人并未遵循人们认为的典型格律诗声律规则(包括最简单的平仄规则)来进行诗歌创作。于是,长期以来人们都以为沈约没有能力遵循和实践他自己倡导的诗律理论。我们显然应该先还原沈约的本意,然后才能进行有效评估。沈约曾鲜明地在下面这段文字中提出利用声调特点进行诗歌创作的格律要求:

> 欲使宫羽相变,低昂互节,若前有浮声,则后须切响。一简之内,音韵尽殊,两句之中,轻重互异。②

细读上面这段文字,我们能获得的信息是:沈约提到了声音调配,包括声调和追求听感的对比差异,这种追求从"殊"和"异"这两个词反映出来。至于对比的内容,文本自身并未提供任何具体证据,沈约的其他著作也并未发现明确将平声归为一类、其他上去入三调归为另一类的主张。事实的真相也许是:沈约本能地感觉到诗律中的对比原则,但并未设计出在唐律中所见的平仄对立规则。他的声律理论与我们已知的唐律规则是不同的。在仔细考察了沈约全部诗作后,我们更确信他的"对比"理念并非指平仄对立,但学界却对沈约上述文字的

① 王力:《汉语诗律学》,第 6 页。
② 沈约:《宋书》,第 1779 页。

解释往往延伸到包括平仄调配规律。因此,认为沈约的诗歌创作不能体现他的理论主张的观点是不能成立的。

根据我们的考察结果,《宋书》那段记载中所体现的声律对比规则其实是"平对非平"、"上对非上"、"去对非去"、"入对非入",而不是平仄对立法则。"浮声"和"切响"可以指构成声律对立的任何不同声调(A 调对非 A 调)。沈约的所有诗作可以支持这一解释,下面是沈约诗作体现的声律理论。

四、沈约诗歌创作中的声律理论

以上文献的重新分析,并不支持沈约发明了"八病"和"平仄律"的说法,这些文献只是告诉人们,沈约提倡在诗歌中通过操控声调来建构声律。那么,下一步要考察的就是他的诗歌创作实践,看他是否知行合一。本节通过归纳沈约所有的五言诗声律模式,观察其创作所体现的规则是否跟我们对他诗律理论的理解相一致。

在分析具体结果之前,先解释一下有关缩写和标示符号。五言诗每行五音节,每个音节承载一个声调。每两行为一联,每联每行的声调从左到右依次标为 T1、T2、T3、T4、T5。如果须提及一联两行的声调时,第一行用 T1、T2、T3、T4、T5 表示,第二行则用 T6、T7、T8、T9、T10 表示。等号(=)表示两个声调相同(或者同为平、上、去,或者同为入声),不等号(≠)表示两个声调属于不同的声调范畴。

(一)沈约诗作的声律规则

沈约现存 112 首五言诗,考察结果见表 7①。

---

① 这 112 首都是五言诗,但不包括古风和乐府诗。

表7　沈约五言诗考察情况

总诗数和总联数	总诗数	总联数
	112	564（1 128 行）
不分组行数成对声调对立对比		
总句数	T2＝T5	T2＝T4
1 128	139（12.32%）	257（22.78%）
总联数	T5＝T10	
544	4（0.74%）	
2—5 对立：如果 T5 是上、去、入声，则 T2≠T5		
总句数	T2＝T5	T2≠T5
643	13（2.02%）	630（98%）
2—4 对立：如果 T5 是平声，则 T2≠T4		
总句数	T2＝T4	T2≠T4
485	30（6.19%）	455（93.81%）
5—10 对立：如果两行不押韵，则 T5＝T10		
总联数	T5＝T10	T5≠T10
544	4（0.74%）	540（99.26%）

沈约诗歌中的例外及随机分布比率			
	2—5 对立：T5 是上、去、入声，T2≠T5	2—4 对立：T5 是平声，T2≠T4	5—10 对立：T10 是平声，T5≠T10	5—1 对立：T5 是上、去、入声，T5≠T10
随机	16.04%	33.71%	51%	16.04%
沈约	2.02%	6.19%	0.58%	0.99%

　　上面资料显示：（1）每行二、五位置的音节声调不同（这一倾向允许有例外,作者另文有规则解释）；（2）二、四位置的音节声调也不

同;(3)每联两行最后的声调很少相同。仔细观察声调的分布后,可以发现有些声调的对立对他们所在行的类型敏感。具体言之,一行两个不同位置的声调是否对立,取决于一行最后一个声调的调类。根据上述观察,我们提出了两两声调对立规则,如下所示:

a. 2—5 对立:如果一行的第五个声调是上、去、入声,2、5 位置上的声调一定不同。

b. 2—4 对立:如果一行的第五个声调是平声,2、4 位置上的声调一定不同,2、5 位置上的声调任意。①

c. 5—10 对立:如果一联两行互不押韵,这两行第五个位置上的声调必须不同。

比较表 7 和那些随机分布的数字,可以更好地理解这些材料的意义。考察一下沈约诗作和随机材料的声调分布,显示对立例外的比例远低于随机考察材料的声调分布。下面用沈约诗作来阐述这些规则。

(二)沈约诗作声律模式(一)

沈约五言诗第一个明显的声律模式是:每行第二和第五音节声调对立。在 112 首中有 40 多首符合此模式。在这些诗中,如果每行第二音节为声调 A,则第五音节的声调必为非 A。A 表示中古汉语四声平、上、去、入任一声调。这一模式如下所示。

音节	1	2	3	4	5
声调	X	A	X	X	~A

① 虽然"平声对非平声"是每行第五个位置(押韵位置)二元对立的关键条件,但这一区别与唐代格律诗的平仄对立不同,本文在此讨论的二元对立是四个声调范畴的对立。

下面是一组怀旧诗,主题相同,沈约在诗中感怀旧友。该组诗内部统一,而且大多是沈约同时期作品。考虑到这种一致性,这组诗使用共同声律模式不会只是一个巧合。我们对每首诗各音节都标注了声调,把每行2、5字调加粗①。为方便,平上去入分别用 A、B、C、D 表示。

(a) 伤王融②	(b) 伤谢朓	(c) 伤庾杲之	(d) 伤王谌
元长秉奇调,	吏部信才杰,	右率馥时誉,	长史体闲任,
A A B A C	C B C A D	C D D A C	A B B A C
弱冠慕前踪。	文峰振奇响。	秀出冠朋俦。	坦荡无外求。
D C C A A	A A C A B	C D C A A	B B A C A
眷言怀祖武,	调与金石谐,	耸兹千仞气,	持身非诡遇,
C A A B B	C B A D A	B A A C C	A A A B C
一篑望成峰。	思逐风云上。	振此百寻条。	应物有虚舟。
D C C A A	A D A A B	C B D A A	C D B A A
途艰行易跌,	岂言陵霜质,	蕴藉含文雅,	心从朋好尽,
A A A C D	B A A A D	A C A A B	A A A B B
命舛志难逢。	忽随人事往。	散朗溢风飙。	形为欢宴留。
C B C A A	D A A C B	B B D A A	A C A C A
折风落迅羽,	尺璧尔何冤,	楸槚今已合,	欢宴未终半,
D A D C B	D D B A A	A B A B D	A C C A D
流恨满青松。	一旦同丘壤。	容范尚昭昭。	零落委山丘。
A C B A A	D C A A B	A B C A A	A D B A A
(e) 伤李珪之	(f) 伤韦景猷	(g) 伤刘沨	(h) 伤胡谐之
少府怀贞节,	韦叟识前载,	处和无近累,	豫州怀风范,

---

① 有关这些诗的英译可参考 Mather 的 *The Age of Eternal Brilliance: Three Lyric Poets of the Yung-Ming Era*(484–493),第 1 卷,第 240—250 页。

② 逯钦立:《先秦汉魏晋南北朝诗》,第 1653—1655 页。

CBAAD　ABDAC　BAABB　CAAAB
忘躯济所奉。　博物备戎华。　天然有胜质。　绰然标雅度。

CACBB　DDCAA　AABCD　DAABC
吏道勤不息，　税骖止营校，　萧瑟负高情，　处约志不渝，

CBADD　CABAC　ADBAA　BDCDA
繁文长自拥。　沦迹委泥沙。　耿介怀秋实。　接广情无怍。

AAACB　ADBAA　BCAAD　DBAAC
既阙优孟歌，　始知庸听局，　义贵良为重，　颉颃事刀笔，

CDACA　BAAAD　CCAAB　DACAD
身没谁为宠。　方悟大音赊。　兰摧非所恤。　纷纶递朱素。

ADAAB　ACCAA　AAABD　AACAC
　　　　　　　　　　　一罢平生言，　美志同山阿，

　　　　　　　　　　　DBAAA　BCAAA
　　　　　　　　　　　宁知携手日。　浮年迫朝露。

　　　　　　　　　　　CAABD　AADAC

（三）沈约诗作声律模式（二）

除了每行2、5字调对立，第二个声律模式是每行2、4音节声调对立，如下所示。

音节	1	**2**	3	**4**	5
声调	X	**A**	X	**~A**	X

上述声律规则的运用见沈约下面的诗作①。

---

① 请参见 Mather：*The Age of Eternal Brilliance: Three Lyric Poets of the Yung-Ming Era* (*484‐493*)，第1卷，第114—122页；另参见逯钦立：《先秦汉魏晋南北朝诗》，第1651—1653页。

声音与意义——中国古典诗文新探

(a) 咏竹槟榔盘	(b) 咏檐前竹	(c) 咏领边绣	(d) 咏脚下履
梢风有劲质，	萌开箨已垂，	纤手制新奇，	丹墀上飒沓，
AABCD	AADBA	ABCAA	AABDD
柔用道非一。	结叶始成枝。	刺作可怜仪。	玉殿下趋锵。
ACBAD	DDBAA	CDBAA	DCBAA
平织方以文，	繁荫上蓊茸，	萦丝飞凤子，	逆转珠佩响，
ADABA	ACBBA	AAACB	DBACB
穿成圆且密。	促节下离离。	结缕坐花儿。	先表绣袿香。
AAABD	DDBAA	DBBAA	ABCAA
荐羞虽百品，	风动露滴沥，	不声如动吹，	裾开临舞席，
CAADB	ABCDD	DAABA	AAABD
所贵浮天实。	月照影参差。	无风自袅枝。	袖拂绕歌堂。
BCAAD	DCBAA	AACBA	CDCAA
幸承欢醑余，	得生君户牖，	丽色俪未歇，	所叹忘怀妾，
BAABA	DAABB	CDBCD	BCCAD
宁辞嘉宴毕。	不愿夹华池。	聊承云鬓垂。	见委入罗床。
CAACD	DCDAA	AAACA	CBDAA

（四）挑战极限的声律模式（三）

下面例子并不诠释平仄对立原则,但沈约声律理论却在这篇诗作中得到了淋漓尽致的体现。就声律结构安排而言,这应该算得上是中国诗歌史上格律难度最大的作品了①。

---

① 请参见 Mather：*The Age of Eternal Brilliance: Three Lyric Poets of the Yung-Ming Era* (*484 - 493*),第 1 卷,第 159 页;另参见逯钦立:《先秦汉魏晋南北朝诗》,第 1648 页。

饯谢文学离夜

汉池水如带，

C A B A C

巫山云似盖。

A A A B C

沸汨背吴潮，

D D C A A

潺湲横楚濑。

A A A B C

一望沮漳水，

D C A A B

宁思江海会。

A A A B C

以我径寸心，

B B C C A

从君千里外。

A A A B C

　　该诗每字调类都已标注，若用传统格律诗标准（即唐律平仄标
准）去检验，明显不合律，存在严重缺陷。例如，第一行第二、第四音
节都是平声，违反平仄交替规则。但若跳出唐代格律诗平仄的窠臼，
重新分析这首诗，就会发现它有一个精心设计的复杂格律模式。首
先，第二、四、六、八行诗的声调配列完全相同，都是"平平平上去"。
如果做一个统计分析，很容易得知这不是巧合所能做得到的。换言
之，沈约在这四行中是有意识地调配了声调，追求的是字字调配。这
种四行完全相同的声调呼应旋律，构成了一种回环的音乐共鸣。因
而，我们不得不承认沈约对于语言和音律具有非凡出众的驾驭能力。
在标准的汉语格律诗中，一般每行只有两个或三个音节需要遵循声律

规则进行声调调配,然而在这首诗中,作者在第二、四、六、八行里做到了每行字字皆调。第二,这首诗第五句(加底线处)用尽四声,真正做到了"一简之内,音韵尽殊"。第三,整首诗每行的第二、五字调全部不同,"若前有浮声,则后须切响"。这不是一种平仄意义上的二元对立,而是一种声调"殊异"意义上的音调对比。由此可见,沈约追求的是"殊"和"异"的对比,在这个意义上,这首诗在声律方面所达到的成就,在汉语诗歌史上可以算得上是前无古人。

现在让我们重读前面《宋书》和《答甄公论》中沈约自己有关声律的表述。比照沈约诗作中所实践的声律模式,可知沈约诗歌不仅符合其诗论,而且对沈约及六朝诗人如何探索、建立汉语诗律的努力有了更深切的体会。沈约及其同代人在诗歌创作实践活动中对多种诗格都进行了不同尝试,试验了多种声律模式,其中包括: 在一句的第二、五位置使用声调对立的模式(一),在第二、四位置使用声调对立的模式(二),字字皆调的模式(三);大模式之下另有小模式: (a) 平与非平的对立,(b) 上与非上的对立,(c) 去与非去的对立,(d) 入与非入的对立。模式(一)没有传承下来,模式(二)里的(a)式逐步流行,经过改造,最终演变成今天所熟知的汉语近体诗典型的声律模式。至于模式(三),实非一般文人所能驾驭,失传自是情理之中。平仄二元对立的实践在永明"试验"期尚未风行,它只是"A 与非 A"声调对立的其中一种模式(其他声调对立模式是上与非上、去与非去、入与非入),因其简洁好学易于驾驭,而于隋唐之际在"竞争"中脱颖而出,获得了"唯我独尊"的地位①。

五、结　语

本文通过对沈约诗歌的案例研究,探讨汉语格律诗的声律起源,

---

① "平仄律"的广泛接受是在隋唐,但在此之前,有些诗人如庾信(513—581)已开始尝试使用平仄对立。

从文献、诗律学、语言学诸角度证明"八病"并非永明声律说的内容，齐梁时代也无病犯概念，沈约的诗歌创作实践契合他所提出的声韵格律，并重点分析、评述、论证了 Mair-Mei 的假设是如何进入误区的，由此而得出了以下结论：（1）沈约的诗歌创作实践和他的诗歌声律理论高度一致；（2）六朝声律不同于唐诗声律；（3）沈约诗歌声律理论的内容是追求 A（表示任何声调）与非 A（任一其他声调）的对比，而非平仄对立；（4）六朝时期有"四声说"，无"八病说"；（5）汉语格律诗的声律模式并非源自梵诗格律；（6）汉语诗歌格律由六朝到唐朝的演变是多式择一的选择过程，而非一式单线的演化过程①。

在传统中国诗歌史的研究上，以律律古的作法至少导致了两个误差：（1）以唐人观点律齐梁作品（所谓平仄法则）；（2）以明清诗评家眼光论唐人作品（所谓"孤平"、"拗救"诸说）。本文希望通过此项研究，至少能纠正其中的一个偏差。

（作者单位：南开大学；美国威斯康星大学麦迪逊校区）

致谢：

这篇论文的早期文本以手稿形式分别在如下场合以不同题目跟学界同行、师生进行过交流："How did the Concept of Tonal Prosody in Chinese Verse Come about?" delivered at City University of Hong Kong,

---

① 关于这些观点的进一步阐述，请分别参见张洪明：《近体诗声律模式的物质基础》，《中国社会科学》，1987 年第 4 期，第 185—196 页；《语言的对比与诗律的比较》，《复旦学报》，1987 年第 4 期，第 51—56 页。Zhang & Song："Some Issues in the Study of Chinese Poetic Prosody", in *Breaking down the Barriers: Interdisciplinary Studies in Chinese Linguistics and Beyond*. Special issue of *Language and Linguistics*, 1149 – 1171, Taipei：Academia Sinica, 2013. 张洪明、李雯静：《庾信五言诗声律考察》，《文学与文化》，2011 年第 4 期，第 66—76 页。Song & Zhang：*Tonal Prosody in Yongming Style Poems*, Nankai University Press, 2015; "A New Approach to Chinese Poetic Prosody：the Case of Pair-wise Tonal Contrasts in Three Yongming Collections", in *Chinese Literature: Essays, Articles, Reviews*, 64 – 108, 2015.

November 1999. "Tonal Prosody of Poetics in the Six Dynasties," presented at *the 2nd International Symposium of Historical Chinese and Classical Chinese*, Columbia University, October 2003. "Yongming Poetics: A Linguistics Perspective," delivered at Fudan University, May 2004. "Yongming Poetics: A Linguistics Perspective," delivered at Harvard University, March 2005. "Poetic Metrical Patterns of the Six Dynasties: Case Study on Shen Yüeh's Poems," delivered at Peking University, March 2006. "The Consistency of Shen Yue's Poetic Metrical Theory and Poem Composition: A Linguistic Perspective," delivered at *The 2006 Annual Meeting of the Association for Asian Studies*, San Francisco, 2006. "Origins of Tonal Prosody of Chinese Metrical Poems," delivered at *The International Conference on the Interface between Chinese Literature and Chinese Linguistics*, Nankai University, 2007. "Issues in Study of Chinese Poetic Prosody," presented at *The Seventeenth International Conference on Chinese Linguistics*, Paris, 2009. "Poetic Prosodic Studies of Chinese Classical Poems," delivered at Hanyang University, Seoul, May 2011. "The Tonal Prosody in Shen Yue's Pentasyllabic Poems — An Empirical and Statistical Study," delivered at National Taiwan Normal University, Taipei, June 2013. "Some Issues on the Origin of Chinese Regulated Verse", delivered at Chinese University of Hong Kong, March 2014. 上述交流让作者获益良多,在此表示由衷谢意。还要感谢这些年分别在南开大学和威斯康星大学选修我诗律研讨课的学生,开放互动的教学相长使本研究增色不少。当然,更要向钱有用和于辉致谢,感谢他们在中文文本上所给予的相助。最后,特别要谢谢蔡宗齐教授的一再鼓励,是他的错爱与坚持,终于使这篇论文有机会以纸质版的正式文本面世。

大同句律形成过程及与五言诗单句韵律结构变化之关系

杜晓勤

　　近体诗律形成的一个前提基础,是五言诗单句的律化。但学界此前在研究五言近体诗声律体系成立问题时,主要考察的是五言诗句、联间"粘对"规则的建立,对单句律化问题关注不够。即便有所涉及,亦多从齐梁时期甚至到汉魏时期的五言诗中找寻出符合后世近体诗律的律句,然后看其在不同历史时期的发展情况。鉴于最近仍有学者在"执近体观念以绳永明体",本文遂在吸收学界已有成果的基础上,对现存南北朝隋唐五言诗进行全面声律分析和资料统计,又结合此一历史时期相关诗律理论资料,对五言诗律化过程中的一个重要环节——大同句律的产生及其原因作了深入考察,还指出五言诗单句韵律结构与语法结构之间存在着一定的关联性,在五言诗单句发展过程中,音步类型的变化与各种句式本身的表现艺术特点也有较大的关系。

近体诗律形成的一个前提基础,是五言诗单句的律化。但学界此前在研究五言近体诗声律体系成立问题时,主要考察的是五言诗句、联间"粘对"规则的建立,对单句律化问题关注不够。即便有所涉及,亦多从齐梁时期甚至汉魏时期的五言诗中找寻出符合后世近体诗律的律句,然后看其在不同历史时期的发展情况。如 20 世纪 70 年代,启功在《诗文声律论稿》中就认为沈约《宋书·谢灵运传论》和钟嵘《诗品序》所举诗例已为律句,并以此说明"永明时代的声律学说,是诗歌方面走向律化的几项探索归纳"①。稍后,徐青的《古典诗律史》②更是追溯到东汉五言诗,并从中找到一些律句,认为近体诗律自五言诗产生之初即已萌芽③。到 20 世纪末,刘跃进的《门阀士族与永明文学》④则钩稽出永明体诗中诸多严格律句和特殊律句,认为齐梁时期大量律句的运用已非偶然现象。吴小平的《中古五言诗研究》也认为,近体律句的四种基本节奏型及十二种变格"都是从永明声律说当中产生的"⑤。最近,卢盛江在其新著《文镜秘府论研究》中,仍认为"永明时期对近体诗律就已有比较自觉的追求,尽管远没有达到初唐近体诗律的成熟程度"⑥。其实,这些著作在研究思路上都是以后世的平仄观念论永明体甚至汉魏诗,以近体律句的二四异声规则来分析永明句律,存在着执近体观念以绳齐梁永明体诗,甚至汉、魏、晋、宋诗

① 启功:《诗文声律论稿》,北京:中华书局 1977 年版,第 122 页。
② 徐青:《古典诗律史》,兰州:青海人民出版社 1980 年版。
③ 21 世纪初,徐青在其著作《唐诗格律通论》(北京:当代中国出版社 2002 年版)中仍沿用此种研究思路。
④ 刘跃进:《门阀士族与永明文学》,北京:三联书店 1996 年版。
⑤ 吴小平:《中古五言诗研究》,南京:江苏古籍出版社 1998 年版,第 210 页。
⑥ 卢盛江:《文镜秘府论研究》上册,北京:人民文学出版社 2013 年版,第 370 页。

的偏误。郭绍虞是较早意识到这一问题的学者，20世纪80年代初，他在《声律说续考》中曾说："后人习惯于平仄之分，于是对于这一时期的理论，也往往引入了歧途，常以后人的平仄观念去解释当时的理论。"①因此，何伟棠的《永明体到近体》②即抓住永明声律说中"四声分用"、"二五音节异声"的用声规则，归纳出永明体诗歌的四大句律格式，认为永明句律与近体句律之差异，主要在于二五音节四声相异与二四音节平仄相对之别，而且注意到了永明句律向近体句律演变的阶段性，方法可取，突破较大③。到21世纪初，施逢雨发表了《单句律化：永明声律运动走向律化的一个关键过程》④的专论，在对梁、陈、隋及北朝三十七个代表诗人作品的声律情况进行量化分析的基础上，初步梳理了五言诗单句律化的历程，并阐释了其发展原因，将该问题的研究又推进了一步。鉴于最近仍有学者在"执近体观念以绳永明体"，加上施逢雨文对五言诗单句律化进程的描述和阐释仍有不少可细化和深入之处，本人遂在吸收学界已有成果的基础上，对现存南北朝、隋唐五言诗进行全面声律分析和数据统计⑤，再结合此一历史时期相关诗律理论资料，抓住五言诗单句律化过程中的几个主要环节和理论问题，分层面多角度地进行探讨。下面主要介绍本人对五言诗单句律化进程中的一个重要环节——大同句律形成过程及与五言诗单句韵律结构变化之关系的研究心得，敬请海内外专家不吝指正。

① 《古代文学理论研究》第三辑，上海：上海古籍出版社1981年版，第13页。
② 何伟棠：《永明体到近体》，广州：广东高等教育出版社1994年版。
③ 杜晓勤：《一部方法科学新见迭出的诗律史著作——何伟棠〈永明体到近体〉评介》，载于《华南师范大学学报》第6期（2006年），第125—128页。
④ 施逢雨：《单句律化：永明声律运动走向律化的一个关键过程》，载于《清华学报》新第29卷第3期（2000年1月），第301—320页。
⑤ 本人使用自主开发的《中国古典诗歌声律分析系统》计算机软件程序（该软件之研制曾获2004年度国家社会科学基金立项资助。2011年结项，被评为"优秀"等级），对汉至初唐现存五言诗全部作了声律分析和数据统计。

一、由二五异声到二四异声：五言诗单句律化进程的一个重要环节

日僧遍照金刚《文镜秘府论》西卷载有沈约"八病"之说的定义和解释，其中与句律关系最密者当属"蜂腰"病："蜂腰者，五言诗第二字不得与第五字同声。"此虽为隋刘善经《四声指归》所引时人之通行理解，后文复引沈氏云："五言之中，分为二句，上二下三。凡至句末，并须要煞。"①则表明沈约对"蜂腰"病的规定，也应是"五言诗第二字不得与第五字同声"。如此看来，永明体律句应是第二字与第五字四声相异。这样的句式共有三种十二式，其在五言诗中出现的概率是75%（12/16）②。只有作品中永明律句的占比明显高于这个数值，才能说明作者可能是有意遵用了永明诗律。那么，齐代五言诗中永明律句到底占多大的比例呢？与以前历代五言诗相比有无差别呢？为此，我对逯钦立编《先秦汉魏晋南北朝诗》③中收录的五言诗全部作了声律分析，并制成了"汉、魏、晋、宋、齐五言诗永明律句统计表"：

	西汉	东汉	曹魏	西晋	东晋	刘宋	萧齐
五言诗总数	7	110	317	301	364	474	314
总句数	42	1 505	4 144	4 115	4 344	6 178	2 978
永明律句数	33	1 016	3 070	2 935	3 067	4 760	2 534
永明律句占比	78.57%	67.51%	74.08%	71.32%	70.60%	77.05%	85.09%

---

① 卢盛江：《文镜秘府论汇校汇考》西卷《文二十八种病》"蜂腰"条，北京：中华书局2006年版，第949页。
② 参杜晓勤：《沈约所评魏晋五言诗的声律分析》，载于《文史知识》第2期（2012年），第17—24页。
③ 逯钦立辑校：《先秦汉魏晋南北朝诗》，北京：中华书局1983年版。

从中可以看出,汉至刘宋五言诗中永明律句的占比大多没有超过其出现概率(只有西汉和刘宋两个时期五言诗中永明律句的占比稍稍高出,然尚不足以说明问题),而萧齐时期五言诗中永明律句则超出平均概率10个百分点,且一下子超过刘宋时期8个百分点。而且,永明体代表作家的五言诗中永明律句比例都普遍较高。这庶几可以说明,齐代之前五言诗中出现的永明律句,只是与永明句律"暗合",而到齐代尤其是永明年间(483—493)四声八病说兴起之后,不仅沈约、谢朓、王融等代表作家在五言诗创作中已经开始避忌"蜂腰病",注重二五音节四声分用,而且在他们的影响下,其他诗人也逐渐接受永明声律说,遂使齐永明至梁初五言诗中永明律句的占比有了显著的提高。

但是,永明之后人们对五言诗单句二五音节不得同声的规定似乎并没有遵守多久。大约到梁大同(535—546)年间,一种新的单句用声习惯开始出现,且呈压倒、取代永明句律之势。《文镜秘府论》西卷《文二十八种病》"蜂腰"条中又引刘滔语云:"又第二字与第四字同声,亦不能善。此虽世无的目,而甚于蜂腰。如魏武帝《乐府歌》云:'冬节南食稻,春日复北翔。'"王利器认为,此之刘滔即梁之刘绍①。据《梁书》卷四十九《刘昭传》,知刘绍大同中曾为尚书祠部郎,其父刘昭善属文,其弟刘缓曾为湘东王记室,且居湘东王西府文学之首。则刘滔(绍)提出五言诗二四音节不得同声之说,当在大同年间或前后不数年②。虽然刘滔(绍)所云"第二字与第四字不得同声"的新规与后世近体句律"第二字与第四字不得同平仄"的规定尚有区别,但是在用声位置上已经开始向近体句律靠拢了。为了与前之永明律句及后之近体律句相区别,本文姑且将这种新的句律称为大同律,将二四

---

① 王利器校注:《文镜秘府论校注》,北京:中国社会科学出版社1983年版,第81—82页,注③。
② 对于刘滔此论,中泽希男释云:"刘滔所提倡的二、四不同,包括平上去入四个声,必须和律体二四不同之仅指平和平、仄和仄区别开来。"参中泽希男《文镜秘府论札记续记》,载于《群马大学纪要·人文科学篇》第4、5、6卷,1954—1957年,此据卢盛江《文镜秘府论汇校汇考》,第961页注⑦转引。

字四声相异的五言句称为大同律句。

大同年间五言诗这种用声观念的变化,也体现在现存作品句律分析数据上。高木正一曾统计过宋、齐、梁、陈五个重要作家作品中二四字同声相犯句的出现情况,并认为"永明以后第二字与第四字同声的诗句,如下表所示,呈现着锐减的现象"①:

作　家	调查句数	二四同声句数	犯规率
谢灵运	894	459	51%
沈　约	1 356	440	33%
庾肩吾	820	67	8%
庾　信	2 328	172	7%
江　总	820	60	7%

其实,高木正一的说法不全对。如果我们考察得更全面、分析得更细致的话,就会发现,五言诗中第二字与第四字同声的诗句的锐减,亦即第二字与第四字四声相异句(即大同律句)的大幅增加,实际上是在梁代,尤其是天监后期至大同年间,而非齐永明之后即已出现。由文后附表1《齐、梁、陈重要作家五言诗句律统计表》可以看出,在卒于梁代中期诗人的作品中,大同律句逐渐增多,但是到主要活跃于梁大同年间的刘缓(刘绍之弟)、刘孝威、刘孝仪等人诗中,大同律句数量才超过了永明律句,这足以说明,梁大同年间五言诗单句调声规则已经由前此重二五音节四声相异,到更重二四音节四声相异,印证了刘滔(绍)所云"第二字与第四字同声,亦不能善。此虽世无的目,而甚于蜂腰"的说法。

---

① 高木正一:《六朝唐诗论考》,东京:创文社1999年版,第25页。

那么,梁大同诗人为何会对五言句二四音节异声如此重视呢?刘滔(绍)之所以能够提出大同句律且为时人所遵奉,又有哪些原因呢?

不少学者已经指出,刘滔(绍)认为五言诗句中二四音节同声其病甚于"蜂腰",表明梁大同年间人们对五言诗音步的认识已经由"二三"变为"二二一"了①,而后者又说明人们已经将五言句第四音节也作为一个节奏点②。问题是,五言诗单句第四音节为何在此时会成为一个新的节奏点呢?我认为,这与五言诗发展过程中"二二一"句式的增加(见附表2《中古五言诗单句韵律结构分析数据统计表》),以及"二二一"句式中韵律结构与语法结构易于一致(见附表3《汉至梁代"二二一"句式韵律节奏分析统计表》)等因素,具有密切的关系。

二、汉代五言诗单句韵律结构的
常见类型及分布情况

五言诗自产生之初,就出现了语法结构各不相同的句式。而这些句式又大多可分为"二一二"句和"二二一"句两大类,其中"二二一"句式的语法结构和韵律结构之间存在着相当程度的关联性。

下面根据现存汉乐府③和《古诗十九首》,先列出汉代五言诗中与

---

① 郭绍虞认为:"永明体的声律只想到'音韵尽殊',只想到'轻重悉异'……他只要求其异,重在异的配合,所以不会注意到音步的问题。至于律体则吟的技巧益进,当然声调的考究也更密,于是很自然的再于五字之中分出音步,成为二二一的音节。"(《照隅室古典文学论集》上编,上海:上海古籍出版社1983年版,第241页。)其实,不仅沈约要求规避二五字同声的"蜂腰"病,说明他在齐永明时已经意识到"二三音步";而且,刘滔(绍)之所以能够提出"二四字同声其病更甚",也说明他在梁大同间已经感觉到"二二一"音步。

② 何伟棠将这一现象称为五言句中第四字的"节点化",参氏著《永明体到近体》,第199页。

③ 本文所引诗歌文本,如无特别说明,均据逯钦立辑校:《先秦汉魏晋南北朝诗》,北京:中华书局1983年版;《全唐诗》,北京:中华书局1960年版。

"二二一"语法结构相对应的几种常见韵律结构①：

1. "二′二′一"式。此式单句本身就是一个具有双重修饰词的名词性短语。句中后三字往往是由双音节修饰语（名词或形容词）加一个单音节名词构成黏合性强的三音节偏正名词或名词性短语，四五音节间音顿较短甚至没有音顿（如三音节名词"牵牛星"、"河汉女"）；前二字则为进一步修饰后三音节名词或名词性短语的双音节形容词或颜色词，且多为叠音词、双声词或叠韵词，二三音节间音顿也较短。所以这种句式，从韵律结构的第一层级看，可以勉强归入"二三"式。如：

---

① 本文对韵律词、韵律短语、韵律结构、韵律层级和音顿等概念的理解和使用，综合参考了冯胜利（《汉语的韵律、词法与句法》，北京：北京大学出版社1997年版）、王洪君（《汉语的韵律词和韵律短语》，载于《中国语文》第6期（2000年），第525—536页）、曹剑芬（《汉语韵律切分的语音学和语言学线索》，载于《新世纪的现代语音学——第五届全国现代语音学学术会议论文集》，北京：清华大学出版社2001年版，第176—179页）等学者的研究成果，认为韵律词是指语法上凝固的、节律上稳定的单音节或稳固的双音节词，其内部没有音顿；而韵律词之间则有时长不等的音顿。韵律结构是指韵律词或韵律短语之间的组合形式。韵律结构又可分为若干层级，第一层级的划分依据是句中最明显的节奏点，第二层级是考虑次明显的节奏点作更细划分的韵律结构。王洪君运用句块分析模型，根据语法边界和节律边界的一致或不一致，将汉语的语法结构分为黏合、组合和等立三大类，并指出它们在节律上的表现分别为紧、松、特松。其中黏合类包括偏正和动补结构，组合类包括动宾结构，而并列结构则属于等立类。参见王洪君《普通话中节律边界与节律模式、语法、语用的关联》，载于《语言学论丛》第26辑，北京：商务印书馆2002年版，第279—300页。邓丹也通过研究表明，主谓结构和动宾结构也大体可以归入到组合类中。韵律词之间的紧密程度和其所表现的句法结构有关，构成偏正和动补结构的两个双音节韵律词之间的关系比较紧密，一般不会出现停顿，而构成动宾、主谓和并列结构的两个双音节韵律词之间的关系则比较松散，可能出现短暂的停顿。（邓丹：《汉语韵律词研究》，北京：北京大学出版社2010年版，第152页。）虽然王洪君、冯胜利和邓丹等学者研究的是现代汉语韵律词的模式、语法及其与节律之关系，但我发现，这些结论与中国古典诗歌中韵律结构与语法结构之关系也比较吻合。所以本文在考虑语法结构的前提下，先将五言诗的单句分成若干韵律词，然后在韵律词的基础上划分出若干音步。本文所用五言诗单句韵律结构的切分符号主要有三种：（1）"′"，用于偏正结构韵律短语中双音节修饰词与单音节中心词之间的切分，此处音顿较短或没有音顿，此符号前一音节是不明显的节奏点或非节奏点。（2）"/"，用于各韵律词之间的切分，此处音顿较长，此符号前一音节是较明显的节奏点。（3）"//"，用于一句中两个小分句（小分句可由一个或者两个韵律词构成）之间的切分，此处音顿最长，此符号前一音节是句中最明显的节奏点。

青青′河畔′草，　　平平′平去′上
郁郁′园中′柳。　　入入′平平′上　　（《古诗十九首》其二）
迢迢′牵牛′星，　　平平′平平′平
皎皎′河汉′女。　　上上′平去′上　　（《古诗十九首》其十）

2.“二/二′一”式。此种句式多为动宾结构或省略谓语的主谓宾结构。后三字由双音节修饰语（名词或形容词）加一个单音节名词构成黏合性强的三音节偏正名词或名词性短语，四五音节间音顿较短。前二字则为双音节动词性短语作谓语，或名词性短语作主语，句中省略谓语动词，二三音节间音顿较长。从第一层级划分的话，这种句式的韵律结构是比较明显的“二三”式。如：

日出/东南′隅，　　入入/平平′平
照我/秦氏′楼。　　去上/平去′平　　（《陌上桑》）
头上/倭堕′髻，　　平上/平上′去
耳中/明月′珠。　　上平/平入′平　　（《陌上桑》）
大子/二千′石，　　去上/去平′去
中子/孝廉′郎。　　平上/去平′平　　（《长安有狭邪行》）

3.“二/二/一”式。此种句式多为主谓宾结构或者主谓结构。第五字往往为单音节动词或形容词，做谓语；或者是单音节名词作宾语。二三音节和四五音节之间音顿都比较长。从韵律结构的第一层级看，也是比较明显的“二三”式。如：

枯鱼/过河/泣。　平平/去平/入　（《枯鱼过河泣》）
北风/初秋/至。　入平/平平/去　（《古八变歌》）
岁暮/一何/速。　去去/入平/入　（《古诗十九首》其十二）
三五/明月/满，　平上/平入/上

四五/蟾兔/阙。　去上/平去/入　（《古诗十九首》其十七）

另外还有些句子虽然语法结构不尽相同，但大致也可归入上三类句式中。

就韵律结构而言，这三种句式首先都可分为"上二"、"下三"两个大的音步，是"二/三"式。第二音节与第五音节是两个明显的节奏点。不过在"二'二'一"式中，由于一二、三四字都是偏正结构的修饰词，修饰词与被修饰名词之间节律黏合性较强，二三音节、四五音节之间的音顿都不太长，尤其是第四音节后的音顿更不明显，呈现出较强的一体性，所以此式"下三"音步不太容易被进一步细分为"二一"。

我们在对汉乐府五言诗和《古诗十九首》进行声律分析和数据统计后，可以发现，上列三大类"二二一"句由于韵律结构的不同，在节奏点的用声方面也呈现出一定的差异性。其中，句子数量最多的是第二类"二/二'一"式，共有 74 句，这类句式中二五音节异声 61 句，占 82.43%，二四音节异声 59 句，占 79.73%。这表明此类句中第二音节确是比较明显的节奏点，且可与第五音节形成第一层级的韵律关系；而第四音节就不是明显的节奏点，与第二音节之间也未能形成韵律关系。汉人对这种句式的节奏和韵律似乎已有一些朦胧的感觉，所以句中二五异声稍稍多于二四异声。第三类"二/二/一"式 69 句，二五音节异声 44 句，占 63.77%，二四音节异声 43 句，占 62.32%。这似乎也可说明这类句式由于句中二四音节都是节奏点，第二、四、五音节形成平级韵律关系，反而削弱了整句中的韵律感，故而较难为人所感知。第一类"二'二'一"句总数最少，只有 16 句，其中二五音节异声 10 句，占 62.5%，二四音节异声 12 句，占 75%。由于样本数量较少，似乎不太能说明问题。

再从总体上看，汉乐府五言诗和《古诗十九首》中共有 197 句"二二一"式，其中二五异声 125 句，只占 63.45%；二四异声 138 句，也只占 70.05%。共计 457 句"二一二"句中，二五异声计 313 句，只占

68.49%；二四异声 207 句，也只占 45.30%。这两大类句式中二五异声句和二四异声句都没有超出平均概率，说明汉乐府五言诗和《古诗十九首》中还没有明显的人为调声的痕迹。其原因可能是这些作品原本多系乐府歌辞，当时都是入乐演唱的①，故而乐曲作者和现场听众比较关注这些作品所配乐曲之旋律和节奏，对辞句本身的语言韵律和声音节奏似未多加措意。

三、谢灵运诗句式分布情况及与韵律特点之关系

　　魏晋时期，五言诗逐渐脱离音乐，作品本身的语言韵律渐受重视。到刘宋大诗人谢灵运手上，五言诗更是写得精整宏丽。谢灵运五言诗现存 92 首 1 378 句，仍以"二一二"句为主，计 1 078 句，其中二五异声句与二四异声句的占比相差无几，也均未超过平均概率。这反映出，经过几百年的发展，五言诗单句的语法结构以及"二一二"句式的韵律特征，均未有太明显的变化。不过，谢灵运诗中"二二一"句虽然只有 300 句，但二五异声句的数量（226 句）已经超过二四异声句（203句），所占比例（75.33%）较汉乐府五言诗和《古诗十九首》（63.45%）高出将近 12 个百分点，这说明谢灵运可能已经朦胧感觉到此种句式中第二字作为一个节奏点的存在。如果作更细致的分类考察，还可发现，谢灵运诗中"二二一"句中韵律结构种类、各句式分布情况及所占比例，较汉代乐府五言诗和《古诗十九首》更有改变：

　　1."二'二'一"式。这种句式在谢灵运诗中虽然数量较少，只有 12 句，在"二二一"大类中所占比例（4%）也低于汉五言诗，但其中二

---

① 参拙作《诗歌·音乐·音乐文学史——先秦两汉诗歌史的音乐文学研究法》，载于《东方丛刊》第 2 辑（2006 年），第 42—44 页。

五异声句的占比却达到 83.33%,二四异声占比则很低。如下列诸句:

> 寂寥′曲肱′子。　入平′入平′上　(《君子有所思行》)
>
> 辛勤′风波′事。　平平′平平′去　(《酬从弟惠连》其三)
>
> 嗷嗷′云中′雁。　平平′平平′去　(《拟魏太子邺中集诗八首·
>
> 应场》)
>
> 可怜′谁家′妇。　上平′平平′上　(《东阳溪中赠答诗二首》
>
> 其一)

均二五异声而二四同声,说明此种句式中的第二字已经开始节点化,
而第四字仍未发展为一个明显的节奏点。

2.“二/二′一”式。这种句式在谢灵运诗中最多。如:

> 既惭/臧孙′慨,　去平/平平′去
>
> 复愧/杨子′叹。　入去/平上′平　(《长歌行》)
>
> 始信/安期′术,　上去/平平′入
>
> 得尽/养生′年。　入上/上平′平　(《登江中孤屿》)

共 150 句,占“二二一”句的 50%,而且二五异声比(79.33%)也超过了
二四异声(73.22%),说明谢灵运似乎感觉到此种句式的第二字是一
个节奏点,而第四字仍非明显的节奏点。

3.“二/二/一”式。这种句式在谢灵运诗中数量也不少,计 80
句,占 26.67%。如:

> 岁岁/层冰/合,　去去/平平/入
>
> 纷纷/霰雪/落。　平平/去入/入　(《苦寒行》)
>
> 良时/不见/遗,　平平/入去/平
>
> 丑状/不成/恶。　上去/入平/入　(《永初三年七月十六日之

郡初发都》)

　　隐轸/邑里/密，上上/入上/入

　　缅邈/江海/辽。上入/平上/平　（《入东道路》）

虽然其中二五异声（69句，占86.25%）和二四异声（65句，占81.25%）占比差不多，但数值都比汉代五言诗大幅提高了，说明谢灵运可能已把这种句子中的第二字和第四字视为节奏点了。

　　4.“二′二/一”式。这种句式在汉乐府和《古诗十九首》中没有出现过，谢灵运诗中有19句。此式前二字往往是叠音、双声或叠韵的形容词，修饰后面的双音节名词或名词性短语，最后一字则为动词或形容词作谓语，全句形成主谓结构。如：

　　　　倏烁′夕星/流，入入′入平/平

　　　　翌奕′朝露/团。入入′平去/平　（《长歌行》）

　　　　习习′和风/起，入入′平平/上

　　　　采采′彤云/浮。上上′平平/平　（《缓歌行》）

　　　　亭亭′晓月/映，平平′上入/去

　　　　泠泠′朝露/滴。平平′平去/入　（《夜发石关亭》）

这种句子，如果要划分韵律结构的话，第一层级应该是“四/一”，第二层级可分为“二′二/一”。因为前四个字是偏正结构的韵律短语，所以二三音节间的音顿应该较短，故第二音节不易成为节奏点；前四字与第五字间是主谓结构，所以四五音节间的音顿较长，第四音节较易成为节奏点。但是从现存作品的声律分析数据看，则不尽然，谢灵运诗中这种句式的二五异声竟然与二四异声数量相同，都是16句，均占84.21%，说明谢灵运将这种句式中的第二音节也当作了一个较明显的节奏点。

　　5.“二//二/一”式。这种句式是在谢灵运诗中开始成对涌现的（共14句）。此式全句实则可以视为由两个主谓结构的分句构成：前二字是一个主谓结构的韵律短语,后三字也是一个主谓结构的韵律短语,两分句之间或为并列关系,或为因果关系,或为转折关系,诗意远较其他句式丰富,诗句也更为凝练,反映了五言诗句法和表现艺术的新发展。如:

> 盛往//速露/坠,　去上//入去/去
> 衰来//疾风/飞。平平//入平/平　(《君子有所思行》)
> 野旷//沙岸/净,　上去//平去/去
> 天高//秋月/明。平平//平入/平　(《初去郡》)
> 春晚//绿野/秀,　平上//入上/去
> 岩高//白云/屯。平平//入平/平　(《入彭蠡湖口》)

由于是两个分句的分界,所以二三音节间的音顿自然很长。而三四字与第五字之间是主谓结构,所以四五音节间也应有一个较为明显的音顿。但就谢灵运诗考察,第二音节作为节奏点是极为明显的,因为二五异声比例很高,达 85.71%;但第四音节好像并未被谢灵运当作节奏点,因为二四异声比例极低,只有 42.85%。

谢灵运五言诗中还有一个韵律方面的变化值得注意:汉乐府和《古诗十九首》中"二二一"句多为零散单句,偶对不多,而谢灵运诗中的这些"二二一"句则绝大多数是以对偶句的形式出现的,《登狐山》现存四句均为"二二一"式①,《行田登海口盘屿山》除前两句是"二二二"式,后六句均为偶对精工的"二二一"句,像六句偶对连用的还有《初往新安至桐庐口》,四句偶对连用的作品则有《从游京口北固应诏》、《永初三年七月十六日之郡初发都》、《七里濑》、《游南亭》、《登江中孤屿》、《石门新营所住四面高山回溪石濑茂林修竹》、《田南树园激流植楥》、《还旧园作见颜范二中书》、《酬从弟惠连》(其三)、《拟魏

---

① 此诗文本现存最早出处系类书《北堂书钞》,当非全篇。

太子邺中集八首·刘桢》等十首,都充分体现出谢灵运诗的铺排骈俪美和鲜明节奏感。

不过,总体看来,谢灵运诗中"二二一"句的数量及占比都远较"二一二"句为少,而且"二二一"句的二四异声数量(203 句,占 67.66%)少于二五异声(226 句,占 75.33%),二者的占比,一低于平均概率,一刚好达到平均概率,说明即使是对梵汉音韵都比较精通的谢灵运,整体上也还没有表现出太明显的人为调声的意识。因为此时汉语四声尚未被发现,更未被自觉运用到五言诗创作中,所以谢灵运即使对句中节奏点(尤其是对"二//二一"句中的第二音节,对"二//二/一"、"二'二/一"句的第四音节)有所感知,也未必能从声调方面进行自觉调谐。

四、永明三大诗人对单句韵律
结构的不同趣尚

但是到齐永明年间,情况就发生了显著变化。沈约在周颙发现汉语平、上、去、入四声之后①,撰《四声谱》,提倡在诗歌创作中运用四声调谐韵律,避忌"八病"。而沈约认为五言诗创作中应该避忌"蜂腰"病,其诗律原理实际上是:五言诗一句可以分成上二、下三两个分句,两分句末的第二字和第五字都是明显的节奏点,而相邻节奏点应该异声。《文镜秘府论》西卷《文二十八种病》"蜂腰"条下引沈氏云:"五言之中,分为两句,上二下三。凡至句末,并须要煞。"②即其义也。另一方面,沈约要求人们在创作中尽量避免二五字同四声,与汉代直至刘宋五言诗中单句韵律结构发展趋势也是相符的。因为魏晋以后的

---

① 参拙作《"王斌首倡四声说"辨误》,载于《文学遗产》第 3 期(2012 年),第 130—133 页;《周颙行年略考》载于《中国典籍与文化》第 2 期(2013 年),第 21—28 页。

② 卢盛江:《文镜秘府论汇校汇考》,第 956 页。

五言诗单句基本上可以划为"二三"音步,尤其是谢灵运诗中大量存在的"二／二′一"句(150句)、"二／二一"式(80句)、"二／／二一"式(14句),韵律结构的第一层级都是最明显的"二三"式,而且大多呈现出二五异声(所占比例分别为 79.33%、86.25%、85.71%)的声律特点,对沈约提倡二五异声的句律应有一定的启发。沈约特地在编撰《宋书》时为谢灵运所作传论中提出新的诗律理论,并详加阐述,而且明确指出魏晋时期已有一些作品"以音律调韵,取高前式",都说明前代五言诗中一些佳作,尤其是谢灵运五言诗的韵律特点,为其提出永明声律说积累了可贵的艺术经验①,只不过他认为前人包括谢灵运在内都是"音韵天成,皆暗与理合,匪由思至"罢了②。

由于有了明确的声律规定,又有前人的佳什妙句可资借鉴,永明三大家王融、谢朓、沈约在创作五言诗时,就特别注意二五字异声。在他们的现存作品中,二五异声句的比例都超过了 80%。

不过,三人对五言句韵律结构的选择和偏好不尽相同。相同的是,三人诗中都以"二／二′一"、"二／二一"句为主。但王融诗中"二／二一"式尤多,竟然占到 47.5%(70/160),如:

> 井莲／当夏／吐,上平／平去／去
> 窗桂／逐秋／开。平去／入平／平 (《临高台》)
> 璧门／凉月／举,入平／平入／上
> 珠殿／秋风／回。平去／平平／平 (《游仙诗五首》其三)

不仅绘景如画,而且二五音节、二四音节均异声,句内两顿(二四音节均是较明显的节奏点),节奏分明。王融诗中这种句式最合永明句律,二五异声占比高达 88.57%(62/70),不仅高于他自己诗中的其他

---

① 参拙作《沈约所评魏晋五言诗的声律分析》,第 17—24 页。
② 沈约:《宋书》卷六十七《谢灵运传》,北京:中华书局 1974 年版,第 1779 页。

种类的"二二一"式句,而且比谢朓、沈约诗中的同一句式的合律性也要高些。

沈约似乎更钟情于"二/二′一"句,数量多达222句(占"二二一"句的51.39%),如:

> 朝发/披香′殿,　平入/平平′去
> 夕济/汾阴′河。　入去/平平′平　(《昭君辞》)
> 标峰/彩虹′外,　平平/上平′去
> 置岭/白云′间。　去上/入平′平　(《早发定山》)

语言自然清新,且二五异声。其名作《饯谢文学离夜》诗后半四句均为此式:

> 一望/沮漳′水,　入去/平平′上
> 宁思/江海′会。　平平/平上′去
> 以我/径寸′心,　上上/去去′平
> 从君/千里′外。　平平/平上′去

与前半均为"二一二"式的四句,形成截然不同的韵律结构。且前半铺排写景,后半深切抒情。全诗每句二五异声,韵律感强,是典型的永明体作品。

谢朓诗中最有特色的则是"二//二/一"句。前文已述,谢灵运诗中已经出现一些画面优美、声律谐畅的"二//二/一"式的景句,如:

> 野旷/沙岸/净,　上去/平去/去
> 天高/秋月/明。　平平/平入/平　(《初去郡》)

但谢灵运更喜欢用"二一二"式句写景,如:

　　　白云/抱/幽石，入平/上/平入

　　　绿篠/媚/清涟。入上/去/平平　（《过始宁墅》）

　　　池塘/生/春草，平平/平/平上

　　　园柳/变/鸣禽。平上/去/平平　（《登池上楼》）

　　　密林/含/余清，入平/平/平平

　　　远峰/隐/半规。上平/上/去平　（《游南亭》）

　　　云日/相/辉映，平入/平/平去

　　　空水/共/澄鲜。平上/去/平平　（《登江中孤屿》）

这些名句，都是"二一二"句式。由于类似句子的大量存在，遂使此式甚至成为后人眼中大谢体句法的一个重要标志。不过，谢灵运诗中这些诗句，虽然描写新丽生动，但过于注重句中第三字的炼饰，雕琢痕迹较明显。谢朓可能意识到这个问题，遂减少了"二一二"式句的使用量①，转而选择谢灵运诗中运用得虽也较为成功但数量尚少的"二//二/一"句式。谢朓诗中现存 28 句"二//二/一"式，占 5.46%，比王融（1 句，占 0.63%）、沈约（12 句，占 2.78%）都多。其中画面清新、物象并置、诗意丰富的山水妙句，更是纷至遝来，如：

　　　日起//霜戈/照，入上//平平/去

　　　风回//连骑/翻。平平//平去/平　（《隋王鼓吹曲十首·从戎曲》）

　　　风荡//飘莺/乱，平上//平平/去

　　　云行//芳树/低。平平//平去/平　（《隋王鼓吹曲十首·登山曲》）

　　　鱼戏//新荷/动，平去//平平/上

① 谢朓诗中"二一二"句所占比例（71.62%）不仅低于谢灵运（78.23%），而且比王融（75.68%）、沈约（72.35%）也要低一些。

　　鸟散//余花/落。上去//平平/入　（《游东田》）

　　日出//众鸟/散，入入//去上/去

　　山暝//孤猿/吟。平平//平平/平　（《郡内高斋闲望答吕法曹》）

　　风振//蕉葰/裂，平去//平入/入

　　霜下//梧楸/伤。平上//平平/平　（《秋夜讲解》）

　　草合//亭路/远，上入//平平/上

　　霞生//川路/长。平平//平去/平　（《奉和随王殿下诗十六首》其三）

　　所以，"二//二/一"也就成为谢朓山水诗中最有特点的写景句式。当然，由于此式句中"上二""下三"是两个分句的关系，所以第二字是最为明显的节奏点，二五异声比达到 82.14%也就不奇怪了。

　　另外，谢朓诗中"二′二/一"句的韵律特点也与谢灵运诗类似，与王融、沈约则有显著的区别。"二′二/一"句在谢灵运诗中已占一定比例（6.33%，19/300），且二五异声比较高（84.21%，16/19）。但王融和沈约对此式似乎不太感兴趣，二人诗中不仅句数较少（5，3.13%；17，3.94%），而且二五异声比（40%，58.82%）也远低于平均概率，说明他们俩在对这种句式进行调声时，受到语法结构特点影响较大，以至二五异声比（40%，58.82%）远低于二四异声比（80%，82.35%）。但谢朓不然，其诗此种句式不仅数量较多（22 句），而且与谢灵运诗相似，也呈现出重视韵律结构甚过语法结构的特点。他把句中原本并不明显的节奏点——第二音节，也节点化了，因而二五异声比高达 86.36%（谢灵运诗中为 84.21%）。

　　不过总的看来，王融、谢朓、沈约三人均比较忠实地遵守了"二五异声"这一永明句律。他们诗中永明律句占比都相当高，分别达到 86.78%（571/658）、86.05%（1 375/1 598）、86.01%（1 322/1 537）。与此相反，他们作品中"二四异声"句的占比则未超出平均概率多少，三人分别为 76.90%（506/658）、79.72%（1 274/1 598）、77.49%（1 191/1 537）。

五、大同句律产生的创作背景

到梁代中前期，五言诗中句式的韵律结构和节奏点用声情况又发生了很大的变化，而刘滔（绍）正是在五言诗句律这一新变的历史背景下，开始提倡"第二字与第四字同声，亦不能善"的大同句律。

首先，在梁代中前期活跃诗坛的一些诗人的作品中，"二二一"句数量大增，所占比例也渐高。以前无论是在谢灵运诗中，还是在王融、谢朓、沈约等人诗中，"二二一"句从未超过 30%。但是到梁代中前期活跃于诗坛的刘孝绰（481—549）、刘缓（梁大同后期或中大通中卒）、徐摛（471—551）等人诗中，比例才开始上升，分别为 40.63%（256/630）、37.17%（42/113）、57.14%（16/28）。

前文已述，"二二一"句式不仅第二音节是较明显的节奏点，而且第四音节也易成为节奏点。在永明声律说出现之后，诗人们对五言诗单句的节奏点开始自觉调声，使"二二一"式中二五异声句能够保持在较高的比例，同时二四异声句的比例也得以显著提升。如在王融诗中，"二二一"句的二五异声和二四异声占比都很高，分别为 83.75%（134/160）、80%（128/160）。谢朓诗中则更高，分别为 84.47%（385/453）、84.33%（382/453）①。而创作活跃期晚于永明三大家几十年的

---

① 情况稍微特殊的是沈约，"蜂腰"病因为是他提出的，所以不仅其全部五言诗中，二五异声句占有极高比例（86.01%，1 328/1 544），而且在"二二一"句中，二五异声句占比也很高（84.47%，359/425），但是其"二二一"句中二四异声句的占比则稍高于平均概率，为 77.18%（328/425）。我认为，导致沈约"二二一"句式中二四异声比例偏低的原因可能有两个：一是沈约当时重在提倡二五异声，而未及关注第四音节的用声问题；二是他诗中"二′二′一"、"二／二／一"句所占比例（5.32%，51.39%），较王融（3.75%，43.75%）、谢朓（2.53%，36.84%）均高一些，而这两种句式中的第四音节都不是明显的节奏点，沈约对之未加措意，所以就拉低了整个"二二一"大类中的二四异声比例。

刘孝绰、刘缓、徐摛诸人，则继承并发展了王融、谢朓对"二二一"句中节奏点的调声方法，使得他们诗中的"二二一"句，在数量大增的同时，二四异声的比例也得到大幅提高，分别为93.35%（239/256）、88.10%（37/42）、87.5%（14/16），也就自然拉升了他们全部五言诗中二四异声句的比例（分别为86.19%，543/630；88.50%，100/113；91.50%，560/612）。可以说，自王融、谢朓开始，到刘孝绰、刘缓、徐摛等人，越来越将"二二一"句中第四音节，也作为一个重要的节奏点。

刘滔（绍）约生于齐末梁初①，梁武帝普通、大通间疑已入仕，大同中在朝为官，同时他又是刘缓之兄、曾为徐摛同僚。他应该觉察到了梁初以来五言诗单句中节奏点的新变化，然后又顺应这种声律发展趋势，提出了"第二字与第四字同声，亦不能善"的句律新说。

其次，在五言句式"二二一"大类中，梁代中前期诗人格外青睐第二音节和第四音节之后音顿均较明显的那几种句式，如"二/二′一"、"二/二/一"、"二//二/一"等。刘孝绰"二二一"句中，绝大多数是"二/二′一"式和"二/二/一"式。其中"二/二′一"式句如：

> 持此/阳濑′游，平上/平去′平
> 复展/城隅′宴。入上/平平′去　（《三日侍安成王曲水宴》）
> 此日/倡家′女，上入/平平′上
> 竞娇/桃李′颜。去平/上上′平　（《遥见邻舟主人投一物众姬争之有客请余为咏》）

"二/二/一"式句如：

---

① 据《梁书·刘昭传》，刘滔（绍）之父刘昭梁武帝天监初入仕，按照当时人多弱冠起家，廿岁左右结婚生子来推测，刘滔（绍）生年当在齐末梁初。

夏叶/依窗/落，去入/平平/入

秋花/当户/开。平平/平上/平 （《夜不得眠》）

月光/随浪/动，入平/平去/上

山影/逐波/流。平上/入平/平 （《奉和湘东王应令诗二首·月半夜泊鹊尾诗》）

二者所占比例加起来竟达 98.05%（251/256）。刘缓、徐摛诗中的"二二一"句，则均为"二/二′一"式和"二/二/一"式。在生年又稍晚一些，然也与刘绍同时代的刘孝威、刘孝仪、萧纲、庾肩吾等人诗中，则在多选择"二/二′一"式和"二/二/一"式的同时，也越来越重视谢灵运发端、谢朓推广的"二//二/一"句式。如：

雷奔//石鲸/动，平去//入平/上

水阔//牵牛/遥。上入//平平/平 （刘孝威《奉和六月壬午应令》）

雾罢//前林/见，去上//平平/去

风息//涌川/平。平入//上平/平 （刘孝威《出新林》）

木落//雕弓/燥，入入//平平/去

气秋//征马/肥。去平//平上/平 （刘孝仪《从军行》）

林开//前骑/骋，平平//平去/上

径曲//羽旄/屯。去入//上平/平 （刘孝仪《和昭明太子钟山解讲》）

风急//旌旗/断，平入//平平/去

涂长//铠马/疲。平平//上上/平 （萧纲《雁门太守行三首》其一）

云斜//花影/没，平平//平上/入

日落//荷心/香。入入//平平/平 （萧纲《苦热行》）

棹动//芙蓉/落，去上//平平入

船移//白鹭/飞。平平//入去/平　（萧纲《采莲曲二首》其一）

庭深//林彩/艳，平平//平上/去

地寂//鸟声/喧。去入//上平/平　（萧纲《蒙预忏直疏》）

荷低//芝盖/出，平平//平去/入

浪涌//燕舟/轻。去上//去平/平　（庾肩吾《山池应令》）

路静//繁葭/撤，去上//平平/入

轮移//羽盖/飘。平平//上去/平　（庾肩吾《咏蔬圃堂》）

尘飞//远骑/没，平平//上去/入

日徙//半峰/寒。入上//去平/平　（庾肩吾《赛汉高庙》）

这种句式在诸人"二二一"句中的占比，分别为 7.22%（13/180）、22.86%（13/35）、6.85%（53/774）、8.59%（17/198）。由于此式中第二音节是最明显的节奏点，第四音节也是很明显的节奏点，加上此时节奏点必须注意调声的观念已经深入人心，所以刘孝威等人"二//二一"句中二四异声比也呈渐高趋势，分别为 84.62%（11/13）、87.5%（7/13）、94.34%（50/53）、94.12%（16/17）。当然，他们"二//二′一"式和"二//二/一"式中二四异声比例也是呈现上升态势的，这就使得二四异声句在他们所有"二二一"句中的比例得到同步提高，分别为91.11%（164/180）、91.43%（32/35）、91.86%（711/774）、94.95（188/198）。可以说，在这一时期的五言诗中，只要是"二二一"韵律结构的诗句，基本上都是二四异声，而且明显多于二五异声。

　　梁代中前期五言诗用声规则的这种发展和细化，在《梁书》卷四十九《庾肩吾传》中也有记载："初，太宗（即后来的梁简文帝萧纲——笔者按）在藩，雅好文章士，时（庾）肩吾与东海徐摛，吴郡陆杲，彭城刘遵、刘孝仪，仪弟孝威，同被赏接。及居东宫，又开文德省，置学士，肩吾子信、摛子陵、吴郡张长公、北地傅弘、东海鲍至等充其选。齐永明中，文士王融、谢朓、沈约文章始用四声，以为新变。① 至是②转拘声韵,弥尚丽靡,复逾于往时。"可见,以徐庾父子、刘孝仪兄弟为代表的大同诗人们对五言诗声韵的讲究,比之永明诗人是有过之而无不及。当时他们将第四音节也作为句中重要节奏点,在二五不同声的同时,二四更未同声,正可作史书所云"转拘声韵,弥尚丽靡,复逾于往时"诸语的注脚。

六、五言诗单句律化进程与表意 功能发展的关联性

通过以上的考察和分析,我们还应看到,各个时期不同作家五言诗中单句韵律结构及数量分布的变化,不只是由音律因素决定的,实际上与五言诗表情达意功能的发展,与各种句式的语法特点和诗意表现能力之间,也有很大的关系。刘滔(绍)在沈约二五异声的"蜂腰"说之后转而更重二四异声,从诗律发展角度看,标志着当时五言诗单句的声律模式,已经开始脱离永明句律,逐渐向近体句律靠拢。但他的这一句律新说所导致当时五言诗句式的变化,也顺应了五言诗由汉魏古体到齐梁新体,再向唐代近体发展过程中,单句表现功能日益提高这一艺术发展趋势。

比如,在汉乐府和《古诗十九首》中就已出现的"二′二′一"式(如"青青′河畔′草"),由于全句只是一个名词性短语,表现主体充其量只是单一物象,句中一二字多为双音节性状修饰词,三四字或为交代第五字主体词所属、所处关系的修饰语,或者索性与第五字构成不可分隔的三音节常用名词,所以整句表达的诗意也就较为单一。这种句式出现在五言诗兴起阶段,自具一种朴素、自然之美。但随着五言诗创

① 此处标点,中华书局校点本原作逗号,笔者以为不妥。此据刘永济引文之标点,见氏
　　著《十四朝文学要略》,哈尔滨:黑龙江人民出版社1984年版,第165页。
② 当指梁大同中,而非齐永明年间。

作的文人化,人们对五言诗单句表情达意功能要求的提高,此种句式就渐被冷落。而且由于此种句式前两个音节多为叠音、双声或叠韵词,一二音节之间已是语音特征的重复出现,自成韵律,影响了整句的节奏。所以在齐永明之后,这种句式虽然未被明文禁用,但人们或只将之作为汉魏古风的句式运用在拟汉乐府和拟古诗中,数量极少,而在齐梁以后的新体诗和唐代近体诗中更是几乎绝迹。所以,"二′二′一"式在五言诗发展过程中数量越来越少,不仅是其韵律结构不合五言诗发展趋势而已,也与其语义上的表意功能的先天缺陷有关。

与之情况类似的,还有"二′二/一"式句(如"习习′和风/起")。此式在谢灵运诗中开始涌现,但亦如昙花一现,在沈约之后即遽然消失。这种句式除了句中前两音节多为叠音、双声或叠韵词,修饰后面的双音节名词,构成偏正结构的名词性短语,形成五言诗中比较少见的"四一"音步,与永明之后要求二五异声和大同之后要求二四异声的句律均不易相合。而且此句所写物象多较单一,诗意不丰,不太能适应五言诗单句写景密丽化、抒情隽永化的艺术发展趋势,也应是导致其很快消失的一个不可忽视的艺术因素。

与上述两种句式恰成对比,五言诗中运用得较多且长盛不衰的句式,如"二/二′一"、"二′二/一"和"二//二/一"等,则不仅在韵律方面易与五言诗"二二一"音步节奏相合,而且在表现功能上也能满足人们日益追求丰富诗意、隽永诗境的发展趋势。尤其是"二//二/一"式,在韵律结构上本来就是"二二一"音步,特别容易符合二四异四声的大同句律和二四异平仄的近体句律。另一方面,此种句式可分为上二、下三两个小句,两小句内部又自为主谓结构,或者说明两件事情,或者描写两个物象和场景,而且前后两个小句所表现的事理、物象之间,多存在着平列、因果、对比、转折或相互说明的关系,二者之间又形成一种艺术张力,更增加了诗句的表现深度,最终产生了"1+1>2"的艺术效果。所以这种句式在被谢灵运使用之后,经永明三大家,尤其

是谢朓的发展,继而被梁代宫体诗人萧纲、刘孝威兄弟、徐、庾肩吾等人所推广,到庾信诗中数量更多、诗意更佳。如:

筇寒//芦叶/脆, 平平//平入/去
弓冻//纻弦/鸣。 平去//上平/平 (《出自蓟北门行》)

云度//弦歌/响, 平去//平平/上
星移//空殿/回。 平平//平去/平 (《道士步虚词十首》其一)

水流//浮磬/动, 上平//平去/上
山喧//双翟/飞。 平平//平入/平 (《入彭城馆》)

置阵//横云/起, 去去//平平/上
开营//雁翼/张。 平平//去入/平 (《从驾观讲武》)

采樵//枯树/尽, 上平//平去/上
犁田//荒隧/平。 平平//平去/平 (《经陈思王墓》)

鸡鸣//楚地/尽, 平平//上去/上
鹤唳//秦军/来。 入入//平平/平 (《拟咏怀诗二十七首》
其二十七)

步摇//钗梁/动, 去平//平平/上
红输//被角/斜。 平平//去入/平 (《奉和赵王美人春日诗》)

冰弱//浮桥/没, 平入//平平/入
沙虚//马迹/深。 平平//上入/平 (《岁晚出横门》)

林寒//木皮/厚, 平平//入平/上
沙迥//雁飞/低。 平上//去平/平 (《对宴齐使》)

灰飞//重晕/阙, 平平//平去/入
霞落//独轮/斜。 平入//入平/平 (《舟中望月》)

霞新//半璧/上, 平平//去入/去
桂满//独轮/斜。 去上//入平/平 (《望月》)

浦喧//征棹/发, 上平//平去/入
亭空//送客/还。 平平//去入/平 (《应令》)

梨红//大谷/晚，平平//去入/上

桂白//小山/秋。去入//上平/平　（《寻周处士弘让》）

书成//紫微/动，平平//上平/上

律定//凤凰/驯。入去//去平/平　（《周宗庙歌十二首·皇夏》）

气离//清浊/割，去平//平入/入

元开//天地/分。平平//平去/平　（《燕射歌辞·周五声调曲二十四首·宫调曲五首·其一》）

这些都是"二//二/一"式。上引诸句绝大多数都是二四平仄异声，暗合近体句律，加上意象并置，事理兼备，韵味隽永。所以"二//二/一"式句，也就成为"庾信体"的标志性句式之一。到唐代后，诗人们在创作五言近体诗时，更喜欢用这种句式。如：

草枯//鹰眼/疾，上平//平上/入

雪尽//马蹄/轻。入上//上平/平　（王维《观猎》）

日落//江湖/白，入入//平平/入

潮来//天地/青。平平//平去/平　（王维《送邢桂州》）

风静//夜潮/满，平去//去平/上

城高//寒气/昏。平平//平去/平　（王昌龄《宿京江口期刘眘虚不至》）

树凉//征马/去，上平//平上/去

路暝//归人/愁。去去//平平/平　（储光羲《仲夏饯魏四河北觐叔》）

国破//山河/在，入去//平平/上

城春//草木/深。平平//上入/平　（杜甫《春望》）

水静//楼阴/直，上去//平平/入

山昏//塞日/斜。平平//去入/平　（杜甫《遣怀》）

花浓//春寺/静，　平平//平去/去

竹细//野池/幽。　入去//上平/平　（杜甫《上牛头寺》）

星垂//平野/阔，　平平//平上/入

月涌//大江/流。　入上//去平/平　（杜甫《旅夜书怀》）

风暖//鸟声/碎，　平上//上平/去

日高//花影/重。　入平//平上/平　（杜荀鹤《春宫怨》）

蒋绍愚将这种句式归为"紧缩句"，并谓：

> 在唐诗中，诗人常喜欢用这些紧缩句。这不但是为了用字精炼，而且是为了用紧缩句（特别是表因果的紧缩句）来表现诗人观察的敏锐、细致，以增强诗歌的艺术表现力量。[①]

同时，又由于这种句式的第二音节和第四音节本来就是鲜明的节奏点，极易形成平仄异声的声律格式，很符合近体诗的句律，所以就更为唐代及后世诗人所喜用了。

总之，五言诗单句韵律结构与语法结构之间存在着一定的关联性，在五言诗单句发展过程中，音步类型的变化与各种句式本身的表现艺术特点也有较大的关系。某些句式会因两方面都有缺陷，而彼此牵制，在某一历史时期逐渐减少甚至最终消失。而有些句式则会因两方面均具优长，而相得益彰，在产生之后越来越受到诗人们的喜爱，遂成为五言诗的主要句式。从这个角度看，刘滔（绍）在梁大同年间提出二四同声其病甚于"蜂腰"的句律新说，既是五言诗句律由永明体走向近体的重要历史标志，又因此句律规定，一方面导致五言新体诗中结构简单、诗意不丰的"二′二′一"、"二′二/一"等句式的剧减，另一方面又促进了韵律结构和诗意表达俱优的"二/二′一"、"二/二/一"

---

① 蒋绍愚：《唐诗语言研究》，北京：语文出版社2008年版，第144页。

和"二//二/一"等句式的增加。这就满足了当时人们希望五言诗单句韵律和意蕴兼备的新要求,顺应了五言诗艺术发展大势,因而具有了较为全面的诗史意义。

(作者单位:北京大学中国语言文学系)

附表:

表1　齐、梁、陈重要作家五言诗句律统计表

作者及生卒年①	五言诗总数	诗句总数	永明律句数及占比	大同律句数及占比
王融(467—493)	83	658	567(86.17%)	537(81.61%)
谢朓(464—499)	141	1 658	1 420(85.65%)	1 337(80.64%)
范云(451—503)	286	270	217(75.87%)	199(73.70%)
江淹(444—505)	104	1 472	1 050(71.33%)	1 075(73.03%)
任昉(460—508)	20	218	195(89.45%)	172(78.90%)
沈约(441—513)	156	1 544	1 328(86.01%)	1 202(77.85%)
虞羲(梁天监中卒)	10	116	109(93.97%)	105(90.52%)
柳恽(465—517)	21	182	141(77.47%)	157(86.26%)
江洪(?—517?)	18	124	105(84.67%)	99(79.84%)

---

① 此表所列为现存五言诗100句以上之齐、梁、陈代表作家,以卒年先后排序,卒年相同再按生年排序。作家生卒年均据曹道衡、沈玉成编撰:《中国文学家大辞典·先秦汉魏晋南北朝卷》,北京:中华书局1996年版。

续　表

作者及生卒年①	五言诗总数	诗句总数	永明律句数及占比	大同律句数及占比
费昶（江洪同时人）	14	150	124（82.67%）	124（82.67%）
王台卿（梁普通间在雍州,卒年不详）	18	138	101（73.19%）	118（85.51%）
朱超（与王台卿同时人）	16	152	121（79.61%）	134（88.16%）
戴暠（与朱超等同时人）	9	138	119（86.23%）	122（88.41%）
何逊（472?—519?）	118	1 242	1 056（85.02%）	1 061（85.43%）
吴均（469—520）	136	838	685（81.74%）	618（73.75%）
王僧孺（463?—521?）	39	380	340（89.47%）	292（76.84%）
张率（475—527）	12	136	101（74.26%）	107（78.68%）
萧统（501—531）	25	406	340（83.74%）	326（80.30%）
刘孝绰（481—539）	66	632	480（75.95%）	512（81.01%）
王筠（481—549）	42	394	345（87.56%）	308（78.17%）
刘缓（梁大同后期或中大通间卒）	12	114	84（73.68%）	100（87.72%）
刘孝威（496—549）	51	604	434（71.85%）	556（92.05%）
刘孝仪（与刘孝威同时或稍后卒）	12	104	88（84.62%）	95（91.35%）

作者及生卒年①	五言诗总数	诗句总数	永明律句数及占比	大同律句数及占比
萧纲（503—551）	250	2 208	1 773（80.30%）	2 077（94.07%）
庾肩吾（487—551）	85	802	604（75.31%）	732（91.27%）
萧绎（508—555）	107	888	702（79.05%）	791（89.08%）
沈炯（502—560）	17	228	190（83.33%）	211（92.54%）
阴铿（陈天嘉中作诗为文帝叹赏）	34	312	238（76.28%）	298（95.51%）
萧悫（北齐武平中为太子洗马）	17	178	147（82.59%）	164（92.13%）
张正见（524 或 528—569 或 581）	90	912	732（80.26%）	844（92.54%）
王褒（511？—574？）	44	470	377（80.21%）	437（92.98%）
庾信（513—581）	266	2 746	2 021（73.60%）	2 598（94.61%）
徐陵（507—583）	37	330	257（77.88%）	307（93.03%）
江总（519—594）	80	824	664（80.58%）	765（92.84%）
陈叔宝（553—604）	84	682	523（76.69%）	640（93.84%）

表2　中古五言诗单句韵律结构分析数据统计表

	五言诗总数	纯"一一一"诗数量及占比	纯"一一"诗数量及占比	总句数	二一二句			二二一句		
					句数及占比	二五异声句及占比	二四异声句及占比	句数及占比	二五异声句及占比	二四异声句及占比
汉五言诗①	45	5 11.11%	0	654	457 69.88%	313 68.49%	207 45.30%	197 30.12%	125 63.45%	138 70.05%
谢灵运	92	11 11.96%	1 1.09%	1 378	1 078 78.23%	803 74.49%	795 73.75%	300 21.77%	226 75.33%	203 67.66%
王融	83	22 26.51%	3 3.61%	658	498 75.68%	437 87.75%	378 75.90%	160 24.32%	134 83.75%	128 80%
谢朓	141	15 10.64%	1 0.70%	1 598	1 145 71.62%	990 86.46%	892 77.90%	453 28.35%	385 84.99%	382 84.33%
沈约	156	27 17.31%	1 0.64%	1 537	1 112 72.35%	963 86.60%	863 77.61%	425 27.65%	359 84.47%	328 77.18%
刘孝绰	66	7 10.61%	1 1.52%	630	374 59.37%	289 77.27%	304 81.28%	256 40.63%	208 81.25%	239 93.35%

① 此处分析统计之作品，为逯钦立辑校《先秦汉魏晋南北朝诗》及《汉诗》卷九《相和歌辞》、卷十《乐府古辞》中的五言诗、卷十二中的《古诗十九首》。

续　表

	五言诗总数	纯"二二一"诗数量及占比	纯"二一二"诗数量及占比	总句数	二一二句			二三一句		
					句数及占比	二五异声句及占比	二四异声句及占比	句数及占比	二五异声句及占比	二四异声句及占比
刘缓	12	1 8.33%	1 8.33%	113	71 62.83%	51 71.83%	63 88.73%	42 59.15%	36 85.71%	37 88.10%
刘孝威	51	10 19.61%	0	612	432 70.59%	345 79.86%	396 91.67%	180 29.41%	134 74.44%	164 91.11%
徐摛	5	0	1 20%	28	12 42.86%	11 91.67%	12 100%	16 57.14%	13 81.25%	14 87.5%
刘孝仪	12	1 8.33%	0	104	69 66.35%	59 85.51%	63 91.30%	35 33.65%	29 82.86%	32 91.43%
萧纲	250	43 17.2%	10 4%	2 204	1 430 64.88%	1 131 79.09%	1 255 87.76%	774 35.12%	664 85.79%	711 91.86%
庾肩吾	85	19 22.35%	3 3.53%	805	607 75.40%	456 75.12%	556 91.59%	198 24.69%	162 81.82%	188 94.95%
萧绎	107	16 14.95%	4 3.74%	888	565 63.63%	446 78.94%	503 89.03%	323 36.37%	262 81.11%	288 89.16%

续　表

	五言诗总数	纯"二二一"诗数量及占比	纯"二一二"诗数量及占比	总句数	"二一二"句			"二二一"句		
					句数及占比	二五异声句及占比	二四异声句及占比	句数及占比	二五异声句及占比	二四异声句及占比
刘孝胜	5	0	0	90	65 72.22%	56 86.15%	58 89.23%	25 27.78%	19 76%	24 96%
刘孝先	6	0	0	56	46 82.14%	39 84.78%	41 73.21%	10 17.86%	6 60%	10 100%
萧悫	17	3 17.65%	0	178	110 61.80%	92 83.64%	93 84.55%	68 38.20%	60 88.24%	64 94.12%
王褒	44	7 15.91%	1 2.27%	470	317 67.45%	264 83.28%	295 93.06%	153 32.55%	114 74.51%	136 88.89%
庾信	266	0	0	2 746	1 873 68.21%	1 381 73.73%	1 767 94.36%	873 31.79%	640 73.71%	824 94.39%
徐陵	37	4 10.81%	0	330	236 71.52%	180 76.27%	216 91.53%	94 28.48%	77 81.91%	91 96.81%

表3　汉至梁代"二二一"句式韵律结构分析统计表

	句数总量之比例	永明句及占比	大同句及占比	(1) 二'二一			(2) 二'二一			(3) 二二'一			(4) 二'二一			(5) 二/二/一		
				总数	永明句	大同句	句数	永明句	大同句	句数	永明句	大同句	句数	永明句	大同句	句数	永明句	大同句
汉五言诗	197	125 63.45%	138 70.05%	16 8.12%	10 62.5%	12 75%	74 37.56%	61 82.43%	59 79.73%	69 35.03%	44 63.77%	43 62.32%	0	0	0	0	0	0
谢灵运	300 21.77%	226 75.33%	203 67.66%	12 4%	10 83.33%	7 58.33%	150 50%	119 79.33%	109 72.67%	80 26.67%	69 86.25%	65 81.25%	19 6.33%	16 84.21%	16 84.21%	14 4.67%	12 85.71%	6 42.85%
王融	160 24.32%	134 83.75%	128 80%	6 3.75%	5 83.33%	5 83.33%	70 43.75%	62 88.57%	59 84.29%	76 47.5%	61 80.26%	64 84.21%	5 3.13%	2 40%	4 80%	1 0.63%	0	0
谢朓	453 28.35%	385 84.99%	382 84.33%	13 2.53%	11 84.62%	11 84.62%	189 36.84%	166 87.83%	154 81.48%	201 39.18%	166 82.59%	175 87.06%	22 4.29%	19 86.36%	17 77.27%	28 5.46%	23 82.14%	25 89.29%
沈约	425 27.65%	359 84.47%	328 77.18%	23 5.32%	18 78.26%	15 65.22%	222 51.39%	195 87.84%	165 74.32%	151 34.95%	127 84.11%	125 82.78%	17 3.94%	10 58.82%	14 82.35%	12 2.78%	9 75%	9 75%
刘孝绰	256 40.63%	208 81.25%	239 93.35%	1 0.39%	1 100%	1 100%	132 51.16%	113 85.61%	122 92.42%	119 46.48%	90 75.63%	111 93.28%	1 0.39%	0	1 100%	4 1.56%	4 100%	4 100%

声音与意义——中国古典诗文新探

续 表

	句数及占句数总量之比例	永明句及占比	大同句及占比	(1) 二二二一			(2) 二二一一			(3) 二一二一			(4) 二一一一			(5) 一二一一		
				总数	永明句	大同句	句数	永明句	大同句	句数	永明句	大同句	句数	永明句	大同句	句数	永明句	大同句
刘缓	42 59.15%	36 85.71%	37 88.10%	0	0	0	20 47.62%	16 80%	19 95%	22 52.38%	20 90.91%	18 81.82%	0	0	0	0	0	0
刘孝威	180 29.41%	134 74.44%	164 91.11%	0	0	0	94 52.22%	71 75.53%	87 92.55%	73 40.56%	52 71.23%	66 90.41%	0	0	0	13 7.22%	11 84.62%	11 84.62%
徐摛	16 57.14%	13 81.25%	14 87.5%	0	0	0	4 25%	4 100%	3 75%	12 75%	10 83.33%	11 91.67%	0	0	0	0	0	0
刘孝仪	35 33.65%	29 82.86%	32 91.43%	0	0	0	16 45.71%	12 75%	15 93.75%	11 31.43%	11 100%	10 90.91%	0	0	0	13 22.86%	6 75%	7 87.5%
萧纲	774 35.12%	664 85.79%	711 91.86%	15 1.94%	13 86.67%	15 100%	347 44.83%	305 87.90%	317 91.35%	357 46.12%	301 84.31%	329 92.16%	0	0	0	53 6.85%	45 84.91%	50 94.34%
庾肩吾	198 24.69%	162 81.82%	188 94.95%	0	0	0	94 47.47%	81 86.17%	89 94.68%	87 43.94%	67 77.01%	83 95.40%	0	0	0	17 8.59%	14 82.35%	16 94.12%

北齐文人对齐梁诗的学习与改造

金　溪

　　东魏北齐时期文学之士,可按时间先后分为两个集团,即从东魏乃至北魏末年即开始创作的前期文学集团,和在北齐时交往密切,并于齐末同入文林馆的后期文学集团。二者在成员、交游、唱和等方面颇有重合之处,但仍有着本质上的差别。从参与人员来说,前期文学集团以"北地三才"为核心,而后期文学集团虽以祖珽、阳休之等政治地位较高者为领袖,但真正的核心却是卢思道、薛道衡、李德林以及颜之推等人。而从在文学史中所承担的任务来说,前者主要是模仿、学习南朝诗体,后者则又分为两个阶段:在北齐时,他们主要是通过与南方士人的交流沟通,将南北双方的文学理论、诗风、音韵等方面相比较且各有取舍,初步建立了一套新的体系;在入周后,随着创作题材的扩大和创作技巧的成熟,进一步巩固这一体系,并终于在入隋之后,在理论方面和创作方面都达到了一个新的高度,直接开启了初唐的诗歌变革。

在北朝后期,北周麟趾殿与北齐文林馆这两个文化著述机构都吸纳了相当数量的入北南士,参与其国文化、文学活动。然而,庾信、王褒等入周南士所进行的、带有革新性质的群体性诗歌创作,均是在南人小集团内部进行的,而入齐南士的文学活动则多呈现出南北士人共同参与的色彩。也就是说,入周南士的文学集团带有一定封闭性,而入齐南士则体现出鲜明的乐于与北方士人交流的特点。仅就一朝而言,由于庾信等大诗人的参与,北周文学活动中留下的名篇远较北齐为多。然而,从推进诗体演变这一文学史角度来讲,则似乎是北齐文人的作用更为重要。

一、北齐文人对齐梁诗的学习与模仿

北齐文人在诗歌方面的创作主流是学习、模仿齐梁诗歌,这是学界公认的事实。虽然史书中不乏对魏收、邢劭等人才华的褒扬之词,但实际上,这种创作方式及其产物,在当时就往往为人诟病。唐刘餗《隋唐嘉话》卷下载曰:"梁常侍徐陵聘于齐,时魏收文学北朝之秀,收录其文集以遗陵,令传之江左。陵还,济江而沉之,从者以问,陵曰:'吾为魏公藏拙。'"[1]不仅南人对此不屑一顾,即使在北方士人之间,这也往往成为互相贬低的理由,例如著名的邢魏之争,《北齐书》卷三七《魏收传》曰:"收每议陋邢劭文。劭又云:'江南任昉,文体本疏,魏收非直模拟,亦大偷窃。'收闻乃曰:'伊常于沈约集中作贼,何意道我

---

① 刘餗撰,程毅中点校:《隋唐嘉话》,北京:中华书局1997年版,第55页。

偷任昉。'任、沈俱有重名,邢、魏各有所好。武平中,黄门郎颜之推以二公意问仆射祖珽,珽答曰:'见邢、魏之臧否,即是任、沈之优劣。'"①时至今日,学者对这一阶段的北方诗歌作品评价仍并不高,如葛晓音认为"北齐文人只能撷拾梁诗的余沥入诗,拙劣生硬自不必言,就连北方的本色也一并丢失",又称"北齐诗由于北人一味模仿南人,南人又不能因入北而改变诗风,因而基本上南化,这是南北诗风在融合过程中难以避免的一段弯路"②。

窃以为,虽然总体说来,魏收等人的作品水平并不算高,但将其完全否定则未免有些苛刻。东魏、北齐诗人学习南朝,尤其是齐梁诗体,是发生在北方的诗歌革新的一个必不可少的阶段。可以说,如果没有这一略显拙劣的阶段,就不会有卢思道、薛道衡等人在隋代的真正成熟。北朝诗人在自北魏初年起的大部分时间里,都致力于模仿各种诗体,但并未确立自觉的诗体意识。若想让他们出现质的变化,就必须先使其诗体观念出现改观。

魏收、邢邵等人对齐梁文学的模仿,既然已经达到"偷窃"、"作贼"的地步,则其作品应该能比较鲜明地将这种因袭关系体现出来。然而,二人文集的散佚情况极为严重:《隋书·经籍志》中载《魏收集》六十八卷,《邢邵集》三十一卷,至《旧唐书·经籍志》中为《魏收集》七十卷,《邢邵集》三十卷,而在宋代的《崇文总目》、《直斋书录解题》、《郡斋读书志》等官私目录中,都不再见于著录。《先秦汉魏晋南北朝诗》中所辑魏收诗不过十余首,邢邵诗尚不满十首,从中很难看出其创作原本的整体面貌。因此,只能通过现存的零星作品略窥一斑。本节将通过用韵、韵律结构等几方面,对这一问题略作讨论。

---

① 李百药:《北齐书》,北京:中华书局1997年版,第492页。
② 葛晓音:《八代诗史》,西安:陕西人民出版社1989年版,第288—289页。

（一）北齐诗人用韵的南化

南北朝时期,不光南北双方的语音差异很大,即使是北方的不同地区,在语音上也有相当大的差别。陆法言《切韵序》曰:"今声调既自有别,诸家取舍亦复不同。吴楚则时伤轻浅,燕赵则多涉重浊,秦陇则去声为入,梁益则平声似去。又支脂、鱼虞共为一韵,先仙、尤侯俱论是切。"①其中所说的支脂同用、鱼虞同用等,都是典型的北方押韵方式,但北方民间语音,则较此更为粗疏。通过总结《老子化胡玄歌》等北朝中期的北方民间韵文作品用韵,可以发现当时的北地方言大概有以下几个特点:

1. 东韵尚未独用,可与钟韵同用乃至冬、钟、江三韵同用。

2. 脂、微、之、齐、皆、咍、灰、支、佳等韵可以混用,并不受脂、微、之等韵分用的限制。

3. 鱼、虞、模不分用,甚至可以与尤、侯同用。

4. 麻韵似已与歌、戈分用。

5. 真、谆、欣、文、元、魂、痕、先、仙、山、删、寒、桓、侵、盐、严、添、青、清、庚、耕等韵部多混用。这是在《老子化胡玄歌》中表现得非常突出的一个现象。这组作品中有以上诸韵出现的达二十二首之多,而在这二十二首中,除去宵、尤、东、冬、脂、之、微、齐、尤、登等偶尔出现一两次的韵以外,真、谆、欣、文、元、魂、痕、先、仙、山、删、寒、桓、侵、盐、严、添、青、清、庚、耕等韵均频繁出现,如真韵出现十九次,山韵出现十次,先韵出现十七次,仙韵、文韵各出现十四次,侵韵出现七次,青韵出现九次,清韵出现七次,庚韵出现十次,元韵出现八次,魂韵出现十二次等。这说明北魏时期,臻、深、山、咸、梗等韵摄的读音虽然并不相同,但在民间语音中是相当接近的,也非常典型地显示出北魏用韵粗疏的特点。另外,在当时还有"西"字入先、仙韵而非齐韵,去声脂、

---

① 陈彭年:《宋本广韵·永禄本韵镜》,南京:江苏教育出版社 2002 年版,第 1 页。

微、支与入声质同用的押韵方式,这都是相当古老的押韵方式,在南朝齐梁已经基本消失,但仍保存在北魏的民间语音里。

由此可见,当时北方方音的重浊粗疏,完全无法与审音精细的齐梁诗用韵相比。北魏时的文人诗押韵虽较民间方音要规整细致一些,但仍保留着北方语音的特点。时至北齐,《孝昭时童谣》与《武成殂后谣》两条谣辞一为东、钟两韵同用;一为去声鱼、虞同用,都仍是比较典型的北方押韵方式。然而北齐士人的押韵方式,则显示出与北地方音截然不同,却与齐梁诗用韵高度一致的特色。通过对比北齐的北方本地诗人与入北南人的用韵,可以清晰地看出这一点:

1. 入北诗人用韵情况

(1)东冬钟江阳唐

用　韵	次数	篇　　目	诗　体	韵　脚
东独用	三次	袁奭《从驾游山诗》	五言八句	衷丛风葱
		萧悫《临高台》	五言十二句	宫虹红桐风穷
		萧悫《奉和悲秋应令诗》	五言二十句	蒙风蕖鸿空蓬冲同功虫
钟独用	一次	萧放《咏竹诗》	五言四句	浓龙

(2)脂微之

用　韵	次数	篇　　目	诗　体	韵　脚
脂之同用	两次	萧祗《香茅诗》	五言八句	滋时迟诗
		颜之推《古意诗二首》其一	五言二十四句	仕里史祀芷起里市水耻子齿

续 表

用　韵	次数	篇　　目	诗　体	韵　脚
微独用	两次	萧悫《飞龙引》	五言八句	归飞徽衣
		萧悫《春日曲水诗》	五言六句	翚扉衣
脂微同用	一次	萧悫《和司徒铠曹阳辟疆秋晚诗》	五言四句	衰归（脂韵"衰"字通常与微韵同用）

（3）鱼虞模

用　韵	次数	篇　　目	诗　体	韵　脚
鱼独用	两次	萧悫《奉和望山应教诗》	五言八句	初疏居余
		萧悫《秋思诗》	五言八句	初疏裾居
虞模同用	两次	萧悫《春日曲水诗》其一	五言六句	数度路
		萧悫《春日曲水诗》其二	五言十句	度注树住鹭

（4）歌戈麻

用　韵	次数	篇　　目	诗　体	韵　脚
麻独用	一次	萧祗《和回文诗》	五言四句	斜花

（5）青清庚耕

用　韵	次数	篇　　目	诗　体	韵　脚
清庚同用	三次	萧悫《和崔侍中从驾经山寺诗》	五言十六句	横旌声明成平情城
		萧悫《听琴诗》	五言八句	生清声情
		颜之推《古意诗二首》其二	五言二十句	荆声名生城迎营轻并荣
青清同用	一次	萧悫《屏风诗》	五言十六句	庭龄形星经亭青情

2. 北地诗人用韵情况

（1）东冬钟江阳唐

用　韵	次数	篇　　目	诗　体	韵　脚
东独用	四次	卢询祖《赵郡王配郑氏挽词》	五言八句	中宫风空
		魏收《后园宴乐诗》五言十二句	五言十二句	中风穿功通丛
		刘逖《对雨诗》	五言八句	空风红中
钟独用	两次	邢邵《贺老人星诗》	五言四句	重雍
		魏收《庭柏诗》	五言八句	峰浓容从

（2）脂微之

用　韵	次数	篇　　目	诗　体	韵　脚
微独用	五次	裴让之《有所思》	五言八句	非衣微归
		魏收《美女篇》其一	五言十二句	归骓沂妃飞非
		阳休之《秋诗》	五言四句	薇飞
之独用	一次	祖珽《望海诗》	五言八句	里已起子
微之同用	两次	邢邵《应诏甘露诗》	五言六句	旗霏机
		杨训《群公高宴诗》	五言十句	归晖衣徽挥

（3）鱼虞模

用　韵	次数	篇　　目	诗　体	韵　脚
鱼独用	一次	邢邵《齐韦道逊晚春宴诗》（一说韦道逊作）	五言八句	初鱼疏书
模独用	两次	魏收《晦日泛舟应诏诗》	五言八句	呼慕暮步
		魏收《月下秋宴诗》	五言八句	涂吴苏都
虞模同用	一次	刘逖《秋朝野望诗》	五言八句	湖枯乌隅

（4）歌戈麻

用　韵	次数	篇　　目	诗　体	韵　脚
麻独用	两次	卢询祖《中妇织流黄》	五言十二句	斜嘉赊车花家
		刘逖《洛温汤泉诗》	五言八句	家邪沙车

（5）青清庚耕

用　韵	次数	篇　　目	诗　体	韵　脚
庚独用	一次	裴让之《从北征诗》	五言八句	惊兵生行
清庚同用	两次	魏收《蜡节诗》	五言四句	平情
		安德王高延宗《经墓兴感诗》	五言十句	明倾惊情名
青清庚同用	两次	魏收《喜雨诗》	五言十二句	楹荣平成灵鸣
		魏收《看柳上鹊诗》	五言十句	成明惊轻听

　　通过比较可以发现,除了北齐流传至今的诗歌中没有使用豪、肴、萧、宵四个韵部,因此不能比较北地诗人与入北诗人对这几韵的使用习惯以外,在东独用、钟独用、微独用、鱼虞模分用、麻独用等典型的齐梁用韵方式上,北地诗人和入北诗人都已不存在差别。仅有的差别在于入北诗人习惯混用脂、之二韵,而北地诗人则在之韵独用的情况下偶有混用微、之二韵。另外,似乎北地诗人仍分辨不清青韵与其他三韵的音值区别。除此之外,地域用韵差别已几乎消弭无形。当然,这些文人诗大都是以五言四句、六句、八句、十句等体裁的齐梁新变诗体创作的,使用南方押韵方式也不足为怪。然而除文人五言诗之外,北齐的雅乐歌辞用韵也呈现出同样的面貌。

　　北齐雅乐分为郊庙歌辞、燕射歌辞与舞曲歌辞,大多为陆卬奉旨所做。其用韵情况如下:

1. 东冬钟江阳唐

用　韵	次数	篇　　目	诗　体	韵　脚
东独用	四次	《五郊乐歌五首·黑帝高明乐》	杂言(四言二言交替)十六句	穷融

续　表

用　韵	次数	篇　　目	诗　体	韵　脚
东独用	四次	《祀五帝于明堂乐歌·高明乐(太祝令迎神)》	三言二十四句	中风
		《享庙乐辞·始基乐恢祚舞(文穆皇帝室)》	四言十二句	风躬隆崇融穹
钟独用	一次	《大禘圜丘及北郊歌辞·昭夏乐(牲出入奏)》	四言十二句	恭从
钟江同用	二次	《大禘圜丘及北郊歌辞·高明乐(皇帝初献奏)》	三言八句	从恭雍邦
		《享庙乐辞·登歌乐》其一	四言十二句	用降
冬钟同用	一次	《享庙乐辞·文德乐宣政舞》	四言十六句	统纵种综

2. 脂微之

用　韵	次数	篇　　目	诗　体	韵　脚
微独用	三次	《五郊乐歌五首·青帝高明乐》	三言十二句	归飞
		《享庙乐辞·皇夏乐》其一	四言十二句	闱辉
		《享庙乐辞·始基乐恢祚舞(高祖秦州刺史室)》	四言八句	几归衣违

续　表

用　韵	次数	篇　目	诗　体	韵　脚
之独用	十四次	《大祢圜丘及北郊歌辞·高明乐(迎神奏)》	四言十二句	止始
		《五郊乐歌五首·白帝高明乐》	杂言(四言五言交替)八句	祉祀
		《文武舞歌·文武阶步辞》	四言十六句	基期持时兹诗丝熙
脂独用	三次	《大祢圜丘及北郊歌辞·皇夏乐(进熟皇帝入门奏)》	四言十二句	致次
		《元会大飨歌·皇夏》其一	四言八句	晬萃
		《食举乐》其十	三言十二句	騤龟

3. 鱼虞模

用　韵	次数	篇　目	诗　体	韵　脚
鱼独用	两次	《五郊乐歌五首·青帝高明乐》	三言十二句	遽驭
		《祀五帝于明堂乐歌·肆夏乐(先一日,夕牲。群臣入门奏)》	四言十二句	叙与
虞独用	四次	《大祢圜丘及北郊歌辞·昭夏乐(牲出入奏)》	四言十二句	舞府

续 表

用 韵	次数	篇 目	诗 体	韵 脚
虞独用	四次	《祀五帝于明堂乐歌·高明乐(太祝令迎神)》	三言二十四句	武雨
		《享庙乐辞·高明登歌乐》	四言十二句	羽舞
模独用	六次	《祀五帝于明堂乐歌·高明乐(皇帝初献)》	三言八句	户祖
		《祀五帝于明堂乐歌·皇夏乐(帝还便殿奏)》	四言十二句	途都
		《享庙乐辞·皇夏乐》其一	四言十二句	慕步

4. 萧宵肴豪

用 韵	次数	篇 目	诗 体	韵 脚
豪独用	三次	《大禘圜丘及北郊歌辞·高明乐(皇帝奠爵)》	四言八句	道保
		《食举乐》其三	杂言二十句	造宝
		《食举乐》其五	杂言八句	道夭皂保
豪宵同用	一次	《大禘圜丘及北郊歌辞·昭夏乐(紫坛既燎奏)》	四言十二句	报燎
肴宵同用	一次	《大禘圜丘及北郊歌辞·皇夏乐(皇帝还便殿奏)》	四言十二句	孝耀
宵独用	两次	《五郊乐歌五首·赤帝高明乐》	杂言(四言三言交替)十二句	昭朝
宵肴萧	一次	《文武舞歌·武舞阶步辞》	四言十二句	昭巢苗朝韶调

5. 歌戈麻

用　韵	次数	篇　目	诗　体	韵　脚
麻独用	两次	《享庙乐辞·文德乐宣政舞》	四言十六句	野雅下假

6. 青清庚耕

用　韵	次数	篇　目	诗　体	韵　脚
清庚同用	五次	《五郊乐歌五首·白帝高明乐》	杂言（四言五言交替）八句	精成
		《五郊乐歌五首·黑帝高明乐》	杂言（四言二言交替）十六句	圣敬
		《祀五帝于明堂乐歌·武德乐（太祖配飨）》	四言八句	命圣姓正
青清庚同用	八次	《大禘圜丘及北郊歌辞·武德乐（皇帝献太祖配飨神座）》	四言八句	灵冥成生
		《祀五帝于明堂乐歌·高明乐（太祝送神）》	三言二十四句	明冥成征旍城庭溟精行灵声
		《文武舞歌·武舞辞》	四言二十四句	生明声笙成龄
青清同用	五次	《祀五帝于明堂乐歌·高明乐（太祝令迎神）》	三言二十四句	精亭
		《享庙乐辞·昭夏乐》其一	四言十二句	庭声
		《元会大飨歌·皇夏》其一	四言八句	庭声

续　表

用　韵	次数	篇　目	诗　体	韵　脚
清独用	一次	《祀五帝于明堂乐歌·昭夏乐(荐毛血奏)》	四言十二句	诚声
庚独用	一次	《祀五帝于明堂乐歌·高明乐(皇帝初献)》	三言八句	敬命
青庚同用	两次	《祀五帝于明堂乐歌·皇夏乐(帝还便殿奏)》	四言十二句	罄敬
		《元会大飨歌·登歌三曲》其一	四言八句	明灵

从这个统计可以看出,北齐的雅乐歌辞在音韵上下了很大的功夫。具体言之,这一组雅乐歌辞有几个特点：1. 南北朝的雅乐歌辞通常是每四韵为一章,换一韵部。而北齐的雅乐歌辞中,绝大部分曲目却是两韵一换。这种频繁换韵的创作方式,很可能就是为了保证押韵的严谨而采用的。2. 这组歌辞对某些韵的严格,几乎到了苛刻的程度。比如鱼、虞、模三韵,在齐梁用韵中,只是鱼韵严格分用,虞、模两韵本是可以合用的。但是在这组歌辞里,三韵严格分用,绝无合用之处。另外,《文武舞歌·文舞辞》齐韵独用,而韵脚为齐、珪、黎、泥、西、携。以西押齐韵,这是典型的南朝新生押韵方式,这说明,北齐用韵与北魏民间语音及墓志中以西押先仙韵有了根本变化。3. 在永明体创立时以及北魏时期,押韵会因诗体不同而产生差别。比如四言诗、五言晋宋体长诗,乃至雅乐歌辞的押韵,一般比较宽泛。然而北齐的雅乐歌辞中,有三言、四言、五言、杂言等众多诗体,押韵却毫无区别。这说明北齐对南方押韵的学习已经突破了诗体的界限,形成一种任何诗体都可使用的标准化用韵。4. 北齐对用韵的改造,虽然大量学习了南方用韵,但并不是照搬,而是保留了北方用韵的长处。从南

人北的诗人，不论是袁奭、王褒，还是庾信，都无法分辨之韵的音值，而只能将脂、之混用。但这组歌辞中脂、微、之三韵完全分用，而之韵的独用多达十四次。这是南方诗人所无法企及的。5. 当然，虽然这组北齐的雅乐歌辞用韵已相当谨严，但歌辞中青、清、庚、耕和豪、宵、萧、肴仍然混用。也许是这些韵音值之间的相互差别要远远小于鱼虞模、脂微之等韵，因此北方诗人还无法完全分辨出来。从而导致它与南方押韵方式仍然存在差别。

北方诗歌押韵方式向南朝靠拢并非北齐时才出现的现象。《北史》卷三六《薛辩传附薛孝通传》：

> 普泰二年正月乙酉，中书舍人元翙献酒肴，帝因与元翌及孝通等宴，兼奏弦管，命翙吹笛，帝亦亲以和之。因使元翌等嘲，以酒为韵。孝通曰："既逢尧舜君，愿上万年寿。"帝曰："平生好玄默，惭为万国首。"帝曰："卿所谓寿，岂容徒然！"便命酌酒赐孝通，仍命更嘲，不得中绝。孝通即竖忠为韵。帝曰："卿不忘忠臣之心。"翙曰："圣主临万机，享世永无穷。"孝通曰："岂唯被草木，方亦及昆虫。"翌曰："朝贤既济济，野苗又芃芃。"帝曰："君臣体鱼水，书轨一华戎。"孝通曰："微臣信庆渥，何以答华嵩？"①

可见，在北魏末年的宫廷文学集会中，已经有了先竖韵，再依韵联句的文学行为，而数人联句均未出东韵，则说明当时诗人大概即已有了将东韵独用的意识。但是当时的唱和仍像孝文帝至孝明帝时那样，是各做一韵的联句，而非每人独作一首，所以并不能很好地体现出当时文人对用韵的掌握情况。总而言之，虽然北魏后期开始，文人在进行诗歌创作时已经有意规范其用韵，但真正开始向齐梁诗靠拢，有意识地学习精细的审音用韵，则要到东魏之后。这大概是因为东魏与萧

---

① 李延寿等撰：《北史》，北京：中华书局1995年版，第1334—1335页。

梁恢复了频繁的外交关系,并且在遣使中频繁进行文化上的交流,使得北方士人可以直观地学习南方的语音与用韵。而在侯景之乱之后,大量江左士人逃奔入齐,更使得北齐士人有了与南人就音韵进行探讨的机会。正因如此,在北齐的文人诗、雅乐歌辞乃至墓志铭文中,都鲜明地体现出江左用韵的特点。

(二)北齐诗的格律化趋势

北齐诗对齐梁诗歌体式的学习不仅表现为使用南方押韵方式,也在诗歌句式结构方面体现出来,具体来说,就是北齐文人诗中的律句比例逐渐增加,格律化趋势日渐明显。通过统计北齐诗歌作品的平仄搭配,可以较为直观地了解这一趋势的不同发展阶段。

刘跃进《门阀士族与永明文学》一书在讨论永明诗歌的五言四句、八句、十句体诗歌时,对这一部分作品的句子平仄进行了详尽的统计,并且将律句分为十一种,即七种严格律句:①“平平仄仄平”、②“仄仄平平仄”、③“平平平仄仄”、④“仄仄仄平平”、⑤“平仄仄平平”、⑥“仄平平仄仄”、⑦“平仄平平仄”和四种特殊律句:⑧“平平仄平仄”、⑨“平平平仄平”、⑩“仄仄平仄仄”及⑪“仄平平仄平”①。在此沿用其分类方式,对北齐前期与后期文学集团成员的作品分别进行讨论。

1. 北齐前期文学集团诗歌作品的平仄搭配

本文对北齐前期、后期文学集团的区分较为粗疏,所谓前期文学集团,其成员大抵指创作活动在东魏乃至北魏时即已开始的北方文士。在东魏及北齐前期,这些北方士人中有很多曾在北魏诸王幕府和中书省任职,或出任使节、主客等,而且彼此关系亲密,不乏唱和应酬

---

① 刘跃进著:《门阀士族与永明文学》,北京:三联书店1996年版,第124页。按,在下文表格中,为简洁起见,将以①—⑪的数字代替各种句式。

之作,不论从同僚关系还是从私交来说,都可称为一个集团。由于温子升未及入齐,而且其出身、交游等与本文所讨论的士人群体尚有较大差异,故本文暂且不将其计入这一集团中。从现存作品看,本集团核心为邢邵、魏收,其他成员有裴让之、裴讷之、卢询祖等人,均为河北士族。其诗歌作品中的单句平仄体式如下:

作 者	作品篇数	严格律句							特殊律句				总计	比例
		①	②	③	④	⑤	⑥	⑦	⑧	⑨	⑩	⑪		
魏 收	共 12 首 103 句	10	9	4	17	6	11	4	6	10	3	1	81	79%
邢 邵	共 8 首 96 句	4	4	6	15	10	4	3	5	2	3	2	58	60%
裴让之	共 3 首 40 句	5	3	3	5	6	3	3	4	1	0	1	34	85%
裴讷之	共 1 首 12 句	0	3	1	0	0	0	0	2	0	0	1	8	67%
卢询祖	共 2 首 20 句	3	1	1	4	3	0	1	0	0	0	0	14	70%
共 计	共 26 首 271 句	22	20	15	39	26	21	10	18	13	6	4	195	72%

将上表与刘跃进的统计相对比可以看出,东魏北齐文人的律句与齐梁诗人具有不少一致之处。例如,在南朝作家诗中,严格律句在律句中所占的比例逐渐增加,王融与谢朓律句中,严格律句均占 71%,沈约为 74%,在萧纲兄弟诗中,这一比例已达到 80%。而从上表中五位诗人的总数来看,严格律句占律句的 78%,尚不及萧纲兄弟,但已超过了沈约等人。其次,刘跃进统计的 92 首,730 句永明诗歌中,四种特殊律句按数量多少排列,其顺序为:1. 平平仄平仄;2. 平平平仄平;3. 仄仄平仄仄;4. 仄平平仄平。而在上表五位诗人的作品中,特殊律句的数量排序与此全同。这说明东魏及北齐早期的诗歌作品,在结构上已与齐梁诗颇为接近。

然而,东魏及北齐前期诗作律句的数量比例甚至超过了南朝,这是一个无法忽视的现象。以上五人作品中的律句是相当多的,即使是律句比例最少的邢邵,也达到了 60%。根据刘跃进书中的统计,沈约、谢朓诗中的律句分别占 63% 和 64%,即使到了萧纲兄弟诗中,这一比例也不过为 70%。相比之下,这五位北方文人诗中的律句平均值竟已超过了萧氏兄弟。当然,这一结果受北齐诗人——尤其是卢询祖、裴讷之二人——作品传世不多这一因素的影响,可能会有以偏概全之嫌,然而仅从邢、魏二人的律句数量来看,这仍是非常值得注意的现象。

邢邵、魏收在东魏北齐时并称大邢小魏,是北方文才最高的两位文士,并且都以学习南方诗文著称,而其分别学习的对象沈约与任昉,又都是作为永明文人代表,入梁后仍很活跃的著名诗人,可以说二者本应有相当大的相似性。然而邢邵的律句不仅少于魏收,甚至少于裴让之、讷之兄弟,论其原因,窃以为这是由当时南朝诗体北传的渠道所导致的。

在东魏与萧梁恢复遣使交聘之后,二者频繁的外交往来已经在很大程度上从政治活动转变为文化活动,西魏与梁之间利用遣使讨论国土划分问题这种国家政治活动,在邺下与建康的往来中极少出现。而虽然在宾主交接中仍不免有以维护本国正统地位为目的的机辩交锋,但大抵是嘲戏性质。即使是徐陵以"昔王肃至此,为魏始制礼仪;今我来聘,使卿复知寒暑"这种颇为尖刻之辞嘲魏收,也只有《南史》中载"齐文襄为相,以收失言,囚之累日"[1],《陈书》、《建康实录》均只云"收大惭"而已。虽然北齐统治者胡化程度极高,对汉人抱有仇视防范心理,但类似于崔逞答书失体即被杀之事,在此时的外交中已不再会出现。《北史》卷四三《李奖传附李谐传》载云:

> 既南北通好,务以俊乂相矜,衔命接客,必尽一时之选,无才

---

① 李延寿撰:《南史》,北京:中华书局 1997 年版,第 1523 页。

地者不得与焉。梁使每入,邺下为之倾动,贵胜子弟盛饰聚观,礼赠优渥,馆门成市。宴日,齐文襄使左右觇之,宾司一言制胜,文襄为之拊掌。魏使至梁,亦如梁使至魏,梁武亲与谈说,甚相爱重。①

所谓"必尽一时之选",并非自高身份之言。检《魏书》、《北史》等典籍,自梁大同七年(即东魏天平四年,537年)南北恢复往来起,出使萧梁及在邺下任主客司宾者,确实均为当时翘楚:梁大同三年东魏使节为李谐、卢元明、李业兴,在梁接对者为萧㧑、范胥、朱异;大同四年(538年)十一月东魏使节为陆操、李同轨,梁以殷钧接对;大同五年(539年)八月东魏以王昕、魏收为使;大同七年(541年)魏使为李骞、崔劼,梁主客则为王克、贺季;在梁使方面,刘孝仪、刘孝胜、明少遐、谢藻、沈众等人虽并非江左第一流的文士,但亦皆以能诗文著称,而东魏武定三年(545年)七月徐君敷、庾信使邺,卢元明、王元景、祖孝隐皆任接对之职,以及武定六年(548年)谢珽、徐陵出使,魏收、李庶、陆卬、裴让之(裴讷之或亦参与其事)等接对的这两次外交活动,更是南北交流史中的重大事件。

裴讷之、裴让之兄弟均有在接对梁使场合所作的诗歌作品,讷之《邺馆公燕诗》曰"束带尽欣娱,谁言骛归两"②,让之《公馆宴酬南使徐陵诗》则曰"异国犹兄弟,相知无旧新"③,这种措辞不像是以带有政治使命的外交人员立场而发,倒更像朋辈唱和,将当时宾主相得的气氛很好地表现出来。而更加重要的是,虽然这一题材的诗作在其他北方士人集中留存不多,但这两首诗已可以说明,在当时梁魏之间的外交场合中,诗歌赠答、唱和是重要的交流内容,而且并非只有在使节到达邺城之后的正式接对场合才会进行,《太平御览》卷六〇〇引《三国

---

① 李延寿:《北史》,第1604页。
② 逯钦立辑校:《先秦汉魏晋南北朝诗》,北京:中华书局1983年版,第2263页。
③ 逯钦立辑校:《先秦汉魏晋南北朝诗》,第2262页。

典略》曰:"高澄嗣渤海王,闻谢挺、徐陵来聘,遣中书侍郎陆卬于滑台迎劳,于席赋诗,卬必先成,虽未能尽工,亦以敏速见美。"①可见赋诗活动不但可以在任何有双方成员参与的宴会场合进行,而且相当频繁。这种南北文人间的直接交流,势必会对北方诗人的创作产生显著的指导作用。

当然,仅仅是短期的接触以及数次公宴中的唱和,恐怕还并不能对北方诗体有根本性的影响,在梁代士人大量逃亡入北之前,邺下诗体变革的一个重要契机,应该是徐陵多年滞留北方。徐陵以武定六年(即梁太清二年,549 年)使北,未及南返而侯景举兵袭衍②,徐陵在被羁留至齐天保六年(即梁敬帝绍泰元年,555 年)方返回江左。虽然其在北时的生活与交游情况于史未载,但可以想见,以其南朝重要文士的身份,必然会使北方文士在此数年内与其频繁往来,叶适《习学记言序目》卷三三云:"徐陵'文颇变旧体,缉裁巧密,多有新意,每一文出,好事者已传写成诵,被之华夷,家藏其本',遂为南北所宗,陆机、任昉不能逮也。"③所谓"南北所宗",正是其在南北朝后期的重要作用。徐陵作为萧纲东宫文学集团成员,其所作的徐庾体五言诗的格律化程度较沈约等人的永明体更进一步,因此受其影响的北方士人作品中律句比例大幅度增多,也是非常正常的情况。

以上是从江左新诗体传入的途径而言,而从北方士人接受其影响的方面来看,在北方士人中,应该也存在着由于知识背景和经历不同而造成的接受程度差异。魏收既曾出使南方,又曾任主客接待南使,加之本身具有相当高的文学修养,因此其诗作中律句比例较高是很正常的。而相比之下,邢邵虽然同样文才甚高,但似乎从未参加过南北文学交流活动。《北史》卷四三《邢峦传附邢邵传》云:

① 李昉撰:《太平御览》,北京:中华书局 1960 年版,第 2701 页。
② 参见魏收撰:《魏书》卷九八,北京:中华书局 1997 年版,第 2184 页。
③ 叶适撰:《习学记言序目》,北京:中华书局 1977 年版,第 488 页。

于时与梁和,妙简聘使,邵与魏收及从子子明被征入朝。当时文人,皆邵之下,但以不持威仪,名高难副,朝廷不令出境。南人曾问宾司:"邢子才故应是北间第一才士,何为不作聘使?"答云:"子才文辞实无所愧,但官位已高,恐非复行限。"南人曰:"郑伯猷,护军犹得将命,国子祭酒何为不可?"邵既不行,复请还故郡。①

邢邵并未参与外交与文化交流活动,虽然并非是由于其对南朝文化抱有偏见,而是出于国家任命原因,但这必然会在客观上造成其与南朝士人接触机会较少,不能像魏收那样直接受到南人创作的影响。这就使得他对南朝的学习会停留在以文集为媒介的阶段,与魏收等人相比具有一定的滞后性。其诗歌中的律句比例与沈约、任昉基本相当而低于萧氏兄弟、徐陵乃至魏收等北人,很可能就是由于这一原因造成的。

除了北方文人的个人创作,东魏及北齐前期文人集团的群体性行为,也是北齐诗歌格律化进程中不可忽视的影响因素。这一群体虽然作品留存极少,但却具有相当重要的意义。除邢、魏外,这一集团还包括王昕、卢元明、陆卬、崔瞻、李浑、魏季景、李骞、李奖、李谐等人。这些人从北魏后期即开始交游往来,曾经数度在同一幕府之中,如《魏书》卷一六《京兆王黎传附元罗传》载:

（元）乂②当朝专政,罗望倾四海,于时才名之士王元景、邢子才、李奖等咸为其宾客,从游青土。③

---

① 李延寿:《北史》,第1591页。
② 笔者按:"元乂",史书中多作"元叉",然墓志铭中作"乂",且元氏字为"伯隽",故当以"元乂"为是。
③ 魏收:《魏书》,第408页。

又如《北史》卷五四《司马子如传附司马消难传》云：

> 子如既当朝贵盛，消难亦爱宾客，邢子才、王元景、魏收、陆印、崔瞻等皆游其门。①

自北魏宣武帝后期以来，诸王幕府文学集团的活动成为北方群体性文学活动的主流，以元熙、元延明、元罗等充分汉化的北魏宗室为首脑的文学活动蔚为兴盛，王昕、邢劭等人的早期文学创作正是在这一背景下进行的。但他们的交往不仅限于同僚唱和，《魏书》卷八五《文苑传·裴伯茂传》曰：“（伯茂）卒后，殡于家园，友人常景、李浑、王元景、卢元明、魏季景、李骞等十许人于墓傍置酒设祭，哀哭涕泣，一饮一酹曰：‘裴中书魂而有灵，知吾曹也。’乃各赋诗一篇。李骞以魏收亦与之友，寄以示收。收时在晋阳，乃同其作，论叙伯茂，其十字云：‘临风想玄度，对酒思公荣。’时人以伯茂性侮傲，谓收诗颇得事实。”②此事大抵发生在东魏天平、元象年间，虽只保存了魏收的两句诗，但作为群体性文学活动本身具有相当重要的意义，我们可以看到，参与这次活动的裴伯茂友人辈几乎囊括了东魏初期的所有重要文士，他们不但在政治活动中保持相近的立场，而且私交甚笃，文学水平大抵相近，因此能够比较频繁且平等地进行群体性创作与交流，这虽然不能培养出一两位超越时代的大诗人，却有助于一时一地整体风气的出现与定形。

时至东魏天平年间，随着河阴之变中大量汉族士人被杀，以及北魏分裂时造成的人员流失，这一批在北魏晚期已具备一定才名的士人终于彻底树立了俊彦人望的地位，所谓“是时邺下言风流者，以谐及陇西李神俊、范阳卢元明、北海王元景、弘农杨遵彦、清河崔瞻为

---

① 李延寿：《北史》，第 1948 页。
② 魏收：《魏书》，第 1873 页。

首"①。此时正值梁魏修好，这一代表东魏最高文化水平的集团理所应当地充当了北方文化代言人的角色，在外交活动中发挥其文化优势。在上文列出的本文学集团成员中，王昕、卢元明、陆卬、崔瞻、李浑、魏季景、李骞、李奖、李谐、魏收等人均曾出任使臣或主客，其中未曾出任外交职务的，可以说只有地位相对较高的邢邵一人。也就是说，他们并不是因为都曾担任外交使节而成为一个集团，而是早已结成同一集团。这批身份背景、知识结构、文学水平等各个方面都颇为相似的士人，在南北文化交流事件中轮流发挥作用。从这个角度讲，东魏派遣的外交人员，其整体性要强于萧梁，具有鲜明的一贯性。这就使得北方士人在南北交流中，学习南朝诗体并非个别使臣的个人爱好，而是在东魏文化圈中占据最高地位的这一群体的一致爱好。不仅如此，他们在向南朝人士学习新的诗体之后，还可以基于同样的立场在本集团内部进行切磋交流，这也有助于他们迅速掌握新诗体的特征。

这一文学集团在东魏时期的创作相当活跃，《隋书·经籍志》载卢元明有集二十卷，《北齐书》王昕本传则称王氏有集十七卷，李骞等人亦有集传世。虽然其成员的大部分作品未能保存下来，我们仍能通过史书中的一些记载看出他们的审美趣味和创作特点，《北史》卷二四《王昕传》载齐文宣帝诏责王昕曰："伪赏宾郎之味，好咏轻薄之篇。自谓类比伧楚，曲尽风制。"②这段话精准地概括了王昕诗"类比伧楚"，效仿南朝诗风的特点。也许作为群体中笔力最强的翘楚人物，魏收作品的律句比例会较其他人更高，但在律句平均比例上与萧纲兄弟持平甚至反超的情况，却绝不是其个人现象，而是在东魏、北齐前期文学集团中普遍存在的。

综上所述，东魏及北齐前期上层士人文学集团着力使用律句进行

---

① 李延寿：《北史》，第 1604 页。
② 李延寿：《北史》，第 884 页。

诗歌创作,这明显是学习齐梁诗体式的行为。不过,在其作品中,仍然不可避免地与齐梁诗存在着一些差别。例如,在非律句中,这一阶段的诗人使用最多的是三仄句,共计 21 次,其次是三平句,共计 12 句,再次是平仄相间句,共使用五次,此外四平一仄使用两次,四仄一平与一平四仄分别使用一次,这种数量上的多寡与南朝文人诗也是完全一致的,不过同样还有几种非律句,是在南朝诗中未曾出现,但在北齐前期出现不止一次的。例如"仄平仄仄平",在卢询祖、邢卲、魏收诗中分别出现一次,"平仄平仄仄",在裴讷之诗中出现一次,邢卲诗中出现三次;"平仄仄平仄",在裴讷之诗中出现一次,邢卲诗中出现两次,魏收诗中出现三次等等。这可能是北方所保留的魏晋诗歌体式在北齐诗歌中的零星存留。

此外,北齐前期文学集团作品中的一个鲜明特点是,虽然律句比例很高,但是尚未将两句之间的音节搭配固定化。虽然在一些作品——例如裴让之《公馆宴酬南使徐陵诗》等——之中,"两句之中,轻重悉异"①的情况比较明显,但从整体看来,这一规则尚未形成定式,以至于邢卲《三日华林园公宴诗》中既有"芳春时欲遽,览物惜将移","芳筵罗玉俎,激水漾金卮"这种符合两句间音节变化搭配的句子,也有"新萍已冒沼,余花尚满枝"②这种两句平仄几乎全同的句子。另一个显著现象是,在邢、魏等北齐前期诗人作品中,即使是两句音韵搭配的句子,也往往是"平平平仄仄"与"仄仄仄平平"相配,或退一步说,三仄与三平搭配,这也说明此时的北方士人虽然已对律句有了相当的了解,但在协调上下两句的方面尚未得心应手地掌握。

2. 北齐后期文学集团诗歌作品的平仄搭配

北齐后期文学集团中,虽然有卢思道、李德林、薛道衡这种对后世有相当大影响的著名诗人,但由于其创作年代跨度较大,不太容

---

① 萧统编、李善注:《文选》,上海:上海古籍出版社 1992 年版,第 2220 页。
② 逯钦立辑校:《先秦汉魏晋南北朝诗》,第 2264 页。

易确定具体时间,因此在此暂且对他们不加讨论。本集团的其他诗人作品留存数量较少,但是经过统计还是可以看出,其创作中运用律句的情况存在相当大的共性。本集团成员诗歌作品中的单句平仄体式如下:

作　者	作品篇数	严　格　律　句							特　殊　律　句				总计	比例
		①	②	③	④	⑤	⑥	⑦	⑧	⑨	⑩	⑪		
祖　珽	共3首24句	1	1	2	3	3	4	1	5	0	1	0	21	88%
阳休之	共4首22句	1	4	4	4	3	1	0	3	0	1	0	21	95%
杨　训	共1首10句	2	1	1	1	2	1	1	0	0	0	0	9	90%
郑公超	共1首8句	0	1	0	1	2	0	1	0	0	0	0	4	50%
刘　逖	共4首28句	6	3	1	1	5	8	1	1	1	0	0	28	100%
马元熙	共1首8句	2	2	0	0	0	0	0	0	0	0	0	6	75%
高延宗	共1首10句	0	1	1	3	0	2	0	0	2	0	0	9	90%
共　计	共15首110句	12	13	9	15	15	16	4	9	3	2	0	98	89%

北齐后期的这些诗人,除高延宗以外均曾待诏文林馆。其作品在平仄体式方面,显示出非常突出的特征,可分为以下几点:

1. 占主导地位的诗体出现变化。在北齐后期的十五首诗歌中,五言八句占九首,五言四句占三首,五言十句占两首,另有五言六句一首。五言八句这种类似于五律体的诗歌作品占据绝对主导,且并无十句以上的长诗出现。当然,这可能是由作品散佚造成的,然而现存作品中呈现出的这种比例虽非原貌,但已可在一定程度上说明当时诗歌创作中的诗体喜好发生了变化。

2. 律句比例进一步加大,除郑公超的一首诗中律句仅占一半以外,其他诸作的律句比例均极高。在非律句中,绝大多数是三仄句和三平句,平仄相间句在这一期年纪较长的祖珽与阳休之诗中各出现一次,"仄仄仄平仄"这一带有北齐前期色彩的非律句仅在作为诸王而非文林馆士人的高延宗诗中出现一次。最值得注意的是,刘逖的四首二十八句均为律句,这在当时的格律化进程中可以说具有标志性的意义。

3. 北方诗人亦开始重视两句之间的搭配。在这一点上最为突出的同样是刘逖,他现存的四首诗中,两句之间的平仄搭配均掌握得相当严格,可以看出绝非偶尔为之。以其《浴温汤泉诗》为例:

> 骊岫犹怀土,新丰尚有家。神井堪消疹,温泉足荡邪。
> (仄仄平平仄,平平仄仄平。平仄平平仄,平平仄仄平。)
> 紫苔生石岸,黄沫拥金沙。振衣殊未已,翻能停使车。①
> (仄平平仄仄,平平仄仄平。仄平平仄仄,平平仄仄平。)

从措辞、对仗、用韵、平仄搭配等各个角度来讲,这首诗都已俨然有初唐近体诗的风貌,而且这种体式在他作品中绝非仅见。刘逖在武平四年(573 年)因谏被杀,其诗充分说明,在北齐末年,相当一部分北方文人已经完全掌握了齐梁诗体的种种特征,并能够熟练运用,甚至在格律化进程中更进一步。从这一点来说,刘逖虽流传作品不多,但是具有一定的文学史价值。

北朝后期的北方文人诗之所以会在前期律化进程的基础上更进一步,其直接原因是梁代士人的大量入北及其与北方士人的密切接触。在武平三年入文林馆为待诏的南方士人中,绝大多数在创作中以纤丽流婉的齐梁体诗为务。在此略举几首,以见一斑。

---

① 逯钦立辑校:《先秦汉魏晋南北朝诗》,第 2272 页。

作　者	作品篇数	严格律句							特殊律句				总计	比例
		①	②	③	④	⑤	⑥	⑦	⑧	⑨	⑩	⑪		
萧　祗	共4首26句	3	1	5	4	5	1	2	0	1	0	0	22	85%
萧　愨	共1首12句	2	2	2	2	2	1	0	1	0	0	0	12	100%
袁　奭	共1首8句	2	1	0	0	2	1	0	1	0	0	0	7	88%
荀仲举	共1首8句	1	2	2	0	2	0	0	0	1	0	0	8	100%
共　计	共7首54句	8	6	9	6	11	3	2	2	2	0	0	49	91%

　　以上诸人中,萧祗为萧衍弟子,与萧纲、萧绎同辈,其作品中的律句比例已多于萧氏兄弟,而萧愨《临高台》与荀仲举《铜雀台》二首虽均为拟古乐府,却全篇均为律句,而且对句入律的情况甚为严格。如《铜雀台》:

> 高台秋色晚,直望已凄然。况复归风便,松声入断弦。
> (平平平仄仄,仄仄仄平平。仄仄平平仄,平平仄仄平。)
> 泪逐梁尘下,心随团扇捐。谁堪三五夜,空树月光圆。①
> (仄仄平平仄,平平仄仄平。平平平仄仄,平仄仄平平。)

　　北齐诗人的诗歌纪年情况难以详考,因此我们很难断定,这种严格格律化的诗体,是萧、荀、袁等入齐士人在南时即已经掌握了的创作规则,还是在入北之后,基于其所熟悉的齐梁诗体进行了进一步的规范化。然而可以确定的是,他们在北齐以这一体裁进行了颇为频繁的创作,对其掌握已很熟练,并且使相当一部分北方士人掌握了这一诗体。这一诗体格律化进程大概是从其逃亡入邺后即已逐步进行的,但

---

① 逯钦立辑校:《先秦汉魏晋南北朝诗》,第 2267—2268 页。

最终应完成于文林馆的文化集会中。

由以上分析可以看出,在东魏、北齐时期,北方诗人学习齐梁诗体,在其作品中逐渐贯彻格律化的进程分为两个阶段,而参与者分别为北齐前期和后期文学集团。实际上,若以时间为划分条件,这两个文学集团固然可概称为"前期文学集团"与"后期文学集团",但若为了指出其学习齐梁诗体的渠道及成员身份构成,则不如称为"使臣文学集团"与"待诏文林馆集团"更为贴切与直观。

二、北齐士人对已有诗风的改造及 诗歌述怀功用的复归

经过上文的讨论,可以看出北齐诗人在诗歌用韵和体式方面确实全面学习、模仿了齐梁诗体。但是,诗体上的模仿,是否能够说明北齐诗人对齐梁诗歌是全盘接受的呢?《颜氏家训·文章篇》中记载了两次涉及文学评论的集会活动:

> 王籍《入若耶溪》诗云:"蝉噪林逾静,鸟鸣山更幽。"江南以为文外断绝,物无异议。简文吟咏,不能忘之,孝元讽味,以为不可复得,至《怀旧志》,载于籍传。范阳卢询祖,邺下才俊,乃言:"此不成语,何事于能?"魏收亦然其论。《诗》云:"萧萧马鸣,悠悠旆旌。"毛《传》曰:"言不喧哗也。"吾每叹此解有情致,籍诗生于此耳。①
>
> 兰陵萧悫,梁室上黄侯之子,工于篇什。尝有《秋诗》云:"芙蓉露下落,杨柳月中疏。"时人未之赏也。吾爱其萧散,宛然在

---

① 颜之推著,王利器撰:《颜氏家训集解》,北京:中华书局 1996 年版,第 295 页。

目。颍川荀仲举、琅邪诸葛汉,亦以为尔。而卢思道之徒,雅所不惬。①

如果认为北齐士人对齐梁诗的态度是一味的欣赏、接受与模仿,就很难解释,为何卢询祖、魏收、卢思道等北方士人,都对王籍、萧悫诗中带有明显南朝意味的名句不以为然。而值得玩味的是,不论是从被南方士人引用的两句诗本身来看,还是从颜之推对其的评价来看,这两首诗都并非轻艳秾丽,形式重于内涵的典型齐梁体诗,而是自有一番萧散情致。有些学者认为,北人不欣赏这一类南人作品,是因为不能理解其中蕴含的情感意蕴。但窃以为,造成这一现象的,归根究底在于南北士人审美趣味的分歧。而南北士人的文学审美,实际上是其人生观、政治观等心态理念在文学上的折射。因此,要了解这一分歧的根源,就要首先了解北方士人,换言之,即在北朝政治和文化中都占据极其重要地位的河北汉族士人,在思想观念上与南方士人的根本差别。

(一) 东魏、北齐河北士人的进取心态与文学观念

南北朝时期,河北士族文化圈在北方社会政治、文化中有着举足轻重的作用。从根本上说,河北士人在政治上积极进取的心态直接继承自汉魏河北儒学的经世致用精神,而在北魏一朝的大多数时间中,河北士人都受到统治者的信任,长期在中书省以中书侍郎的身份掌握机要,是不可忽视的政治力量。就北魏一朝而言,官居要职并未使河北士人像南朝士族那样以官位清显为荣,排斥具有实际事务性的工作,而崔浩之诛、河阴之变等数次重大打击,不但没有将其积极心态消磨殆尽,反而进一步激发了这一群体在政治上的好胜心。因此自北魏

①《颜氏家训集解》,第 296 页。

末年开始，直至东魏、北齐，河北士人集团在政府中的角色有了新的变化。其主要作用，大概有以下几点。

1. 河北士人重新在中书省中占据主导地位。自北魏太武帝时开始，河北士人就成为中书省的绝对主体，常年占据中书侍郎的位置。然而，在北魏晚期，中书侍郎的制诏权在很大程度上被由宗室、幸臣、入北南人等充任的中书舍人及门下省的给事黄门侍郎取代，而出任中书侍郎的，也不再是仅为河北士人集团成员，而是增加了多种成分。这体现了当时的统治者利用其他势力来抑制河北士人的意图。这种情况在东魏时出现了变化。东魏、北齐时，河北士人中的翘楚人物几乎全部曾任中书侍郎。但在这一阶段，河北士人向中书省复归的原因较北魏时期有了一个重要的变化。《北齐书》卷三九《崔季舒传》曰："文襄辅政，转大将军中兵参军，甚见亲宠。以魏帝左右，须置腹心，擢拜中书侍郎。文襄为中书监，移门下机事总归中书。"[1]由此看来，令河北士人为中书侍郎似乎是以监视魏帝为目的，然而其实原因不止于此。《资治通鉴》卷一五八曰："丞相欢多在晋阳，孙腾、司马子如、高岳、高隆之，皆欢之亲党也，委以朝政，邺中谓之四贵，其权势熏灼中外，率多专恣骄贪。欢欲损夺其权，故以澄为大将军，领中书监，移门下机事总归中书，文武赏罚皆禀于澄。"[2]则更为明确地指出，令河北汉人重新领中书省事，带有借用其力量与四贵等胡族军功勋贵对抗的目的。

2. 积极参与东魏、北齐之际的政权更替。在高洋谋求废魏自立时，胡族勋贵乃至娄太后等均表示反对，而支持其禅代的心腹之臣大多数为汉族官员，其中包括魏收、邢卲等人在内。可见魏收虽称温子升"内深险，事故之际，好预其间，所以终致祸败"[3]，但实际上他本人也并未对这件兼有政权易主和胡汉之争性质的重大事件避之不及，而

---

① 李百药：《北齐书》，第511页。
② 司马光撰，胡三省注：《资治通鉴》，北京：中华书局1956年版，第4921页。
③ 魏收：《魏书》，第1877页。

是同样主动参与其中。

3. 在某一位汉人领袖人物的带领下，与勋贵幸臣集团在政治事务中直接对抗。在东魏、北齐时期，先后出现过数位被汉族士人公认为领袖的汉族高门人物，如杜弼、杨愔、祖珽、崔季舒等，他们在汉人集团中有极高的号召力与凝聚力，并且对北齐政治起到了很大的作用。杨愔是维持了天保后期"主昏于上，政清于下"局面的关键人物，而祖珽虽于私节有亏，但其执政时"推崇高望，官人称职，内外称美。复欲增损政务，沙汰人物"①的作为亦有明显的积极作用。这些汉族人物的代表作为一时之望，往往处于胡汉冲突的风口浪尖，因此杜弼、杨愔、崔季舒等人先后被杀。这固然说明北齐时的河北士人集团只能尽力制约勋贵集团，而无法在政治斗争中胜出，但同时也可以看出，终其一朝，汉族士人与勋贵分庭抗礼的意识始终没有因斗争的惨烈而消失。

4. 河北士人在御史台中取得了主导权。在北魏时期，虽然游肇、李彪、李平、崔亮、郦道元、邢峦、甄琛等汉族士人也曾先后任御史中尉，但御史台的主导人物主要以鲜卑宗室为主，选拔汉人充当御史，是从北魏末年孝庄帝时期开始的，《魏书》卷七七《高崇传附高恭之传》载庄帝反政后，"道穆外秉直绳，内参机密，凡是益国利民之事，必以奏闻。谏诤极言，无所顾惮。选用御史，皆当世名辈，李希宗、李绘、阳休之、阳斐、封君义、邢子明、苏淑、宋世良等四十人"②，而东魏武定初，崔暹"迁御史中尉，选毕义云、卢潜、宋钦道、李愔、崔瞻、杜蕤、嵇晔、郦伯伟、崔子武、李广皆为御史，世称其知人"③。以汉人任御史，本身就带有"纠劾权豪，无所纵舍"④的意图，但如果说河北士人通常担任的中书侍郎、外交使节等职带有文化优势含义的话，出任御史则

---

① 李百药：《北齐书》，第 520 页。
② 魏收：《魏书》，第 1716 页。
③ 李百药：《北齐书》，第 404 页。
④ 李百药：《北齐书·卷三·文襄纪》，第 31 页。

将汉族士人推到直接与胡族勋贵对抗的地位。《崔暹传》载"暹前后表弹尚书令司马子如及尚书元羡、雍州刺史慕容献，又弹太师咸阳王坦、并州刺史可朱浑道元，罪状极笔，并免官。其余死黜者甚众"①，而在《北齐书》中，也时常可见胡族权臣被御史弹劾的记载。可见河北士人担任御史绝非空谈，而是相当称职的。

由以上几点可以充分看出，在东魏、北齐时，河北士人的各种政治活动，通常都与对抗勋贵集团有关。梁朝士人之所以在侯景乱后纷纷逃亡入齐，应该是对河北士人怀有意气相投的亲切感，然而在其入北后，所面对的却是河北士人几乎死生相继地与胡族勋贵相抗衡，试图将国家政治推上正轨的局面。这是习惯了"居承平之世，不知有丧乱之祸；处庙堂之下，不知有战陈之急；保俸禄之资，不知有耕稼之苦；肆吏民之上，不知有劳役之勤"②的梁朝士族所无法理解的。因此，即使是对梁代士风进行了深刻反省的颜之推，在《颜氏家训》中诫子孙辈"士君子之处世，贵能有益于物耳，不徒高谈虚论，左琴右书，以费人君禄位也"③的同时，仍不免在《止足篇》中心有余悸地感慨曰：

> 仕宦称泰，不过处在中品，前望五十人，后顾五十人，足以免耻辱，无倾危也。高此者，便当罢谢，偃仰私庭。吾近为黄门郎，已可收退；当时羁旅，惧罹谤讟，思为此计，仅未暇尔。自丧乱已来，见因托风云，徼幸富贵，旦执机权，夜填坑谷，朔欢卓、郑，晦泣颜、原者，非十人五人也。慎之哉！慎之哉！④

从这段话中可以看出崔季舒、刘逖等人的因谏被诛，给颜之推带来何等恐慌。而颜之推之所以能幸免于难，也正说明了南朝士人的止

---

① 李百药：《北齐书》，第404页。
② 《颜氏家训集解》，第317页。
③ 《颜氏家训集解》，第315页。
④ 《颜氏家训集解》，第347页。

足避祸心理与河北士人的积极进取心态存在着鸿沟。

东魏、北齐的河北士人以参与政事为重心的同时,对文学也往往有所措意。但是对其来说,文学是具有实际功用的。罗宗强指出:"北朝文学思想自一开始便是非常传统的,是儒家政教之用的观点。"①有研究者认为"政教之用"主要指教化作用,但实际上,它也指将文学才能用于政治事务中的情况。

北魏以"文学"作为选拔人才的标准,在孝文帝时即已开始。如太和二十一年夏四月,诏"其孝友德义、文学才干,悉仰贡举"②。而中书省由于需要制撰诏令,具有较强文化色彩,因此对文学水平的要求更为严格。在北魏时因文学优赡而任职于中书省的,即有公孙轨、李仲尚、李鉴、郑羲等人。而《北齐书·文苑传》的一个鲜明的特点,即是将负责撰制诏书的中书侍郎归入文苑之中:

> 天保中,李愔、陆邛、崔瞻、陆元规并在中书,参掌纶诰。其李广、樊逊、李德林、卢询祖、卢思道始以文章著名。皇建之朝,常侍王晞独擅其美。河清、天统之辰,杜台卿、刘逖、魏骞亦参知诏敕。自愔以下,在省唯撰述除官诏旨,其关涉军国文翰,多是魏收作之。及在武平,李若、荀士逊、李德林、薛道衡为中书侍郎,诸军国文书及大诏诰俱是德林之笔,道衡诸人皆不预也。③

除上文中所载诸人以外,《文苑传》中明载为中书侍郎或黄门侍郎的,尚有荀士逊、韦道儒等人,足可见中书侍郎一职,在北齐几乎成为文才的代名词,而在同任此职的同僚之中,又会根据文才高下来分配不同内容、体裁的诏诰。这是一个相当独特,而且能够体现北朝文学观的现象。

---

① 罗宗强:《魏晋南北朝文学思想史》,北京:中华书局 2006 年版,第 436 页。
② 魏收:《魏书》,第 181 页。
③ 李百药:《北齐书》,第 603 页。

北齐一朝具有文才的汉族文士甚多,重臣之中,杨愔"尝与十余人赋诗,愔一览便诵,无所遗失。及长,能清言,美音制,风神俊悟,容止可观"①,祖珽"神情机警,词藻遒逸,少驰令誉,为世所推"②。然而,其文学往往附属于政治理念而存在,至少是与政治理念并行不悖,并不顾此失彼。在这一点上,即使是学习南朝齐梁诗体极其成功的刘逖,也严格地遵守一定之规。《颜氏家训·文章篇》载:

> 齐世有席毗者,清干之士,官至行台尚书,嗤鄙文学,嘲刘逖云:"君辈辞藻,譬若荣华,须臾之玩,非宏才也;岂比吾徒千丈松树,常有风霜,不可凋悴矣!"刘应之曰:"既有寒木,又发春华,何如也?"席笑曰:"可哉!"③

所谓"君辈辞藻,譬若荣华,须臾之玩,非宏才也",其实在南朝也有相似的说法,如南齐武帝曾曰"学士辈不堪经国,唯大读书耳。经国,一刘系宗足矣。沈约、王融数百人,于事何用"④,然而能像刘逖这般将局面挽回,却是只有兼具文才干用的北方士人方能做到的,而"既有寒木,又发春华"一语,更是能概括出北方文人吏干与文才二者关系的看法。

与北方文人兼重政治与文才,并且在相当程度上认为文学要为政治服务的文学观形成鲜明对照的,是南朝齐梁文人的文学观已经完全将文学视为消遣娱乐的手段,而这种看法甚至扩散至公文写作之中。钱锺书《管锥编》"梁元劝农文"条称:

> 元帝《耕种令》:"况三农务业,尚看夭桃敷水;四人有令,犹

---

① 李百药:《北齐书》,第454页。
② 李百药:《北齐书》,第513页。
③《颜氏家训集解》,第265页。
④ 李延寿:《南史》,第1927页。

及落杏飞花。……不植燕颔,空候蝉鸣。"按叶适《习学纪言序
目》卷三二引此数语而讥之曰:"帝之文章所以润色时务者如此,
岂'载芟良耜'之变者耶!"帝皇劝农,本如"布谷催农不自耕"
(杨万里《诚斋集》卷三六《初夏即事》),此《令》直似士女相约游
春小简,官样文章而佻浮失体。《全三国文》卷一八陈王植《藉田
论》云:"非徒娱耳目而已。"若"看夭桃、及落杏"等语,真所谓
"娱耳目"也。①

元帝此令,固然是比较极端的游戏文字之例,但这种文学娱乐化
趋势,确实在梁代士人作品中普遍存在。北齐士人虽然对齐梁诗体抱
有浓厚的兴趣,并且迅速地加以学习,但由于其思想背景与梁代士人
存在较大差距,因此对齐梁诗风,或者说对隐藏在齐梁纤丽新巧诗风
背后的文学娱乐化、浅薄化的文学观颇有微词。这就决定了他们在掌
握了格律化诗体后,并没有像齐梁诗人那样,单纯以这种诗体进行带
有游戏性质的文学创作,也没有舍弃一直以来在北朝得以保留的魏晋
诗体,以及述怀言志的传统功用,而是与入北的梁朝士人一起,对文学
观、文学理论以及具体的用韵规范等创作手法进行探讨,对新诗体进
行内容层面的充实,而对旧有诗体进行体式上的改造,并将讨论结果
用于创作实践,这样就为日后的诗歌创作与诗体革新预备了一条新的
道路。

(二) 南北士人在文学理论和创作方面的共同尝试

由于文献存留较少,北齐末年文林馆北方士人在文学理论方面的
论述似乎并没有保存至今。但是,在颜之推的《颜氏家训》中,保留了
几条其关于诗歌体裁改革的观点,窃以为这并不一定是其个人的意

---

① 钱锺书撰:《管锥编》,北京:中华书局 2007 年版,第 2171 页。

见,而是在入北后与北方士人的交往、交流中所逐渐形成的观点。

颜之推在《颜氏家训》中,对南北文化的优劣进行了颇为深刻的比较和评论,这在《书证》、《音辞》两篇中保存最多,而文学方面较少。例如《颜氏家训·文章篇》称:"文章地理,必须惬当。梁简文《雁门太守行》乃云:'鹅军攻日逐,燕骑荡康居,大宛归善马,小月送降书。'萧子晖《陇头水》云:'天寒陇水急,散漫俱分泻,北注徂黄龙,东流会白马。'此亦明珠之颣,美玉之瑕,宜慎之。"①是在了解北朝地理情况后,针对南方的拟北之作提出的批评。而同为《文章篇》中,又有"自古文人,多陷轻薄。……每尝思之,原其所积,文章之体,标举兴会,发引性灵,使人矜伐,故忽于持操,果于进取。今世文士,此患弥切。一事惬当,一句清巧,神厉九霄,志凌千载,自吟自赏,不觉更有傍人"②一段。按,《魏书》卷八五《文苑传·温子升传》载:"杨遵彦作《文德论》,以为古今辞人皆负才遗行,浇薄险忌,唯邢子才、王元景、温子升彬彬有德素。"③其中"负才遗行"之谓,与"发引性灵,使人矜伐"意味相近,由此看来,颜之推此论,也可能是受杨愔影响而发。则他在入北之后,受到北方文化的影响,对南朝文学有所评判,应是确实存在的。

《颜氏家训》中关于文学体裁革新的内容,有以下两处:

> 文章当以理致为心肾,气调为筋骨,事义为皮肤,华丽为冠冕。今世相承,趋末弃本,率多浮艳。辞与理竞,辞胜而理伏;事与才争,事繁而才损。放逸者流宕而忘归,穿凿者补缀而不足。时俗如此,安能独违?但务去泰去甚耳。必有盛才重誉,改革体裁者,实吾所希。④

今世音律谐靡,章句偶对,讳避精详,贤于往昔多矣。宜以古

____

① 《颜氏家训集解》,第 292 页。
② 《颜氏家训集解》,第 237—238 页。
③ 魏收:《魏书》,第 1876 页。
④ 《颜氏家训集解》,第 267 页。

之制裁为本,今之辞调为末,并须两存,不可偏弃也。①

这两段文字,一为论文,一为论诗,但其中贯穿的根本思想并无不同。而不论其观点还是内容,都与《隋书》卷七六《文学传序》中的著名文论颇为相似:

> 江左宫商发越,贵于清绮,河朔词义贞刚,重乎气质。气质则理胜其词,清绮则文过其意。理深者便于时用,文华者宜于咏歌。此其南北词人得失之大较也。若能掇彼清音,简兹累句,各去所短,合其两长,则文质斌斌,尽善尽美矣。②

将二者内容相比较可以发现,其中最大的差别在于颜之推所论为古今,而《隋书·文学传序》所论为南北。然而正如前文曾经提到的,在南北朝分立时期,南朝着力于进行诗体改革及用典、用韵、遣词等方面的精致化,而北朝实际上使一批魏晋诗体得以留存。而且北朝文人从未放弃诗歌的抒怀功能,仅就北齐诗人而言,邢邵《冬日伤志诗》、高延宗《经墓兴感诗》等,均有几分古诗意蕴。另外,时至东魏、北齐,时人仍然保留着吟咏前代诗歌韵文来抒发感情的习惯,如《北齐书》卷三《文襄纪》载高澄崩前数日事曰:

> 数日前,崔季舒无故于北宫门外诸贵之前诵鲍明远诗曰:"将军既下世,部曲亦罕存。"声甚凄断,泪不能已,见者莫不怪之。③

由此种种均可看出,一些在梁代已经废置不用的诗体,以及咏诗

---

① 《颜氏家训集解》,第 268 页。
② 魏徵、令狐德棻撰:《隋书》,北京:中华书局 1997 年版,第 1730 页。
③ 李百药:《北齐书》,第 37 页。

述怀这一随着晋宋体的暂时消失而退出江左舞台的传统,都在北方得以留存,从这个角度讲,南北与古今存在某种程度的重合。而将保留在北地的古诗之气质、风骨和述怀言志功能,与新兴于南方的谨严诗体及外在创作手法相结合,从而创造出比较完备的诗体,在隋唐时期是一种得到共识的诗体改革观念。作为入北南朝士人,并不是像荀仲举、萧悫那样仅仅起到将南方诗体传入北方的作用,而且对南朝诗体进行反思,并提出了融合南北古今,以古为本、以今为末的诗体改革观念,这是颜之推超出同时其他入北南人之处。虽然没有证据可以直接证明,但他的这一观点应该是与北人共同探讨所得出的结论,而他们不仅仅对南北优劣、诗体革新等理论问题进行了探讨,而且在此基础上共同进行了创作实践。现今可考的作品中,卢思道与颜之推所同赋的《听鸣蝉》、《神仙篇》等作品,应该就是基于这一目的而创作的产物。

在北朝晚期的三位重要诗人卢思道、薛道衡和李德林中,李德林的诗作保存太少,薛道衡的早期作品也基本上已经亡佚殆尽,只有卢思道的作品,能够略窥其早期状态。然而,卢思道现存的作品中有一个很独特的现象,即其中五言四句、八句的短诗作品相当少,而长篇作品以及杂言作品占了相当比例。在北方诗人以学习南方诗体为主的阶段中,出现这一现象,很可能是卢思道有意为之的,而其目的,就是用新诗体中的格律化、用韵标准化的新特色,去改造以往的旧诗体,在使其诗体更为规整的同时,也重新激发其用于抒发慷慨清健之情的本来面貌,从而达到一种双向的调和。卢思道诗风中追慕建安风骨的清健贞刚诗风已被研究者讨论得甚为透彻,在此暂且不提,仅通过诗句格律化来对其诗体改造略窥一斑。

作　者	作品篇数	严格律句							特殊律句				总计	比例
		①	②	③	④	⑤	⑥	⑦	⑧	⑨	⑩	⑪		
卢思道	共23首282句	45	22	11	29	42	27	12	33	7	0	4	232	82%

通过统计可以看出,在卢思道的 282 首作品中,律句共有 232 句,占 82%,而其中严格律句又占 81%。由于卢思道的大多数作品都在 12 句以上,并非严格意义上的齐梁新诗体,因此这一比例已经相当之高。这体现出,北齐入隋的士人已经掌握了律句的写作,并且可以不拘体裁地运用这种平仄搭配方法。然而,卢思道的诗歌体式中也有其独特性,这首先表现在他没有使用过"仄仄平仄仄"这一特殊律句;其次,则表现为其非律句中,除了三仄句(22 句)、三平句(9 句)、平仄相间句(8 句)等常见体式外,还出现了曾在北齐前期诗人作品中出现过的"平仄仄平仄"(2 句)、"仄平仄仄平"(1 句),以及在北齐从未出现过的"平平仄平平"(5 句)。之所以出现这种情况,大概是由作家个人习惯与有意地复古两方面共同造成的。颜之推的诗歌作品现存不多,仅就五言十八句的《神仙诗》一首为例,本诗律句为 14 句,占 78%,而在非律句中,出现了卢思道曾使用过的"平仄仄平仄"与"平平仄平平"。作为南方诗人,颜之推本不应出现这种在北齐士人作品中都极少出现的情况,这大抵是其有意为之,尤其是"平平仄平平"一句,显示出了其与卢思道的一致性,因此基本可以认定,他们是在出于同一目的的文学革新中进行创作。

现今保留下来的颜之推的作品,如《古意》等,读起来较其他南人之作更有韵味,而且不类南朝齐梁诗体,正是因为他是出于复古改革的目的创作的。而从这个角度讲,卢思道、阳休之、颜之推等三人入周后所作的《听鸣蝉》唱和,也无疑是一次复古改革的创作实践,而之所以得到庾信的赞赏,则可能是因为,庾信在北周时,在创作过程中也对其诗体进行了一系列带有复古性质的改造,与卢思道等人的所作不谋而合。

结　语

本文讨论了东魏、北齐士人对齐梁诗体进行的学习与改造。北齐诗的用韵和平仄搭配都显示出,当时文人充分学习了齐梁诗的体式。这一进程分为两个阶段,第一阶段是东魏至北齐前期的使臣文学集团,在两国交聘燕集时通过与南方使臣的唱和而进行的;第二个阶段则是北齐后期文林馆文学集团的北方士人,通过集团内部文学交流活动学习的,在这一阶段,相当一部分北方士人已经掌握了用韵、单独律句、两句平仄搭配等方面都完全格律化的新诗体。然而北齐诗人的探索并未止于此,他们进一步依据本身的文学观念与集团中的入齐南人进行交流,确立了融合文学形式与内涵的文学理论架构,并且以此为据进行创作尝试,从而为初唐的诗歌革新打下了基础。

（作者单位：中国音乐学院音乐研究所）

诗歌与散文：

相互影响和相互转化

骈文韵律与超时空语法
——以《芜城赋》为例

冯胜利

　　"骈文"得名于文章排句之方式、"四六文"得名于造句之字数。汉魏以降,骈文俪偶便成为中国古典文学的一个重要文体。理论上说,文学语言、文体形式均根植于该语言的语法机制。然而,为什么骈文句式要四六? 四六的拼搭有何必然? 四六之美何在? 骈文离开"四"和"六"还是不是"骈文"? 此类问题仍然有待回答,本文即探讨这方面问题的一个尝试。

一、理论背景

在讨论骈文韵律和超时空语法之前,让我们先介绍几个韵律诗体学上的基本概念。第一个是齐整律,即诗歌所以为诗歌的韵律结构,其定义如下(取自冯胜利 2009):

(1)齐整律(诗歌第一要律)

提炼口语的节律而形成的齐整有序的话语形式①。

诗之所以为诗的因素有很多,但其结构的基本形式是节律上的齐整律。把口语节律的基本单位提炼出来,再把它整齐有序地排列在一起,这是构成诗歌基本形式的第一法则。也可以说,没有齐整不为诗(散文诗、自由体诗例外)。诗歌正因其节律明显,语句整齐,才给人一种音乐的旋律美。音乐离不开旋律,旋律的本质是重复,重复的倍数和大小,因情因景而不同。诗律是诗人从自然说话的语流中提炼出来的一种节律形式。不同的语言,其组织节律的方法不同,因此不同的语言有不同的诗。

讨论骈文的韵律离不开长短律。长短律的定义如下(取自冯胜利 2010):

(2)长短律(口语节律的基本特征)

根据口语中的自然节律而提炼成的话语形式。长短律是一种有

---

① 这里的定义和 Halle & Keyser(1999:133)的说法是一致的:"节律韵文所启用的语言机制和口语相涉的语言机制是完全一样的。the computations employed for metrical verse are identical with some that are involved in speaking。"

长有短,大小不一的韵律形式。

其韵律特征如(3)所示:

> (3)(a)字数不等①,(b)轻重不一②,(c)缓急有差③,
> (d)虚实相间④,(e)骈散交替⑤,(f)没有格律⑥。

长短律是口语的韵律属性,因此,建立在口语语法基础上的散文韵律,本质是长短律。如下文所示,骈文韵律结构的基本属性是长短律,因此它是"文"而不是"诗";但它又使用了大量的齐整律,因此它有很强的"诗歌"韵味。从这个意义上说,骈文是"诗歌散文(=文)",而不是"散文诗歌"(=诗或词)。

除了齐整和长短两个韵律规则以外,骈文的韵律和诗歌一样,离不开另一个重要规则,亦即"句末空拍"。我们知道,诗歌的"行"是靠句末停顿隔开的,如:

> (4)狡兔死,
> 走狗烹。

---

① 按,所谓"文起八代之衰"实即极尽"长短律"的文体之功。

② 按,"轻重不一"既见于词汇平面(古代的如"仆"和"不谷",今天的像"您圣明"和"天子圣明"中"圣明"的不同);亦可见于成语层面[如商周的"唯黍年受"(《甲骨文合集·9988》)及春秋以后"唯余马首是瞻"(《左传》)类焦点轻重式];更见于在句子层面[譬如:"(帝~)(高阳之苗裔)[兮#](朕~)(皇考曰伯庸)"]。

③ 按,欧阳修曾写"仕宦至将相,富贵归故乡",后改作"仕宦而至将相,富贵而归故乡"。前者"韵短而节促,其病近于窒",后者加一"而"字,则节缓而气通。何以然尔?以今观之,后者舒缓在于破"五言律句"["(仕宦)(至将相)"]而为"长短文句"["(仕宦)(而至)(将相)"]。此长短律之功也。

④ 按,实字音足,虚词轻短。散语虚词功在顺气(悲哉!此秋声也,胡为乎来哉?《秋声赋》),诗歌虚词则用为填衬(寘之河之干兮,河水清且涟猗。《伐檀》)。前人说:"实字求义理,虚字审精神。"精辟之极!然而,以今观之,虚字的精神正是长短律的筋脉所畅。

⑤ 按,语体散文不避齐整,诗歌词赋也不免长短,此汉语内在规则使然,本不关文体也(参冯胜利,2000)。因此,虽然诗主齐整而不妨散体用骈,而骈散有度亦即长短参差之律也。

⑥ 注意:没有格律不等于没有节律。

"死"和"烹"后面都有一个停顿。这里特别要指出的是：五言诗和三言诗的最后一字空拍是不同的。比较：

> (5) 狡兔死，
>
> 　　走狗烹；
>
> 　　飞鸟尽，
>
> 　　良弓藏。
>
> (6) 方知狡兔死，
>
> 　　即欲走狗烹。

如果按照一般的情况来诵读，三言句末的"死"要比五言里的长。这可以从古人的语感推出来。请看：

> (7) 上二字为一句，下一字为一句：三言。
>
> 　　上二字为一句，下三字为一句：五言。《文镜秘府论·天卷》①

这里的"句"相当于启功先生的"节"（参《启功全集·第一卷》）。为方便起见，我们称之为"拍=音步"。显然，根据《文镜秘府论》的诗歌语感，无论三言还是五言，每行都是"两句"（＝两节/两拍/两个音步）。三言诗行的两拍是"[2]+[1]"或者"[1]+[2]"，五言诗行的两拍是"[2]+[3]"。不难看出："三个字"在三言里是两拍，在五言里是一拍。五言的三字不能读成"两拍"，否则《文镜秘府》应该说"**上二字为一句，中二字为一句，下一字为一句**"。但这种情况并不存在。"五言三拍律"的不存在，说明五言里面的"三言律"和三言里面的"三言

---

① 注意：《文镜秘府》中"上一字为一句，下二字为一句：三言"的句末（二字）读法，与五言的句末（三字）读法是一样的，因为都是"一句"（亦即一拍）的缘故（三言句首一字独立成拍）。

律"是两个结构,如下所示:

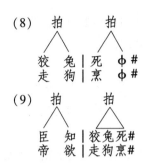

显然,三言里面的最后一个字当分析成一拍(独立为"句"《文镜秘府论》),但是汉语里一个字不能独立成拍(或独立音步),于是和句末空拍结合,要么拉长最后一字的母音、要么利用停顿来"补满"一拍(凑成一个音步),这就是图示(8)中的［死 φ］。而五言中的最后三个字是一个整体单位(独立为"句"《文镜秘府论》),即使有句末空拍,也不能把最后一字拉出成拍(构成一个音步);唯其如此才能保证一行两拍而不是三拍的格式,如图(9)所示。换言之,句末空拍在三言里要发挥"补位"的作用,在五言里则是"节外(诗歌节律之外)"的成分。这是句末空拍在三言和五言中的最大不同。这也就是为什么我们读起三言诗歌来,句末一字的拖腔要比五言的长的原因所在。相反,如果五言诗的句末字音也拉长的话,譬如:

(10) 国破│山河│［在 φ #］
　　　城春│草木│［深 φ #］

读起来就像六言了:

(11) 国破、山河、仍在,

城春、草木、幽深。

当然,这也未尝不可;但显而易见,它不再是标准的五言节律了。这一点,清人刘熙载在《诗概》①里也言之綦详:

（12）五言上二字下三字…… 如"终日不成章"……

七言上四字下三字……如"明月皎皎照我床"……②

五言和七言的最后三字都是一个单位,这是古人的语感。本文诗歌和骈文的韵律分析就是建立在古人这种对"诗格"语感的基础之上,这是我们分析古代诗歌韵律的首要条件③。

最后,我们要关注的是"相对凸显原理"和汉语的"自然音步"。相对凸显指韵律上的长短、高低、轻重、停延等对立的概念都是相对,不是独立存在的。换言之,没有长就没有短,没有轻就没有重。韵律必须依靠两个相辅相成的单位才能实现。就汉语而言,自春秋战国以来,单音节的形式就无法独立实现相对凸显的要求,于是才有双音节音步的单位,这一点在现代汉语中看得最清楚:

---

① （清）刘熙载撰：《艺概》,上海：上海古籍出版社1978年版,第70页。

② 当然,此处刘熙载旨在说明"五言乃四言之约,七言乃五言之约"的观点。注意：刘氏此论谓"诗意"则可,谓韵律则非(所以他说"岂可不达其意而误增闲字以为五七哉!")因为从本质上说,韵律是该语言韵律系决定的,不是语义、语意或诗意决定的。究竟什么样的韵律音系决定了东汉有"四三"两句的七言,而没有"四三"一句的七言,回答是当时韵律系统,而非当时的"构意"系统。

③ 朱光潜《诗论》也说："五言句通常分两逗,落在第二字与第五字,有时第四字亦稍顿。"（第120页）这里的"通常"指一般规律,"有时"是特例。为什么会有特例呢?因为诗有吟和诵的不同。《墨子·公孟》云："诵诗三百,弦诗三百,歌诗三百,舞诗三百"是"诵"不等于"歌"。班固《东都赋》："今论者但知诵虞夏之《书》,咏殷周之《诗》。"可见文是"诵"的,诗是"咏"的。《毛诗序》："吟咏情性,以风其上。"唐孔颖达《疏》曰："动声曰吟,长言曰咏,作诗必歌,故言吟咏情性也。"可见《诗》有三种读法：(1)动声;(2)长言;(3)歌。今谓"动声"者"诵","长言"者即"吟/咏",而"歌"者为"唱";一言以蔽之,"读"、"诵"、"吟/咏"、"唱/歌"各不相同。对诗而言,根据诗歌节律来读的是"诵",拖腔加调的是"吟",配上乐谱的是"歌"。因此,五言两逗者是"诵"的结果,而"第四字亦稍顿"者,则是"吟"的产物。

(13)（99）（9）　　不能念成（9）（99），说明从前两个开始，从
　　　　　　　　　左向右地组合。

（99）（99）　　左右皆可，决定不了方向；但能证明双音
　　　　　　　节音步（不能念成：（9）（99）（9））。

（99）（99）（9）　　不能念成（9）（99）（99），说明也是从
　　　　　　　　　左向右的组合。

（99）（99）（99）　　左右皆可，决定不了方向；但能证明
　　　　　　　　　双音节音步。

（99）（99）（99）（9）　　前四个按（99）（99）念；后三个按
　　　　　　　　　　（99）（9）念，也说明从左向右。

显然，这里的数字串都不受语义和语法的影响，因此是节律自然的语
串。自然语串的"自然组向"告诉我们：汉语里存在一种"自然音
步"，而诗歌的节律就是按这种纯韵律的格式组织而成，亦即从左往
右，两两合成。这种组合的结果是把挂单音节留在最后，和前面的双
音节音步组成一个三音节超音步单位，形成上面（9）和（12）中的三字
尾。现在我们知道：它们所以如此的原因就是自然音步（亦即右向音
步）组合的结果。这也就是为什么"为他人作嫁衣裳"这类诗句不上
口的原因所在，因为它不自然，是 $[3(1-2)+4(1-(1-2))]$ 的"杂向组
合"的结果。

　　我们知道，汉语每个音节都有意义（外来语、联绵词不计）；前面
看到：两个音节一个音步是相对凸显原则的结果；于是连带产生另一
结果：两个意义一个单位。战国以后汉语越来越倾向使用两个意义
或两个语素组合的单位来满足韵律上的需要。而这一结果直接导致
了战国以来汉语仿语和骈偶现象。这是骈文所以出现的"内因"，而
非《文心雕龙·俪词》所谓"造化赋形，肢体必双"的自然结果（人类的
造化赋形都一样，但印欧语虽有四六句，但无四六文）。赵元任先生
说："如果没有'乾坤、善恶'这类双音对立的词汇的影响，很难想象我

们会有'阴阳、两极'的思维方式。"显然，根据赵说，这种"两极思维"是语言影响的结果。汉人连思维方式都受到骈偶的影响，更不要说文学形式了①。有趣的是，目前发现的一些上古材料说明：远古汉语中单音节音步非常普遍，不像后来的汉语只偏爱双音节的音步。双音节音步是春秋战国以后才成为汉语一大特点的，这一变化对当时的思想和文学有重大的影响。粗而言之，双音形式虽然在《诗经》中就有体现，但将它提炼成文学体裁，成为一种"四六"的文体，则不仅需要时间的酝酿，更需要韵律条件的成熟与发展。显然，什么是四六出现的"必要和充分"的韵律条件，无论语言学还是文学，都还是一个未解之谜。

二、四六文的机缘——韵律

"四六文"最早出现于什么时候，不仅是作品考证的问题，重要的是铸成其体的语言条件的起始问题。刘师培说："东京以降……文体迥殊于西汉。建安之世……开四六之先，而文体复殊于东汉。"(《论文杂记》)刘氏所说和语言学近年的研究，不谋而合②；而其所谓"文之音节本由文气而生，与调平仄、讲对仗无关"(《汉魏六朝专家文研究》)，也是我们研究骈文韵律的重要指南。本文即从韵律原理和文学的对应性角度，来思考骈文的韵律与结构。

刘勰《文心雕龙·章句》篇解释"章"、"句"时，是从语言学上来定义的。"置言有位"的"位"指句法位置，虽然他没有说明位置有哪些，彼此关系是什么(那是今天句法学的任务)，但他指出"每个字(＝言)都有自己的位置"、"字(＝言)按照位置组成句子(位言曰句)"

---

① 褚斌杰说："辞赋作品要求辞采华丽，句式相对整炼，并联类而及地铺写事物，因而促使了骈俪之辞的发展。"(《中国古代文体概论》，第157页)

② 有关汉语发展类型分界，参《汉语韵律的形态功能与句法演变的历史分期》(《历史语言学研究》第2辑)；有关与之相应的文学发展，参《论三音节音步的历史来源与秦汉诗歌的同步发展》(《语言学论丛》第37辑)。

的概念,都是非常超前的。这是我国古代文论中最早的语法概念和分析,就是在这些概念清晰的描述中,刘勰谈到了"四六"现象:

(14)若夫章句无常,而字有条数,四字密而不促,六字格(裕)而非缓……

——刘勰《文心雕龙·章句》

"章句无常"和现代语言学所说的句子可以无限创造的精神是一致的;然而它们所以合法,是因为"字有条数"的缘故。这里"条"是规则,"数"是句子的长度。刘勰只用几个字就把句子的语法原则表述出来。就造句的字数而言,刘勰指出:四字具有"密而不促"的性质,六字具有"格(裕)而非缓"的特点。这是我们理解四六文的钥匙。"密"指的是"单位"之间距离的"紧密"关系;"裕"指的是"单位"之间距离的"宽裕"关系。据此,我们有如下的分析:

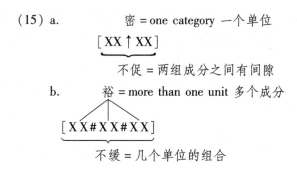

(15) a.   密 = one category 一个单位
[X X ↑ X X]
不促 = 两组成分之间有间隙

b.   裕 = more than one unit 多个成分
[X X # X X # X X]
不缓 = 几个单位的组合

"密"是"一个单位"的表现;"裕"是"不同单位"的结果。从这种角度来分析四和六,"四六文"就是由一紧(密)加上一松(裕)两种不同的单位组合而成(当然还有其他的单位及其二者的变体的参与)。下面的问题是:这两个单位的性质是什么?我们认为,这要看它们在韵律范畴里各是什么单位。

　　先看四言。什么单位是一个"二合一(＝密而不促)"的"四音节"单位？显然,这就是韵律构词学里面的"复合韵律词 compound prosodic word"(参将由 Brill Publishers 出版的《汉语及汉语语言学百科全书》*Encyclopedia of Chinese Language and Linguistics* 里有关复合韵律词的定义)亦即:

　　(16) 复合韵律词

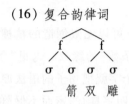

复合韵律词是由两个标准韵律词组合成的一个复合词。正因如此,它才"密而不促":"密"是一个单位的结果;"不促"是 2+2 复合之间仍然可以有韵律间歇的缘故。

　　那么六言呢? 六言既可以说是两个超音步的组合(3+3),也可以是三个标准音步的结果(2+2+2)。但是,什么单位在汉语的韵律系统里可以充当"由两或三个成分组成的一个单位"呢? 最大的可能是六言诗句。根据卢冠忠(2013)的研究,汉语六言诗的标准韵律结构是[2+2+2],因此3+3式的六言结构不是流行的六言诗行。原因很简单,[3+3]的六言很容易被当做(分析成)三言诗联,所以[3+3]难以独立成六言诗格。如此看来,唯有[2+2+2]的六言句可以区别于三、四、五、七言诗而独立成行。由此而言,刘勰的"裕"指的应该是[2+2+2]的诗行单位元、是这个单位中成分之间的关系。据此,我们可以说"格而非缓"说的是六言诗句。

　　然而,如何确定这个"裕"字的韵律性质呢? 如果"裕"指的是一个韵律单位元的话,一个单位应该"紧",否则就成两个以致多个单位了。如果六言指诗句,那怎么理解"裕"而不"紧"呢? 我认为,"裕"

反映的是六言诗句的口语属性。卢冠忠(2013)提出:"诗律及文律具根本上的不同:诗律要求诗句以两个韵律单位复叠组成,六言诗标准韵律有悖于此;文律则容许句内轻重、长短不一,使六言句内变化多端。"就是说,刘勰"裕而非缓"的六言诗行本质上是个"文句"单位,而不是"诗句"单位。因为它是由三个"2"组成,所以才"裕"而不"诗"(诗歌两节的最佳结构)。一言以蔽之,"裕"是散文句律的特征,"密"是诗歌句律的表现。如果说四言既是诗句单位,也是构词单位,而六言只是构语单位的话,骈文的构造就是"诗律+文律"的结果,是诗、文相兼的节律"姻缘"铸造了中国乃至世界文学史上的千古绝唱:四六文体。

蔡宗齐在《小令节奏研究》中指出:六言可直接用为小令。但这对五、七言诗来说则绝难做到①。事实上,即使是六言"诗",其"词曲"味道仍从其"骨缝"中渗透出来。譬如:

> 扬州桥边少妇,长安城里商人。
> 二年不得消息,各自拜鬼求神。
>
> ——王建《江南三台词》
>
> 古木寒鸦山径,小桥流水人家。
> 昨夜前村深雪,阳春又到梅花。
>
> ——韦元旦《雪梅》
>
> 旷野悠悠新水,远山空空晴云。
> 湖北湖南白鹭,三三两两成群。
>
> ——张谓《白鹭》

上面的六言可谓"词味"十足! 上文(7)中看到,最佳诗句是一行"两

---

① 除非像后来的子弟书的写法,以至于七言也有词曲味道。但那是使用口语虚词和熟语的缘故,所以必然有别于五七言律诗的风格。

句(＝拍)"，而六言诗歌都是一行三拍——[2#2#2]，因此不是标准诗行(故属文律)。正因如此，如果把六言变成七言，我们的"词感"就立刻会变成"诗趣"。比较：

> 青草湖边草色，飞猿岭上猿声。
> 万里湘江客到，有风有雨人行。
>
> ——王建《江南》
>
> 青草湖边草色青，飞猿岭上有猿声。
> 万里湘江客未到，有风有雨少人行。
>
> ——本文作者改编

不难体会：六言的"词味"源于它的文律节奏。据此，为什么骈文有四有六齐整可观，既有对仗又有押韵，但不叫"诗"而叫"文"的原因，也便迎刃而解：因为它以"文律"为骨架、以"诗律"为神气的缘故。刘勰无疑成功地揭示出四六作为诗句和文句的韵律属性，但他没有意识到四六具有诗文两体的彼此兼类属性，更没有用它们的韵律属性来透视骈体文体。

四与六是骈体文的本质。在中国文学史上，第一个用四六指称骈文文体的，恐怕是柳宗元：

> (17)炫耀为文，琐碎排偶；抽黄对白，啴唴飞走；骈四俪六，锦心绣口；宫沉羽振，笙簧触手。
>
> ——柳宗元《乞巧文》

柳宗元用文采飞扬的笔墨概括了四六文的特点，但他自己却主张古文而反对骈俪。这里所要指出的是：不管骈文在文学史上遭受怎样的批评，她仍然是汉语培育出来的一株文学奇葩——不在于简单的作家技艺，重要的是汉语自身的结构能力，而这一结构能力是不断发展而成的。虽然以往的研究没有系统解释骈文为什么汉以后才出现的必然性,但很多学者的研究,如孙德谦的《六朝丽指》、刘师培的《论文杂记》等,都提出了很多精辟的见解,让我们可以借此进行更深入的挖掘。仅以刘氏之论为例:

(18) 西汉之时,虽属韵文,而对偶之法未严。东汉之文,渐尚对偶,若魏代之体,则又以声色相矜,以藻绘相饰。

东京以降,论辩诸作,往往以单行只语运排偶之词,而奇偶相生,致**文体迥殊于西汉**。

建安之世,七子继兴,偶有撰著,悉以排偶易单行,即非有韵之文,亦用偶文之体,而华靡之作,遂开四六之先,而**文体复殊于东汉**。

魏代之文,则合二语成一意,由简趋繁,昭然不爽。

——刘师培《论文杂记》

刘师培结合文体和语言的平行发展,揭示了骈文出现的历史过程:西汉、东汉和建安以降所作的"骈文"是类型不同的文体,因其对偶方式、行文体制、奇偶配置、修辞方式等均有很大不同。现在我们知道,两汉之交是汉语类型转变时期(从综合型到分析型的转变),建安以后,汉语的四声才臻于完备(段玉裁"洎乎魏晋,上入声多转而为去声,平声多转而为仄声,于是乎四声大备,而与古不侔。"《六书音韵表·古四声说》)刘师培指出的文体转变,反映了历史上语言类型的演变。从语言的变化看文体的发展,刘师培的分析给我们开辟了一个很好的途径。过去语言学的研究很少关注文学,同样,在文学史的研究中语言学也是一个盲点,今天应该是顺其自然而求解的时代了。

三、骈句的结构特征

上文说过,骈文成体以四六节律为骨架。既是骨架则当有脊、肋、

股、臂之不同。四六文句有哪些主干结构,哪些枝干结构? 先看下面的例子(取自《启功全集》第一卷)①:

> (19) a. 时维　九月
>
> 　　　序属　三秋　　　　　　　　　**两节**
>
> b. 俨　骖騑　于　上路
>
> 　　访　风景　于　崇阿　　　　　　**两节**
>
> c. 爽籁—发　而　清风—生
>
> 　　纤歌—凝　而　白云—遏　**两个三字组**
>
> d. 落霞　与　孤鹜　齐飞
>
> 　　秋水　共　长天　一色　　　　　**三节**

上面启功标出的"节"的数量〔我们称为"拍"或"音步"(不要混同于其他语言的音步)〕大有韵律可讲者。第一联每行两拍,很清楚。第二联每行六字的分析则与众不同。一般分析为〔1+5(=2△2)〕节律,但启功分析为"两节"。为什么? 这就要引进"节律外成分extrametricality"和"韵律功能词 functional category of prosody"两个概念。启功先生在分析这类骈文行句的时候,是将节律外的成分排除在节拍之外的,同时把其中的功能成分(=虚词,用"△"代表)也不算在内。就是说,"俨骖騑于上路,访风景于崇阿"中的"俨"和"访"以及其中的两"于",均排除在外。前者叫做"拍外拍"(或半拍起)、后者叫做"间拍词"。结果,其中的六个字实际上只有两个 2+2 的主干节拍。

　　根据上面的节律原则来分析,(19c)和(19d)虽然都是每行七字,但结构迥异:(19c)是两个三字组,实际是两大拍;(19d)是三拍。为

---

① 注意:启功先生这里解释的是"骈文、韵文中的律调句和排列关系",因此不应狭隘地理解为这里的节律格式只适应于王勃的《滕王阁序》。感谢匿名审稿人的提示。

什么？（19c）七言句中的"而"被分析为"间拍词"，所以不是像有些分析那样，只看字的数，不看其韵律性质，把它作为 4+3 的结构。最后一联的"与"和"共"都是"间拍词"，不占节律位置，所以剩下的六个字分为三节（三个节拍）。

根据上面的分析，不难看出，骈文的语句与屈原的《离骚》一脉相承（参冯胜利 2013），这就是骈文韵律和五、七言诗行迥然不同的原因所在，因为它们属于两种不同的结构。然而，骈文那种"以拍组句"、"以句组联"的文章作法，则又是用"诗法"来组文的一种特别方式，不能不注意。把造诗的原则用于作文，这也是骈文所以为骈文的要素之一。诗歌是"单步不成行，单行不成联，单联不成段（stanza）"，骈文中也用类似的原则来构体。了解了这些基本特征后，我们下面就用它来分析《芜城赋》。

四、《芜城赋》四六句分析

语言学的文学分析就要从实例入手，下面先看《芜城赋》中四六句的分布。全文分四段，第一段是：

（20）弥迤平原：

南驰苍梧涨海，北走紫塞雁门。

柂以漕渠，轴以昆岗。

重江复关之陚，四会五达之庄。

当昔全盛之时，

车挂辖，人驾肩。

廛闬扑地，歌吹沸天。

孳货盐田，铲利铜山。

才力雄富，士马精妍。

故能　侈秦法,佚周令,划崇墉,刳浚洫,图修世以休命。

是以　板筑雉堞之殷,井干烽橹之勤,格高五岳,袤广三坟。
峻若断岸,矗似长云。

制磁石以御冲,糊赪壤以飞文。观基扃之固护,
将万祀而一君。

出入三代,五百余载,

竟　瓜剖而豆分!

读赋,首先要鉴别节律外成分(不计),其次落实"间拍成分"(不计);然后决定主旋律:节律主干。在节律主干的基础上,分析辅助(功能)成分在韵律美学上的作用——为什么没有它们不行。主干鉴定的关键是"联"与"对"。根据上文的理论,骈文的主干部分有诗律(如四言)有文律(如六言),而节外和间拍部分一定都是文律(口语性成分),这四者之间的巧妙配合(4+6+间拍+节外)表现出作者文学艺术的境界与高度。

《芜城赋》开篇首先介绍芜城的地理位置以及它过去的繁华景象等。这里我们关注的是作者用什么样的词语和句法来表达,如何把词语组成句、联、段,组织这些单位的时候是用文律(散文)还是诗律(骈对)等词法(morphology)、句法(syntax)、诗法(齐整律)和文法(长短律)的手段。于是我们有如下节律格式(以 4—6 节拍为单位):

(21)　(4+66[=2+4])+(44+66[=4+2])+散

(33+44+44+44)+承连(故能)

(33+33+6)接连(是以)

(66+44+44)

(66+66)+(44)+(1+5)

梳理出 4—6 节拍格律之后,则需扫描每句、每拍的内部结构。如

（"｜"表示间歇，"≈"表示拖腔）：

　　（22）弥迤｜平原：

　　　　　　　南驰｜苍梧涨海，北走｜紫塞雁门。

　　　　　　　杝—以｜漕渠，轴—以｜昆岗。

　　　　　　　重江｜复关≈（之）隩，四会五达≈（之）庄。

　　当昔全盛之时，

　　　　　　　车｜挂辖，人｜驾肩。

　　　　　　　廛闬｜扑地，歌吹｜沸天。

　　　　　　　孳货｜盐田，铲利｜铜山。

　　　　　　　才力｜雄富，士马｜精妍。

　　故能　　侈｜秦法，佚｜周令，

　　　　　　　划｜崇墉，刳｜浚洫，

　　　　　　　图≈修世｜（以）休命。

　　是以　　板筑雉堞｜之｜殷，井干烽橹｜之｜勤，

　　　　　　　格高｜五岳，袤广｜三坟。

　　　　　　　崒若｜断岸，矗似｜长云。

　　　制≈　　礛石｜（以）御冲，

　　　糊≈　　赪壤｜（以）飞文。

　　　观≈　　基扃｜（之）固护，

　　　将≈　　万祀｜（而）一君。

　　　　　　　出入｜三代，五百｜余载，

　　　竟≈　　瓜剖｜（而）豆分！

我们知道，所谓旋律就是重复[1]，重复可以是句法的重复，可以是词组

---

[1] "The essential element in all music is repetition." (See *Sound and Sense* [2003：179]，by Thomas R. Arp and Greg Johnson. Thomson/Wadsworth)

的重复、可以是"拍"的重复,也可以是"韵"的重复……几乎所有占位成分都能重复。骈文看的是语句与语句之间的重复和呼应,其文学效果的妙诀,盖在于斯。

下面看第二段,其节律格式是(4……4)+(66+55+44)。

> （23）泽葵依井,荒葛罥涂。22＝ANVO
>
> 坛罗虺蜮,阶斗麇鼯。13＝NVOO
>
> 木魅山鬼,野鼠城狐。22＝NN( )NN
>
> 风嗥雨啸,昏见晨趋。22＝VOVO
>
> 饥鹰厉吻,寒鸱吓雏。22＝ANVO
>
> 伏暴藏虎,乳血餐肤。22＝VOVO
>
> 崩榛塞路,峥嵘古馗。22＝VO／AA+AN
>
> 白杨早落,塞草前衰。22＝AN AdvV
>
> 棱棱霜气,蔌蔌风威。22＝AA NN
>
> 孤蓬自振,惊砂坐飞。22＝AN AdvV
>
> 灌莽杳而无际,丛薄纷其相依。　　2（1x）2
>
> 通池既已夷,峻隅又已颓。　　2（xx1）
>
> 直视千里外,唯见起黄埃。　　2 3
>
> 凝思寂听,心伤已摧。　　2 2

此段作者一口气用了二十个四字语,节奏不变,形式呆板。据此,我们可以体味四字律连续使用的审美承受度,此其一。其次,我们要看作者如何在这 2+2 的格式里变换句法和语义。事实上,这正是辞赋家展示其词汇丰富、练字才华之所在。第一联"泽葵依井,荒葛罥涂"是SSVO(S＝主语,SS＝双字主语,下同)的 2+2,第二联马上换成"坛罗虺蜮,阶斗麇鼯"SV+OO 格的 2+2。到第三联"木魅山鬼,野鼠城狐"则是 2+2 的名词罗列"NN+NN",其中前后两个名词之间省去了关系词,于是既可以是"木魅**并**山鬼,野鼠**伴**城狐",也可以是"木魅**成**山鬼,野鼠窜城狐"。究竟哪种？作者没说，只在这些 2+2 的节律格式里极尽变换句法词法之能事，使这二十句四言几无同者。可见，**韵律雷同处，正是诗才展现时**。刘师培说"文章最忌一篇只用一调而不变化"(《汉魏六朝专家文研究》)。然而，这里作者一口气用了二十个四言格，如何造成变化呢？刘氏说："夫变调之法不在前后字数之不同，而在句中用字之地位。调若相犯，颠倒字序既可避免。故四言之文不应句句皆对，奇偶相成，则犯调自鲜。"(同上)刘氏之说仿佛正是对这组四言骈文的精辟总结；也可以说这十对四言句正是刘氏之说的绝妙注脚！

就在大段四言即将结束之际，作者突然使用重叠法，把悲凉彻骨之情推向高潮："棱棱霜气，蔌蔌风威！"什么时候用重叠、用几次，文家是颇有讲究的。这里作者的决定是一联重叠后，重笔一顿，复结以四言："孤蓬自振，惊砂坐飞。"注意：两句结语四言，如下文所示，是作者精心炮制的"超时空"笔法。深味其意境，自然见出其"文眼"的特殊效应。

第三段的节律结构为：$2(46+46+66)+1(4\cdots\cdots4)+2(44)+2(55)-1$

（24）若夫　藻扃黼帐、歌堂舞阁之基。琁渊碧树、弋林钓渚之馆。

　　　　吴蔡齐秦之声，鱼龙爵马之玩。

　　皆　熏歇烬灭，光沉响绝。东都妙姬，南国丽人。蕙心纨质，玉貌绛唇。

　　莫不　埋魂幽石，委骨穷尘。

　　岂忆　同舆之愉乐，离宫之苦辛哉。

注意：末句 5+5 的结构为 $[2\triangle2]$。"$\triangle$"是虚位，有间拍词作用的虚词可以是任何虚字，而被隔开的两部分，其内部关系并不完全由间拍词决定。

最后一段：

（25）天道如何？吞恨者多！抽琴命操，为芜城之歌。

歌曰：边风急兮城上寒，井径灭兮丘陇残。

千龄兮万代，共尽兮何言！

节律结构为：（22）+（3+1），（2+2，1+2-1+1）

1+1：（2+（1+△））（2+1），（2+（1+△））

（2+1）

（2+△）+（2），（2+△）+（2）！

“天道如何”的节律是 2+2，“吞恨者多”则是［3+1］。前者还保持着诗律，后者则完全是散文的文律。诗律：它提醒我们本文是诗歌吟诵之篇；文律：它告诉我们作者要抒情转意。显然，这段的第一联不是对句，字数上虽然两句都是 4+4，但第二句是地道的散句，是“话”而非“诗”；下一联更甚，开句“抽琴命操”似乎回到标准的 2+2 结构，紧跟着的却是“［为］#芜城|（之）歌”，又一次不对仗、不平衡，打破对应旋律，于是自然而然地引出了下文的“歌”词——利用“兮”字有效地区分了“歌”的节拍与“诗”的旋律。

至此，这篇作品既有诗，又有歌，还有话；彼此和谐而特征分明，充分体现了“骈”与“文”中方圆璧联之妙。

五、《芜城赋》四六格举隅

上面说过，四六是骈文的骨架，我们下面就具体分析《芜城赋》中几个典型的四六结构。

（一）六言的不同结构与对立：[2+4]对[4+2]

（26）弥迤平原，<u>南驰苍梧涨海，北走紫塞雁门</u>。

柂以漕渠，轴以昆岗。

<u>重江复关之隩，四会五达之庄</u>。

这是开篇的地形介绍：南边有什么，北边有什么。问题是用什么语法的手段达到骈文的艺术效果？这里"南驰苍梧涨海，北走紫塞雁门"是2+4，与下文"重江复关之隩，四会五达之庄"的4+2形成明显的对立。前后两联虽然同为六言，其内部结构则迥然不同。前者选用形象动词，将本不运动的地貌比作能奔跑的动物，以动态的方式来描述静态的存在："南驰苍梧涨海，北走紫塞雁门。"语法上，这是动词"像动"的用法，是六言中带有诗家语特征句法格式①。

后两句的六言是另一种语法：使用完全静止的描述手段：4+1之间用"之"连接，前四为修饰语，后一为中心词。其修饰成分极尽渲染堆垛之能事，而被修饰的对象则臻于奢华盛大之非常。这是一种"状极"的句式：[XX|XX]之N。用两个双音节音步来描写一个单音节名词，这是将音步重叠起来以见其壮：[重江|复关]之隩，[四会|五达]之庄。显然，这里"重X复Y"、"四X五Y"更加剧了韵律本身已然具有的渲染夸张之势。

这里我们把这种罗列物盛的"四个音节的定语加'之'后修饰一音节的名词"的六言格律，称作[4定1]格式，"定"代表定语标记"之"。骈文中[4定1]格律是一种非常典型的状物写景的"状极句式"。再看下面的句子：

---

① "诗家语"句法出自王安石。载宋魏庆之《诗人玉屑》卷六："王仲至召试馆中，试罢，作一绝题云：'古木森森白玉堂，长年来此试文章。日斜奏罢《长杨赋》，闲拂尘埃看画墙。'荆公见之，甚叹爱，为改作'奏赋《长杨》罢'，且云：'诗家语，如此乃健。'"

(27) 若夫　藻扃黼帐、**歌堂舞阁之基**。琁渊碧树、**弋林钓渚
之馆**。

　　　吴蔡齐秦之声，鱼龙爵马之玩。

皆　　熏歇烬灭，光沉响绝。东都妙姬，南国丽人。蕙
心纨质，玉貌绛唇。

我们有充分的理由把它们特别标识出来，作为一种骈文中普遍的"文学语法"功能的表达格式，其特殊的骈体功能是：要想表达繁盛奢华的盛状，[4 定 1]是最佳的选择。有趣的是，如果我们把[4 定 1]变为任何一种形式，如(28b)：

(28) a. **歌堂舞阁之基**　　　**弋林钓渚之馆**。
　　　b. 歌堂舞阁基　　　　　弋林钓渚馆

那种特别强调的夸张和堆垛的节律修饰感，即刻全无。由此反衬出"4 定 1"的状极属性。

　　我们认为，研究骈文的一个重要任务就是要研究其四六格式(韵律结构)的表意功能。[XX/XX 之 X]的节律和[XX ǀ XXX]的"韵律感"和"韵律功能性"大不一样，前者三个节拍，韵味丰满；后者两个节拍单薄乏力。当然，这并不是说五言都是单薄乏力格，而是说当它和[4 定 1]的"写繁状盛"的功能比较起来时，显得乏力而已。如第一章所示，一切韵律的比较都是相对的，没有绝对的。

(二) [4 定 1](写其极)、[3 间 2](缓其语)的配置方式——紧缓相间

(29) 是以　板筑雉堞之殷，井干烽橹之勤，格高五岳，袤广

> 三坟。崒若断岸,矗似长云。
>
> 制礐石以御冲,糊赪壤以飞文。观基扃之固护,
> 将万祀而一君。

如上所示,[4定1]是状极格律,因此,上文"板筑雉堞之殷,井干烽橹之勤"中的"殷"、"勤"都可以理解为形容词的名物化。语言敏感的作家在描写丰富盛大景物时,无不偏爱这一格式。比较:

> 噫! 菊之爱,陶后鲜有闻;
>
> 莲之爱,同予者何人;
>
> 牡丹之爱,宜乎众矣。
>
> ——周敦颐《爱莲说》

这里也是[X(X)之X]的格式,显然与[XX/XX之X]的气势大相径庭。这无疑告诉我们:语言文学的研究要从具体格式的美学对比中,一步一步地建立起来。而这里所要指出的是,与这种"写极"的手段相对应的"缓语"格式,是另一种我们称之为[3间2]的格式。譬如"制礐石以御冲,糊赪壤以飞文",这里每句都有两个动作:"制……御……糊……飞……"作者所以采用[3间2]的形式,显然是其中的"以"字起到了"缓其语"的文律效果。其美学效应可以用转换法来检测:将六言改为四言或五言,则其文律效应,顿失无遗。比较:

(30)【四言】 制石御冲,糊壤飞文。基扃固护,万祀一君。

【五言】 御冲制礐石,飞文糊赪壤。固护观基扃,一君万祀将。

【六言】 制礐石以御冲,糊赪壤以飞文。观基扃之固护,将
万祀而一君。

显而易见,文律是骈文之魂。文律一失,则文不文矣!

（三）平衡律向参差律的过渡方式

（31）泽葵依井，荒葛胃涂。坛罗虺蜮，阶斗麏鼯。木魅山鬼，野鼠城狐。风嗥雨啸，昏见晨趋。

饥鹰厉吻，寒鸱吓雏。伏虣藏虎，乳血餐肤。崩榛塞路，峥嵘古馗。

白杨早落，塞草前衰。棱棱霜气，蔌蔌风威。孤蓬自振，惊砂坐飞。

灌莽杳而无际，丛薄纷其相依。

通池既已夷，峻隅又已颓。

直视千里外，唯见起黄埃。

凝思寂听，心伤已摧。

前面看到，开篇四言，平衡整齐，而中间六字则变齐为散。前者是诗律，后者是文律。文律本不齐整，再间以功能词（而/之）更使文句顿挫不诗而文感十足："灌莽（杳而无际），丛薄（纷其相依）。"这一联可吟可说：

（32）吟：灌莽啊杳然无际，丛薄啊纷然相依……

说：丛林静得没边儿，杂草乱得没缝……

但这都是文之吟而非诗之吟。此处之妙就在"之/而"二字：句子仍是2+2+2节律，但中间两个音节（而其/纷其）不是平均等重的1+1，因为"而/之"弱于实词，"杳而/纷其"的韵律格式必然是前重后轻（或前长后短），于是把本来就属于文律的2+2+2变得更加错落不齐；与前面二十个2+2诗律形成强烈的反差。我们之所以说四六是"文"，就是因为"六"天生就是齐整的文律的结构。"六"的内部组织可以多种多样,但都不是诗的两节行律(参冯胜利2010)。下一句的"既已"和"又已"也可仿此分析。要之,此处齐整和参差之间的过渡应该理解为从诗语向口语(或诗律向文律)的过渡,因为我们说的"文律"就是散文韵律;散文用长短律,亦即口语节律。事实上,文学,尤其是诗歌,离开了诗语和口语的兼合组配,就不劲健、不活络! 因此,倒数第二联:"直视千里外,唯见起黄埃。"径用五言诗的形式。赋里可以有五言,也可以有七言;截取整段赋中的五言,只要节奏一致,即可以为诗;但它们与四六句参差并行的时候,七言/五言就兼有诗语和文语的两栖功能。原因很清楚:骈文是用"诗"做成的"文",是以"诗"入"文"的产物,因而在骈文里既可以看到文句,也可以看到诗句。

六、韵律上的"实"与"虚"

了解了韵律的结构、韵律的功能和韵律的效应后,我们还要特别注意诗歌"体"的韵律结构和"体"中词语的韵律性质及其表现。这里有三个问题必须首先搞清楚,才能区分诗律结构和文律结构。(一)功能词(虚词)的韵律属性;(二)诗体的韵律结构,如《诗经》、三言、五言、七言;(三)诗体中虚词的韵律表现。这三种情况有时候交织在一起,不易区分。首先,虚词一般不携带重音(或不作为凸显的目标),然而,它们在不同的诗体(或韵律环境)里,其表现也不相同。譬如,下面两处的"之"就不一样。

> (33) a. 关关雎鸠,在河之洲。《诗经·关雎》
> b. 帝高阳之苗裔兮,朕皇考曰伯庸。《离骚》

《诗经》里面的"之"是占位虚词,因为《诗经》节律是二步律,没有"之"则不足两个音步。但下句《离骚》里面的"之"则不然,"帝高阳之苗裔"

可以比较上文(18)中"俨骖騑于上路"的节律,分析为两个"节/音步",其中的"之/于"都是间拍词(可以不计)。显然,这里关键是看虚词所在诗体之异同(《离骚》是顿叹律,而《诗经》则是固定的四言律)。

了解了上面的韵律原理,我们便不会简单地根据"字形"来计算韵律,而要根据具体时代、具体作品,以及具体的韵律结构来做具体的分析。其中还有两方面最关紧要:一、字数与拍数的关系;二、"虚轻"与"实重"的替代。下面分别讨论。

(一)字数与拍数不同——虚词不为拍,但能顺畅语气,化艰涩为通顺

(34) a. 落霞　与　孤鹜　齐飞
　　　b. 秋水　共　长天　一色

(34)中的七字行实为三拍,其中"与"和"共"是虚词,作为间拍词填充文句的间歇缝隙,使语串读起来平滑、顺畅,表现出虚词的"调气"作用。章太炎先生说:"从战国到秦代,刚性更加厉害,每篇文章都是虚字少而语句斩截。"(《文章流别》)少虚词则语句斩截,反衬出有虚词则文气流畅的顺气功能。这就是为什么欧阳修快马追回"仕宦至相将,富贵归故乡"的成句,而将其改为"仕宦而至相将,富贵而归故乡"的缘故。宋人文章尚柔,所以造语平滑流畅,这正是虚字顺文畅气的结果。凡此种种均可看出:间拍词在诗、文中出现与否,取决于该处口语顺畅度的需要。宋人"以文为诗"用的也是插入虚词的办法,"虚词入文"同样是为调节(口语)语气的节律手段。虚词的文学功能应该是中国古代文学史上的一大课题①。注意:虚词可以调节语

---

① 刘师培《汉魏六朝专家文研究》谓:"(汉人)能硬转直接,毫不著力……使后人为之,不用虚词则不能转折(如事之较后者必用'既而'、'然后',另起一段者必用'若夫'之类)。"此亦见虚字"潜气内转"之功效。

气,因为很多虚词本身就是语气词。远古汉语没有"句末语气词",就如同远古汉语不必双音节音步一样,它们的出现和发展直接影响着汉语的文学表达和形式。发掘语体、文体和文学表达之间的对应关系同样是将来语言学和文学研究的重要课题。明于此,很多语言和文学上的问题能够得到相应的解释。以《芜城赋》第二段最后一句为例:

> （35）　　　出入丨三代
> 　　　　　五百丨余载
> 　　竟丨　瓜剖（而）豆分

前两个四字句,韵律整齐,字字占位(占居节拍之位),尽管"余"是虚词,却不能不占一个音节的位置。然而,"瓜剖而豆分"则不同了,其中的"而"不是占位词,而是间拍词。如果上面的语境变成下面的形式:

> （36）　　　出入丨三代
> 　　　　　五百丨余载
> 　　竟丨　瓜剖丨而分

那么"而"就变成了占位词。试想:"瓜剖丨豆分"已经"位满"(2+2),为什么还要加入"而"字来间拍呢? 无疑,这就是虚词"舒唇畅气"、"化涩为夷"的作用,这也就是"而"字为什么要加在最后一句的原因所在。

（二）"虚轻"代以"实重"

　　研究诗歌的韵律语法还有一个以往注意不够的现象,就是用实词取代句中轻动词(如使、让、弄、打、搞)的句法移位。譬如:

(37) 春风又让[轻]江南岸绿了 → 春风又绿[重]江南岸

纵江东父老以[轻]我为王 → 纵江东父老王[重]我

上文提到增加虚词的效果是增加口语特征,提高句子的流畅度。文学手段有"正"就有其"反",和"加强口语性"相反的手段是"去口语化"。这就是把句中的"实动词"(名词／形容词)提升到"虚动词"(使)的位置上,用"以实补虚"法把句子和口语拉开距离,从而表现"劲健"、"隽永"的语势。"春风又绿江南岸","纵江东父老王(wàng)我",就是用动词填入虚词(轻动词)位置,铸造诗语效应的。

比较《芜城赋》句子的散文说法"南驰苍梧涨海,北走紫塞雁门"如果用散文说的话,必须用"如"和"像"一类的虚词:"南边像／有苍梧涨海在奔驰,北边像／有紫塞雁门在奔跑。"但作者直接使用"以重代轻"的句法,体现出"诗家语"在刻画景色壮观豪迈的艺术性。比较:

(38) 南边像／有苍梧涨海在奔驰,北边像／有紫塞雁门在奔跑

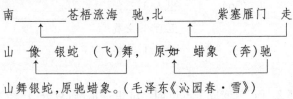

山舞银蛇,原驰蜡象。(毛泽东《沁园春·雪》)

上面两种方法,相反相成:一个是添虚词,一个是去虚语;一个是"添口语化",一个是"去口语化"。两者都是语法运作,两者都有艺术效果;这是我们将来需要深入研究的两大课题。

七、具时空(动作)与超时空(意象)

对"诗家语"进行的语言学分析,给我们打开了一个文学研究的

新视窗。首先,"诗家语"究竟有多少种,它和语法如何互动等等,都成了需要研究的新课题。这里我们仅就诗家语的时空属性,讨论它和口语的区别。具言之,口语是具时空的,诗歌语言是泛时空和超时空的。什么是具时空、泛时空和超时空?具时空指语句中时间和空间的表达(标记)形式。一个句子必须具备具时空成分,否则无法独立成话。比较:

(39) ? 张三吃饭

　　张三在吃饭

　　张三吃着饭呢

　　张三吃了两碗饭

　　张三在家吃饭

第一句,主、谓、宾齐全,但不能单说。原因就在于没有具体的时空标记。就是说,[主语+光杆动宾短语]的结构,无法单独成句。当代语言学告诉我们:时空表达(标记)是句子能否成立的重要因素。时空特征在不同的语言里有不同的实现方式。英文用时态(past tense 过去时,present tense 现在时等),汉语的时态则通过状语(在家)、副词(正在)、宾语的具体化(两碗)等语法手段来实现。简而言之,句子动词的时空必须有具体表现形式,句子才站得住。这就是"具时空"的语法作用。但是诗的语言不必如此,它不但不要求具时空,而往往要"去时空"。什么是去时空?请看:

(40) 京师大学将对考试制度进行改革*了

　　京师大学将对考试制度进行改革

　　金砖五*个国会谈在京举行

　　金砖五国会谈在京举行

口语中的"了"和"个"在正式体中一定要去掉,否则句子不合法。就是说,"去时空"是一种语法手段、是去掉动词短语 VP 和名词短语 NP 中表示时空的标志或表达;我们称之为"泛时空化"。比较下面的句子可得其概:

(41) *孙悟空掏金箍棒

孙悟空**从耳朵眼儿里**抠**出** **一根** 金箍棒

第一句光杆动词加光杆宾语,没有时空,所以句子站不住,好像话没说完。第二句中的动作有具体的方式(用手指抠)和地点(耳朵眼),宾语有具体的数量(一根),所以时空明确,句子才站得住、才合法。

这和诗歌有什么关系? 诗歌中排斥虚词的做法,用的就是去时空的语法手段,从而产生把时空标记剥离掉的艺术效果。

(42) 口语体语法 = 具时空

正式体语法 $\begin{cases} 泛时空 \\ 去时空 \end{cases}$

诗歌体语法 $\begin{cases} 去时空 \\ 超时空 \end{cases}$

以上语体语法的模式告诉我们:诗中的"意象"离现实时空越远,其意境越空灵、给人的想象空间就越大——这就是语法去时空的文学作用(参 Kearns 1890, Abrams 1953,叶维廉 2003/2006 Fenollosa & Pound 2008,等东西方学者在这方面的早期研究)。从这里我们悟出了一条重要的诗歌创作的语法:超时空语法。请看:

(43) 枯藤,老树,昏鸦。古道,西风,瘦马。元马致远《天净沙·秋思》

鸡声茅店月,人迹板桥霜。唐温庭筠《商山早行》

这些千古名句所以至美的语法原理是什么？只说汉语特殊，只说名词可以做谓语不免苍白无力——不仅文学上搔不到痒处；语言学上也没有触到实质。那么问题的核心在哪呢？我们认为：这两句的妙处就在语法的**超时空**。

什么是"**超时空语法**"？先看陆俭明先生在《现代汉语语法研究教程》(2013)里的说法："汉语里也常常能见到、听到这样的句子——句中只有一连串的名词"，例如：

（44）今天下午全校大会

显然，这个名词串跟马致远、温庭筠的诗的语法是一样的。然而，陆先生深刻地指出上面的句子可以理解为下面句子的任何一种：

（45）今天下午有全校大会

今天下午是全校大会

今天下午开全校大会

今天下午召开全校大会

今天下午举行全校大会

于是他接着说(注7)："拿马致远的那三句来说，说是三句，实质上每个名词都可视为一个小句，三句话九个名词，分别刻画了九个情景……"按照陆先生的理解，"枯藤，老树，昏鸦"可以是：

（46）有枯藤，有老树，有昏鸦

是枯藤，是老树，是昏鸦

看见枯藤，看见老树，看见昏鸦

……

这就是我们提出的超时空语法(冯胜利 2010)的作用,"枯藤,老树,昏鸦"三个名词之间一点儿时空关系的线索都没有,这就是诗歌语法、诗歌创作法。它给读者的是"意象"而不是概念和事件,是一个一个在超时空想像中的意象或"具象(个体意象)"。至于这些意象在作者脑子里是怎么排列(整体意象)的,没关系,重要的是读者可以自己想象,可以根据提供的意象创造时空。因此,究竟是"看见枯藤,看见老树,看见昏鸦"还是"是枯藤,是老树,是昏鸦"或是"有枯藤,有老树,有昏鸦"都无关紧要,只要读者认为自己可以给它们一个时空就可以了。诗无达诂,正在于斯。由此而言,诗的语法可以是超时空的语法,而骈文的超时空创作法,在文学史上远远早于马致远。请看(同参冯胜利 2014 有关《离骚》的超时空艺术):

(47) 棱棱霜气,萧萧风威。孤蓬自振,惊砂坐飞。

"惊砂坐飞",可以是砂子受到惊吓(尽管"受"字没出现);也可以是惊起砂石(尽管"起"字没有使用)。这里表达"惊"和"砂"之间关系的时空词没有出现,这正是诗家语的艺术手段。语法就是关系,是词与词之间的关系,如果把表达关系的词去掉,就等于没有语法了。没有语法,当然也就不知道"惊"和"砂"究竟是什么关系。然而,骈文艺术所要求的,就是这种没有语法的语法,唯其如此才能达到诗歌的特殊效应。文学鉴赏,美在何处? 美在时空关系的空灵、想象和再现;美在意象的再创造、语法的再分析、关系的再建立! 文学逼着读者根据"自己体会到的意境"去建立"自己经验的语法"。"理解"实际就是"重构",因此诗的意境可以见仁见智;由此而言,诗无达诂者必矣! 据此,超时空特征可以概括如下:

(48) **超时空诗歌语法**:a. 虚词的使用不为时空,仅为韵律;
b. 略去句法上表示"词与词之间关系"的句法功能词(虚词);

c. 用综合式句法手段(核心词移位)将分析型句子改造成诗家语句;d. 不确定描述对象所处具体时空。

举例而言,《楚辞》下面"兮"的使用就是把时空标记(虚词)换成了韵律标记的范例(取自冯胜利 2014):

> (49) 兮 = 其、之、而、夫
> 《湘君》:九嶷缤兮并迎
> 《离骚》:九嶷缤其并迎
>
> 《东君》:载云旗兮委蛇
> 《离骚》:载云旗之委蛇
>
> 《湘君》:邅吾道兮洞庭
> 《离骚》:邅吾道夫昆仑
>
> 《东君》:杳冥冥兮东行
> 《哀郢》:杳冥冥而薄天
>
> 《大司命》:结桂枝兮延伫
> 《离骚》:结桂枝而延伫

而下面句中的虚词"其",也可以看做"超时空标记",而不是时空标记:

> (50)(a) 其 = 之: 苟余情其信芳、屯余车其千乘
> (b) 其 = 然: 九嶷缤其并迎
> (c) 其 = 而: 时缤纷其变异兮(其一作以,以 = 而)

（d）其＝也：　　　虽九死其犹未悔

（e）其＝拟议之词：老冉冉其将至兮

（f）其＝足句：　　　岂其有它故兮

（g）其＝间句：　　　春与秋其代序

采用这种方法分析文学,跟以前的办法大不一样。超语法的东西当然不是语法,因为表示语法的部分已被去掉。但是,它又是语法。只有拿掉了"有",才能得到"没有",而现在的"没有"则意味以前的"有"。超时空语法正是用"作者的没有"(语言学上的零形式)来唤起"读者的有",其诗意构建之美就在于此。超时空语法向读者提供的是读者根据自己固有语法和以往经验,构建的是诗人启示之下的一个"自我之美"。对同一作品,有能力、有知识的读者,其构建"自我之美"的境界就高;而感觉不到(或不够)其中之美者,要么是自己的经验不足,要么是对作品了解的火候未到。但无论如何,有了上面的超时空语法的引导和启示,我们再来回味《芜城赋》的骈句之美,感觉恐怕大不一样。譬如:

（51）**板筑雉堞之殷,井干烽橹之勤。**

a. 主谓：像版筑一样的雉堞,非常多;像井干一样的烽橹,非常频繁。

b. 偏正：版筑般雉堞的盛多;井干般烽橹的频繁。

（52）**前园后圃,从容丘壑之情。**

a. 前有园,后有圃,[激发/生发]出从容不迫、居隐丘壑的情怀。

　[从容(丘壑)之]情　　（左重）

b. 前有园后有圃,隐逸山川丘壑的情怀,从容不迫。

　从容[丘壑之情]　　（右重）

（53）**格高五岳，袤广三坟**。崒若断岸，矗似长云。

    a. 格如五岳高，袤若三坟广。

    b. 格高于五岳，袤广于三坟。

（54）棱棱霜气，蔌蔌风威。**孤蓬自振，惊砂坐飞**。

    a. 孤独的蓬蒿自己飞起，惊起的砂石到处乱飞。

    b.（野风）把蓬蒿由丛蒿中孤离出来使得他腾空而起，
    把沙石惊起使得他们无故乱飞。

（55）**雁阵惊寒**，声断衡阳之浦。

    a. 成队的鸿雁在寒风里惊叫。

    b. 被寒风惊起的鸿雁列队而行。

上面诸例的超时空表达都还可以根据读者自己的经验，想像出比提示中更多、更丰富的"自创之美"。由此可见，骈文的艺术是综合的：它有诗律之美、文律之美，也有诗文兼合参差之美，以及口语诗语相斥相协之美；它有抑扬顿挫之美、回肠荡气之美，再加之时空想象之宏之大、之美之乐，信哉骈文不亚于一曲声韵俱全的交响乐！

（作者单位：香港中文大学）

从五古的叙述节奏看杜甫
"诗中有文"的创变

葛晓音

　　杜甫在初盛唐五言普遍受宋齐体调影响的背景下，解决了使中长篇五古恢复汉魏古调的问题，因而是唐代五古继陈子昂之后的又一重大转关。但杜甫并非简单地从形式格调模拟汉魏，也不是像盛唐诗人那样通过规避近体声律来创作古诗，而是在追溯汉魏古诗创作原理的基础上，从当代生活语言中提炼新的五古节奏。在化用汉魏式的比兴、句法和章法的同时，他更注重学习汉魏古诗善于概括人情之常的特征，并且深入发掘五古以单行散句叙述的潜力，加大连贯叙述的密度和句段节奏的紧凑感，探索了在诗歌中展开叙述的多种表现方式，从而形成了"诗中有文"的重要特色。且杜甫既使五言古诗本来便于叙述的特长在中长篇中得到最大程度的发挥，又通过抒情节奏的主导严格把握了诗与文的基本界线。杜诗之所以能成为"诗史"，五古的这一重要创变也为其提供了体制的极大便利。

　　杜甫诗歌的分体研究,已经有相当长久的历史和丰厚的成果积累。但是近代以来,与杜甫的五七言律诗及七古相比,五言古诗的艺术研究相对薄弱①。尤其是涉及五古体式原理的论述,华文学术刊物上可以搜索到的论文寥寥无几②。海外杜诗研究中专论其五古节奏的内容笔者所见也极少③。绝大多数关注杜甫五言诗节奏的学者都

---

① 杜甫诗歌的分体研究,从明代开始兴盛,清代诗话相关论述尤多。近代以来,杜甫研究专著以及选注本可查阅到的大约有六百多种,以杜甫生平传论为多见,专论杜诗艺术的则较少。多数著作虽然对杜诗各类诗体的成就都会论及。但对五古特点的评论一般聚焦于几首名作,罕见综论。

② 大陆及港台21世纪以来专论杜甫五言古诗艺术并涉及其体式特点的论著很少,可以检索到的论文有:金启华:《论杜甫五言古诗(一)(二)》,载于《杜甫研究学刊》第4期(1992年),第3—11页,第1期(1993年),第28—31页;葛景春:《论李杜五言古诗之嬗变》,载于《中州学刊》第5期(2006年),第237—241页;程仁君:《杜甫五言古诗格律初探》,载于《语文学刊》第7期(2014年),第41—43页;吴瑾玮:《从篇章语言学与节律编制分析杜甫古诗乐府声情之美》,载于《章法论丛》第4辑(2010年)。其余关于杜甫研究的专著有:傅庚生:《杜甫诗论》,上海:古典文学出版社,1956年版;朱东润:《杜甫叙论》,北京:人民文学出版社1961年版;萧涤非:《杜甫研究》,济南:齐鲁书社1980年版;冯至:《杜甫传》,北京:人民文学出版社1980年版;林玉英:《杜甫》,台北:名人出版社1980年版。此外,以下诸书或多或少都论及杜甫诗歌的叙事性特点及其与汉魏乐府诗、五言诗的渊源关系,包括:毓森:《杜甫和他的诗》,台湾:学生书局1982年版;陈贻焮:《杜甫评传》,上海:上海古籍出版社1982年版及1988年版;吕正惠:《杜甫与六朝诗人》,台北:大安出版社1989年版;莫砺锋:《杜甫评传》,南京:南京大学出版社1993年版;丘良任:《杜甫研究论稿》,北京:中国文联出版社1998年版;傅光:《杜甫研究》,甘肃:陕西人民出版社1997年版;吴明贤:《杜诗论析》,成都:四川大学出版社2010年版;张巍:《杜诗及中晚唐诗研究》,济南:齐鲁书社2011年版。

③ 海外著作笔者所见有限,仅知研究杜诗的专著有:洪业 William Hung. *Tu Fu: China's Greatest Poet.* Cambridge, Mass.: Harvard University Press, 1952. 周珊 Eva Shan Chou. *Reconsidering Tu Fu: Literary Greatness and Cultural Context.* New York: Cambridge University Press, 1995. 麦大维 David McMullen. "Recollection without Tranquility: Du Fu, the Imperial Garden and the State." *Asia Major 3rd series* 14.2 (2001), 189-252. A. R. Davis. *Tu Fu.* New York, N.Y.: Twayne Publishers, 1971. 黑川洋一:《杜甫の研究》,东京:创文社1977年版;川合康三:《杜甫》,东京:岩波书店2012年 (转下页)

注目于五律的声调格律规则,五古的声调韵律至今还是有待深入研究的问题。本文所说的"叙述节奏",尚未见前人提及,但也并非杜撰的概念,而是从明清诗家对五古表现特点的相关论述中提炼得来的,其内涵不限于声调韵律,还与叙述方式、章法句法等有关(详下文)。"诗中有文"在杜甫研究中也不是一个普遍的说法,宋人提出时本来并非直接指杜甫。但"诗史"以及"叙事诗"这类比较流行的研究都与此相关,只是没有从体式原理的角度注意到这一提法而已。笔者以为,与"以文为诗"或"以文入诗"相比,"诗中有文"的说法便于更有分寸地把握杜甫诗歌,尤其是五古叙述性较强的特点。因此本文选取五古的叙述节奏这一角度,集中讨论杜诗中出现这一创作现象的原因和意义。①

一

关于"诗中有文"的说法,最早见于陈善《扪虱新话》:"韩以文为诗,杜以诗为文,世传以为戏。然文中要自有诗,诗中要自有文。亦相生法也。文中有诗,则句语精确,诗中有文,则词调流畅。"②近年来有

(接上页)版,等等。此外 Chou Shan. "Allusion and periphrasis as modes of poetry in Tu Fu's eight laments.", *Harvard Journal of Asiatic Studies* 45, no.1 (Jun. 1985): 77－128; Paul Rouzer. "Du Fu and the failure of lyric." *Chinese Literature: Essays, Articles, Reviews* 33 (Dec. 2011): 27－53;蔡涵墨 Charles Hartman. "Du Fu in the poetry standards (shige) and the origins of the earliest Du Fu commentary." *T'ang Studies* no.28 (2010): 61－76.等,论及杜甫的诗体和诗格。野原卓郎《中国唐代诗论集》中有《杜甫の古体诗を読む》,1989 年版;兴膳宏《杜甫》中有"杜甫の古体诗"一章(东京:岩波书店 2009 年版),主要论杜诗内容,兼及押韵和双声使用的特点。除杜甫专论外,Stephen Owen. *Traditional Chinese Poetry and Poetics: Omen of the World*. Madison: University of Wisconsin Press, 1985.高友工、梅祖麟著,李世耀译:《唐诗的魅力》,上海:上海古籍出版社 1989 年版,也有关于中国古诗传统或唐诗句法的研究。松浦友久著,石观海等译:《节奏的美学》,沈阳:辽宁大学出版社 1996 年版;松浦友久著,孙昌武、郑天刚译:《中国诗歌原理》,沈阳:辽宁教育出版社 1990 年版,都有专论五言诗节奏的章节,并从韵律区分古体和近体。但不是专论杜甫五古。

② 陈善:《扪虱新话》,《丛书集成初编》第 310 册,北京:中华书局 1985 年版,第 3 页。

学者论"以诗为文",认为"是历代散文家们普遍采用的创作手法"①,也就是说"以诗为文"主要指杜甫的文也如诗,联系陈善所引"唐子西曰:'古人虽不用俪偶,而散句之中,暗有声调,步骤驰骋,亦有节奏',此所谓文中有诗也",这样解读应是符合陈善原意的。宋人对杜甫不善为文的批评固然不无道理,但是杜甫并无多少散文,而他的诗歌中具有"文"之效果的作品却是更引人注目。尤其是那些叙述性较强的诗歌,主要集中在他的五古中②。因此从这个角度来说,如果借用"诗中有文"的说法,来说明杜甫对于五言古诗的创变,或许更有意义。事实上,唐宋人称杜甫诗为"诗史",除了指他记录当代时事及个人流离经历的内容以外,也包含了杜甫善于记叙的表现特点在内,"史"是过往事件的记录,历来属于散文的职责,杜诗能作"史"看,正与他能将诗歌的记叙功能扩大到散文的表现范围有关③。

但是诗歌与散文终究是两种文体,诗歌即使可以体现文的功能,也必须是在诗歌的体式范围之内,超出范围便容易变成"以文为诗",韩愈及宋代诗人遭论者诟病即为此。所以"诗中有文"的关键在于处理好诗与文的关系,把握好诗歌的节奏。杜甫在七古中也尝试过融入"文"的特点,但以五古为最多。那么五古的节奏为何适宜于"文"的表现呢?这主要是因为在中国古代的各类诗体中,五言古诗的叙述功能最强。笔者在研究五言诗生成途径时注意到,五言在形成之初就具有便于叙述的特点。但是由于早期作者尚未普遍掌握将五言单行散句连贯地连缀成篇的节奏感,汉代的许多叙述性较强的五言古诗还必

---

① 杨景龙:《试论"以诗为文"》,载于《文学评论》第 4 期(2010 年),第 24—31 页。
② 刘明华:《杜甫研究论集》,重庆:重庆出版社 2002 年版,第十六章第四节"关于杜诗'文句'的思考"。由胡小石先生提出杜甫"化赋为诗"的论点进一步思考杜甫"以文为诗"的散文句法,如使用虚字和助语,熟语和俗语,文对和散对、流水对等,是对杜甫诗歌"散文化"的文体特点较为具体深入的研究,但包含有所有诗体甚至长律在内,不是专就五言古诗而论。
③ 葛景春先生指出:"杜诗有史传文体的实录叙事和征实的性质,故后人称其诗为'诗史'。"《论李杜五言古诗之嬗变》,《中州学刊》2006 年第 5 期,第 240 页。

须依靠对偶、排比、重叠等句法来形成流畅的节奏。此后五言古诗走向成熟的过程,也就是五言体雏形将重叠复沓的诗化途径和寻找连贯的散句叙述节奏的诗化途径相融合的过程①。单行散句的连缀同样也是散文的基本结构,只是散文不用整齐句式而已。因此五言古诗与散文具有天然的联系。前人在论及五言古诗的特点时,也常常以文的特点来比较。例如吴乔说:"古诗如古文,其布局千变万化。"②施补华甚至称"《奉先咏怀》及《北征》是两篇有韵古文"③,早就看到了五言古诗和古文的密切联系。

但五言古诗虽然便于叙述,却绝不是五言散文句的随意连缀,其中有其天然的规则存在,正如王夫之所说:"古诗无定体,似可任笔为之,不知自有天然不可越之桊襪。……所谓桊襪者,意不枝,词不荡,曲折而无痕,戎削而不竞之谓。"④他认为五古天然的法度就是意思不能枝蔓,文词不可放纵,文脉曲折而不见痕迹,通体须如衣服合身而不求周遍穷尽。那么如何在这种桊襪中把握五古的叙述节奏呢?这是前人的诗论中始终未曾说清楚的一个重要问题。笔者所能找到的一些相关阐述大致限于以下几方面:

一是声律与律诗相反:"古诗不对偶,不论黏,不拘长短,韵法又宽,唐律悉反之。"⑤

二是古诗风格朴厚平直,不可花巧:"古诗贵质朴,质朴则情真。"⑥"古风贵朴老。"⑦"古诗贵浑厚"⑧,"作五言古,宁拙毋巧,宁朴

---

① 参见笔者《论早期五言体的生成途径及其对汉诗艺术的影响》,《文学遗产》第 6 期(2006 年 11 月),第 15—27 页。

② 吴乔:《答万季野问》,《清诗话》(上),上海:上海古籍出版社 1978 年版,第 30 页。

③ 施补华:《岘佣说诗》,《清诗话》(下),第 979 页。

④ 王夫之:《姜斋诗话》卷下,《清诗话》(上),第 9 页。

⑤ 吴乔:《答万季野问》,《清诗话》(上),第 32 页。

⑥ 徐增:《而庵诗话》,《续修四库全书》第 1698 册,上海:上海古籍出版社 1995 年版,第 4 页。

⑦ 吴雷发:《说诗管蒯》,《清诗话》(下),第 899 页。

⑧ 施补华:《岘佣说诗》,《清诗话》(下),第 976 页。

毋华,宁生毋熟"①。谢榛说:"（古体）贵乎平直,不可立意涵蓄。"但平直"未必篇篇从头叙去,如写家书然,毕竟有何警拔"②。

三是句意衔接紧严,但整密中要见疏宕:"（古诗）又贵紧严,紧严则格老。"③"五言古诗,不废排比对偶……盖整密中不可无疏宕也。"④

四是通篇体势要曲折变化:"长篇尤要曲折如意,触处生波。"⑤徐增批评古诗四句一转的固定格式说:"作古诗以解数为主,然须变换;不然,以四句板板排下去,有何生趣?"⑥

综合以上几方面的论述,可以较为具体地理解王夫之所说的"榘矱",尽管他们几乎不用"节奏"一词,但至少是说出了古诗如古文一样"散句之中,暗有声调,步骤驰骋,亦有节奏"（上引陈善之说）的感觉,看到了古诗偏重于"从头叙去"的表现方式,贵平直、贵紧严的说法也就是对句意平直、连贯而紧凑的节奏要求。因此笔者所说的叙述节奏,就是五古中形成的这种平叙脉络的语言节奏,也就是五古在生成早期就已经具有的以散句连贯叙述的节奏。它不仅体现为声调的抑扬顿挫,而且包括生活语言的提炼,散偶句式的安排,叙述步骤的快慢,句意连结的松紧,诗节转换的张弛,结构布局的疏密等。只是在历代诗歌中,这种叙述节奏在不同作者的不同作品中有显晦之别。杜甫的五古之所以给人"诗中有文"的印象,就是因为其叙述节奏特别鲜明。"诗中有文"的"文",当然不限于叙述,事实上杜甫善于在诗里发议论也是众所周知的一个近于"文"的特点。但是杜甫在五七言律、七古歌行及五排等各类诗体中都可以大发议论,而长于叙述的特点,

---

① 施补华:《岘佣说诗》,《清诗话》（下）,第981页。
② 谢榛:《四溟诗话》卷4,《历代诗话续编》（下）,北京:中华书局1983年版,第1220—1221页。
③ 徐增:《而庵诗话》,《续修四库全书》第1698册,第4页。
④ 施补华:《岘佣说诗》,《清诗话》（下）,第977页。
⑤ 吴雷发:《说诗管蒯》,《清诗话》（下）,第899页。
⑥ 徐增:《而庵诗话》,《续修四库全书》第1698册,第5页。

则主要见于五古。因此本文仅选择杜甫五古中那些重要段落乃至于全篇都以叙述脉络贯穿的作品为观察对象,希望具体地说明杜甫如何把握五古的叙述节奏,以充分发挥这种体式适宜于叙述的功能。这也正是杜甫五古创变的原理所在。

杜甫"诗中有文"的说法,只是一个笼统的印象,从来没有人具体地说明其诗中哪些表现属于诗,哪些表现属于文,把杜甫的长篇五古说成是"有韵古文",更是混淆了诗和文的基本差别,容易导致人们将杜甫和韩、白、苏、黄的"以文为诗"相等同。因此在讨论其叙述节奏之前,首先应当辨清杜甫五古诗中的"文"有什么特征,与其前代五古相比有什么发展和创变。

五古虽然从汉魏时起就有适宜叙述的特性,但是由于魏晋以后,五言诗发展的主要路向是抒情言志以及摹写物态,在杜甫以前,叙述脉络清晰的可称是"诗中有文"的作品并不多见。可以举出的例子除了汉魏时期的部分五言乐府和古诗以及《古诗为焦仲卿妻作》、蔡琰自述身世的《悲愤诗》以外,就是西晋傅玄的一些记述历史故事的五言诗,如《秦女休行》写汉代庞烈妇为报父仇手刃仇敌的事件;《和班氏诗》写春秋时秋胡戏妻的故事;《惟汉行》完整记述鸿门宴的过程;这类叙述事件过程的作品在西晋时出现,笔者以为很可能与当时五古的多层次结构扩大了五言的表现功能有关①。但即使是在西晋,同类作品也很少,东晋以降更是罕见。南朝新体兴起,古诗衰落,但其中刘孝绰以诗代书的五古长篇《酬陆长史倕》颇可注意,此诗虽以偶句为主,散句连缀其间,但俨如一封回信,前半首由送别对方开始,从头告知自己的近况;后半首详细记述最近寻访庐山的经过,以及在回城途中经过寺院的所见景色,与僧人中宵谈佛的领悟,最后抒发不遇之感。全诗内容庞杂,以平叙为主线,"文"脉颇为清晰。从南朝到初唐,五

---

① 参见笔者《西晋五古的结构特征和表现方式》,载于《中华文史论丛》第 2 期(2009 年 6 月),第 1—26 页。

言诗的大势是古近不分。直到盛唐，不少诗人的五古仍有声病。许学夷《诗源辨体》批评王维、孟浩然、李颀、崔颢、王昌龄、储光羲等诸家不同程度上都犯有"平韵者间杂律体，仄韵者多忌鹤膝"的毛病，所以认为"盛唐五言古，自李、杜、岑参、元结而外，多杂用律体，与初唐相类"①。但即使是李白、岑参这些五古正宗，也很少有以散句为主直陈其事的长篇五古。李白古诗大部分是汉魏六朝风味的乐府和歌行，中长篇五古数量较少，且充满想象和夸张，如《送王屋山人魏万还王屋》虽自注"述其行"，然全篇都是将魏万写成一个飘游于吴越山水中的仙人，以仙境烘托其仙迹。篇幅最长的《乱离后经天恩流夜郎忆旧游书怀赠江夏韦太守良宰》本来应有许多叙述性的回忆，却也极少连贯的叙述片段。岑参中长篇五古除了在边塞的应酬诗、早年隐居的山水诗及后期的郡斋诗以外，多为行旅游宿送别之作，均以抒情为主，其中只有少数写人以及忆旧的片段用叙述句调。因此可以说从汉魏到盛唐五古的创作资源虽然丰厚，但叙述性强、能在诗中贯穿"文"脉的先例却不多。这就给杜甫五古的创变留下了极大的空间。

二

讨论杜甫"诗中有文"的创变，还要结合其五古绝大部分是中长篇这一事实来看：杜甫现有的 244 篇五古中，只有 16 篇是八句体五古，另有 3 篇十句体，3 篇六句体，十二句的都很少，十四句以上的中长篇尤其是长篇占据了最大比例。杜甫五古主攻中长篇的原因，也要从回顾五古在南朝以后的发展趋势说起。大约在南朝宋末，鲍照、江淹五言诗的八句体、十句体、十二句体等已经为齐梁永明体提供了常用的篇制。齐梁以后新体诗主要在四句、六句、八句、十二句体中发

---

① 许学夷：《诗源辨体》，北京：人民文学出版社 1987 年版，第 177—178 页。

展，到初唐迅速走向律化。陈子昂的《感遇》38 首中有 34 首是十二句以下的短篇，而以八句体为主，正是为了在这类律化程度最高的篇制中探索恢复汉魏古诗的途径。同时代的宋之问也尝试了区分八句体古诗和律诗的多种句法和表现方式。而他们的中长篇五言古诗则依然和当时的初唐五古一样，基本上仍延续了宋齐体的格调①。于是五言古诗逐渐形成十二句体以下（以八句体为主）的短篇和十四句体以上的中长篇两类。继陈子昂在八句体中效法汉魏古诗的探索之后，杜甫主攻中长篇，同样是意图使杂用律体的中长篇五古能清晰地界分古、律的体调，但是与陈子昂模仿汉魏以致"失自家体段"的做法不同，他主要是运用汉魏古诗的创作原理，使中长篇五言古诗发挥了用散句连贯叙述的最大潜力。

杜甫五古"诗中有文"的特征之一是从当代语言中提炼单行散句，在诗中形成叙述主线，甚至全篇不用骈偶句。已经有不少论者注意到杜甫五古多用散句的特点，但是没有论及其原因。吴乔说："五古须通篇无偶句，汉、魏则然。"②虽然早期五言诗也会穿插平易的对偶句和排比句以增强节奏感，但确实以单行散句为主线。到两晋时，五言就趋向于对偶和半对偶，刘宋时已经形成"体语俱俳"。齐梁古诗虽一度恢复散偶相间，然梁陈以后便完全骈偶化。在五言诗律化的大背景下，初盛唐诗人写古诗的基本做法是尽量避忌律诗。正如《贞一斋诗说》所云："陈、隋欲为律而未悟其法，非古非律，词多淫哇，不足效也。自唐沈、宋创律，其法渐精，又别作古诗，是有意为之，不使稍涉于律，即古近迥然二途。"③在有意不涉律诗的意识中创作出来的古诗，在声律上难免有许学夷所批评的平韵间杂律体，仄韵多忌鹤膝的问题；在句法上则使用骈偶句的习惯难以消除，不容易摆脱宋齐体的

---

① 参见笔者《陈子昂与初唐五言诗古、律体调的界分》，载于《文史哲》第 3 期（2011 年 5 月），第 97—110 页。

② 吴乔：《答万季野问》，《清诗话》（上），第 31 页。

③ 李重华：《贞一斋诗说》，《清诗话》（下），第 923 页。

影响,尤其是中长篇五古。这就促使杜甫的中长篇五古转为追溯到汉魏五古的本源,寻找单行散句连缀的原理,建立新的五古节奏,以区别于当时处处避忌唐律而形成的古诗。

中长篇五古连用单行散句的难度在于容易变成押韵散文,叙述节奏难以把握,前人可借鉴的范例不多。齐梁古诗杂用散句,也必须散偶交替。汉魏五古的散句直接来自当时生活语言的提炼,因为生活语言都是散文语言,经过提炼,形成自然的散句节奏,最省力现成。所以谢榛赞汉魏诗"若秀才对朋友说家常话","家常话省力","家常话自然"①。汉魏散句的句法和表现方式固然仍可为后世诗人效法,但语言随着时代发展变化,诗歌要创造新的自然的散句节奏,必须从当代的生活语言中提炼,杜甫显然是深谙此理的。这就是后人多称杜甫善用口语俗语的根本原因。他的很多单行散句都是家常话的提炼,如"常时往还人,记一不识十"②;"麻鞋见天子,衣袖露两肘"③;"自寄一封书,今已十月后。反畏消息来,寸心亦何有"④;"临歧意颇切,对酒不能吃"⑤;"百年不敢料,一坠那得取"⑥;"丈人屋上乌,人好乌亦好。人生意气豁,不在相逢早"⑦;"我来入蜀门,岁月亦已久。岂惟长儿童,自觉成老丑"⑧等等。这些白话化的诗句都不同于前代诗歌常见的书面语。《课伐木》以主人的口气嘱咐奴仆饭后入山伐木:"青冥曾巅后,十里斩阴木。人肩四根已,亭午下山麓。尚闻丁丁声,功课日各足。"⑨交代伐木的地点、时间、每人完成的数量,可说是最普通的家

① 谢榛:《四溟诗话》卷三,《历代诗话续编》(下),北京:中华书局 1983 年版,第 1178 页。
② 杜甫:《送率府程录事还乡》,《杜诗详注》,北京:中华书局 1979 年版,第 343 页。
③ 杜甫:《述怀》,《杜诗详注》,第 358 页。
④ 杜甫:《述怀》,《杜诗详注》,第 360 页。
⑤ 杜甫:《送李校书二十六韵》,《杜诗详注》,第 464 页。
⑥ 杜甫:《龙门阁》,《杜诗详注》,第 715 页。
⑦ 杜甫:《奉赠射洪李四丈》,《杜诗详注》,第 953 页。
⑧ 杜甫:《将适吴楚,留别章使君留后,兼幕府诸公,得柳字》,《杜诗详注》,第 1064 页。
⑨ 杜甫:《课伐木》,《杜诗详注》,第 1640 页。

常话,但富有诗意。《送重表侄王砅评事使南海》开头则是与亲戚闲聊彼此辈分关系的叙家常:"我之曾老姑,尔之高祖母。尔祖未显时,归为尚书妇。"①就连《望岳》这样需要语词典雅的颂体诗,他也能穿插生动活泼的家常语:"祝融五峰尊,峰峰次低昂。紫盖独不朝,争长嶪相望。"②南岳诸峰都在祝融峰前低头,唯有紫盖峰不服气,要和祝融争个高低。这就把各个山峰的姿态写得趣味十足。最典型的诗例莫过于《遭田父泥饮美严中丞》,此诗长达 32 句,全用单行散句构成。无论是田父独白还是诗人对田父神态动作的描绘,都很粗犷风趣,所以为人们称道的"渠是弓箭手","今年大作社","叫妇开大瓶,盆中为吾取"③等看来比较粗俗的语言,不能仅看作是口语俗语的点缀,而是经过提炼的农村生活语言的自然形态。张戒说:"世徒见子美诗多粗俗,不知粗俗语在诗句中最难,非粗俗,乃高古之极也。自曹刘死至今一千年,惟子美一人能之。"④"粗俗语"被赞为"高古之极",就因为是和曹刘等汉魏诗人一样,直接来自生活语言的本源。

杜甫五古"诗中有文"的特征之二,是把单行散句的叙述扩大到各种日常生活的描写和吟咏中去。凡是可以展开记述脉络的内容,他都尝试以五古去表现。特别是寻访、回忆、写人、写信、讲故事等,因为适宜于展开细节和过程的记叙,"诗中有文"的特色最为清晰。例如《晦日寻崔戢李封》以流水账式的顺叙法,写寻访友人的过程:清晨懒起,因见春光柔和,遂梳头出门闲逛,想起最近认识的崔、李两位可去寻访。然后分写两人的荒园及其设酒款待自己的热情。《雨过苏端》写雨后清晨被饿醒后,想到各家都缺少粮食,只能到苏端家去就食。苏端同样可怜,勉强以梨枣凑数,但宾主欢谑,得以尽醉而归。两首诗后半部的咏怀和感叹都紧扣前半首的叙事展开,结尾落到眼前兵甲不

---

① 杜甫:《送重表侄王砅评事使南海》,《杜诗详注》,第 2042 页。
② 杜甫:《望岳》"南岳配朱鸟",《杜诗详注》,第 1984 页。
③ 杜甫:《遭田父泥饮美严中丞》,《杜诗详注》,第 891 页。
④ 张戒:《岁寒堂诗话》卷上,《历代诗话续编》(上),第 450 页。

休、士人穷途的现实,颇似散文纪事后引申议论的脉络。《贻华阳柳少府》以寻访柳少府的过程开头:"系马乔木间,问人野寺门。柳侯披衣笑,见我颜色温。并坐石堂下,俯视大江奔。"①这段叙述使得居住在大江、野寺、乔木、巨石之间的主人更显得胸襟不凡。又如《寄赞上人》告诉赞公自己卜邻南山,在此买地建屋的打算,原因是附近有谷田可供粮食,还可与赞公常来常往。写得就像一封与朋友商议的书信。《西枝村寻置草堂地夜宿赞公土室二首》各二十句,其一叙述从早晨到傍晚寻地的过程,而以赞公陪同登山的情景为主。其二写月夜与赞公通宵夜话之乐,中间穿插与赞公原为京国旧识的往事,除了以少量对偶句写景以外,全为散句。诗人与赞公的相契之情就在这絮絮的叙述中展现。

　　杜甫五古中的回忆很多,而且不限于晚年。这些回忆中也有不少记叙的片段,如《两当县吴十侍御江上宅》本来是一首应酬诗,但是除了开头十二句以惨淡的景色烘托自己来到两当县的心情以外,后面大半首都是回忆吴侍御当初在凤翔因剖析间谍案较为慎重,反而被朝廷斥逐的往事:"昔在凤翔都,共通金闺籍。天子犹蒙尘,东郊暗长戟。兵家忌间谍,此辈常接迹。台中领举劾,君必慎剖析。不忍杀无辜,所以分白黑。上官权许与,失意见迁斥。"然后道出当时自己身为谏官而未能疏救的内疚:"余时忝净臣,丹陛实咫尺。相看受狼狈,至死难塞责。行迈心多违,出门无与适。于公负明义,惆怅头更白。"②这样复杂的事件,即使直接用散文表述,也有相当的难度。而杜甫用一段散句便将事件的背景、原委、吴侍御的仁心及遭受的冤屈交代得清清楚楚。《郑典设自施州归》写出身大族的郑氏在不得已的情势下去谒见裴施州,回来后与杜甫谈论此行的所见所感,其难着笔处在于诗中主线是复述别人的回忆,两人角度交错,不易理清事情的来龙去脉。

---

① 杜甫:《贻华阳柳少府》,《杜诗详注》,第 1314 页。
② 杜甫:《两当县吴十侍御江上宅》,《杜诗详注》,第 670—671 页。

但杜甫不仅在叙述中穿插了对方和自己的感想,最后更从裴施州接待郑氏这件事引申出对施州风俗质朴的肯定,使普通的闲聊也能见出其中的微言大义。其余如《往在》回忆自己陷入贼中,亲见叛逆焚毁九庙的往事,以及二京收复后重修祠庙,自己跟随百官参加郊祀的经过,抒发恢复礼乐以重建太平的中兴理想;《壮游》从自己七岁立下大志,少壮便擅长翰墨开始回忆,历述吴越之游、初考落第、放荡燕赵、长安献赋、困守京城、乱起陷贼、奔赴行在、廷争得罪、最后流落西南的半世经历,都是在回忆中展开自述的长篇巨制。

描写人物也是杜甫在五古中展开记述的一个重要方面。因为善用叙事手法描写细节和场景,人物特征能如记叙文一样鲜明。例如《八哀诗》中的《故秘书少监武功苏公源明》开头写苏源明自幼孤苦,到东岳艰难求学的情景:"武功少也孤,徒步客徐兖。读书东岳中,十载考坟典。时下莱芜郭,忍饥浮云巘。负米晚为身,每食脸必泫。夜字照熬薪,垢衣生碧藓。"①由于突出了苏源明靠苦读出身的经历,及其"学蔚醇儒姿,文包旧史善"的文儒特色,这个人物最后在安史之乱中因任伪职而身名俱灭的悲剧才更有时代典型意义,也更令杜甫痛惜。《送重表侄王砅评事使南海》中用陶侃母剪发换酒的典故赞扬王砅先祖王珪之母的贤惠:"隋朝大业末,房杜俱交友。长者来在门,荒年自糊口。家贫无供给,客位但箕帚。俄顷羞颜珍,寂寥人散后。人怪鬓发空,吁嗟为之久。自陈剪髻鬟,市鬻充杯酒。上云天下乱,宜与英俊厚。向窃窥数公,经纶亦俱有。次问最少年,虬髯十八九。子等成大名,皆因此人手。下云风云合,龙虎一吟吼。愿展丈夫雄,得辞儿女丑。秦王时在座,真气惊户牖。"②按王珪传,只说其隐居时与房玄龄、杜如晦善,三人过其家,母李氏窥之,知其必贵。杜甫化用陶侃孤贫时,其母截发易酒的典故,将王珪母的事迹化成一个故事性的场面,

---

① 杜甫:《八哀诗·故秘书少监武功苏公源明》,《杜诗详注》,第1403页。
② 杜甫:《送重表侄王砅评事使南海》,《杜诗详注》,第2042—2044页。

并以"上云"、"次问"、"下云"这样的汉魏诗中的对话句式,补足成王珪母教子的一段完整独白,刻画出一个具有远见卓识的贫贱妇女的形象。

杜甫还常常在与人交往应酬的五言古诗里插进一些故事化的记叙,使诗歌境界变得有趣。如《奉酬薛十二丈判官见赠》开头就用讲故事的笔调,写自己收到薛十二的赠诗:"忽忽峡中睡,悲风方一醒。西来有好鸟,为我下青冥。羽毛净白雪,惨淡飞云汀。既蒙主人顾,举翮唳孤亭。持以比佳士,及此慰扬舲。"[1]既借好鸟降临孤亭比喻自己在巫峡的孤独生活中收到薛诗的欣慰,又借故事引出了赞其文章清润高妙的下文。风格亦与后半首中帝女驾临、凤凰相随的神奇梦境前后呼应。《山寺》写石壁下有一座破庙,佛像蒙尘,遍布莓苔。接着有"使君骑紫马,捧拥从西来。树羽静千里,临江久徘徊。山僧衣蓝缕,告诉栋梁摧。公为顾宾徒,咄嗟檀施开"[2]。看原注"章留后同游,得开字",可知诗是诸人同游的应酬之作。杜甫以汉魏叙事的句法和风格赞扬章使君布施佛寺的慈悲,目的在由此引申出"以兹抚士卒,孰曰非周才"的结语。这就巧妙地通过应酬诗的故事化寄托了讽喻之意。

此外,杜甫善于在日常生活中随地吸取比兴寄托的素材,通过经历某事过程的完整记叙表现他的思考。如《除草》平铺直叙地记述了诗人从早晨到晚上全天除草的过程,先以散文句式"草有害于人"开头,用议论体分两层强调毒草的害处和除草的必要性;然后写"清晨步前林"时看见满目山韭急欲除之的心情;再展开除草的情景:"荷锄先童稚,日入仍讨求。转致水中央,岂无双钓舟。"最后点出全诗的寄托:"芟夷不可阙,疾恶信如雠。"由于通篇寓意全部都在除草过程的着力描写中,结尾恰到好处的点题,使诗里关于除草务急务尽的三次

---

① 杜甫:《奉酬薛十二丈判官见赠》,《杜诗详注》,第 1684—1685 页。
② 杜甫:《山寺》,《杜诗详注》,第 1059 页。

致意也注入了深刻的意味：如果说"芒刺在我眼，焉能待高秋"是以除草的刻不容缓比喻除恶必须及时，那么"霜露一沾凝，蕙叶亦难留"则是以除草必辨美恶比喻锄恶应注意护美存善；而"顽根易滋蔓，致使依旧丘"①则是从除草必绝其根比喻除恶务尽。除草这样一件日常生活小事，便以其丰富的叙述层次充实了《左传》所说"为国家者，见恶，如农夫之务去草焉"（隐公六年）②的道理。

杜甫五古"诗中有文"的特征之三，是使单行散句的叙述向各类传统题材的抒情诗渗透。例如咏物诗自齐梁以来的表现传统都是刻画物象的形貌特征，至初盛唐诗人才在咏物中融入寄托，多用于干谒言志，以新体和律诗为主；杜甫的某些咏物诗则采用五古，在故事描写中融入他的感想。如《义鹘行》用讲故事的方式描述了自己在旅途中听来的一个传说，赞扬一只义鹘为苍鹰复仇后"功成失所往，用舍何其贤"③的精神，能将想象中义鹘搏击巨蛇的场景写得如在眼前。《杜鹃》开头用汉乐府民歌的句法强调"西川有杜鹃，东川无杜鹃。涪万无杜鹃，云安有杜鹃"，然后展开昔日在成都经常拜杜鹃的回忆："我昔游锦城，结庐锦水边。有竹一顷余，乔木上参天。杜鹃暮春至，哀哀叫其间。我见常再拜，重是古帝魂。"④这就扣住杜鹃为蜀帝灵魂所化的传说，把自己尊君的情意结化成了生动的叙述。又如送别诗的表现传统多是对行人的赞扬或宽慰，在交代其去向的同时，想象沿途风光，抒发离别之情，虽不限诗体，但是均以抒情写景为主，盛唐大历的送别诗几乎形成一种模式。杜甫的五古则在送别一些交情较深的友人时，插入许多叙事性的回忆片段，使抒情更加真挚亲切。如《送李校书二十六韵》采用汉乐府叙事诗的年龄序数法，历数李校书的成长过程："十五富文史，十八足宾客。十九授校书，二十声辉赫。众中每一见，

---

① 杜甫：《除草》，《杜诗详注》，第 1203 页。
② 杨伯峻：《春秋左氏传注》第 1 册，北京：中华书局 1990 年版，第 50 页。
③ 杜甫：《义鹘行》，《杜诗详注》，第 476 页。
④ 杜甫：《杜鹃》，《杜诗详注》，第 1249 页。

使我潜动魄。"接着写送行情景,也从交代年份开始想象其此去前程:"乾元元年春,万姓始安宅。舟也衣彩衣,告我欲远适。"①这样郑重其事的叙述方式的效果就不同于一般的应酬。又如《送顾八分文学适洪吉州》从蔡邕石经之后八分书衰落、顾戒奢力能振作说起,回忆"昔在开元中",顾氏与韩择木、蔡有邻三人受到玄宗赏识、自己与顾氏在长安交游"追随二十载"的往事②。由此转到两人在乱后相逢、又将离别的悲慨,便在今昔对比中包含了更深的盛衰之感。《别张十三建封》、《奉送魏六丈佑少府之交广》等则都以叙事性片段回忆自己和行人当初相识的情景,勉励对方在乱世中建功立业。通过繁简不同的叙述,读者可以体会出送者对行者的不同期望,又不落祝福的空泛俗套。

又如游览诗,虽然早由大谢建立了按行踪记述沿途景色的结构方式,是五言古诗中叙述性较强的题材,但杜甫的某些五古游览诗更将过程的描写游记化。如《太平寺泉眼》有头有尾地记述了秦州太平寺里的一处泉眼,从寺庙位于高岗、遍地荒草丛生的环境说到"出泉枯柳根,汲引岁月古",再细写泉水蕴蓄的丰富:"广深丈尺间,宴息敢轻侮。青白二小蛇,幽姿可时睹。如丝气或上,烂熳为云雨。山头到山下,凿井不尽土。取供十方僧,香美胜牛乳。"最后才用四句描写泉水环境之美:"北风起寒文,弱藻舒翠缕。明涵客衣净,细荡林影趣。"③全诗的章法,乃至用语,都类似一篇序记文。又如《泛溪》这类诗题,王、孟、常建等都是通过沿途景色的描写来营造意境,杜甫此诗写落日中泛舟浣花溪的乐趣,除了首尾稍稍落墨于村郊秋色外,主要着眼于儿童捕鱼挖藕、一路嬉游的兴致和动态:"童戏左右岸,罟弋毕提携。翻倒荷芰乱,指挥径路迷。得鱼已割鳞,采藕不洗泥。人情逐鲜美,物贱事已睽。吾村霭暝姿,异舍鸡亦栖。"④交代了从日落到天黑的游溪

---

① 杜甫:《送李校书二十六韵》,《杜诗详注》,第462—463页。
② 杜甫:《送顾八分文学适洪吉州》,《杜诗详注》,第1924—1925页。
③ 杜甫:《太平寺泉眼》,《杜诗详注》,第599—600页。
④ 杜甫:《泛溪》,《杜诗详注》,第770页。

全过程。

至于以述怀言志为主题的咏怀诗,自汉魏以来便确立了以比兴、典故、直抒胸臆相结合的抒情传统,杜甫在此基础上更增加了细节描写、纵横议论等,使这类题材发展成可以自由书写的长篇巨制,最典型的是《自京赴奉先县咏怀五百字》和《北征》。"五百字"的两段叙事描写都起到了推动诗情走向高潮的作用,第一段是描写途径骊山时一路风高霜严、雾重路滑的情景,又插入手指冻僵,以致拉断衣带都不能结上的细节。这就从烘托离宫外的寒冷着眼,反衬出华清宫内的温暖,使宫墙内外的苦乐之别形成更为鲜明的反差,因而诗人大声呼出"朱门酒肉臭,路有冻死骨"这一联千古名句,便成为诗情发展的必然。第二段是记述其继续北上,渡过冰河,历经千辛万苦回到家里却先遭迎头一击的经过。幼子在秋禾登场时饿死的典型意义,使诗人由自己"生常免租税,名不隶征伐"的待遇联想到更困苦的"失业徒"和"远戍卒",看到了一触即发的政治危机。结尾自然达到"忧愤齐终南,滃洞不可掇"[1]的高潮,全诗也产生了"篇终接混茫"的艺术力量。《北征》不同于"五百字"的夹叙夹议,而是叙事加议论,叙的是探亲私事,议的是军国大事,二者所以能有机结合,在于叙事中处处连带战乱的背景,始终不离忧国忧民的心事。前半第一段按白昼到入夜的时间顺序,记述离开凤翔回鄜州途中所见山川地貌的变化、好恶不齐的景色、流血呻吟的伤者,兼带"身世拙"的感叹,表现了诗人虽然被朝廷疏远仍然不肯遁入桃源的责任感。第二段写诗人回家后与妻儿团聚的悲喜交集之情,描写两小女衣衫褴褛以及学母化妆的一节,能从观察极其细微之处真挚地传达出乱离中夫妻儿女的至情。细节的真实更生动地反映了所有战乱受害者的共同命运,从而使结尾的两大段时事议论成为感情逻辑发展的必然。这两篇长诗结构虽各有特点,但都以还家探亲为主线,将具体的叙事和细节的描绘与慷慨述怀、时事评论,以

---

[1] 杜甫:《自京赴奉先县咏怀五百字》,《杜诗详注》,第273页。

及对巨大社会内容的高度概括和谐地统一在完整的艺术结构中,为咏怀诗开创出全篇叙事和议论相交融的新形式。

总之,杜甫的五古充分调动了各种可以发挥其叙述特性的手段,在中长篇诗歌中穿插了大量记叙性、描述性的内容,强化并且细化了场景、过程、细节、人物刻画等适合于贯穿"文"脉的表现,其连贯叙述的密度和句段节奏的紧凑,更超出了魏晋诗歌"相生相续"式的句意勾连,与他善于在诗中大发议论的特点一样,成为"诗中有文"的重要表征。这种创变,最大限度地挖掘了五古适宜于叙述的表现潜力。

三

"诗中有文"与"以文为诗"的最大区别,在于无论杜甫五古中的"文"脉多么清晰,其叙述节奏依然是诗而不是文。那么杜甫是如何用诗的节奏来表达"文"意的呢? 最根本的原理是杜甫所有的五古从整体结构到表现方式始终以抒情为本,从未因追求文的功能而偏离了抒情的主导节奏。

中国诗歌的抒情传统源远流长,抒情节奏长期以来一直是诗歌节奏的主导,也积累了丰富的表现经验。杜甫诗中的文脉主要表现为在句意跳跃性较强的抒情节奏中穿插叙述节奏,因而其整体架构是以抒情为主导的,本文第一部分所举的"诗中有文"的诗例,几乎无一例外。诗歌语言超越散文语言的关键在于其飞跃性①。抒情节奏随诗人感情随时变化,不需要散文那样连贯的理性逻辑,相对叙述节奏而言,跳跃的幅度较大;叙述节奏由于用单行散句紧密勾连,句意密度较大,不容易摆脱散文式的逻辑性和连续性。以抒情为主导,穿插叙述

---

① 参见林庚《关于新诗形式的问题和建议》:"诗歌语言在整个文学语言中比一般逻辑语言乃是更灵活更富于飞跃性的语言。"载于《新诗格律与语言的诗化》,香港:经济日报出版社 2000 年版,第 67 页。

节奏,就可以使五古节奏达到整密中见疏宕的效果。如果细察杜甫在五古中处理叙述节奏与抒情节奏之间关系的多种方式,不难看出他的探索是以学习汉魏古诗表现的原理为基础的。前人早就看到少陵善学汉魏这一点,如《岁寒堂诗话》:"识汉魏诗,然后知子美遣词处。"①《诗镜总论》:"少陵五古,材力作用,本之汉魏居多。"②《岘佣说诗》:"少陵五古千变万化,尽有汉、魏以来之长而改其面目。"③但杜甫五古究竟在哪些方面本之汉魏? 历来少见有人阐发。笔者认为主要体现为以下两个方面;

首先,杜甫把握了汉魏古诗善于提炼人生感慨、总结人之常情的特点,化用到他对自己人生经历的记叙中去。这种提炼往往包含诗情哲理,能立片言之警策,使诗歌语言跳出散文平叙的逻辑来造成飞跃,避免"从头叙去,如写家书"般的平板。如《羌村三首》其一中记述其回到羌村与妻孥见面时,感慨"世乱遭飘荡,生还偶然遂","夜阑更秉烛,相对如梦寐"④,既是实际情景的描写,同时又从自己的遭际中提炼出乱离之中常人共有的感触。《送率府程录事还乡》感叹"途穷见交态,世梗悲路涩"⑤,也是汉魏古诗式的人情世态的总结。《送殿中杨监赴蜀见相公》则是借眼前送别情景概括了人生聚散无常的无奈:"去水绝还波,泄云无定姿。人生在世间,聚散亦暂时。离别重相逢,偶然岂足期。"⑥《驱竖子摘苍耳》就诗题所示的一件生活小事,将战乱所造成的贫富差距浓缩为"富家厨肉臭,战地骸骨白"⑦的对照。《写怀》二首其一"达士如弦直,小人似钩曲"⑧,无论是句意和句法都直

---

① 张戒:《岁寒堂诗话》卷上,《历代诗话续编》(上),第451页。
② 陆时雍:《诗镜总论》,《历代诗话续编》(下),第1414页。
③ 施补华:《岘佣说诗》,《清诗话》(下),第978页。
④ 杜甫:《羌村三首》,《杜诗详注》,第391页。
⑤ 杜甫:《送率府程录事还乡》,《杜诗详注》,第344页。
⑥ 杜甫:《送殿中杨监赴蜀见相公》,《杜诗详注》,第1342页。
⑦ 杜甫:《驱竖子摘苍耳》,《杜诗详注》,第1666页。
⑧ 杜甫:《写怀》,《杜诗详注》,第1820页。

接承自汉诗。此外如《上水遣怀》"但遇新少年,少逢旧亲友"①,与曹植《送应氏》中"不见旧耆老,但睹新少年"②一样,都是概括人事兴废的警句。《寄薛三郎中璩》以魏晋常见的生命感叹作为开头:"人生无贤愚,飘飘若埃尘。自非得神仙,谁克免其身。"③可以说是将陶渊明的"人生无根蒂,飘如陌上尘。分散逐风转,此已非常身"④换了一种说法。全篇与薛三的叙旧,也采用了汉诗式的对面倾诉:"与子俱白头,役役常苦辛。虽为尚书郎,不及村野人。忆昔村野人,其乐难具陈。蔼蔼桑麻交,公侯为等伦。天未厌戎马,我辈本常贫。子尚客荆州,我亦滞江滨。"虽是一封问候的书简,却充满了深刻的忧时之叹和警动人心的人生感触。

其次,杜甫在各类题材的五古中都善于活用汉魏式的比兴寄托和古诗的章法句法。汉魏古诗在单一场景片段的叙述中,由于是"相生相续成章",所以句意是连贯而不能跳跃的。比兴在早期五言诗中,仅凭其寓意的内在逻辑连缀成句行,不但富有跳跃性,而且因为多采用排比对偶重叠句法,节奏感也比较强,正可以弥补叙述节奏的不足,加强章节转换的自由度。因此比兴和场景片段的互补性和互相转化,是汉魏五言的重要特征⑤。杜甫五古中汉魏式的比兴随处可见,如"昔如水上鸥,今为置中兔"⑥,比喻郑虔的今昔遭遇,形象而且警炼;《别赞上人》开头以"百川日东流,客去亦不息"起兴,引出告别之意,中间穿插"是身如浮云,安可限南北"的感叹,最后再以"马嘶思故枥,

---

① 杜甫:《上水遣怀》,《杜诗详注》,第1957页。
② 曹植:《送应氏》,赵幼文:《曹植集校注》,北京:人民文学出版社1984年版,第3页。
③ 杜甫:《寄薛三郎中璩》,《杜诗详注》,第1621页。
④ 陶渊明:《杂诗》其一,逯钦立校注:《陶渊明集》,北京:中华书局1979年版,第115页。
⑤ 参见笔者《论汉魏五言的"古意"》,载于《北京大学学报(哲学社会科学版)》第46卷第2期(2009年3月),第11—21页。
⑥ 杜甫:《有怀台州郑十八司户》,《杜诗详注》,第560页。

归鸟尽敛翼"比兴,互勉"相看俱衰年,出处各努力"①,使全诗一唱三叹中自有汉魏遗意。《佳人》中"在山泉水清,出山泉水浊",以山中泉水为比兴,衬托"幽居在空谷"②的佳人清白的品质。《枯棕》不仅全篇以枯棕比喻被割剥至死的江汉百姓,结尾"啾啾黄雀啄,侧见寒蓬走。念尔形影干,摧残没藜莠"③四句,更以汉魏古诗中常见的黄雀和寒蓬的意象描写了枯棕形影干枯后最终被摧残毁灭,落得埋没草野的下场,像是另借比兴哀挽枯棕的一个尾声。可见杜甫对于汉魏比兴的精熟和运用的出神入化。

汉魏五古善用叠字对偶句、对照排比句式和分层递进的诗行穿插在叙述之中,以加强抒情力度,杜甫诗中也俯拾皆是。如《泥功山》"朝行青泥上,暮在青泥中"以朝暮对比的对照排比句法,以及"白马为铁骊,小儿成老翁"④的夸张句式,渲染泥功山的泥泞难行;《发同谷县》"贤有不黔突,圣有不暖席"的排比,"忡忡去绝境,杳杳更远适"⑤的叠字,均为汉魏典型句式。《阆州东楼筵奉送十一舅往青城》中"虽有车马客,而无人世喧"⑥,不难令人联想到陆机的《门有车马客行》和陶渊明《饮酒》其五的"结庐在人境,而无车马喧"⑦。《赠别贺兰铦》开头"黄雀饱野粟,群飞动荆榛。今君抱何恨,寂寞向时人。老骥倦骧首,苍鹰愁易驯。高贤世未识,固合婴饥贫"⑧,用两层比兴形成递进的章法感叹对方的穷困寂寞;《别唐十五诫因寄礼部贾侍郎》中"九载一相见,百年能几何。复为万里别,送子山之阿。白鹤久同林,潜鱼本同河。未知栖集期,衰老强高歌"⑨,参用比兴分两层抒发离别的悲

① 杜甫:《别赞上人》,《杜诗详注》,第 667—668 页。
② 杜甫:《佳人》,《杜诗详注》,第 552 页。
③ 杜甫:《枯棕》,《杜诗详注》,第 855 页。
④ 杜甫:《泥功山》,《杜诗详注》,第 690 页。
⑤ 杜甫:《发同谷县》,《杜诗详注》,第 705 页。
⑥ 杜甫:《阆州东楼筵奉送十一舅往青城》,《杜诗详注》,第 1038 页。
⑦ 陶渊明:《饮酒》其五,《陶渊明集》,第 89 页。
⑧ 杜甫:《赠别贺兰铦》,《杜诗详注》,第 1071 页。
⑨ 杜甫:《别唐十五诫因寄礼部贾侍郎》,《杜诗详注》,第 1193 页。

哀,这类分层递进句中往往含有复叠之意,这正是杜甫对汉魏层递句式和章法组合原理的活用。《草堂》中,开头"昔我去草堂,蛮夷塞成都。今我归草堂,成都适无虞"四句以隔句排比形成今昔对照,然后以汉魏常见的自陈句式展开对时势的批评:"请陈初乱时,反复乃须臾。"在历述经年乱兵之祸造成的灾难和后遗症之后,最后一段用《木兰诗》中的排比句式抒发回归草堂的喜悦:"旧犬喜我归,低徊入衣裾;邻里喜我归,沽酒携葫芦。大官喜我来,遣骑问所须;城郭喜我来,宾客隘村墟。"在首尾汉魏句式的架构中,对乱局的回顾则以漫画式的笔触勾勒出乱贼的残暴嘴脸:"唱和作威福,孰肯辨无辜。眼前列杻械,背后吹笙竽。谈笑行杀戮,溅血满长衢。到今用钺地,风雨闻号呼。"①又令人联想到蔡琰的《悲愤诗》。《四松》中"四松初移时,大抵三尺强。别来忽三岁,离立如人长"②,显然也是从《古诗为焦仲卿妻作》中信手拈来的句法。《别李义》中"丈人嗣三叶,之子白玉温。道国继德业,请从丈人论。丈人领宗卿,肃穆古制敦",多次重复"丈人",加上诗里不断出现的"重问子何之","愿子少干谒","努力慎风水"③等句式,都像是汉魏诗里用第二人称当面倾诉的口吻,使抒发离情的口吻更加亲切委婉。《送高司直寻封阆州》开头先以两个比兴句引出高司直离开的原因,然后用问句表达送别之意:"借问泛舟人,胡为入云雾。与子姻娅间,既亲亦有故。万里长江边,邂逅亦相遇。"④也同样是亲故之间叙家常式的对面倾诉,因而产生了汉魏诗"叙情若诉"的动人效果。

　　除了句式和段落以外,杜甫也很擅长化用汉魏古诗式的章法。如《太子张舍人遗织成褥段》以主客对答的形式,记述了自己谢绝张舍人礼物的一件小事。篇首四句"客从西北来,遗我翠织成。开缄风涛

---

① 杜甫:《草堂》,《杜诗详注》,第 1112 页。
② 杜甫:《四松》,《杜诗详注》,第 1116 页。
③ 杜甫:《别李义》,《杜诗详注》,第 1825 页。
④ 杜甫:《送高司直寻封阆州》,《杜诗详注》,第 1828 页。

涌,中有掉尾鲸"①,是汉乐府古诗中"客从远方来,遗我双鲤鱼"②,"客从远方来,遗我一端绮"③一类常见的开头句法,以下通过"客云充君褥,承君终宴荣"的回答,引出自己宁可安于粗席藜羹的理由,并指出"干戈尚纵横"的"当路子"因骄奢淫逸导致尊卑失序,才有李鼎、来瑱之流的军阀叛乱。这就将一段大义凛然的时势批评,通过汉魏叙事诗式的结构化成了一个对话构成的场景。《客从》以同样的句式开头:"客从南溟来,遗我泉客珠。"④全篇运用叙事手法,虚构了一个珠化为血的故事,以奇特的构思形象地说明了朝廷征敛的珠玉均为人民的血泪所凝的道理,整个故事成为一个完整的比兴,这正是汉魏诗化赋为比的重要特色之一。《新婚别》写一个不该被征上战场的新郎与新娘"暮婚晨告别"的情景,取材本身就吸取了汉魏古诗善于从人情最反常的角度着眼、选取典型事例以反映社会问题的原理。同时又使用了许多汉乐府式的比兴和语汇,如开头"兔丝附蓬麻,引蔓故不长"⑤的比象取自汉古诗"与君为新婚,兔丝附女萝"⑥;"席不暖君床"则化自张衡《同声歌》"思为苑蒻席,在下蔽匡床"⑦;"父母养我时,日夜令我藏",则化自傅玄《豫章行苦相篇》"长大逃深室,藏头羞见人"⑧。此外,"生女有所归,鸡狗亦得将","仰视百鸟飞,大小必双翔"等,或取民间俗语,或用汉魏诗常见比兴方法,均以新妇独白的口吻贯穿全篇,综合了汉代送别诗中许多女主人公的表情和语调,达到了古乐府之化境。

在以上诗例中,杜甫化用汉魏式的比兴、句法和章法,往往在开

---

① 杜甫:《太子张舍人遗织成褥段》,《杜诗详注》,第1158页。

② 《饮马长城窟行》,《乐府诗集》卷三八,北京:中华书局1979年版,第556页。

③ 《古诗十九首》其十八(客从远方来),萧统编、李善注:《文选》卷二九,上海:上海古籍出版社1986年版,第1350页。

④ 杜甫:《客从》,《杜诗详注》,第2035页。

⑤ 杜甫:《新婚别》,《杜诗详注》,第530页。

⑥ 《古诗十九首》其八(冉冉孤生竹),《文选》卷二九,第1346页。

⑦ 张衡:《同声歌》,《乐府诗集》卷七六,第1075页。

⑧ 傅玄:《豫章行苦相篇》,《乐府诗集》卷三四,第502页。

头、结尾以及层意的转换之处,或以抒情笔调勾勒出全篇轮廓,以支撑叙述节奏的架构,或以强烈的抒情色彩,在叙述节奏中突出警拔之处。这就将中短篇的汉魏五古叙述和抒情互补和交融的原理活用到中长篇里,保证了其中的文脉始终不离抒情的主旋律。

杜甫在活用汉魏五古创作原理的基础上,更进一步探索了不靠句法而仅凭句意的勾连构成叙述句诗行的内在节奏感。善用叙述句调展开议论,议论中又充满激情,更成为他的独创。如"五百字"开头的大段咏怀以自述平生的语调,感叹长安困守十年的遭遇,围绕着"许身一何愚,窃比稷与契"的执着信念,从各种角度层层推覆,一口气七八层转折,跌宕起伏,连绵不断,像剥茧抽丝一样,后一层意思从前一层意思中引出,先反后正,自嘲自解。理想和现实的矛盾,兼济和独善的冲突也在痛苦的反省中得到解决。前后叙述句构成的框架中是议论推驳的层次,却形成了抒情的回环往复。《北征》结尾"阴风西北来,惨淡随回纥"一大段议论时事,先在陈述回纥送兵驱马愿来"助顺"的同时委婉地表示了"此辈少为贵"的看法,然后申述自己的主张:"伊洛指掌收,西京不足拔。官军请深入,蓄锐可俱发。此举开青徐,旋瞻略恒碣。昊天积霜露,正气有肃杀。祸转亡胡岁,势成擒胡月。胡命其能久?皇纲未宜绝!"①这段关于利用官军力量破贼的议论,在瞻望官军连续进兵直捣安禄山老巢的前景描述中展开,激情澎湃,一气呵成,完全凭句意的紧逼紧接形成内在的气势和紧促的节奏感。

杜甫还有些五古以感情逻辑作为叙述节奏的脉络,使诗意和文脉交融无间,更成为脍炙人口的名篇,如《赠卫八处士》由首句"人生不相见,动如参与商"这一概括人生聚散之感的比兴先立全篇之警策,然后按感情起落的自然逻辑,展开宾主相见和主人款待的过程:先是大乱兼久别之后竟能邂逅的惊喜:"今夕复何夕,共此灯烛光。"定下

---

① 杜甫:《北征》,《杜诗详注》,第403页。

神来以后，彼此互相打量才感叹"少壮能几时，鬓发各已苍"；自然联想到其他故旧的下落，不由得"惊呼热中肠"；情绪渐渐安定以后，又看到故人一家老小，"昔别君未婚，儿女忽成行"①两句，跳过二十年的漫长岁月，写出故人儿女忽然在眼的恍惚之感，提炼了常人遇此情景都有的人生感触，与首句呼应，使感情再次达到高潮。而在春雨夜话、宾主同醉的温馨氛围中，又不免想到"明日隔山岳，世事两茫茫"，最终归结到聚散无常之悲。全诗的语调始终在惊呼和叹息的交替中低昂起伏，叙事的过程在悲喜更迭中自然完成，以致分不清究竟是叙述还是抒情。而许多关乎人情之常的警句也成为后人在喜遇故旧时常用的熟语。由此可以看出，杜甫的"诗中有文"可以使叙述节奏的文脉中渗透诗意，使抒情在叙事中自然显现。

杜甫的五古大部分都是长篇，通篇节奏的把握，历来是五古的难点。宋齐以来，五古形成了四句一节的固定格式，容易造成徐增所批评的"四句板板排下去"的弊病。杜甫的长篇往往结构复杂，但开合排荡、曲折如意，正得力于他处理抒情节奏和叙述节奏的方式变化多端。如《八哀诗·赠秘书监江夏李公邕》是八首《八哀诗》中内容最复杂的一首。李邕一生经历曲折，多次遭贬，又多次任外州刺史，最后在天宝五载被李林甫陷害致死。但才高名大，深受士人爱戴。要全面概括他的生平非常困难。这首诗前半首将重点放在赞美他的才学、书法成就以及人品，首四句以感慨古人高风无人后继领起全篇，先以十二句概括其诗文、书法、学问的造诣精深。然后以十八句着重渲染他擅长碑版、求者盈门的盛况，道观佛寺学宫因李邕书碑而引来无数观众的场面，以及富贵之家求文的各色财宝。这就难免涉及仇人告他贪赃枉法而被孔璋相救之事，但杜甫只用四句便轻巧地将此事转为对李邕"众归赒给美，摆落多藏秽"的肯定。然后以四句赞颂其在文坛"独步四十年"的高名，与开头呼应。文势至此一泊。随即转为回忆李邕在

---

① 杜甫：《赠卫八处士》，《杜诗详注》，第512页。

"往者武后朝",敢于"面折二张势"的凛然正气,由此一泻直下,以十六句展开李邕"放逐早联翩,低垂困炎疠"的不幸遭遇,前后连接,正可见出其耿直磊落的性格是"忠贞负冤恨"的根本原因。虽然李邕一生有升有贬,但这一大段的重点在感叹其含冤负屈,这就和前半首形容李邕的高名正好形成极大的反差,形成大起大落之势。之后再转为杜甫对昔日与李邕交往的回忆,彼此论文的快意,再次赞美其"旷怀"和"慷慨"之后,以"坡陀青州血,芜没汶阳瘗"①的悲惨结局作为对照,形成又一个跌宕。全诗三大段回忆连用倒叙,中间插入品评和抒情,章法虽然复杂而详略得宜,文势倒推逆转均无不如意,将李邕的生平写得回肠荡气,鲜明地刻画出这位盛唐名家才高气盛而又不遇于当世的形象。《题衡山县文宣王庙新学堂呈陆宰》也是"诗中有文"的典型诗例,章法则另是一格。首四句从天象落到人事:"旄头彗紫微,无复俎豆事。金甲相排荡,青衿一憔悴。"点出了全诗感慨战乱之中儒学衰微的主旨。然后转入叹息:"呜呼已十年,儒服敝于地。征夫不遑息,学者沦素志。"又奠定了全诗的抒情基调。前八句以战事和学者作四层对比,在起落跌宕的节奏中进入叙事:"我行洞庭野,欻得文翁肆。俶俶胄子行,若舞风雩至。"这就突显了诗人忽然见到洞庭之野居然有一座学堂的惊喜。然后正面议论唐朝欲求中兴,不可废弃孔门,在对"衡山虽小邑,首唱恢大义"的赞扬中进入对学堂的记叙:"讲堂非曩构,大尾加涂塈。下可容百人,墙隅亦深邃。何必三千徒,始压戎马气。林木在庭户,密干叠苍翠。有井朱夏时,辘轳冻阶戺。耳闻读书声,杀伐灾髣髴。"②这段记叙分两节,每节六句,前四句分写讲堂结构和庭院景色,后两句以感慨议论将眼前所见与讲堂之外的战乱局势联系起来,与首段的四层对比相呼应,突出了全诗希望以读书声压灭戎马气的主旨。虽然全诗夹叙夹议,写法颇似一篇题记,但贯穿其

① 杜甫:《八哀诗·赠秘书监江夏李公邕》,《杜诗详注》,第1394页。
② 杜甫:《题衡山县文宣王庙新学堂呈陆宰》,《杜诗详注》,第2079页。

中的则是由战争和儒学这两条主线反复交错对照形成的抒情节奏,又是一种结构的创变。

综上所论,杜甫的五古是唐代五古发展的最高峰,也是继陈子昂之后的又一重大转关。如果说陈子昂在初唐五言诗古律不分的状态中,通过效仿汉魏五古对八句体为主的中短篇五言诗的界分古、律做出了重要贡献;那么杜甫就是在初盛唐五言诗普遍受宋齐体调影响的背景下,解决了如何使中长篇五古恢复汉魏体调的问题。但杜甫并非简单地从形式格调模拟汉魏,也不是像盛唐诗人那样通过规避近体声律来创作古诗,而是在活用汉魏古诗创作原理的基础上,从当代生活语言中提炼新的五古节奏。在化用汉魏式的比兴、句法和章法的同时,他更注重学习汉魏古诗善于概括人情之常的特征,并且深入发掘五古以单行散句叙述的潜力,加大连贯叙述的密度和句段节奏的紧凑感,探索了在诗歌中展开叙述的多种表现方式,从而形成了"诗中有文"的重要特色,也避免了陈子昂在短篇五古中模拟汉魏诗歌创作以致"失自家体段"的过当之处。且杜甫既使五言古诗本来便于叙述的特长得到最大程度的发挥,尤其是长篇的功能拓展到自由挥洒、无所不能的境地,又通过抒情节奏的主导严格把握了诗与文的基本界线。杜诗之所以能成为"诗史",五古的这一重要创变也为其提供了体制的极大便利。

(作者单位:北京大学中国语言文学系)

声成文，谓之音
——倚声填词中的音律与声律问题

施议对

　　声音之道与政相通，与天地万物亦相连接。声音的安乐与怨
怒，为治世与乱世的不同体现；天地万物的种种音响，构成大自然
的纹理（文理）。乐歌创造，文学语言与音乐语言的相互应合。
倚声填词，既倚乐歌之声，亦倚歌词之声。音律与声律，各有所
司，各尽其职，二者未能混淆。永明四声的发现及运用，自沈约
起。唇齿喉舌鼻与宫商角微羽两相对应，为乐歌脱离音乐创造条
件。倚声填词之所谓填者，自温庭筠起。逐弦吹之音，为侧艳之
词；以文词的声律追逐（应合）乐歌的音律，为乐府歌词创作脱离
音乐创造条件。沈约与温庭筠，两个标志性的人物，两个标志性
的阶段，两座里程碑。这是本文立论的大背景。准此，本文拟分
别阐发以下三个问题：一、音律与声律，两个不同的概念；二、音
律与声律，近世词界的一个盲点；三、音律与声律，登上艺术殿堂
的阶梯。

一

　　音律与声律,两个不同的概念。一个规范乐音的组成,一个规范文词的组成。一个为乐音的律,一个为文词的律。乃规范其节拍及节奏的法则或法律。乐音和文词,遵循一定的法则或法律构成乐歌。自上古时代的"诗三百"以至于唐宋时代的乐府歌词,都由乐音和文词这两个不同的因素所构成。这就是音乐的因素和文学的因素。唐宋时代的乐府歌词,也就是今天所说的词,当时称为曲、曲子,或者曲子词,李清照将其与另一合乐歌词声诗并举,称之为乐府。依据李清照的论断,在相关文章中,我曾将今天所说的词,正名为乐府。这是乐歌中的一个品种。今天所说的词,亦即李清照所说的乐府,和所有乐歌品种一样,都由音乐和文学两个方面的因素所构成。而音律与声律,就是对于这两个方面因素所进行的规范。本文所谓倚声填词,乃今天所说词的又一别称,简称为倚声,或者填词;其作者号称倚声家,或者声家。将音律与声律问题,限定在倚声填词这一命题的意义之上进行讨论,目的在于立足声与音,回归声学本位,从创作角度,体验音律与声律的确实所指及其对于乐府歌词创作的规范。

　　《诗·大序》云:

　　　　诗者,志之所之也。在心为志,发言为诗。情动于中而形于言。言之不足,故嗟叹之,嗟叹之不足,故永歌之。永歌之不足,不知手之舞之足之蹈之也。情发于声,声成文,谓之音。治世之音安以乐,其政和。乱世之音怨以怒,其政乖。亡国之音哀以思,其民困。故正得失,动天地,感鬼神,莫近于诗。①

---

① 《诗·大序》,载《毛诗正义》,阮元辑刻《十三经注疏》,北京:中华书局 1980 年影印本,第 269—270 页。

　　这段话从声与音说起，是对于"诗三百"这一传统乐歌的早期论断，也是最为彻底、最为基本的论断。所谓声成文，谓之音，说明声与音必须分开表述，二者并非一回事。其中的文，乃文章、文采，或者文理。文章、文采，为纹理；文理即为构成纹的规律，或者原理。谓声经过一番艺术创造而成为音，这就不是原来的声。原来的声尚未构成文章，没有文采，因而也没有文理，而经过艺术创造的声，因为有了文章、文采，或者文理，也就成其为音。以为情发于声，声成文，谓之音。所说乃乐歌的生成过程。谓其为心声，即发自于内心的声与音。如进一步讲，就是应合天地万物发展、变化的一种声音。亦天地万物之所发生。乃一种艺术创造。于天地万物而言，由一定纹理或文理所构成的声音，为天籁之音。这是天地间声音创造的最高境界。于"诗三百"而言，所谓"诵诗三百，弦诗三百，歌诗三百，舞诗三百"（《墨子·公孟篇》），以求合于《韶》、《武》、雅、颂之音，则为乐歌创造的终极目标。乐歌创造，追寻纹理及文理，就声与音的关系看，其所谓文，既包括声律，也包括音律。乐歌创造以求合于音（《韶》、《武》、雅、颂之音）为终极目标，一个合字，须运用多种方式、方法，或者手段，方得以实现。发言而外，嗟叹、永歌，乃至于手之舞之、足之蹈之，无所不用其极。多种方式、方法，或者手段，最终都必须落实到音律和声律的问题上面来。但此时，音律与声律，尚未单独立论，而以一个"文"字概而括之。这是上古时代的状况。

　　随着构成乐歌的两个因素，音乐因素和文学因素的不断发展、变化，创造过程中，对于"文"的把握，亦即对于纹理及文理的追寻，逐步得以量化，并且以自身的经验，对于外物加以体认。即"近取诸身，远取诸物"，由此及彼，由近而远，进行模仿与探寻。例如，以自身之唇、齿、喉、舌、鼻五个发音部位所发出的声调，应合宫、商、角、徵、羽五个不同音级的声调。五个音级宫、商、角、徵、羽，近似于现代简谱中的1（do）2（re）3（mi）5（sol）6（la）。二者的应合及指代，实现由天籁向人籁的转换。这是以量化了的音律与声律追寻纹理及文理的一个重要步骤。这一步骤对于声与音的协调,发挥巨大作用。乃乐歌创造史上的一件大事。除此以外,乐歌创造过程中的这一追寻,亦体现在文字与声音的协调上。例如,在文字上,以字声的变换与组合,应合乐音的变化,令无形而不定的乐音,通过字声固定下来。这是由音乐语言向文学语言的转换。乃乐歌创造史上的另一件大事。这件事,经过几代人的努力,直到沈约,方才大功告成。这就是说,直到沈约,乐歌创作中的音律与声律这两个不同概念的意涵,方才得以较为清晰的呈现。

沈约《宋书·谢灵运传后论》有云:

> 夫五色相宣,八音协畅,由乎玄黄律吕,各适物宜。欲使宫羽相变,低昂互节,若前有浮声,则后须切响。一简之内,音韵尽殊。两句之中,轻重悉异。妙达此旨,始可言文。①

这段话将上述乐理上五个音级和人体器官五个发音部位发出声调所构成对应关系的体认,运用于乐歌创造实践。浮声,平声;切响,仄声。乐理上的五音,应合文字上之四声:宫,上平;商,下平;徵,上声;羽,去声;角,入声。乃依靠人体器官及乐器,从现象到法则,进行归纳概括,令乐音规则转换为文字声音规则。从无形到有形,无定到有定,以固定的字声,将对应的乐音固定下来。亦即以浮声与切响的组合,平声与仄声的配搭,应合乐音上音级的组合,将(欲使)乐音上的宫羽相变,低昂互节,转换为语言文字上的轻重徐急。因此,乐歌创作之由纹理及文理的追寻,最后落实到音律和声律上面来。这就是永明四声的发明及运用。

中国乐歌创造史上,对于文的把握,两个步骤,两道工序,前者以丝竹与歌喉为过渡,实现与大自然纹理(文理)的协调;后者以文字为中介,将音乐的元素,转换到语言文字上。经过以上两道工序,用语言

---

① 沈约:《宋书》,卷六七,北京:中华书局1974年点校本,第1779页。

文字上的四声，描绘乐曲的乐音流动；凭借文字上的声律，追寻乐音上的音律。文学家不一定是音乐家，依靠人体器官及相关乐器，体认音理，同样能够进入创作过程。

进入倚声填词阶段，温庭筠以文词应合乐音，将浮声、切响的变换与组合，运用到乐府歌词的创作实践当中，永明四声派上了用场。

《旧唐书·温庭筠传》载：

> （温庭筠）士行尘杂，不修边幅。能逐弦吹之音，为侧艳之词，公卿家无赖子弟裴诚、令狐缟之徒，相与蒲饮，酣醉终日，由是累年不第。①

这段话，弦吹与侧艳相对，乐音与文词并举。说明，文辞的词，能够追逐乐曲的音。文辞的词，就是语言文字的字，或者词汇，以之追逐弦吹之音，将音乐转移到语言文字上，令音律与声律联系在一起。这是倚声填词史上的一个重大转变。温庭筠之前，依曲拍为句。乐曲的句拍，相对于乐曲的乐音，变换的幅度较大，较难加以规范。温庭筠之后，由乐句而乐音，并将乐音转换为字声，相对而言，乐曲的乐音与文词的字声，均较容易找到各自相应的位置。这一转换，将音理的追逐运用到倚声填词当中，令乐歌创作实现由音乐向文学的过渡。歌词与音乐，二者之间的关系问题，亦由音律上的宫调、律吕，转换为声律上的平声与仄声。音乐方面的事，可借助文学手段，加以解决。倚声家能够专注于填词，专注于谱写心声，创造自己心中的乐章。这当也是倚声填词之所以能够发展成为一代之胜的原因之一。

由沈约到温庭筠，两个阶段，两个标志性的转换，其所出现的结果是乐歌创作之与外部音乐的脱离。但并非因此而改变其作为音乐文学的特性。就乐歌自身看，其应合乐曲的歌词虽已不必依赖于外部音

---

① 刘昫等：《旧唐书》，卷一九〇，北京：中华书局1975年点校本，第5079页。

乐,因外部音乐的存在而存在,或者说与之应合的乐曲已于传播过程中失传,令其失去外部的依赖,但并非不要音乐。脱离外部音乐,乐歌创作,包括倚声填词,仍须以相关的方式、方法及手段,进行其对于"文"的追寻,对于音理的追寻。外部音乐多变化,流动性大,比较难以把握。创造过程中,将音乐因素转换为文学因素,以一定替代不一定,既便于体认,亦便于把握。两个标志性的阶段,与之前相比较,其对于"文",对于音理,同样须孜孜不倦地追寻,所不同的,只是之后的追寻将更加缜密,因而,也更加有迹可循。

二

入宋之后,倚声填词所追寻的"文",纹理及文理,已逐渐由音乐转向文学。而歌词作者仍然以声家自居,以乐章、乐府为标榜,展开自己的创作活动。其所追寻,大致包括两个方面:一于乐曲乐音上律吕长短分寸之数求和谐,另一于语言文字间声音轻重徐疾之度求和谐。合乐应歌,多方探索,但都离不开这两个方面的追寻。一为音律,另一为声律。其间,对于这两个方面的问题,亦曾引起讨论。例如,苏轼所作歌词,究竟合不合律?其相关问题,论者似乎多持否定态度。或谓其"非醉心于音律"(胡仔语)、"于音律小不协"(黄庭坚语),或谓其"往往不协音律"(李清照语),等等。不过,其律之所指,大多为音律,而非声律。例如,李清照《词论》云:

> 至晏元献、欧阳永叔、苏子瞻,学际天人,作为小歌词,直如酌蠡水于大海,然皆句读不葺之诗尔,又往往不协音律者,何邪?盖诗文分平侧,而歌词分五音,又分五声,又分六律,又分清浊轻重。①

---

① 李清照:《词论》,载胡仔:《苕溪渔隐丛话·后集》卷三三,北京:人民文学出版社1962年版,第254页。

　　李清照批评苏轼，谓其所作"皆句读不葺之诗"，乃为诗而非词，这究竟是音律问题，还是声律问题？李清照的《词论》已为提供答案：谓之乃音律问题。为什么呢？因为歌词与诗文有别。除了平仄（侧）四声，其余都涉及音律上的问题。这就说，李清照批评苏轼，并非谓其违反一般的平仄组合规则，谓其不协声律。有关音律与声律问题，李清照分辨得非常清楚。而且，东坡集中，真正在声律上与常规稍有不同者，目前所见，可能也只有《八声甘州》一阕。其词云：

　　　　有情风、万里卷潮来，无情送潮归。问钱塘江上，西兴浦口，几度斜晖。不用思量今古，俯仰昔人非。谁似东坡老，白首忘机。　　记取西湖西畔，正春山好处，空翠烟霏。算诗人相得，如我与君稀。约他年、东还海道，愿谢公、雅志莫相违。西州路，不应回首，为我沾衣。

　　这是苏轼以诗为词的代表作，也是李清照所说"皆句读不葺之诗"的一个例证。谓句读不葺，指的是合乐问题，亦即合不合乐曲的音理问题。如果以一般格律诗的标准衡量，苏轼所作并无违反规则。但作为合乐歌词，尚有可斟酌之处。同是《八声甘州》，看看柳永所作，就能发现问题之所在。柳永词云：

　　　　对潇潇暮雨洒江天，一番洗清秋。渐霜风凄紧，关河冷落，残照当楼。是处红衰翠减，苒苒物华休。唯有长江水，无语东流。　　　不忍登高临远，望故乡渺邈，归思难收。叹年来踪迹，何事苦淹留。想佳人、妆楼颙望，误几回、天际识归舟。争知我，倚阑干处，正恁凝愁。

　　两相对照，可见苏词与柳词的不同之处在于：柳于歌词的几个关键部位用拗句,苏改拗为顺,将柳词中的非律式句改为律式句。例如,柳词中的"对、潇潇暮雨洒江天",原为一、七句式,苏将其改为一般律式句,"有情风、万里卷潮来",成为三、五句式。又如,柳词中的"倚阑干处",一二一句式,中间二字为联语词,苏亦将其改为一般律式句,"不应回首",成为二二句式。两处改动,一为开篇,一为煞尾;一起调,一毕曲。皆为关键部位,亦即乐音的吃紧之处,可为乐曲定调。柳词用拗,令八韵、八声的情感流动,出现起伏,增添波澜。例如,"倚阑干处"这一句式,本身既已有点拗怒,再加上"正恁凝愁"(去去平平),连续两个去声,令声调遽然下降,于平中增添不平,则更加不平。置之歌词特殊部位(煞拍),则如郑文焯所言,"如画龙点睛,其神观飞跃,只在此一、二笔,便尔破壁飞去也"(《大鹤山人词论》)。苏将其改顺,但并非逢拗必改。开篇、煞尾以外,柳词所用非律式句,苏皆照填不误。例如,"问、钱塘江上,西兴浦口,几度斜晖",以一领格字"问"提起三个四言句,与柳之"渐、霜风凄紧,关河冷落,残照当楼",同一句式。又如,"正、春山好处,空翠烟霏"及"算、诗人相得,如我与君稀"与柳之"望、故乡渺邈,归思难收"及"叹、年来踪迹,何事苦淹留",其句式亦无不同。说明苏轼的改动,或者说对于既有规则的违反,自有一定限度。如没有这个度,也就不成其为《八声甘州》。所以,改顺以后的东坡词,其八韵、八声的情感流动仍然像钱塘江上的潮水一般奔腾到海,势不可挡。这就是以诗为词,即以作诗的态度和方法作词所达致的效果。

以上对于柳永、苏轼两首《八声甘州》所作比较,主要是字声及句式方面的问题,属于声律范围。和李清照论断相比,同样是律,是一种有关乐歌创造的法则,或者法律问题,但着眼点不同。我所作柳、苏词的比较,着重在声律;李清照的论断着重在音律。

就相关文献看,宋人批评苏轼,大多于音律上立论。无论谓其不能为,或者不喜为,都只是从音律的角度提出问题。但陆游《老学庵笔记》中的一段话,所说为声律,而非音律,不知何故。其曰:

世言东坡不能歌，故所作乐府词多不协律。晁以道谓："绍圣初，与东坡别于汴上，东坡酒酣，自歌古阳关。"则公非不能歌，但豪放不喜剪裁以就声律耳。①

这段话的用意在于为苏轼辩诬，谓其所作之不合律（不协律），并非不能为，而乃不喜为。其中声律二字，我怀疑其为音律之误。提请词界友人帮忙核实，以为就是声律二字②。大致上看，对于音律与声律，宋人的理解并不错，两个概念，都不曾混淆。但陆游这段话，为何称声律，而非音律，尚待进一步查考。

进入 20 世纪，今人理解之出现偏差，主要是将两个概念，当作一个概念。两个概念，音律与声律，未曾分辨清楚，不经意就那么变换着讲，自己并不觉得；有时候，亦将两个概念都当作形式格律讲。今人的这种混淆，集中表现在对于苏轼的评价上。

20 世纪 20 年代，胡适编纂《词选》，标榜白话词，为"文章革命"（胡氏《沁园春》）张目，曾将苏轼推尊为词中的解放派。其序曰：

到了十一世纪的晚年，苏东坡一班人以绝顶天才，采用这新起的词体，来作他们的"新诗"。从此以后，词便大变了。东坡作词，并不希望拿给十五六岁的女郎在红氍毹上袅袅婷婷地去歌唱。他只是用一种新的诗体来作他的"新体诗"。

这种"新体诗"，胡适称之为"诗人的词"。其主要特征是：内容

① 陆游：《老学庵笔记》卷五，北京：中华书局 1979 年点校本，第 66 页。
② 参见王昊《与施议对先生论词书》，其曰：遵嘱查证《老学庵笔记》卷五一段表述，兹汇禀如下。限于资料条件，这两天晚仅查证了《四库全书》本、《说郛》本（上海古籍出版社《说郛三种》）和中华书局点校本，均作"但豪放不喜裁剪以就声律耳"，无异文。中华点校本行世较早，虽点逗多有疏误（今人钟振振等专文曾论及），而据其《前言》，底本是老商务印书馆刊本《宋元人说部书》中的校本，此校本以明穴研斋抄本为底本，校以明毛晋《津逮秘书》本、明吴江周元度刻本和清何焯校本。

变复杂了,词人的个性更显出了。就苏轼其词看,这种"新体诗",除了题材变革,在形式上有何变化,序文未曾说明。但论及"诗人的词"的整个群体时,序文有云:

> 这些作者都是有天才的诗人。他们不管能歌不能歌,也不管协律不协律;他们只是用词体作新诗。①

序文中的这段话说协律与不协律问题,属于形式上的问题,但所协为音律,或者是声律,仍未说明。序文以外,胡适于《词选》第三编苏轼小传云:

> 词起于乐歌,正和诗起于歌谣一样。诗可以脱离音乐而独立,词也可以脱离音乐而独立。苏轼以前,词的范围很小,词的限制很多;到苏词出来,不受词的严格限制,只当词是诗的一体;不必儿女离别,不必鸳衾雁字,凡是情感,凡是思想,都可以作诗,就都可以作词。从此以后,词可以咏史,可以吊古,可以说理,可以谈禅,可以用象征寄幽妙之思,可以借音节述悲壮或怨抑之怀。这是词的一大解放。

小传称,苏轼出来,不受词的严格限制,既包括题材的限制,也已涉及形式的限制。紧接着,胡适以黄庭坚及陆游的两段话,说明其所谓限制,指的是曲子的限制。但究竟是音律的限制,或者是声律的限制,仍未弄明白②。

胡云翼早年编纂《宋词研究》③,在胡适编纂《词选》之前;于胡适稍后,并著《词学 ABC》及《中国词史略》。其曰:"因为苏轼的词奔放

---

① 胡适:《词选》,上海:商务印书馆 1927 年版,第 7—8 页。
② 胡适:《词选》,第 99—100 页。
③ 胡云翼:《宋词研究》,上海:中华书局 1925 年版。

不可拘束，所以人家都说他以诗为词，说是'曲子中缚不住者'。"①又曰："苏轼写词是拿来表现自己的，不是写给乐工歌伎们唱的，所以只求写得好，不问合不合音律。于是一变音乐底词为文学底词。许多人为传统观念所蔽，以为词决不可以离音乐而独立。因此否认苏轼这一派的词是正宗，说是别派，谓其'虽极天下之工，要非本色'。其实，词失却音乐性的时候，不过没有音乐上的价值。只要写得好，我们决不能否认其文学（上）的价值。"②以为"只求写得好，不问合不合音律"，将胡适所说限制，落实到音律上，谓"变音乐底词为文学底词"，立论似仍稳当，但音律之为何物，乃为音乐之律，抑或文学之律，却无明确所指。

20世纪60年代初，胡云翼《宋词选》前言称：

> 苏轼不顾一切文人的责难与讪笑，毅然打破了词在音律方面过于严格的束缚，也是和词的革新完全相应的、有意义的创举。陆游《老学庵笔记》说："世言东坡不能歌，故所作乐府，多不协律。晁以道谓：'绍圣初，与东坡别于汴上。东坡酒酣，自歌《阳关曲》。'则公非不能歌，但豪放不喜剪裁以就声律耳。试取东坡诸词歌之，曲终，觉天风海雨逼人。"这个音律问题，涉及词以形式还是以内容为主、以音乐还是以文学为主的问题。诋毁苏轼的人说他不懂音律，这是近乎污蔑之词。苏轼爱好音乐，他的词可以歌唱的并不少，他唱过自己作的《阳关曲》《哨遍》（"为米折腰"），其他如《临江仙》（"夜饮东坡醒复醉"）、《永遇乐》（"明月如霜"）等词也都是谐音协律的歌词。他的某些词确有不协音律的地方，问题不是他不懂音律，而是不愿以内容迁就音律。这说明苏轼特别重视词的文学方面的意义，不把它作为音乐的附庸，

---

① 胡云翼：《词学 ABC》，上海：世界书局 1930 年版，第 44 页。
② 胡云翼：《中国词史略》，上海：大陆书局 1933 年版，第 63 页。

不让思想内容和艺术表达受到损害，不让自由奔放的风格受到拘束。遵循这个创作原则是完全正确的。陆游说他"豪放，不喜剪裁以就声律"，可谓知言。①

胡云翼前言所述，牵涉到几个关键词，包括音律、声律以及形式与内容，但其所说，既将音律与声律两个概念混淆（引文为声律，说明文字为音律），又将音律作为形式的代名词，谓"音律问题，涉及词以形式还是以内容为主、以音乐还是以文学为主的问题"，因令两个概念更加无法明白其所指。

前言以外，胡云翼于苏轼小传称：

> 作者既然用词来反映自己生活的各个方面，以充分地表达思想感情为主，就必然在一定的程度上突破了音律的束缚，而不是以协乐为主。他的词"间有不入腔处"，并不是不懂歌曲，而是"不喜剪裁以就声律"，不愿意让作品的内容受到损害。②

和前言一样，小传仍谓其不协音律，并且强调其对于协调音律，乃不喜，或不愿，而非不懂。但对于音律与声律，仍然无法明白其所指。

综上所述，可见胡云翼论苏轼之"突破了音律的束缚"，完全是胡适有关词体"大解放"的翻版。胡适、胡云翼之所持论，究竟是否恰切，另当别论，但谨就所讨论问题看，即协律不协律问题，胡适、胡云翼所说，皆为事件的结果，并且皆出于同样的几个本本。胡适说"不受词的严格限制"，对于题材的限制，说得头头是道，对于形式则含混不清；胡云翼说协不协音律问题，谓谐音协律，有词为证，谓确有不协，则

---

① 胡云翼：《宋词选》，上海：中华书局上海编辑所1962年版，第10—11页。
② 胡云翼：《宋词选》，第56—57页。

缺少事证。二胡论断，一脉相承。同样从本本到本本，从词话到词话，本本上怎么说，就怎么说。未曾经过查证。这种文风与学风，于 20 世纪词学界，影响深刻。自民国四大词人以后，词界论词，大多以二胡学说相鼓吹。关于音律与声律问题，同样倒果为因，不问究竟，并未超出二胡所讨论的范围。

三

以上从声与音，说及"文"，以为一种纹理或文理。这是一种完美的艺术创造。由于这种艺术创造，根源于声和音，也就导引出音律与声律问题。这是乐音与文词组成的规律，或者原理。一个是音乐的节拍，一个是文词的节拍。音乐的节拍，依一定的宫调和律吕加以描述；文词的节拍，依一定的平仄组合规则加以体现。乐歌创造，需要音乐语言与文学语言的配合。倚声填词亦然。

20 世纪词学界，由于音律与声律的混淆，造成了声学与艳科的失衡。尤其是 1949 年之后，中国词学进入蜕变期，这种失衡现象进一步加剧。一方面是对于声学的偏废，既不讲音律，也不讲声律，令声学成为后继无人的绝学；一方面是对于艳科的偏重，既大张旗鼓地进行批判，又在批判中推扬（主要是思想内容的分析与鉴赏），令其成为一门显学。蜕变期词学界这一局面的出现，既是时代风气使然，胡适、胡云翼的误导，亦曾产生一定影响。

声学与艳科，这是一个问题的两个方面。词为声学以及词为艳科，这是千年填词与词学发生、发展所形成的共识；而音律与声律，则为体认词的特质，掌握词体创造及发展法则及规律的方法与途径。在填词与词学发生、发展的历史进程中，对于音乐语言与文学语言的配合，历代倚声家已积累了丰富的经验；乐曲散佚，经过对于音律与声律及其相关问题的探研，近世倚声家亦总结出一些经验。

（一）"音理失传，字格具在"：吴梅论词八字要诀

吴梅在《词学通论》中所提出"音理失传，字格具在"，可称之为填词与词学的八字要诀。其曰：

> 五季两宋，创造各调，定具深心。盖宫调管色之高下，虽立定程；而字音之开齐撮合，别有妙用。倘宜平而仄，或宜仄而平，非特不协于歌喉，抑且不成为句读。昔人制腔造谱，八音克谐。今虽音理失传，而字格具在。学者但宜依仿旧作，字字恪遵，庶不失此中矩矱。①

这段话提出：前人制腔造谱，别具匠心，尽管音理已经失传，仍然可以依仿旧作，掌握其规则。亦即通过字格，寻求音理。如用现在的话讲就是，倚声填词发展至今日，什么都没有了，谱没有，唱法也没有，只剩下文词，但作为音乐文学的歌词，音理仍然存在于文词的字格当中。字格构成内在音乐。依靠文字的声音（字格），一样不会丧失其规矩与法度。因为汉字具备特殊功能，本身已有声音的纹理，词与外在音乐脱离关系之后，音理仍然存在于字格当中。今日学词或词学，借声律而追寻音律，透过声与音，仍然有机会得窥门径。这就是说，以前人作品为样板，字字恪遵，虽未能恢复旧观，还原乐歌的旋律，但仍可以透过此中矩矱，领会其声情与词情，从而寻求得到文词的节拍与音乐的节拍相配合的效果。

（二）龙榆生、夏承焘的声调之学

民国四大词人之一龙榆生，于20世纪词坛，我将其定位为中国词

---

① 吴梅：《词学通论》，上海：商务印书馆1933年版，第10页。

学学的奠基人。30 年代，龙榆生发表《研究词学之商榷》一文，界定填词与词学的内涵，并提出于诸家图谱之学外，别为声调之学。其曰：

> 词为声学，而大晟遗谱，早已荡为云烟。即《白石道人歌曲》旁缀音谱，经近代学者之钩稽考索，亦不能规复宋人歌词之旧，重被管弦。则吾人今日研究唐、宋歌词，仍不得不以诸大家之制作为标准。词虽脱离音乐，而要不能不承认其为最富于音乐性之文学。即其句度之参差长短，与语调之疾徐轻重，叶韵之疏密清浊，比类而推求之，其曲中所表之声情，必犹可睹。吾人不妨于诸家"图谱之学"外，别为"声调之学"。①

龙榆生论填词与词学，为词学学科的创建奠定了基础。他将前人所说词学五事，增添为八事。计为图谱之学、词乐之学、词韵之学、词史之学、校勘之学以及声调之学、批评之学与目录之学。后三事为其所添加。其中，声调之学，针对图谱之学而提出，较多创意。而此八事，乃八个方面的学问，八个项目，非八个学科。所谓图谱之学，为万树所创建。谓其"举明、清以来，张綖、程明善、赖以邠诸家之说，摧陷而廓清之"（龙榆生语），说明乃经过一番驳缪纠讹，发明补充，排比而成。图谱所讲究的是字声的平仄问题，所制定的是一种有关词调填制的法则，或者法律，乃字声的律，而非律吕的律。龙榆生说声调之学，着重从表情入手。其谓"词本倚声，则词中所表之情，必与曲中所表之情相合"，指的就是词情与声情问题。龙榆生以为："自曲谱散亡，歌声绝于后人之耳，驯至各曲调所表之情绪，为喜为悲，为婉转缠绵，抑为激昂慷慨，若但依其句度长短，殊未足以尽曲中之情。依谱填词者，亦复无所准则。"这就是说，只是依赖图谱，排比其平、仄之出入，斟酌其字句之分合，而又严上、去之区别，仍未能将曲中之情表达出

---

① 龙榆生：《研究词学之商榷》，《词学季刊》第 1 卷第 4 号（1934 年 4 月），第 3 页。

来。所以，龙榆生主张，于诸家图谱之学外，别为声调之学。前人依据图谱，体认词情，仍然在声律的范围之内；龙则依据声调，由词情而声情，力图以字格追寻音理，已涉及音律问题。这是龙氏对于前人的增添，或者补充。

与龙榆生生活在同一个年代，业师夏承焘先生之作为民国四大词人之首，其论温庭筠之用拗句，于文章体制的创立揭示其划时代的意义。所撰《唐宋词字声之演变》云：

> 词之初起，若刘、白之《竹枝》、《望江南》，王建之《三台》、《调笑》，本蜕自唐绝，与诗同科。至飞卿以侧艳之体，逐管弦之音，始多为拗句，严于依声。往往有同调数首，字字从同；凡在诗句中可不拘平仄者，温词皆一律谨守不渝。①

这段话从词之初起，说到温庭筠的追逐，所出现之变化，夏先生将其归结为严于依声及多为拗句二事。严于依声，说明他所依循的是字声，以字声应合乐音，不一定直接合乐。探寻乐音，温庭筠创作歌词，已完成由音律到声律的过渡。多为拗句，属于句式上的变化。刘、白创作歌词，依曲拍为句，所用一般为五、七言律绝句式，皆律式句，温多拗句，则为非律式句。比如《菩萨蛮》的上下二结句，温十五首词，多采"去平平去平"句式。基本已达四声一律的标准（盛配语）。温词句式，与一般律式句，"平平仄仄平"，已有明显区别。这就是温庭筠歌词创作所出现的变化。倚声填词发展至此，已形成固定字格，并已独立成科。所谓词为艳科，以及词为声学，地位已确立。这是夏氏词体发展、变化的三段论。即谓倚声填词到了温庭筠，已经完成三个方面的过渡。从乐律到声律，由不定声到定声；从律式句到非律式句，由一

---

① 夏承焘：《唐宋词字声之演变》，载《唐宋词论丛》，北京：中华书局 1962 年版，第54 页。

般到个别；从无邪到邪（侧艳），由同科到不同科。三个方面的过渡，我称之为夏氏三段论①。其论字声与句式，同在字格的范围之内，同样与音理相关。由此追寻及文章体制的变化，即倚声填词独立成科的过程，从而，将声调之学建造在更高的层面之上。这是夏氏于声学研究中的一项重大发明②。

（三）真传与门径

吴梅的八字要诀，说明外部音乐丧失了，歌腔失传，唱法找不到，可从字格中找。音理失传，字格具在。八个字将歌词与音乐的关系落到实处。龙榆生以及夏承焘的声调之学，或因词中之情，追寻曲中之情，或于歌诗与歌词之间，探究其顺与拗的异同，皆以字格追寻音理，将倚声填词这一学科的基本建设，推向更加扎实的层面。作为后来者，有破有立，对于前辈所提供的经验，仍须逐一加以检验，看看是否与前贤名作相符，方才寻觅得到真正的入门途径。

例如，柳永《西江月》：

> 凤额绣帘高卷，兽镮朱户频摇。两竿红日上花梢。春睡厌厌难觉。　　好梦狂随飞絮，闲愁浓胜香醪。不成雨暮与云朝。又是韶光过了。

---

① 施议对：《倚声与倚声之学》，《词学》第 16 辑（2006 年 1 月），第 214—216 页。
② 龙榆生、夏承焘的声调之学，都在于以字格追寻音理，讲究词情（词中所表之情）与声情（曲中所表之情）的配合。在这一意义上讲，龙、夏二氏，并无太大区别。这是于倚声层面所展开的讨论。但夏氏于倚声（依声）以外，另增加一项。曰：多为拗句。并将其用于体制建构，以为歌诗与歌词分科的标志。其所推断，就不仅仅是字声问题。论字声，谓何者为平，何者为仄，既适用于乐府，亦适用于声诗；论句式，谓之何处为拗，并且"词皆一律，谨守不渝"，则为乐府歌词之所独有。龙、夏二氏，对于声调之学，或作一般论述，对于乐府与声诗的疆界，尚未严格划分；或着眼于同科与不同科的转换，为乐府歌词之独立成科提供依据。二人论断，其所谓层面区别者，就在于此。

此词第一句不用韵,第二句押平声韵(摇),为起头之韵。第三句叶平韵(梢)。第四句就平声切去,押侧(仄)声韵(觉)。上下片同。龙榆生《唐宋词格律》,曾将柳永此词归之于平仄通叶格,说其格式特点,指出:"五十字,上下片各两平韵,结句各叶一仄韵。"并以沈义父《乐府指迷》中的一段话加以说明:"《西江月》起头押平声韵,第二、第四句就平声切去,押侧声韵。如平韵押'东'字,侧声须押'董'字、'冻'字方可。"以为《西江月》此调应以柳词为准。对于龙榆生的阐释,我在《建国以来新刊词籍汇评》(北京《文学遗产》1984 年第 3 期)一文,曾作评述,指出:龙榆生所说《西江月》格式,谓此调多少字,上下片各多少韵,只是倚声填词的一般规则,未能说明此调的特别之处。其所征引沈义父语,以为结句(第四句)就平声切去,所押侧(仄)声韵,可以董(上声)、冻(去声)取叶。沈说无误,但龙氏以之为准的柳永《西江月》,并不尽合沈说。因柳词的"觉"与"了",一入声,一上声,皆可作平,上口吟唱,常易走了声调,以与同部平声韵字(摇、梢)取叶,未能突出此调平仄韵通叶格的特点。针对龙氏的这一忽略,文中并指出:纵观宋人所作《西江月》词,其第四句所叶之仄声韵字,如起头平声押"东"字,则此仄声韵,多数都押"冻"字(去声)韵,而少押"董"字(上声)韵。亦即,上下两仄韵,当押去声韵为宜。这是我在《建国以来新刊词籍汇评》文章中所总结的一条经验。以苏轼、辛弃疾所作进行验证,情况相符。例如,苏轼《西江月》:

> 玉骨那愁瘴雾,冰姿自有仙风。海仙时遣探芳丛。倒挂绿毛
> 么凤。　　素面翻嫌粉涴,洗妆不褪唇红。高情已逐晓云空。不
> 与梨花同梦。

又,辛弃疾《西江月》:

> 明月别枝惊鹊,清风半夜鸣蝉。稻花香里说丰年。听取蛙声

一片。　　七八个星天外，两三点雨山前。旧时茅店社林边。路转溪桥忽见。

苏轼词上下两结韵"凤"、"梦"皆去声，辛弃疾词上下两结韵"片"、"见"，亦去声。苏轼所作《西江月》，计十三首，两结韵全押去声的有十首；辛弃疾所作《西江月》十七首，两结韵全押去声的有十二首，皆占多数。

故此，我以为，龙榆生《唐宋词格律》介绍《西江月》这一词调，取沈义父成说，以为上下两结韵可以上声（董）取叶，也可以去声（东）取叶，这就不一定是宋人的真传。

20世纪五代词学传人，对于声学与艳科，认识上存在许多差别。第一代，以清季五大词人为代表。王鹏运、文廷式、郑文焯、朱孝臧、况周颐诸辈，恪遵本色论传统，为古代词的终结。第二代，以王国维为代表。自1908年《人间词话》发表，即于传统本色论以外，别创现代境界说。胡适登场，偏重艳科，废弃声学，令现代境界说向左倾斜。因同志太少，并非主流。以吴梅为代表的传统本色论传人，仍然占居领导地位。这是过渡的一代，由清过渡到民国，由古过渡到今。第三代，以民国四大词人为代表。夏承焘、唐圭璋、龙榆生、詹安泰，声学与艳科并重，成为词学创造的中坚力量。胡云翼承袭胡适学说，未曾引起注视。第四代，以邱世友、叶嘉莹为代表。由民国过渡到新中国，是正与变的交替与转换。五六十年间，只讲艳科，不讲声学，导致词学的蜕变。邱世友、陶尔夫、吴熊和、谢桃坊诸辈于研究艳科的同时，间或涉及声学问题，此外，对于声学则少有问津者。叶嘉莹于这一时期的后半期归国，意内、言外，感发、联想，仍未能挽回既倒之狂澜。第五代，共和国的新一代。政治标准第一，艺术标准第二。声学、艳科，豪放、婉约，对于二胡（胡适、胡云翼）学说之是耶？非耶？仍然未能识别，继续行进在正与变的交替与转换当中。总的来讲，20世纪五代词学传人的历史使命，直至1995年，方才终止。

步入新世纪,对待声学与艳科问题,正、反两个方面的经验、教训,尚未得以归纳与总结,亦尚未加以检验。倚声填词,循声音而入。研习词学,懂得声和音的关系,这是最基本的问题。而就目前词学界看,仍然很少有人肯在这方面下功夫。这是实情。

癸巳大雪前五日于濠上之赤豹书屋

（作者单位：澳门大学）

"古文"与声音
——兼及其与诗学的关联[①]

陈引驰

　　中国传统之中,以文字为主要媒介的文学,与声音的关涉始终密切,这不仅表现在与音乐紧密相关的文学样式上,表现在讲究声韵调谐之美的韵文里面,即使散体的"古文"亦呈现此一特质。本文首先例举古文学习和书写中与声音相关的若干事实,以为全篇的导引;而后着重疏理、分析集古文传统之大成的清代桐城派诸位古文大家,在习学前代古文和从事古文写作等重要方面对于声音的认识,可以见出声音在桐城古文学里面具有的关键地位;最后,推溯桐城古文家重视古文的声音层面而形成前此所无的系统认识之缘由,从他们所持诗与古文一致的观念入手,提出他们的诗学造诣对其古文声音观存在重要的影响,这由他们讨论古文声音的术语范畴与前代诗学所运用者有相承之迹,亦可获得证明。

---

① 此文初拟于 2008 年初,曾在 2008 年 4 月哈佛大学王德威、田晓菲两教授主持之 Sound and Interpretation in Chinese Literature 会议上报告,得到 Stephen Owen(宇文所安)、王德威、田晓菲诸教授的回应和指教;2011 年 11 月又在香港城市大学的中文、翻译与语言学系讲过,叶扬、张万民两位教授有所指示,统此一并致谢。

中国文学史上，文学与音乐的关系极为密切，因而有所谓"音乐文学"的说法①。既然称作"音乐文学"，那就不仅是以文字为主要的表达媒介了，而且是与音乐的因素紧密关联的；与以文字为中心的文学相比较，"音乐文学"最大的特质，就在于它首先是音乐的，也就是说音乐性是第一位的，而文字的雕琢美化则属于第二性。

文学与音乐之离合，在文学迁变演化的过程中，在某些特定的阶段，具有关键的意义。中国文学史上最初的《诗经》，其绝大多数合乐歌唱是没有疑问的②；之后经由楚辞③，到汉赋的"不歌而赋"（《汉书·艺文志》"传曰"），赋于是成为中国文学史上第一个完全脱离音乐的纯文学类型。汉赋创作中对文字本身的关注及其体现出的美学意识④，为此后诗歌文学趋向华美的追求，提供了重要的经验：汉魏之际至晋初五言诗美学由质朴转向华美的关键人物，如王粲、曹植、陆机等，都是当时的主流辞赋家；而整个中古前期，赋与诗的并行、交错，始终是文学史的重要线索，左思、谢灵运、鲍照、江淹、庾信等都是诗、赋两方面的创作能手，这中间赋似乎较之诗更居有核心文类的地位⑤，北朝的文学家魏收曾说过："会须作赋，始成大才士。"（《北齐书》本传）

① 朱谦之：《中国音乐文学史》，上海：商务印书馆 1935 年初版。
② 皮锡瑞：《经学通论》，北京：中华书局 1954 年版，二《诗经》中"论诗无不入乐史汉与左氏传可证"条。
③ 有关楚辞歌、诵之别的分析，参拙稿《由句中"兮"之位置推拟楚辞歌诵之别》，载于《中国文学与文化的传统与变革》，南京：南京大学出版社 2008 年版。
④ 参吉川幸次郎《论司马相如》一文对以司马相如为中心的汉赋创作的论说，见《中国诗史》，合肥：安徽文艺出版社 1986 年版，尤其第 84—90 页。
⑤ 《世说新语·文学》六十六条以下涉及文学批评的条目，论赋者多于论诗，或者也是一个佐证。参拙稿《由〈世说新语·文学〉略窥其时"文学"之意谓》，载于《古代文学理论研究》第 23 辑，上海：华东师范大学出版社 2005 年版。

在《诗经》——"楚骚"——汉——五言古诗的脉络之中,文学逐渐脱离音乐,趋向以文字为中心的文学,这导致两方面的重要后果:其一,文字本身受到从未有过的关注,从听觉转向视觉①,讲究辞藻之华美,同时逐渐在音乐之外建立起立足文字本身声音特质的声韵之美的规范——这样的过程是极为漫长的,中古时期的永明声律运动乃至初唐近体格律的最后成型,不妨都可以视为此种趋向的结果;其二,脱离了音乐,诗人才能更加个性化地表达自己独特的经验与情感,这不仅体现在屈原《离骚》及《九章》一类基本不能歌唱而只能诵读的作品里面,而且,中古的乐府②以及宋人的词作③等音乐文学样式在发展中的突破和变化,也都显示了这样的轨迹和特点。

诉诸听觉的声音向提供观看的书面文字的转移,是早期中国文学史上文学演进的基本脉络,然而另一方面,文学的字里行间,从来不乏声音的回响。(1)韵文的声韵性质是显然的,兹不详论。(2)就说所谓的文章,汉赋形式上趋于骈偶,为讲究骈对、辞藻和声律的骈文,导

---

① 从音乐到文学,总体趋势自然如是;即使在脱离音乐的文类中,从听觉转向视觉也有一个过程,朱熹曾提及两汉之间司马相如之"说出"与扬雄等"做文字"的区别(《朱子语类》卷一三九),而釜谷武志也曾认为司马相如的赋虽用了很多玮字,但还是以语音上的听觉效果为主的,到扬雄时才有明显的转变,参谷口洋《扬雄"口吃"与模拟前人——试论文学书面化与其影响》,苏瑞隆、龚航主编:《廿一世纪汉魏六朝文学新视角:康达维教授花甲纪念论文集》,台北:文津出版社 2003 年版,第 47—48 页。

② 乐府的写作,在很大程度上是程式性的,从音乐程式、本事书写乃至情意表达等,都有其特定的成规,一方面写作者一定会在文本之中流露出一己的情思,但另一方面乐府传统的成规也顽强地在文本中有所呈现。中古早期乐府传统的此一特点,与脱离音乐的古诗传统之间存在着相当的不同。

③ 词作为一个文学文类,叶嘉莹先生尝分为不同之发展阶段:"歌辞之词,是早期的词,都是文人诗客给歌女写的歌辞,这是歌辞的词;可是后来,作者多了,这些个诗人就想自己写自己的感情了,所以后来就有诗化之词。"(《词之美感特质的形成与演进》,北京:北京大学出版社 2007 年版,第 7 页。)这其实是从王国维《人间词话》所谓李煜"变伶工之词为士大夫之词"的论断中转出的。而伴随这一转变过程的,便是词与音乐的渐行渐远,李清照《词论》已批评及此:"晏元献、欧阳永叔、苏子瞻,学际天人,作为小歌词,直如酌蠡水于大海,然皆句读不葺之诗尔,又往往不协音律。""以诗为词",更充分表达词人的自我主体性,往往即是以不拘音乐、声律为代价的。

夫先路①；而辞赋——骈文——四六——八股②的线索里，与骈偶相伴的声音讲究，始终未辍。（3）骈偶文字之外，中古以下单句散行的古文，比较诗、词、曲，无疑离声音较远。某种程度上，文学的不同类型与音乐的疏、密关系，可以透露出其与声音因素的远、近。古典诗学论及声音韵律，往往与乐论相涉，从最初的诗论由乐论中生发而蔚为大国③，到中古援据音乐范畴而阐说诗的声律，如南齐永明时代，发明四声为诗，沈约《宋书·谢灵运传论》还会说"欲使宫羽相变，低昂互节"，那时有不少以宫、商、角、徵、羽配合平、上、去、入四声的例子④。古代对于文章的论述，较之诗学与乐论的紧密关系，自然不及，确实可以说明古代的文章与声音之道稍隔略远，但即使如此，古文也绝非仅供默看的文本而已，尤其在清代桐城古文家的视野中，从刘大櫆始，姚鼐、梅曾亮、方东树、张裕钊、曾国藩，乃至姚永朴，对声音之于古文，有许多的关注和阐发。在他们看来，声音上通神气、下主字句，不仅是学习文章时涵咏体味的重要途径，更是创作书写时缀字成篇的关键因素。值得进而玩味寻绎的是，追溯这些清代古文家们突显声音追求的谱系，显示了前代诗学的影响，而我们知道，文类的交互关涉，从来是

---

① 朱自清论及后世班马影响不同时尝说："《史记》当时还用散行文字；到了《汉书》，便弘丽精整，多用排偶，句子也长了。这正是辞赋的影响。自此之后，直到唐代，一般文士，大多偏爱《汉书》，专门传习，《史记》的传习却都甚少。这反映着那时期崇尚骈文的风气。唐以后，散文渐成正统，大家才提倡起《史记》来；明归有光及清桐城派更力加推尊，《史记》差不多要驾乎《汉书》之上了。这种优劣论起于二书散整不同，质文各异；其实是跟着时代的好尚而转变的。"见《经典常谈·史记汉书第九》，北京：北京出版社 2004 年版，第 75 页。又说："骈体出于辞赋，夹带着不少的抒情的成分；而句读整齐，对偶工丽，可以悦目，声调和谐，又可悦耳。"见《经典常谈·文第十三》，北京：北京出版社 2004 年版，第 125 页。
② 朱自清讨论文章流变时述及明代"盛极一时"的八股文，"'股'是排偶的意思；这种体制，中间有八排文字互为对偶"，"它的格律，却是从'四六'演化的"，"因为排偶，所以讲究声调"。见《经典常谈·文第十三》，第 135—136 页。
③ 参张少康《中国古代诗论发展与乐论、书论和画论的关系》之第一节"早期的文学批评是从音乐批评中派生出来的"，载于《文心与书画乐论》，北京：北京大学出版社 2006 年版；及蒋孔阳《先秦音乐美学思想论稿》，北京：人民文学出版社 1986 年版。
④ 参王运熙、杨明《魏晋南北朝文学批评史》中"沈约和声律论的形成"一节（杨明执笔），上海：上海古籍出版社 1989 年版，第 230—231 页。

文学异彩纷呈的一大奥秘。

一、古代文章中声音的例说

在观察古文家们的古文声音论说之前，我们有必要对古代文章史上一些事实作出非常简略的勾勒。

首先，古代文章，与诗歌韵文一样，很多情况下是供人诵读的。

虽然说文字的基本功能长于以简帛或书面的形式展开记述，但古时识字者少，经由阅看文章而获取知识者，或许远不及通过聆听，可以说，文章不是沉默无声的。比如《庄子·天道》就有如下记叙：

> 桓公读书于堂上。轮扁斫轮于堂下，释椎凿而上，问桓公曰："敢问，公之所读者何言邪？"公曰："圣人之言也。"曰："圣人在乎？"公曰："已死矣。"曰："然则君之所读者，古人之糟魄已夫！"①

我们可以设想，如果桓公不是读书出声，就无法解释何以身在"堂下""斫轮"的轮扁，能对桓公所读的书言有反应，提出自己的疑问。

这样的情况始终绵延，前文提到的汉赋是"不歌而诵"的，后世的赋作，在作者的写作、修改和读者的阅读、欣赏之时，也都要考虑到声音的因素。如《世说新语·文学》记载：

> 庾阐始作《扬都赋》，道温、庾云："温挺义之标，庾作民之望。方响则金声，比德则玉亮。"庾公闻赋成，求看，兼赠贶之。阐更

---

① 郭庆藩：《庄子集释》，北京：中华书局2004年版，第490页。

改"望"为"俊",以"亮"为"润"云。①

庾阐将"亮"改为"润",是为避庾亮名讳;而改"望"为"俊"则为"俊"与"润"协韵。《世说新语》的《文学》篇还有一个赋作的创作与欣赏中涉及声音的故事:"孙兴公作《天台赋》成,以示范荣期,云:'卿试掷地,要作金石声。'范曰:'恐子之金石,非宫商中声!'然每至佳句,辄云:'应是我辈语。'"②凡此皆可见赋作重声韵之事实,以及那个时代里文士们对文字声音的注重。

唐代的韩愈,宣导"古文",曾经自述说:"口不绝吟于六艺之文,手不停披于百家之编。"(《进学解》③)这两句属于互文,是说韩愈于经书百家,"吟""披"不倦。韩愈类似的说法还有:"手披目视,口咏其言,心惟其义。"(《至邓州北寄上襄阳于𬱟相公书》④)查看此文,韩愈所读的是𬱟《文武顺圣乐辞》、《天保(宝)乐辞》、《读蔡琰胡笳辞诗》、《移族从》⑤并《与京兆书》,前三者当是乐辞诗篇,后两篇则属文无疑。足见无论是古典文献还是当代篇什,古文家韩愈都是眼、口并施的。

其次,阅读乃至欣赏之中,声音的因素得到重视,而学习文章写作的过程中,声音的因素也极有作用。

宋代苏洵有《上欧阳内翰第一书》,回顾早年作文不精,后来取古代圣人、贤人文章反复"读之",读了七八年,内心充实而沛然不能自制,于是著为宏文也就不以为难了:

> 洵少年不学,生二十五岁,始知读书,从士君子游。年既已

---

① 余嘉锡:《世说新语笺疏》,北京:中华书局 2007 年版,第 304 页。
② 余嘉锡:《世说新语笺疏》,第 316 页。
③ 刘真伦、岳珍:《韩愈文集汇校笺注》,北京:中华书局 2010 年版,第 147 页。
④ 刘真伦、岳珍:《韩愈文集汇校笺注》,第 618—619 页。
⑤ 马其昶确定此题,以"移"为"移文"之"移",见《韩昌黎文集校注》,上海:上海古籍出版社 1986 年版,第 147—148 页。

晚,而又不遂刻意厉行,以古人自期。而视与己同列者,皆不胜己,则遂以为可矣。其后困益甚,然后取古人之文而读之,始觉其出言用意,与己大异。时复内顾,自思其才则又似夫不遂止于是而已者。由是尽烧曩时所为文数百篇,取《论语》、《孟子》、韩子及其他圣人、贤人之文,而兀然端坐,终日以读之者七八年。方其始也,入其中而惶然;博观于其外,而骇然以惊。及其久也,读之益精,而其胸中豁然以明,若人之言固当然者,然犹未敢自出其言也。时既久,胸中之言日益多,不能自制,试出而书之,已而再三读之,浑浑乎觉其来之易矣。①

此文之中,"读之"凡三见,"读"即是出声诵读,宋儒朱熹《沧州精舍喻学者》解说得最为分明:

予谓老苏但为欲学古人,说话声响,极为细事,乃肯用功如此,故其所就亦非常人所及。如韩退之、柳子厚辈亦是如此,其答李翊书、韦中立之书,可见其用力处矣。②

朱熹特意强调苏洵"兀然端坐终日以读之者七八年",深入体味的即是所谓"说话声响",并视韩愈的阅读为苏洵之同调。确实,苏洵通常诵读学习甚至沉浸古典,以期达到文笔纵横的境地的方法,在韩愈那里已然如是了,韩愈《答李翊书》:

将蕲至于古之立言者,则无望其速成,无诱于势利,养其根而俟其实,加其膏而希其光。根之茂者其实遂,膏之沃者其光晔。仁义之人,其言蔼如也。抑又有难者。愈之所为,不自知其至犹

---

① 曾枣庄、金成礼:《嘉祐集笺注》,上海:上海古籍出版社2001年版,第329页。
② 朱熹:《朱子全书·晦庵先生朱文公文集》,上海:上海古籍出版2002年版,第3593页。

未也；虽然，学之二十余年矣。始者，非三代两汉之书不敢观，非圣人之志不敢存。处若忘，行若遗，俨乎其若思，茫乎其若迷。当其取于心而注于手也，惟陈言之务去，戛戛乎其难哉！其观于人，不知其非笑之为非笑也。如是者亦有年，犹不改。然后识古书之正伪，与虽正而不至焉者，昭昭然白黑分矣，而务去之，乃徐有得也。①

此文韩愈所学习的是所谓"三代两汉之书"，他用了"观"字，似乎是否出声诵读还不够明确；不过，我们从前文所引他的自述，已经知道韩愈对古典和当代文献是采取"吟"、"咏"方式的。大概就是出于这个原因，朱熹将苏洵"学古人说话声响"的方法与韩愈相联系，认为其间是一脉相承的。后代桐城古文家中的姚范特拈出此点，《援鹑堂笔记》所言（卷四四）可谓宋人的回声：

> 朱子谓："韩昌黎、苏明允作文，敝一生之精力，皆从古人声响处学。"此真知文之深者。②

姚范的文字并不是严格依循朱熹的，但主旨没有差错；他突出强调了"作文"，也就是文章写作，与声音的关联，虽然这种关联实际是在学习写作的过程中通过诵读得到实现的。

我们知道，姚范与桐城文派渊源极深，与刘大櫆往来甚密，他也是姚鼐的伯父与经学导师③；对古文与声音之关系有上述的观察，实与桐城文人对文章的见解有关。

---

① 刘真伦、岳珍：《韩愈文集汇校笺注》，北京：中华书局 2010 年版，第 700 页。
② 姚范：《援鹑堂笔记》卷四十四，《续修四库全书》第 1149 册，上海：上海古籍出版社 1995 年版，第 111 页。
③ 姚鼐：《刘海峰先生八十寿序》："鼐之幼也，尝侍先生，奇其状貌言笑，退辄仿效以为戏。及长，受经学于伯父编修君，学文于先生。"《惜抱轩诗文集》，上海：上海古籍出版社 1992 年版，第 115 页。

二、桐城诸家的文章声音论

如上所述,古代的文章诵读虽然可谓一个绵延久远的传统,而在文人的意识中,文章的声音,大约始终仅在习读古文和文章写作的实践中回旋;对声音之于文章的意义,到清代的桐城文人方有较为深切的理论关注,较之诗学传统,显然要晚了很久。

桐城派的文章书写及其理论,在相当大的程度上,可以说是中国古文传统的集成和总结。在这个系统内部,向来以方苞、刘大櫆、姚鼐为中心,构成历时的发展脉络。回顾这几位公认的桐城古文大师,方苞主"义法",与文章的声音问题似乎没有什么牵扯;刘大櫆则属异军突起,他与方苞原即有一定的差别,最初亦未必尊崇方苞,他师事吴直,"同时方侍郎负盛名,先生犹以为不可意也"①。《国史·文苑传》说:"大櫆虽游学方苞之门,所为文造诣各殊。方苞盖取义理于经,所得于文者义法;大櫆并古人神气音节得之,兼及《庄》、《骚》、《左》、《史》、韩、柳、欧、苏之长。"姚鼐延续了刘大櫆的方向,对文章的声音在理论和实践上都颇为重视,至于姚鼐的后学,言之者更可谓蔚然成风。

试略做疏理,则大致可看到,桐城古文家在(1)文章通过有声诵读以求得对古文的深入体味,(2)认识声音在文章中的关键作用,(3)熟读古文以与古人同一声气进而撰作文章等方面,都有清楚的自觉意识和积极的尝试实践;这些论说,从文章的阅读学习,到文章的内部构成,最后到文章的撰写创作,对声音的重要性和作用形成了一个连贯的、系统的认识。

---

① 马其昶:《桐城耆旧传》,台北:广文书局 1978 年版,第 467 页。

声音与意义——中国古典诗文新探

（一）诵读文章以证入

首先,我们可以看到桐城文人继续了古代文章诵读的传统。

这个诵读的方式,在桐城文人内部,是从刘大櫆开始,而为姚鼐承续的。张裕钊《答吴挚甫书》记录:"往在江宁,闻方存之①云:长老所传,刘海峰绝丰伟,日取古人之文,纵声读之。姚惜抱则患气羸,然亦不废哦诵,但抑其声使之下耳。"②

桐城宗师,一再向后学指示声音因素在古文中的重要性,强调从声音、从诵读才能深入文章肌理,姚鼐《与陈硕士》教诲陈用光:"诗、古文,各要从声音证入,不知声音,总为门外汉耳。"③他的《与石甫侄孙》也说:"深读久为,自有悟入。若只是如此,却只在寻常境界。夫道德之精微,而观圣人者不出动容周旋中礼之事;文章之精妙,不出字句声色之间,舍此便无可窥寻矣。"④

如果说出诸声音的诵读,是深入文章堂奥的基本途径,这些观念大抵尚是唐宋古文家的延续,那么在桐城文人这里逐渐清晰的诵读之法,形成一定之规,便是显著的进展了。姚鼐《与陈硕士》言及:

> 大抵学古文者,必要放声疾读,又缓读,只久之自悟。若但能默看,即终身作外行也。⑤
>
> 文韵致好,但说到中间忽有滞钝处,此乃是读古人文不熟。急读以求其体势,缓读以求其神味,得彼之长,悟吾之短,自有进也。⑥

① 存之,方宗诚,东树从弟。
② 张裕钊:《张裕钊诗文集》,上海:上海古籍出版社 2007 年版,第 85 页。
③《惜抱先生尺牍》,《丛书集成续编》第 130 册,第 964 页。
④《惜抱先生尺牍》,《丛书集成续编》第 130 册,第 974 页。
⑤《惜抱先生尺牍》,《丛书集成续编》第 130 册,第 945 页。
⑥《惜抱先生尺牍》,《丛书集成续编》第 130 册,第 946 页。

姚鼐以"急读"、"缓读"分别体味"体势"和"神味"的读诵之法，为桐城后劲曾国藩所延续，他在指示其子的《谕纪泽》里说："如四书、《诗》《书》《易经》《左传》诸经，《昭明文选》，李、杜、韩、苏之诗，韩、欧、曾、王之文，非高声朗读则不能得其雄伟之概，非密咏恬吟则不能探其深远之韵。"①曾氏所谓"高声朗读"、"密咏恬吟"与姚鼐"急读"、"缓读"可以比类，"雄伟之概"正是一种"体势"，"深远之韵"与"神味"大抵同趣②。

（二）音节的文中地位

其次，我们要提出：桐城文人不仅强调诵读以了解前人文章之法，更将声音因素置入文章理论内部，确认其地位和重要性。

刘大櫆《论文偶记》是桐城古文论的经典论说，其中论"音节"上通"神气"、下主"字句"，具有关键意义：

> 神气者，文之最精处也；音节者，文之稍粗处也；字句者，文之最粗处也；然论文而至于字句，则文之能事尽矣。盖音节者，神气之迹也；字句者，音节之矩也。神气不可见，于音节见之；音节无可准，以字句准之。③

在刘大櫆看来，"神气"、"音节"、"字句"分别属于"最精"、"稍粗"、"最粗"三个层面，三者间的结构，可以说是两两相关，虚实相生："神气"是最高妙而"不可见"的，相对而言，"音节"是其"迹"；至于"字句"最为落实是呈现"音节"的规矩。这样，"音节"便处于文章非

---

① 《曾国藩全集·家书》，长沙：岳麓书社1985年版，第406页。
② 钱基博《现代中国文学史》论及曾国藩，称其"自称私淑于桐城，而欲少矫其懦缓之失；故其持论以光气为主，以音响为辅"（载于《近代中国史料丛刊续编》第83辑，台北：文海出版1937年增订本初版，第27页），已点示其对文章声响的关切。
③ 刘大櫆：《论文偶记》，北京：人民文学出版社1959年版，第6页。

常关键的核心地位上了。

说到虚实两层面，刘大櫆的后学姚鼐，有更为细致却也更为简捷的分疏，他提出神、理、气、味、格、律、声、色之说，《古文辞类纂序》：

> 凡文之体类十三，而所以为文者八，曰神、理、气、味、格、律、声、色。神、理、气、味者，文之精也；格、律、声、色者，文之粗也。然苟舍其粗，则精者亦胡以寓焉？学者之于古人，必始而遇其粗，中而遇其精，终则御其精者而遗其粗者。①

其末句，透露了习学古人文章的步序，即由格律声色之粗而进抵神理气味之精②。这一由踏实而蹈虚的步序，其实也是写作实践的门径，刘大櫆《论文偶记》：

> 音节高则神气必高，音节下则神气必下，故音节为神气之迹。一句之中，或多一字，或少一字；一字之中，或用平声，或用仄声；同一平字仄字，或用阴平、阳平、上声、去声、入声，则音节迥异，故字句为音节之矩。积字成句，积句成章，积章成篇，合而读之，音节见矣；歌而咏之，神气出矣。③

"积字成句，积句成章，积章成篇"云云，正是写作的步序；而成文之后，其"神气"（或如姚鼐所说的"神理气味"）的体现，则有待"读之"、"咏之"，声音之关键性由此可见。

前边说过，刘大櫆的神气、音节和字句的三元结构中，两两皆有关涉。下面试做进一步诠说。

---

① 贾文昭：《桐城派文论选》，北京：中华书局 2008 年版，第 105 页。
② 神、理、气、味、格、律、声、色八者，姚永朴尝有分疏，见《文学研究法》卷三，合肥：黄山书社 1989 年版，第 109—143 页。
③ 刘大櫆：《论文偶记》，第 6 页。

先看字句与音节。试以虚字之运用为例。《论文偶记》：

> 上古文字初开，实字多，虚字少。……至孔子之时，虚字详备，作者神态毕出。……至先秦战国，更加疏纵。汉人敛之，稍归劲质，惟子长集其大成。唐人宗汉多峭硬。宋人宗秦，得其疏纵，而失其厚懋，气味亦少薄矣。文必虚字备而后神态出，何可节损？①

如何运用虚字，是古代文章的大关节，刘大櫆提出了自己的观察，认为战国及宋文"虚字详备"而显"疏纵"，汉、唐"敛之"故"劲质"、"峭硬"。不妨以范公偁《过庭录》所录为例：

> 韩魏公在相，曾乞昼锦堂记于欧公。云："仕宦至将相，富贵归故乡。"韩公得之，爱赏。后数日，欧复遣介，别以本至，云："前有未是，可换此本。"韩再三玩之，无异前者，但于"仕宦"、"富贵"下各添一"而"字，文义尤畅。②

虚字之用，可获音调上悠长回旋之效，进而体现文气、神理。

次看神气与音节。"神"，妙不可言，且言"气"。文章与气的关系，自曹丕《典论·论文》以来，屡屡可见，而"气"之所指不一：（1）或谓体质之"气"，如张裕钊《答吴挚甫书》："阁下谓：'苦中气弱，讽诵久则气不足载其辞。'裕钊迩岁亦正病此。往在江宁，闻方存之云：'长老所传，刘海峰绝丰伟，日取古人之文纵声读之；姚惜抱则患气羸，然亦不废哦诵，但抑其声，使之下耳。'"③（2）或谓内在蓄养，韩愈《答李翊书》："气，水也；言，浮物也。水大而物之浮者大小毕浮。

---

① 刘大櫆：《论文偶记》，第8—9页。
② 范公偁：《过庭录》，《影印文渊阁四库全书》第1038册，第250页。
③ 《张裕钊诗文集》，第85页。

　　万历二十七年(1599)，袁宏道在写给其妻弟李元善的书信中讨论作文之法，以"新奇"与"格套"之关系作为立论之主轴：

　　　　文章新奇，无定格式，只要发人所不能发，句法、字法、调法，一一从自己胸中流出，此真新奇也！①

文无定格，固是袁氏"独抒性灵""不拘格套"主张之体现；不过，这一论述中也折射出"法度"与"性灵"之间相反相成的微妙关系——一方面，"新奇"在于性灵自得，不在特定格式；另一方面，"真新奇"又恰恰正是通过"句法、字法、调法"这些细致的法度问题显现出来。在这里，法度本身包含不同的层次和要素，尤其值得注意的是，在较为常见的句法、字法之外，袁宏道又使用了"调法"这一术语与之并列。前人讨论晚明文学理论，常常会引述这篇《与李元善书》以为论据②，但对"调法"的确切所指，却似乎鲜有深入解说与阐释。"调法"作为一个文章批评术语，究竟何指？"调法"之"调"，指向何种形式特征？与字法、句法的关系如何？其所谓"法"，又有哪些审美风格上的要求？若欲更深入地理解明清时期关于文章法度的理论与批评实践，便不能不就此问题重加梳理和考察。更进一步，"调法"之说在何种历史环境下出现？对此后的古文理论有何影响？这也是本文希望探索和解答的问题。

---

① 袁宏道著，钱伯城笺校：《袁宏道集笺校》，上海：上海古籍出版社 1981 年版，第785—786 页；书信编年亦取钱说。
② 如郭绍虞《中国文学批评史》第三篇第四章，第 277 页，《民国丛书》第 60 册影印1947 年版，上海：上海书店 1989 年版。刘大杰《中国文学发展史》下卷第二十五章，第 119 页，上海：古典文学出版社 1958 年版。周勋初《中国文学批评小史》第六编第二章，第 110—111 页，上海：复旦大学出版社 2007 年版。

一、文字之节奏：明代八股文
理论中的"调"与"调法"

在《与李元善书》中，句法、字法、调法并列，由此及彼，不难推知所谓"调法"也是一种形式批评的术语。传统文论对文章从整体到局部的结构组织颇有关注，《文心雕龙·章句》即云"夫人之立言，因字而生句，积句而为章，积章而成篇"①，以字、句、章、篇几个层次构筑文章之体。宋元以来关于作文法度的实践讨论，主要也是按照字法、句法、章法、篇法这几个层次展开。如谢枋得《文章轨范》评柳宗元《送薛存义序》云"章法、句法、字法皆好"②；程端礼主张细读韩愈文，"于大段中看篇法，又于大段中分小段看章法，又于章法中看句法，句法中看字法"③；王世贞《艺苑卮言》云"首尾开阖，繁简奇正，各极其度，篇法也；抑扬顿挫，长短节奏，各极其致，句法也；点掇关键，金石绮彩，各极其造，字法也"等等。在这种结构严整的文法体系中，并没有出现"调法"这个单位。取譬音乐，以"调"指称文章的形式风格，在古代文论的传统中并不罕见，如颜之推云"文章当以理致为心肾，气调为筋骨"④；王安国称"文章格调须是官样"⑤等等。但"调"成为一种形式批评的术语而大得用武之地，则是明代八股文批评中的一个值得注意的现象。据方苞的概括，明人制义，"隆万间，兼讲机法，务

---

① 刘勰著，詹锳义证：《文心雕龙义证·章句第三十四》，上海：上海古籍出版社1989年版，第1250页。
② 谢枋得辑：《叠山先生批点文章轨范》卷五，中华再造善本影印元刻本，北京：北京图书馆出版社2005年版，第八页b。
③ 程端礼：《程氏家塾读书分年日程》卷二，四部丛刊续编本，第四页a。
④ 颜之推著，王利器集解：《颜氏家训集解》卷三《勉学第八》，北京：中华书局1996年版，第267页。
⑤ 吴处厚著，李裕民点校：《青箱杂记》卷五，北京：中华书局1985年版，第46页。

为灵变"①,对法度变化甚为重视。而对八股时文的批评,也在嘉靖末至万历初年之间日趋兴盛②。茅坤曾总结举业之文的作法为认题、铸辞、鼓调三端:

> 予少习举子业,览国朝诸名家,大较有三言为符:始之认题,欲其透以解;次之铸辞,欲其博以雄;又次之鼓调,欲其宕以雅。③

三个层次乃是按照写作的步骤展开,与"篇—章—句—字"的结构框架不尽相同,但显然在应举为文方面有很强的实用性。"敷调"应当是在"铸辞"之上,涉及辞句组合之写作层次。此外,茅坤在不同的场合又有"按题抽思,缋辞鼓调"④,"认题—布势—调格—炼辞—凝神"⑤等大同小异的表述,不难看出"调"在茅坤时文写作理论中的位置。袁黄亦好用"调"谈八股,且较茅坤所论更为细致。如其《举业彀率》(万历五年成书,1577)将起讲部分"一半着题、一半不着题"的写法称为"仄调";将"烂时文派头"贬为"下调";赞扬陆庐江"举业熟、变换多,故不拘常调"⑥等等。而在其《游艺塾文规》《游艺塾续文规》之中,以"调"作为时文批评术语的情形更是俯拾即是。如将"气昌词顺"而又能"言皆入微、意皆破的"之作称为"魁元高调";而指"以客

① 方苞:《进四书文表》,刘季高点校《方苞集·集外文》卷二,上海:上海古籍出版社2012年版,第580页。

② 黄卓越:《时文与古文的交涉:晚明时文批评的向路》,《北京大学中国古文献研究中心集刊》第11辑,2012年。

③ 茅坤:《顾侍御课余草题辞》,《茅鹿门先生文集》卷三二,《续修四库全书》第1345册,第140页。

④ 茅坤:《冠里一家言题辞》,《茅鹿门先生文集》卷三一,第137页。《冠里一家言》系萧山来氏家族的四书文选集。

⑤ 茅坤:《文诀五条训缙儿辈》,《茅鹿门文集》卷三二,第151页。

⑥ 袁黄:《举业彀率》,分别见陈广宏、龚宗杰编校《稀见明人文话二十种》(上海:上海古籍出版社2017年版)第176、183、185页。

形主"的写法"原非元调"①；皆是对会元之文章风格特垂青目。值得注意的是，这些评语中，"调"常常与意、格、机、气等术语对举使用。最常见的例子是意、调并举，表示作文中思想与形式两端，如评虞淳熙《吾之于人也》"超出常境，意调皆高"；庄钦邻《人皆曰予知三句》之正讲"意调两绝"；庄学曾《索隐行怪一节》重讲"句句从胸中流出，意高调高，发场中所不发"②。此外，调也与同属修辞范畴的其他概念并举，指向不同的修辞层面，如称赞陶望龄《圣人之行不同也二节》"格高调古，可称绝唱"，乃是格、调并列③；评袁宏道《宪章文武》一文"机圆调逸"；陈治道《市廛而不征二节》一文，"圆机逸调，种种动人"等④，是机、调同提；击赏邹德溥《修身则道立一节》"词调皆工"；评伍承宪《此谓惟仁人二节》"语俱平畅，调亦古雅"⑤，则是将调与词、语相互搭配。这些评语，正显示按照意、格、机、调等范畴展开理论框架，与以篇、章、句、字为基础的结构批评有别。如果后者采取"阅读"的立场审视文本结构，那么前者则主要是站在"写作"的角度思考行文方法。这些概念具体应如何定义，袁黄未有直接陈说，但不难看出，时文批评中之"调"，并非专就平仄、四声等声律因素而言，而是用以分析谋篇布局、遣词造句等行文方法。

　　袁氏之后，武之望（1553—1629）《举业卮言》（万历二十五年成书，1597）内篇分神、情、气、骨、理、意、词、格、机、势、调、法、趣等二十则论文，可以说正反映了晚明人对此类时文批评概念的集中阐释。如于"机"云"文之有机，犹车之有轴，户之有枢"，观其取譬，可知文机主要乃是就文章枢纽性的构思而言。而对于"调"，《举业卮言》云：

① 此两例，分别见袁黄：《游艺塾文规》，《续修四库全书》集部第 1718 册，卷六第 80 页、卷一〇（第 141 页）。
② 以上诸例，分别见《游艺塾文规》卷七（第 100 页）、卷九（第 123 页）、卷一〇（第 143 页）。
③ 《游艺塾文规》卷七，第 93 页。
④ 两例分别见《游艺塾文规》卷六（第 87 页）、卷九（第 129 页）。
⑤ 《游艺塾文规》卷七（第 100 页）、卷八（第 119 页）。

> 文字有格同、理同、词意同，而高下悬殊、去取顿异者，调不同也。调何以言哉？如作乐者，金、石、丝、竹、匏、土、革、木，异音矣，乃分之而各一其音，合之而总协其韵，金玉相宣，宫商迭奏，高下疾徐，各中其伦而不乱者，有节奏以成其调也。作乐而无调，即众音齐鸣，不成声矣；作文而无调，即繁辞错举，不成章矣。是调者，文字之节奏也，不可不知也。①

这里也是在格、理、词意为背景的理论框架中讨论"调"。通过追索其本义，从音乐之"调"的角度进行说明：乐曲由不同的音组成，这些相异的成分互相配合，形成一种和谐的节奏，便是"调"的基础。与之相类似，文章也有节奏以成其"调"，需要异质语言成分的适当配合，故武氏指出："夫调亦难言矣。文有轻重低昂之法，而剂之不合其度，非调也；有缓急疾徐之节，而循之不按其则，非调也；有虚实浅深之致，而导之不中其窾，非调也；有离合出入之端，而理之不得其绪，非调也；有抑扬起伏之势，而操之不得其机，非调也；有操纵呼吸之概，而挈之不得其略，非调也；有顿挫铿锵之音，而叩之不得其响，非调也。"要之，各种对立元素按一定法度原则形成的节奏，就是"调"的基本表现，其所涉则渗透在篇章字句的各个层次之中。用武氏自己的话说，"气韵欲优游而不迫，音节欲叶和而不乖，条理欲分明而不乱，脉络欲继续而不绝"，都属于"调"；字音句式，乃至篇章的意脉设计，皆其题中之义。

与武之望类似，庄元臣（万历三十二年，1604 进士）②也特别重视"调"在时文批评中的价值。其《论学须知》论古文，以《孟子》、韩愈文、苏轼文为典范，归纳出意、章法、句法、字法作为"文家四要诀"；而《行文须知》论时文，则分格、意、调、词四个层次。两部书理论框架的

---

① 武之望：《举业卮言》，《稀见明人文话二十种》，第 183 页。

② 潘柽章《松陵文献》卷九《人物志·庄元臣》，《北京图书馆古籍珍本丛刊》第 19 册，北京：书目文献出版社 1996 年版，第 683 页下。《四库全书总目》卷一三八《三才考略》提要云"明庄元臣撰。元臣字忠原，归安人，隆庆戊辰进士"，后之学者亦多沿其说，误。

差异颇有代表性，似可作为古文批评与八股文批评思路差异的一种反映。在其时文理论中，庄元臣用建筑比喻作文，认为"大凡行文，有意、格、词、调"，"格者如屋之间架"，"文之有意，如屋之有材"，"文之有调，如室之有隔节段落"，"文之有词，如室之彩绘"①。这种表述对照建筑的各级单位，暗含了将格、调等概念"结构化"的趋向。更具体而言，"调"尤其针对的是八股文中"股"这一个形式单位。《行文须知》云：

> 造屋者，格式既定，意思既到，又须遣调有法，使一股之中，前后有伦，呼应有势，起伏有情，开合有节，乃臻妙境。

伦序、呼应、起伏、开合等要素，与《举业卮言》所论相似，然此处特别点到"一股之中"，颇可注意。武之望指出"调"由各种对立因素构成的"节奏"，庄元臣则进一步将这种对立结合的关系细化为两类：

> 今之不知文者，谓"调"即是"词"，"词"即为"调"，误矣。"调"字有二义，有遣调之义，有和调之义。遣调者，如大将行兵，士卒器械，既已精利，又须调拨诸帅，某为先锋，某为后应，某为伏队，某为诱卒。……为文亦然，**一股已立**，又须布置，何意为起，何意为承，何意为转，何意为合，使曲而不突，紧而不懈，腴而不瘠，匀而不复，乃为佳器。和调者，如庖人烹味，尝其酸咸辛辣，使皆适口，而无偏浓之味。为文亦然，**一股之中**，相其起承转合，气缓处促之使捷，意晦处刮之使明，句滞处琢之使溜，机窘处衍之使开，词太硬者调之以柔和，意太露者调之以蕴藉，此皆调之作用。故有意虽浅而不觉其淡，词虽清而不嫌其单者，其调法善也；有意

---

① 庄元臣：《行文须知》，《历代文话》第 3 册，上海：复旦大学出版社 2007 年版，第 2231、2238、2246、2250 页。

愈多而反觉其难,词虽华而反厌其浮者,其调法不善也。①

《行文须知》一书在论述中多征引乡会试的实际考题以为例证,其中引及万历十四年(1586)丙戌科会试黄汝良《执其两端》文,而庄氏之卒在万历三十四年左右(1606),由此可以推知其成书时间的上下限(1586—1606),当与万历二十五年(1597)刊行的《举业卮言》时代相若。因之不难想象"调"这一语词在时文批评中应已有相当的流行程度,论者亦开始关注应如何诠释其概念内涵,因此武之望才有"调亦难言"之论。而庄元臣对"今之不知文者"混淆词、调的批评,也可让我们窥见当时文章批评者对"调"这一术语的敏感。庄氏所谓"遣调",模拟军事上的拨遣、调度,指的是文章不同部分的组合关系;所谓"和调",模拟烹饪上的调剂、和味,指称文章不同风格的配合关系。组合与配合两者都是放到"一股"之下来讨论,正可见其结构关系的定位。庄氏有意利用了"调"字的多义性,将遣调与和调两重意思熔于一炉,也灵活地运用"调"作为名词与动词的两种词性。作者的手法是"调"(动词),达到的结果就是文章有"调"(名词),两者正相表里。不过,文章欲有佳调,最好是能在两个方面都下工夫。庄元臣举出万历八年会试阎士选《如有王者》文中二比的写法作例证,以其"发题处甚奇特,承接处亦有力气,不为题所压倒,是其调度也","然一味浓抹而无淡妆,文之以意词胜而不以格调胜者,其于和调之功,尚未精熟也"②,乃是以其有"遣调"而无"和调",仍不能以"格调"胜也。

时文批评中对"调"的重视,实与八股文本身的文体特性和现实功用关系密切。首先,科场时文之体式在成化、弘治以后逐渐成熟定型③,分股、对偶的体制特征形成规范。与律诗较,古诗更有明确的格

① 《行文须知》,《历代文话》第 3 册,第 2246 页。
② 《行文须知》,《历代文话》第 3 册,第 2248 页。并参《皇明贡举考》卷九关于万历八年会试的记载。
③ 龚笃清:《明代八股文史》第三章,长沙:岳麓书社 2015 年版。

律相类似,在相对有定的八股格式之中讨论格调法度,无疑更为方便。其次,科场应考之文,在修辞形式的求新、求变方面具有更迫切的需要。茅坤《陆萧山举业刻引》以"世代日以移,而文章之调亦日以变"描述从宋代经义到明代八股的变化①;袁宏道《诸大家时文序》用"其调年变而月不同,手眼各出,机轴亦异"推美"二百年来"的取士之文②;皆可见之。文调多变,所趋在新。故袁黄主张"调贵新,意贵切";又称赞徐缙芳《"庸德之行"四句》一文之破承"以新调发新意,自能动人"③;此是要求调、意俱佳。而庄元臣在对万历二年会试孙矿《学如不及》一文的评价中,更直指"其意思亦何尝发人所未发,只是调遣布置间,略加组织,便异常调也","大抵新其意,不若务新其格调;格调新者售者什九,意新者售者什一"④。公然主张"新其格调"重于"新其意",与古文传统中"文以载道""文以意为主"的主流论述大相径庭,其实正是在举业八股这个特殊的背景之下获得了合理性——其明言所求者在"售"与"不售",乃是颇为坦诚的陈说。欲求新奇之格调,一方面不能拘泥于旧调、常调、俗调,即如袁宏道所言,"文章新奇,无定格式",即便是新格新调,一经流行便容易成为"新奇套子",转为窠臼。但另一方面,从文章习学上讲,欲求新格变调,又不能不从旧有的佳调、绝调、非常之调中汲取营养,以之为科举致胜的法门——这正是时文论"调"的现实动力。

二、聚焦"句调":细部批评与跨文类迁移

　　万历以降时文理论中"调"的概念,实际上兼有宏观与微观两个

---

① 《茅鹿门先生文集》卷三一,第132页。
② 《袁宏道集校笺》卷四,第185页。
③ 分别见《游艺塾文规》卷四(第65页)、卷二(第37页)。
④ 《行文须知》,《历代文话》第3册,第2249—2250页。

层面。统而言之,一篇文章或一位作者,会呈现出某些整体性的声调风格。如袁黄所说的"魁元高调";武之望亦云:"举业之调工者,先辈无如瞿昆湖,其调优柔而温厚;其次莫如黄葵阳,其调响亮而铿锵;近时莫如李九我,其调和平而悠雅。兹三公者,调各不同,总之皆激羽流商也。学者按而习之,其于调也思过半矣。"认为瞿景淳(嘉靖二十三年榜眼)、黄洪宪(隆庆元年浙江乡试解元、隆庆五年进士)、李廷机(隆庆四年顺天府乡试解元、万历十一年榜眼)等举业名公各有其调①。此外,"韵调出于声气",根据声气的清浊,还可以分为"仙调"、"雅调"、"朗调"、"逸调"诸类②。但是另一方面,更为重要的问题是,"调"具体如何实现? 这就不能不涉及到微观的问题。

《游艺塾文规》是按破题、承题、起讲、正讲等分别讨论;《举业厄言》所云轻重、缓急、离合、抑扬等法,须是在文句的组合之中显现;《行文须知》以"一股已立"论遣调、"一股之中"论和调,则是聚焦到"股"的层面分析调法。而到崇祯年间左培的《文式》(成书于崇祯四年以后),更是并列章法、篇法、股法、调法、句法、字法诸术语,将"调法"置于股、句之间,认为"调法,惟在先呼后应、先疑后决",如"将言'又'必先言'既',将言'则'必先言'或',将言'今'必先言'向'",以及"人知……不知……""非特……凡夫……""其果……抑亦……"等关联虚词的组合,"变幻多端,总之一开合之法而已"③。《文式》将"调"作为股之下、句之上的结构层级,用今天的语言学概念而言,表征的是复句之间的关系。通过对虚词使用的总结,左氏将抽象的"呼应"之法,具体落实为词句的分析。不同论者对"调法"的不同处理,或许可以反映出晚明文人论"调"的一种趋向:即将抽象虚灵、难以把

---

① 《新刻官板举业厄言》卷一,《稀见明人文话二十种》,第456页。诸公科第,据张朝瑞《皇明贡举考》卷七、卷八,《续修四库全书》第828册,第457、504及512页,第511及537页。
② 武之望在两年后(1599)的修订版《重订举业厄言》中,将关于瞿景淳、黄洪宪、李廷机"举业之调"的论述,替换为一段"韵调出于声气"之论。
③ 左培:《文式》卷下,《历代文话》第3册,第3179页。

握的文章之"调"，聚焦到微观的词句层面，或在一股之内，或在数句之间，以便从"法"的角度对"调"做出具体的把握。

这种将"调"聚焦到字句组合的倾向，一方面可以反应八股"调"论中对文章细部技术的关注，另一方面也是由于宋代以降《丽泽文说》《文则》《文章精义》等著作中有关字法、句法的讨论，本身可以为"调法"提供知识资源。事实上，"调法"本身并非"无中生有"的全新发现，而是重组传统字法、句法理论资源而形成的新范畴。如《举业厄言》以抑扬顿挫、离合缓急等"文字之节奏"来解说"调"之内涵，而王世贞《艺苑厄言》，恰恰就将"抑扬顿挫，长短节奏"归于"句法"的范畴。虽然《文心雕龙》已发"离章合句，调有缓急"之论①，宋人亦有"古人虽不用偶俪，而散句之中暗有声调，步骤驰骋亦有节奏"之说②，但明代的时文、古文批评，方才正面地将"调"阐发为字句组合之法，用"调法"的概念统摄字法、句法之间交互错综的关系。袁黄《游艺塾续文规》云："近日作文者专炼句、炼字，而不知煅炼之诀以涵养为主，推敲次之。琢痕未化则伤浑融，句调过奇则伤步骤"③乃是从反面立论，批评过分追求字、句的锤炼，导致"句调过奇"，反而影响到章法（步骤）的浑融。"句调"一语，正可见其心目中"调法"安顿的层次。汤宾尹《一见能文》有"遣调"一则云：

> 夫诗之调，有正有反；讴之调，有宫有商；文宁无调乎？有等文章，骤读之而词章错落，把玩之而音响铿锵，此善于遣调者也。然则工拙惟在字句之安顿，安顿遂分品格之雅俗。即如《庄子·天地》内篇"殆哉，岌乎天下"，句何其拙；《孟子》曰"天下殆哉，岌岌乎"，则雅矣。《阿房宫赋》曰："使天下之人不敢言而敢怒。"

① 《文心雕龙义证·章句第三十四》，第1253页。
② 陈善《扪虱新话》卷一引唐庚（子西）说，《儒学警悟》卷三一，北京：中国书店2010年版，第176页。
③ 《游艺塾续文规》卷四《了凡袁先生论文》，《续修四库全书》第1718册，第209页。

> 将"敢怒"二字放在下面,有多少气力、多少涵蓄! 若云"敢怒而不敢言",便懒散无味,便入俗径矣。①

此处从诗、乐之"调"引出文也应当有"调",可以推想诗歌之调对文章之调,亦有间接的启发——这实际上正是明代复古派以"格调"言诗的一个重心所在②。不过,诗、词、曲之调,通常系于押韵、平仄等固定格律;而文章之调如何体现,相对就不甚明显。《一见能文》援引子、史、辞赋作为例证,又可见八股文与古文在词句以及"调法"探讨中,正颇有共通性。相对于诗词曲,八股文与古文在"调"的具体形式方面无疑有更多的共性。文家也往往将"以古文为时文"悬为高的。如茅坤自道"吾为举业,往往以古调行今文","须于六经及先秦两汉书疏与韩苏诸大家之文,涵濡磅礴于胸中"③;王世贞称吴仕让"既工古文辞,渐薄程序业……时时杂古调出之"④;武之望云"虽作时文,亦必取法古文,然后格不卑、调不俗。盖文字骨格、调法,尽备之古文中",皆其例也。在这种背景之下,研讨、分析古文之"调",便是顺理成章之事。茅坤在对《史记》和唐宋古文的批评中,便好用"逸调"之术语⑤,然大体上还是就文章整体的风貌而言。而晚明文人对经史古文词句的研究,则在字句分析方面大为具体而深入,不仅是为时文修辞提供依据,同时也推进了对古文声调的细部研究⑥。

---

① 《汤睡庵太史论定一见能文》,《稀见明人文话二十种》,第877页。
② 参见邓红梅《论"格调"》,《文学遗产》2009年第1期,第86—94页。
③ 《文诀五条训缙儿辈》,《茅鹿门先生文集》卷三二,第151页。
④ 《弇州山人续稿》卷一○二,《承事郎灵璧县令吴君暨元配屠孺人继配陈孺人合葬志铭》,天津图书馆藏明刻本,第三页b。
⑤ 参见黄卓颖《茅坤古文选本与批评——"逸调"的提出、运用及其意义》,《文学遗产》2017年第4期。
⑥ 关于时文与古文法度相通的问题,学界已颇有关注,例如蒋寅《科举阴影中的明清文学生态》(《文学遗产》2004年第1期)对时文之法与其他文类的内在沟通作了理论探讨;刘尊举《"以古文为时文"的创作形态及其文学史意义》(《文学评论》2012年第6期)则对正德、嘉靖间时文对古文技法的借鉴作了细致分析。故本文主要讨论"调法"移于古书古文的情况,其他背景不再多加展开。

传统的文章批点之术，乃是"调法"细部批评展开的主要途径。万历间著名评点家孙矿（1543—1613）便是其中代表，其批阅先秦经籍，率皆大量使用"调法"这一术语。具体而言，其所谓调法，包括了字数、呼应、排偶/单行等诸多方面，兹举例如下。

（1）句式长短。如《尚书·微子之命》题下总评曰"四字句稍多，与他篇调稍不同"①；《尚书·囧命》题后批语云"虽用四字句，然亦间插以长句"②。字数多寡差异造成句式长短之不同，而篇段之中长短句的错综配合，就形成一种"调"。

（2）关键词词的句间呼应。如《礼记·郊特牲》：

> 朝觐，大夫之私觌，非礼也。大夫执圭而使，所以申信也；不敢私觌，所以致敬也。而庭实私觌，何为乎诸侯之庭？为人臣者无外交，不敢贰君也。③

经文以关键词"私觌"前后关联；又以"所以……也"的相同句式两相对比；数个"也"字句形成的节奏重叠；同时又以"何为乎"引出问答相应：各句之间建立其错综复杂的呼应关系。孙矿眉批云"常意常语，然炼得调法绝妙，顿挫唤应，铿然有音"，正是就此而言。

（3）关键词领起或构成特定句式，承载某种语气，也被称为"调法"。如《尚书·君奭》篇载周公语：

> 我有周既受，我不敢知曰，厥基永孚于休。若天棐忱，我亦不

---

① 《孙月峰先生批评书经》卷四，《四库全书存目丛书》经部第150册，济南：齐鲁书社1997年版，第178页。
② 《孙月峰先生批评书经》卷六，第202页。
③ 《礼记注疏》卷二五，《十三经注疏》第3册，北京：中华书局2009年版（影印阮元刻本），第3135页。并参王文锦《礼记译解》的解说，北京：中华书局2001年版，第388页。

敢知曰,其终出于不祥。①

尾批云"此两'不敢知',即《召诰》监夏殷调法",指出此与《召诰》中"我不敢知曰,有夏服天命,惟有历年;我不敢知曰,不其延"相似,都是以"我不敢知曰"的句式,并列正反两种情况,表达敬慎、惶恐之语气。

(4)句式的奇偶。单行与骈偶的句式,塑造或欹侧或平稳,或一气直下或缓步安然的节奏模式,更是"调法"讨论之大宗。如《尚书·旅獒》孙批"排语中必间插一二单语,此是节奏"②,强调单、排两种句式的交错。《左传·宣公二年》"董狐,古之良史也,书法不隐。赵宣子,古之良大夫也,为法受恶。惜也,越竟乃免",孙批"文调须如此,乃不板",殆谓其前两句对偶而后延伸一单句也。又《昭公十四年》"长孤幼,养老疾;收介特,救灾患"一大段,孙批"每叙新政,必用排三字句,亦觉太套,且此调法原亦不甚佳",则是从反面批评重复排比之不当③。

凡此种种,正可见"调法"概念用于文本批评的实际情形。先秦古籍在篇章结构上与后世古文、时文差别较大,但字句层面则颇有共通之处,故法其"句调",不但符合"复古"的心态,更是颇有实用性。复古派后劲屠隆便主张"取材于经史","借声于周汉",而庄元臣亦有"规调于先秦"之说:

> 多阅唐宋文,利于气而伤于调;多阅先秦文,利于调而伤于气。……要规调于先秦,借气于唐宋,集两利而去两伤,斯善阅文者矣。④

---

① 《孙月峰先生批评书经》卷四,《四库全书存目丛书》经部第150册,第190页。
② 《孙月峰先生批评书经》卷四,《四库全书存目丛书》经部第150册,第175页。
③ 两例分别见《春秋左传》(孙月峰先生批点),国家图书馆藏万历四十四年闵齐伋刻朱墨套印本,《宣公》第五页b、《昭公中》第二八页b。
④ 庄元臣:《文诀》,《历代文话》第3册,第2284页。

此所言"气"大抵针对篇章层面，"调"则是聚焦在句式。孙矿对先秦经籍中"调法"的抉发，正是"借声""规调"的具体手段也。钱谦益对孙矿之评经颇为不满，认为"侮经之缪，诃《虞书》为俳偶，摘《雅》《颂》为重复，非圣无法，则余姚孙氏矿为之魁"。然其抨击，恰恰可以让我们看到明清之际知识界对孙氏批评特色的接受和理解。孙氏之外，周梦旸批《考工记》"画缋之事"一段云"调法参差，不可捉摸"①；戴君恩之《绘孟》于《梁惠王下》"文王之囿七十里"一段评曰"意本平铺，调却变换"②；金圣叹评《左传·隐公元年》"郑伯克段于鄢"云"庄公语，段段音节甚短"③；陆云龙选编《公羊传》《谷梁传》之文为《公谷提奇》，自称"予特拔其句调灵隽，议论沉异，奇快可喜者，合为一帙"④，也都是调法分析运用于先秦古籍的例子。这些对句式、句法的分析，正是文章"调"论走向细部批评的主要途径。

作为"文章节奏"的声调，本是一种跨文类的批评概念。以音乐之节奏、曲调为参照，语言符号以其平仄、长短、轻重、缓急等不同属性相互配合，皆可以组成一定的节奏或曰"调"。不同的文类因其不同规定性，对"调"有不同的实现方式，对这些具体方式的探索，当即"调法"之主要旨归。明人在文学复古思潮影响之下，开启了古诗声调问题的研究⑤；晚明时期对古书古文声调的关注，不可谓非闻其风而起者。而从文体特征的近似性，以及写作实践的实际来看，八股时文中

---

① 《考工记》，《辽宁省图书馆藏陶湘旧藏闵凌刻本集成》第 15 册影印万历四十四年闵齐伋刻朱墨套印本，第 244 页。
② 《绘孟》，《辽宁省图书馆藏陶湘旧藏闵凌刻本集成》第 14 册影印天启闵齐伋刻朱墨套印本，第 362 页。
③ 《天下才子必读书》卷一，《金圣叹全集》第 5 册，第 84 页。
④ 陆云龙《公谷提奇小序》，《翠娱阁近言》卷一，《续修四库全书》第 1389 册，第 105 页。
⑤ 蒋寅《古诗声调论的萌生》，《古典文学知识》1996 年第 4 期。张健《音调的消亡与重建：明清诗学有关诗歌音乐性的论述（上）》，载周兴陆主编《传承与开拓：复旦大学第四届中国文论国际学术研讨会论文集》，南京：凤凰出版社 2018 年版。

调法论对古文声调分析的影响则是较为直接、切近的。

　　"调法"可以跨文类迁移，但不同文类之间声调节奏的具体实现方式容有差异。例如平仄是诗律的核心，于古文则相对影响较小。古文声调的核心当是句式长短伸缩，而有关因素在其他文类中亦有体现。《文心雕龙》已指出"笔句无常，而字有条数，四字密而不促，六字格〔裕〕而非缓"，此系论无韵文（笔）的句式；"至于诗颂大体，以四言为正"，则是就有韵之文而言①。明人诗论中亦有相关讨论，如胡应麟《诗薮》云"四言简质，句短而调未舒；七言靡浮，文繁而声易杂"②的概括。而王骥德对《西厢记》中"调法"的讨论，主要也是围绕曲牌要求的各句字数而言③。不过，诗、词、曲、骈文、古文、八股之中，字数造成的长短、缓急效果并不一致，在此"不促"，在彼则已"句短"，不可一概而论。又如句与句之间关键词的呼应，孙矿既目为《尚书》《礼记》等散文中的"调法"，在对《诗经》的讨论中也多有涉及。如《大雅·常武》："王犹允塞！徐方既来。徐方既同，天子之功！四方既平，徐方来庭。徐方不回，王曰还归！"孙评："八句内四个'徐方'，用顶转互为呼应，固自是一调法。"④这种思路在后人亦不绝如缕，如清代牛运震《诗志》评《召南·采蘩》"连用'於以'，调法灵脱；邓翔《诗经绎参》评《邶风·柏舟》"我心匪石"一章"六句三'不可'，调法如扫叶卷云，轻快流畅"⑤，都可以看到孙矿调法分析作为一种细部批评的持续性影响。

---

① 《文心雕龙义证·章句第三十四》，第1265页。"笔句无常"，前贤或校作"章句无常"，恐非。
② 《诗薮》内编二，《四库全书存目丛书》集部第417册，第640页。
③ 如对卷三《省简》中《石榴花》一曲第四句"昨日个向晚"，注云："古本无'昨日个'三字，然调法当五字作句。"《新校注古本西厢记》，《续修四库全书》第1766册，第78页。
④ 《孙月峰先生批评诗经》卷三，《四库全书存目丛书》经部第150册，第126页。
⑤ 以上两例，分别见黄霖、陈维昭、周兴陆主编，张洪海辑著《诗经汇评》第37、66页。南京：凤凰出版社2016年版。

三、从音节到神气："气盛言宜"说的
转化与桐城派之古文声调论

从晚明至清初，"调法"在时文、古文批评中颇放异彩。原本略显抽象、空灵的概念"调"，通过评点实践与理论反省等多方面的积累，面目日渐清晰而细密。入清之后，关于文章调法的讨论，更多地是打通古文、时文，讨论其共有的声调特点。学者文人对文章之"调"的认识也日趋全面周密。具体而言，则又有两个主要的方向，一是延续左培《文式》的思路，考察句与句之间的关联性虚词；二是类似武之望《举业厄言》的观念，讨论字句之中平仄、长短、奇偶等不同成分的配合关系。换言之，借用庄元臣《行文须知》的术语，可以概括为"遣调"与"和调"两种角度。例如唐彪《读书作文谱》认为"凡古文、时艺，读之至熟，阅之至细，则彼之气机皆我之气机，彼之句调皆我之句调，笔一举而皆趋赴矣"。所谓"句调"的具体内涵，唐彪主要界定为平仄和虚字两方面：

> 文章句调不佳，总由于平仄未协与虚字用之未当也。余尝作文，极意修词而词终不能顺适，初时亦不知所以，及细推其故，乃知为平仄未协，一转移之，即音韵铿锵矣。又或由虚字用之未当，一更改之，即神情透露矣。①

平仄指向的是句内的声律性质，虚字则代表了句间的协调关系。针对虚字的用法，《读书作文谱》又引述梁素治《学文第一传》所载，分"起语辞""接语辞""转语辞""衬语辞""束语辞""叹语辞""歇语辞"

---

① 《读书作文法》卷七《文中用字法》，《历代文话》第4册，第3493页。

诸类详列,并简要解释其用法,较《文式》更为详密。赵吉士《万青阁文训》,标出局、意、机、调、句、字六条目论文,特别辨析"句与调相似而实不同","用调处亦只在起句、转句、收句间一露风韵耳","句则通篇皆是"①。换言之,赵氏的概念系统中,"调"是在篇章中开端、过渡、结尾等关键位置的"句法"。康熙间人吴兰所撰《吴苏亭论文百法》"历历指陈时文各法,而古文之法亦寓焉"②。如"排调法"是指"调之两相排比,成小段者也",书中举苏洵《春秋论》"赏罚者,天下之公也;是非者,一人之私也"为例③,与孙矿有关"排语"的分析机杼正同。"布局法"分析《大学》第二节"知止而后有定,定而后能静,静而后能安"是"用'而后'走调";"韩调法"一则云"时文调皆从古文中抽出",并以韩愈《原道》"开手四'之谓'"出于《中庸》的"天命之谓性"为例④,与孙矿批点中以关键词句式呼应为调法亦可并观。吴氏也是用"调"的概念,打通时文、古文乃至经书而论其句式之法。康熙末年,张谦宜(1649—1731)的《纼斋论文》,则对"调法"进行了较为系统的理论总结。此书在卷二"细论"部分,专立"调法"一类,按照从小到大、从实到虚的次序,分出节奏、声响、错落、点缀等目,归纳与"调"有关的各种形式因素。节奏、声响是就句子内部组成而言:

> 节奏者,文句中长短疾徐、纤曲欹薄之取势是也。声响者,文逗中下字之平仄死活、浮动沉实之音韵是也。

"句""逗"两个层次,可见其在文法结构上的细腻区分。"声响"针对的是音韵和词性(死活)问题;节奏则是句式长短的问题。"错落"则是就奇偶而言,"错落者,句调布置之参差也。堆排固属可厌,

---

① 赵吉士:《万青阁文训》,《历代文话》第4册,第3313—3314页。
② 王汝骧:《吴苏亭论文百法序》,陈维昭编《稀见明清科举文献十五种》,第1149页。
③《吴苏亭论文百法》,《稀见明清科举文献十五种》第1163页。
④ 两例分别见《稀见明清科举文献十五种》第1157、1162页。

单弱亦非良工"。第三项"点缀",则是主张在文章中"间以峭字炼句,错置其间",以此实现文境变幻的效果①。缘乎此,"调"也便成为了文章学中一个可以上下沟通,将小大精粗、感性体悟与理性分析等不同层面结合到一起的批评范畴。

"调"本身是与"声"有关的概念,八股名手与古文作家借助字句分析将其落实为一系列可以分析的因素,使得原本浮动于口吻之间的"声调",变得可在纸上捕捉。这一层意义,正是桐城派以"声"论古文之要旨所在。刘大櫆《论文偶记》云:

> 神气者,文之最精处;音节,其稍粗者也;字句,其最粗者也。……盖音节者,神气之迹也;字句者,音节之矩也。神气不可见,于音节见之;音节无可准,以字句准之。②

"神气——音节——字句"这一由精到粗的分化,实际上正是一条将审美感受与技法操作连接起来的通路,而"音节"正是其中一个关键的层次。刘大櫆解释"音节"的具体内涵,归诸造句短长与下字平仄:"一句之中,或多一字,或少一字;一字之中,或用平声,或用仄声,同一平字、仄字,或用阴平、阳平、上声、去声、入声,则音节迥异,故字句为音节之矩。"③——海峰之"音节",可以对应张谦宜"调法"中的节奏、声响两者,进而言之,正是晚明以来时文、古文领域调法探讨的延续。而桐城派对古文"精""粗"之际的强调,正可以解释"调法"作为一个文章批评术语的意义:由具体可见之"法",捕捉抽象空灵之"调"。这种以"实"证"虚"、由"粗"入"精"的思路,姚鼐阐之最明:

---

① 张谦宜:《絸斋论文》,《历代文话》第4册,第3888页。
② 刘大櫆:《论文偶记》,《历代文话》第4册,第4109页。关于桐城派文论对声音与听觉因素的重视,可参本书陈引驰《"古文"与声音——兼及其与诗学的关联》。
③ 《论文偶记》,《历代文话》第4册,第4110页。

> 神、理、气、味者,文之精也;格、律、声、色者,文之粗也。然苟舍其粗,则精者亦胡以寓焉?学者之于古人,必始而遇其粗,中而遇其精,终则御其精者而遗其粗者。①

有别于高谈神理,姚鼐在此则特别强调"始而遇其粗"的意义,而由字句、音节(声)通于神气,正是寓精于粗之枢纽也。值得注意的是,抽象的"气"落到具体的字句声调之上。刘大櫆云:"气之精者,托于人以为言。而言有清浊刚柔、短长高下、进退疾徐之节,于是诗成而乐作焉。"②虽曰论诗,实通文理。姚鼐亦强调文字"犹人之言语也",须要"有气以充之","无气则积字焉而已"。积字而无气,实即不成句调之故也。故姚鼐云:

> 意与气相御而为辞,然后有声音节奏,高下抗坠之度、反复进退之态、采色之华。③

此所谓"气",不妨解读为兼"声气"与"神气"二端而言之:神气者形而上,声气者形而下;言语有"气",见诸语调,文字有"气",显现为高下进退之节奏。刘、姚以长短高下论"气",其理论资源在于韩愈《答李翊书》的"气盛则言之短长与声之高下者皆宜";然而韩愈的本意及传统上对此语的理解,都是侧重在"气盛",强调以道德修养积蓄"浩然之气"④。如朱熹之言"养气当用工夫",便指出"韩退之说文章

---

① 《古文辞类纂》卷首《序目》,《续修四库全书》第 1609 册,第 319 页。
② 刘大櫆:《张秋浯诗集序》,吴孟复标点《刘大櫆集》卷三,上海:上海古籍出版社 1990 年版,第 88 页。
③ 姚鼐:《答翁学士书》,刘季高标校《惜抱轩文集》卷六,上海:上海古籍出版社 1992 年版,第 84—85 页。
④ 《知识与抒情:宋代诗学研究》第一章第三节《文道关系的重建》,北京:北京大学出版社 2015 年版,第 36—43 页。前贤阐释韩愈之"气盛言宜",多指出其道德学养方面的内涵。如徐复观《中国文学中的气的问题》认为韩愈"是由儒家人格的 (转下页)

亦说到此"，又更进一步强调"存养与穷理工夫皆要到"①；钱谦益谓
"不养气，不尚志，剪刻花叶，俪斗虫鱼，徒足以佣耳借目"②，皆可见
之。而刘、姚之论，则暗渡陈仓，突出了"言宜"的一面，并且将"言之短
长"、"声之高下"落实为文字之声调节奏。厥后吴德旋之论更为显豁：

> 昌黎谓声之长短高下皆宜，须善会之。有作一句不甚分明，
> 必三句、两句乃明而古雅者；亦有炼数句为一句，乃觉简古者。③

此正以句法之锻炼为"短长高下"也。又曾国藩主张"作诗文以
声调为本"，观其《求阙斋读书录》批《汉书·贾捐之传》"父战死于
前，子斗伤于后，女子乘亭鄣，孤儿号于道"云"古文中五字句极少，此
连用四句，声调悲壮，可歌可泣"④，大抵可知"声调"之实现，不离乎字
句之间也。俞樾分析《尚书·皋陶谟》"臣作朕股肱耳目"一段，谓其
"句法长者至三十九字，短者止四字，参差错落，真大珠小珠落玉盘"，
"韩昌黎论文曰'气盛则言之短长、声之高下皆宜'，余谓此言惟《尚
书》足以当之"⑤，正是孙矿调法批评之流亚，通过细致的文本分析，详
细阐发"短长"、"高下"之内涵。至晚清张裕钊论"果尽得古人音节抗
坠抑扬之妙，则其气亦未有不昌者也"⑥，则更是在理论上反转过来，

（接上页）修养，以言养气"（《中国文学论集》第 340 页）。王运熙、杨明《隋唐五代文学
批评史》主张《答李翊书》所谓气是指作者的精神状态，具体内容则是"道德学识的
修养"（第二编第四章第三节，第 498 页）。张少康《中国文学理论批评史》认为"韩
愈所说的气与言的关系，就是仁义道德修养和文章之间的关系"（第十三章，第 338
页）。罗宗强《隋唐五代文学思想史》亦云韩愈所说的"气"偏指宏观的作者之气。

① 黎靖德编，王星贤点校：《朱子语类》卷六三，北京：中华书局 1986 年版，第 1539 页。
② 钱谦益：《周孝逸文稿序》，钱曾笺注、钱仲联标校《牧斋有学集》卷一九，上海：上海
古籍出版社 1996 年版，第 826 页。
③ 吴德旋：《初月楼古文绪论》，《历代文话》第 5 册，第 5038—5039 页。
④ 曾国藩：《求阙斋读书录》卷四，《曾国藩全集》第 15 册，长沙：岳麓书社 2011 年版，
第 172 页。
⑤ 俞樾：《湖楼笔谈》卷一，《续修四库全书》第 1162 册，第 359 页。
⑥ 张裕钊致吴汝纶书札，《张裕钊诗文集》，上海：上海古籍出版社 2012 年版，第 484 页。

指出"言宜"也可以作为"气盛"之证。刘师培谓"大凡文气盛者，音节自然悲壮"，又主张文章须"变调"，"变调之法不在前后字数不同，而在句中用字之地位"，"调若相犯，颠倒字序即可避免"①；也是从字句使用上讨论"文气"与"音节"。由俞曲园、刘申叔之论说，可见刘、姚等重视的文气、音节、声调问题，事实上其影响又不限于桐城一派之内。将抽象的"神气"问题转化为具体字序、句法，本身也与汉学家主张的"由字以通其道"相合。当然，这些论述都没有否认"气盛"本身的意义；但其对"言宜"及其具体细节的突出，强调以字句准音节，由音节窥神气，则是很值得注意的趋向。前人之论清代古文声调说，多强调诗论对文论的影响，事实上，除此之外，自晚明开始的从时文延申到古文的"调法"论，以及对经史古籍句法声调的分析批点，更是桐城派古文声调论得以发展的重要理论基础与知识资源。

四、纸上与口头：调法的诵读实践

对文章声调音节的体贴，事实上不仅仅存在于纸上，也可以通过吟咏、诵读等方式进行生动的实践。《论文偶记》指出："要只在读古人文字时，便设以此身代古人说话，一吞一吐，皆由彼而不由我。烂熟后，我之神气即古人之神气，古人之音节都在我喉吻间……久之，自然铿锵发金石声。"②"代古人说话"的描述，很容易使人联想到八股时文"代圣贤立言"的文体特征。在明清人眼中，此一"代言"的性质正是时文的本质规定之一③。因此，时文写作中，揣摩语气，乃是一大要务。如李光地即称"做时文要口气，口气不差，道理亦不差"④；不但强

---

① 《汉魏六朝专家文研究》，北京：商务印书馆 2010 年版，第 130—131 页。
② 刘大櫆：《论文偶记》，《历代文话》第 4 册，第 4117 页。
③ 如《明史·选举志》便特举"代古人语气为之"和"体用排偶"两点说明八股制义的体制，《明史》第 6 册，中华书局 1974 年版，第 1693 页。
④ 《榕村语录》卷二九，李光地撰、陈祖武点校《榕村全书》第 6 册，第 390 页。

调形式上的"口气"，更有将其延伸到义理层次的用意。刘大櫆亦明言："八比之文，是代圣贤说话，追古人神理于千载之上，须是逼真。"①代人说话，势必体贴其语气声情，此是时文、古文讲"调"的一个重要因缘。晚清古文家林纾最明其中款曲，其《春觉斋论文》云：

> 时文之弊，始讲声调，不知古文中亦不能无声调。②

林琴南之言，正可以提示我们，在清人的知识结构之中，"声调"之说通常置于时文的谱系之中。朱自清《经典常谈》讨论清代古文，也已指出姚鼐论文重诵读、讲究虚字，"分明是八股文讲究声调的转变"③。

吟诵、涵泳古文，固然由来甚远；如朱熹平居好吟诵，"微醺，则吟哦古文，气调清壮"④。而以诵读作为学文之术，至少在明代或已出现。吴兰《吴苏亭论文百法》的"声调法"一则，便记载了"前明吴因之先生"（吴默，1554—1640）的教学方法：

> 浃旬后出一题，命生为文一篇。嗣是惟日泛小舟浮山看水，倚树闻莺，或棋酒闲适，并无词组及窗课文艺。如是者数月，始发笥中出小木鱼一器，暨文十篇，命生熟读，亲以木鱼击而调之，期必合音，如引觞刻羽。一字稍失，责令改念，如是者一月。遂别主人告归，曰："郎君中矣，但十名内耳，余无庸羁此也。"主人复具千金为寿。又越月入场，榜发，果如公言。于是率其子登公之堂，顿首复具千金以谢。酒半，主人问曰："向也先生之教小子也，不使读一文，止引小子常游于郊原之间。夫岂谋野则获耶？"先生曰："公郎之文成矣，独笔不流动，文无声调。由向所记失法，致

---

① 《时文论》，《刘大櫆集》附录一，第 612 页。
② 《春觉斋论文·应知八则》之"声调"，《历代文话》第 7 册，第 6371 页。
③ 《经典常谈·文第十三》，北京：生活·读书·新知三联书店 1980 年版，第 135 页。
④ 《朱子语类》卷一〇七，第 7 册，第 2674 页。

心不灵活,余故使之忘其旧,乃能即其新而弃其故,从而和其声调,以节宣之而珠圆矣,而玉润矣。木鱼岂虚设哉?"吴子闻王君天闲述此事,乃叹息曰:"此真时习功夫也!"谁其知之? 谁其知之? 曷亦勿思。①

此则传说中吴默的教学法,乃是以打击乐器(木鱼)辅助吟诵,令生徒感知、把握文章中的节奏感。其所读之"文",应是八股时文。降及清代,刘大櫆亦记述了武进顾明侯令弟子"诵所读书,而己听之,以为俯仰抑扬,能尽合古人之音节"②;大抵可以反映康熙中期普通读书人通过诵读学习古书的情况。姚鼐提倡"学古文者,必要放声疾读,又缓读,只久之自悟。若但能默看,即终身作外行也"③;方东树谓"欲学古人之文,必先在精诵,沉潜反复,讽玩之深且久,暗通其气于运思置词迎拒措注之会",否则"心与古不相习,则往往高下短长龃龉而不合"④;曾国藩主张"读者如四书、《诗》、《书》、《易经》、《左传》诸经,《昭明文选》,李、杜、韩、苏之诗,韩、欧、曾、王之文,非高声朗诵,则不能得其雄伟之概,非密咏恬吟,则不能探其深远之韵"⑤,亦都是将口头诵读,作为学习古文、古书的一大法门。

时文之诵读,在清代士人之中颇有流行。梁章钜《制义丛话》载"阮云台师最笑近人之读时文者谓之唱文,而福州人尤喜拍案豪吟,几有击碎唾壶之慨";由诵而"唱",可见其音乐性。梁氏特别举出郑光策"喜诵汤文正公《见善如不及章》后二比"、孟超然"喜诵方望溪《君子不器》中二比"、龚景翰"喜诵陈句山《见贤而不能举节》中二

① 《稀见明清科举文献十五种》,第 1206 页。
② 《湖南按察司副使朱君墓志铭》,《刘大櫆集》卷七,第 235 页。
③ 姚鼐:《与陈硕士》,《惜抱先生尺牍》,扬州:广陵古籍刻印社 1990 年影印海源阁丛书本,第六至七页。
④ 《考盘集文录》卷五《书惜抱先生墓志后》,《清代诗文集汇编》第 507 册,第 207 页。
⑤ 《曾文正公家训》卷上《咸丰八年七月二十一日》,《续修四库全书》第 952 册,第 166 页。

比"等实例，并描写刘士荼"诵萨檀河《子曰关雎》中二比，高声大叫旁若无人，每遇觞政中有罚歌唱者，辄以此代之"①，绘声绘色，可见八股文的诵读在当时已经不仅用于文学教育之中。因其为士子所熟悉，甚至可以成为佐觞娱宴的一种文化活动，显示出八股文章中亦存在某种审美性。嘉道间徐养原《顽石庐经说》解释《周礼·大司乐》郑注中"倍文曰讽，以声节之曰诵"，就模拟时人经验：

> 讽如小儿背书，声无回曲；诵如举子读文，有抑扬顿挫之致。②

徐氏以时文之朗读，诠释何为有节奏之"诵"，正可见声调的抑扬高下，被当时人视为八股文诵读的典型特征。"调"之使用，贯通经书、古文、时文，游移口头、纸上，其机杼正相通也。

结　　语

从晚明到清代，"调"与"调法"乃是使用广泛而含义甚为复杂多变的概念。梳理其演进之脉络，一方面可以看到这一文章学范畴如何渐渐由"虚"而入"实"，在"众声喧哗"之中逐渐聚焦到句式的细密分析上；另一方面，也正可以看到举业、古文、经籍在阅读方式、批评术语方面的互动与渗透。"调"本身是诗歌、古文赏鉴中常见的术语，经由八股文领域的使用、演化，形成颇具技术性的"调法"概念，进而又回馈到古文批评，甚至被用于经籍的分析之中。这一过程中，"调法"乃是不同文类可以共享的一个理论范畴。在传统的文体尊卑观念下，时文需取

---

① 梁章钜著，陈居渊点校：《制义丛话》卷一一，上海：上海书店 2001 年版，第 371 页。
② 徐养原：《歌永言说》，《续修四库全书》第 173 册，第 391 页。

法于更"高"的经书、古文,干嘉间郑光策即以学习"经典之调"为贵:

> 今作墨卷者,往往偷调,亦足动人。……有偷名文之调者,有偷时墨之调者,有好手能偷古文之调者,则鲜不倾动一时。若偷经典之调者,则少所概见。①

八股写作需要讲求"调",而其取法,除了时文内部的典范(名文、时墨),更有古文乃至经典;背后正可见,"调"作为一个批评概念,具有超越具体文类的普遍意义。从另一方面讲,在时文批评中积累的关于"调法"的种种论述,反过来又可以为古文乃至经典的研究提供新的刺激或资源。举业之文,于体为卑,然在传统中国的科考制度下,围绕应举而展开中的种种教育、文化、书写与出版活动,实际上构成了一般读书人生活的重要面向,对其知识世界的形成具有举足轻重的影响。尤其是时文的研读、训练颇具操作性,包含了大量细部批评的成分,往往能将原本抽象、笼统的审美范畴展衍为详密具体的"法度"讨论——不但字、句、篇、章有法,"调"这一灵活机动而难于捕捉的作文因素,也可以"法"言,其中诸如语气之体贴、句式之分析,都有八股之学的潜在痕迹,正可见批评术语内涵的发展,除了"高屋建瓴",也不无"自下而上"的可能。举业领域所创造、深化以及推而广之的种种概念,正可为其他领域理论的新变提供资源与启示。回到历史的脉络中理解古人思想、知识与话语的复杂互动,此又不可不察也。

(作者单位:北京大学中国语言文学系)

---

① 梁章钜著,陈居渊点校:《制义丛话》卷一一,上海:上海书店2001年版,第216页。

理论反思

单音汉字与汉诗诗体之内联性 *

蔡宗齐

　　本文首节对西方汉学界中盛行的汉字字形决定汉诗艺术的观点提出质疑,后续六节则从分析汉字字音对汉诗艺术的影响入手,剥丝抽茧,一层层地寻绎汉诗诗体之内联性。首先发现的是,汉字每个字的发音是单音节,而绝大多数字又是含有意义的词或是能与其他字结合的语素,从而使汉诗发展出一种独一无二的节奏。此节奏的特点是韵律节奏和意义节奏总体是合二为一,但两者之间又存有分离的张力。其次,我们又探察到汉诗节奏与句法密不可分的关系。就传统句法而言,每种诗体独特的节奏都决定该诗体组词造句的主要语序以及可以有何种变动的可能。从现代语法学句法的角度来看,每种诗体独特的节奏决定了该诗体可以承载何种主谓句式,在时空逻辑的框架呈现何种主客观现象,同时又可以承载何种题评句,超越时空逻辑关系来并列意象和言语,借以激发读者的想象活动。最后,我们从句法演绎到章法、篇法,发现三者都是遵循同样的组织原则。主谓句所遵循的是时空和因果相连的线性组织原则,而此原则运用在章节和诗篇的层次

---

　　* 本文的研究和撰写得到香港研究资助局优配研究金的资助,项目编号
LU13400014。两位匿名审稿人为本文的修订提出了宝贵的意见,谨此致谢。

之上,便构造出连贯一致的线性章节和诗篇。同样,题评句所遵循的是时空和因果断裂的组织原则,而此原则运用在章节和诗篇的层次之上,便构造出各种不同的断裂章节和诗篇结构。

需要强调的是,汉诗节奏、句法、结构之间的这种内联不是静止的关系,而是呈现不断发展的动态。在近三千年的中国诗史中,为了开拓新的诗境,诗人孜孜不倦地挖掘汉语自身演变(尤其是双音化发展)所带来的机会,借鉴不同的民间音乐曲调以及各类散文,不断发展出音义皆流转完美的新节奏,并创造出与之相应的新句式和新结构,为新诗境的产生提供了所必须的语言空间。新节奏、句式、结构的同时产生通常标志着一种新诗体的诞生。

　　汉诗的艺术特征是什么？汉语如何决定了汉诗的艺术特点①？这些是处于自我独立封闭传统中的中国古代学者不会想到的问题。18世纪以降，汉诗渐渐进入国际的视野，与截然不同的西方诗歌传统发生接触和碰撞，到了20世纪初，汉语与汉诗艺术的关系开始引起学者的注意，随后逐渐演变为海内外汉诗研究者共同关心的核心课题。

　　在对此课题的研究之中，在西方从事汉诗研究的学者似乎占有一种特别的优势。用英语或其他西方语言教授和研究汉诗，自觉不自觉地就会与西方语言作比较，从而对汉语作为诗歌载体的独异之处产生浓厚的兴趣，逐渐形成自己对汉诗艺术特征的独特见解。的确，从汉语特点的角度来探索汉诗的艺术特征，如果算得上是汉诗研究在20世纪的一个重大突破，那么筚路蓝缕之功应归于从事汉诗研究的汉学家，如卜弼德教授（Peter Alexis Boodberg, 1903—1972）、陈世骧（1912—1971）、高友工、程抱一等人。

　　笔者试图超越前一辈汉学家过分强调汉字字形对汉诗影响的倾向，转向考察汉字字音对汉诗节奏、句法、结构、诗境的重要影响，借以揭示这四者在所有古典诗体中所呈现的内联性，为后续对各种主要诗体之语法和诗境的深入研究打下坚实的理论基础。

---

① "汉诗"一词，本指中国域外用汉字撰写、符合中国古典诗歌规范的诗歌作品，但近来此词已开始被用来泛指中国古典诗歌。本文用"汉诗"取代"中国古典诗歌"之称，主要是取其简洁，求行文之便捷，同时也希冀此书对窄义的域外"汉诗"研究有所贡献。

一、汉字与汉诗艺术：字形的次要作用

从汉字角度研究汉诗艺术的开创者并非是在大学里执教鞭的正牌汉学家,而是著名的东方文化爱好和传播者恩纳斯特·费诺罗萨(Ernest Fenollosa, 1853—1908)和20世纪美国意象诗派领袖伊萨拉·庞德(Ezra Pound, 1885—1972)。他们有关汉字字形对汉诗决定性影响的创见(或说误解)深深地影响了好几代的汉学家。

费、庞二人关于汉字和汉诗的论述见于《作为诗媒的汉字》(*The Chinese Written Character as a Medium of Poetry*)一文①,此文作者是费诺罗萨,这位19世纪的美国人,在日本时对东方文化产生浓厚兴趣。此文就是他从日本汉学家学习中国诗歌时撰写的,作为一篇未发表的演讲稿,当时鲜为人知。在费诺罗萨逝世后,庞德由其夫人手中得到其手稿,如获至宝,以短书的形式整理出版,从而广为人知。此文中的观点正好符合了庞德欲建立一种新的诗歌传统之需要。庞德等著名西方现代主义诗人认为,西方语言中种种形态标记,无不是束缚艺术想象的枷锁。他们所作的艺术实验就是要砸破这些枷锁,超越概念化思维,用意象直观地呈现主客观世界之实相。此文得到庞氏如此钟爱,是因为费氏对汉语不求诸"形态标记"的表达方式的描述,正是意象派诗人谋求实现的艺术理想,为他提供了一个梦寐以求的实例,从而支持了他们的诗学主张。

费诺罗萨的文章主要强调汉语与西方语言不同,其文字不是抽象

---

① 英文原文见 Ernest Fenollosa, *The Chinese Written Character as a Medium for Poetry*, ed. Ezra Pound, 1936 (Rpt. San Francisco: City Lights, 1983)。新近的版本见 Ernest Fenollosa and Ezra Pound, *The Chinese Written Character as a Medium for Poetry: A Critical Edition*, edited by Jonathan Stalling, Lucas Klein, and HaunSaussy (New York: Fordham University Press, 2008)。此书包括了费诺罗萨的初稿、终稿、庞德的笔记, 以及最后出版的广为人知的定稿。

地以字母表达概念,而本身就呈现物象而寓有意义,不仅直观地反映自然界静止事物,还可以揭示自然界中事物之间的互相作用。此文主要从字的结构和构词法角度来阐发这一观点。除了展示汉字象形的直观性之外,费氏还以"人见马"一句话为例子,详细地讨论了汉语词类不带形态标记,汉字不随词类变化而变形的特点。费氏以"Man sees horse"一句为例指出,英文主谓句无不被形态标记所束缚,只能表达枯燥抽象概念,故此句与自然界真实的人见到马的动作毫无关系。与此相反,不受此束缚所累的汉语则可把自然界万物之间、人与自然之间相互作用的势能呈现出来。这里,"人"一字生动地展示了两条腿的人,"见"则有表示眼睛的"目"结构,而"马"一字中则可见"马"飞扬的鬃毛。"人见马"这么一个主谓结构,在读者脑海里所唤起的不是施事者(agent or actor)——动作或形态(action or condition)——受事者(recipient)三者关系的抽象认识,而是三者互动的实际过程①。费氏若知这三字的篆书(𠊱𡆥𩡧)②,对自己的观点一定更加笃信不疑。文中又举出了"日升东"三字,英文为"The sun rises(in the)East",这三字展示了汉字不仅有具体的物象,而且展示了自然物象的发展程序。费氏认为,"日"即旭日,"升"表示了太阳已从地平线上升起,"东"字即"日"升高后挂在"木"之上的情景③。

这篇文章在西方诗歌界及学界影响巨大,在汉学界也产生了极大的反响。汉学界的反响则是几乎一边倒的批评声音。从语言学的角度来看,费氏对汉语诸方面之描述谬误不少,因此饱受指责诟病。不少汉学家认为,费文是16世纪以来在欧洲广为传播"象形会意文字的神话"(an ideographic myth)之翻版,因为费氏只谈汉字六书中的象形

---

① 见 Ernest Fenollosa and Ezra Pound, *The Chinese Written Character as a Medium for Poetry: A Critical Edition*, New York:Fordham University Press, 2008, pp.44-45。

② 见段玉裁注,许慎撰:《说文解字注》,上海:上海古籍出版社1981年版,第365、407、460页。

③ 见 Ernest Fenollosa and Ezra Pound, *The Chinese Written Character as a Medium for Poetry: A Critical Edition*, New York:Fordham University Press, 2008, p.60。

和会意,而撇开不论其他四种造字法,对纯象形文字只占汉字的百分之三四的事实亦了无所知①。

然而,笔者认为,这些批评实则并没有看到费氏写作此文的要旨,费氏是从中国文字中看到艺术之美感。从文学批评的角度来看,无论就其见地或其影响而言,此文都堪称一篇惊世奇文。费氏本人并不精通汉语,主要是依靠他的日本友人了解汉语和汉诗,然而他却能洞察到,汉语结构可为诗歌创作所提供的独特而丰富的艺术想象空间,不得不令人折服②。

具有讽刺意味的是,对费、庞两人的"象形会意文字的神话"大张挞伐,却有助于使汉字如他们所希望那样成为诗歌理论研究中一个热门议题。在费、庞两人的汉字诗性说直接或间接的影响之下,几代汉学家纷纷把注意力转向汉字,竞相试图从汉字中找到破解中国古代文化种种奥秘的钥匙,包括汉诗起源和艺术特点形成的过程。例如,对汉诗语言有深入研究的、加利福尼亚大学伯克莱分校的卜弼德教授用semasiololgy一词来形容汉语,而在现代语言学中,此词是指纯视觉的、与声音无关的符号系统,可见他对汉字象形会意之独钟达到何种地步。有如费、庞两人用汉字结构来阐述自己心目中的理想的诗歌艺术,卜氏则致力于分析"君子"、"政"、"德"、"礼"、"义"等术语的字形结构及其远古的词源,以求精准地把它们哲学含义确定下来③。比卜氏晚十五年到伯克莱分校任教的陈世骧教授则试图从"兴"等字的结

---

① 有关此"象形会意文字的神话"的起源和历史发展,参看 John DeFrancis, *The Chinese Language: Fact and Fantasy* (Honolulu: Univ. of Hawaii Press, 1984), pp.132 – 148。此书集中批评了"象形会意文字的神话",但没有提到费诺洛萨和庞德。

② 参见拙著 *Configurations of Comparative Poetics: Three Perspectives on Western and Chinese Literary Criticism* (Honolulu: University of Hawai'i Press, 2002), chapter 7 "Poetics of Dynamic Force";译文见《比较诗学结构——中西文论研究的三种视角》,刘青海译,北京:北京大学出版社 2012 年版,第七章《势的美学:费诺洛萨、庞德和中国批评家论汉字》。

③ Peter A. Boodberg, "The Semasiology of Some Primary Confucian Concepts," *Philosophy East and West* 2.4 (1953): 317 – 332.

构和字源中寻找汉诗诞生于远古宗教仪式的终极源头①。远在陈氏之前,阮元、闻一多等人已试图从"颂"、"诗"、"诗言志"等字形中重构远古诗歌创作的情景,陈世骧的汉字诗学研究无疑主要是继承了中土的汉字研究传统,但也难免同时多少受到当时汉学界风行的汉字研究的影响。

在欧美汉学家中,最明显地受到费、庞二人影响的著作大概是华裔法国学者程抱一(François Cheng)《中国诗语言研究》一书②。此书法文原版于 1977 年出版,名为 *L'écriturepoétiquechinoise*。费氏文章反响颇大,引起不少人对东方诗歌的兴趣。而程氏的研究亦然,法文版出版数年后便被译成英文介绍到北美,对北美学者认识汉诗艺术有相当大的影响③。在 2006 年,涂卫群把此书译成中文,在江苏人民出版社出版④。在此书的导言中,程氏指出,汉语之表意文字系统(以及支撑它的符号观念)在中国决定了包括诗歌、书法、绘画、神话、音乐在内的整套的表意实践活动⑤。他又写道:"在此,语言被设想为并非描述世界的指称系统,而是组织联系并激起表意行为的再现活动;这种语言观的影响具有决定性的意义。这不仅因为文字被用来作为所有这些实践的工具,而且它更是在这些实践形成体系过程中活跃的典范。这种种实践,形成了既错综复杂而又浑然统一的符号网络。"⑥

---

① 见 Ch'en Shih-hsiang, "The *Shih Ching*: Its Generic Significance in Chinese Literary Theory and Poetics." *Bulletin of the Institute of History and Philology* (*Academia Sinica*) 39, no. 1 (1968): 371–413; reprinted in *Studies in Chinese Literary Genres*, edited by Cyril Birch (Berkeley: University of California Press, 1974), pp.8–41。

② 原书为法文,中译本则可参见程抱一著、涂卫群译:《中国诗画语言研究》,南京:江苏人民出版社 2006 年版。

③ 见 François Cheng, *Chinese Poetic Writing*, translated from French by Donald A. Riggs and Jerome P. Seaton (Bloomington, Indiana: Indiana University Press, 1982)。

④ 见程抱一著、涂卫群译:《中国诗画语言研究》,南京:江苏人民出版社 2006 年版。此中译本是程抱一先生的《中国诗语言研究》(1977)和《虚与实:中国画语言研究》(1991)两书的合集。

⑤ 参见程抱一著、涂卫群译:《中国诗画语言研究》,第 10 页。

⑥ 程抱一著、涂卫群译:《中国诗画语言研究》,第 10—11 页。

为了说明汉字表意的独特之处,他举出王维"木末芙蓉花"一句,说明王维"并没有用指称语言来解释这一体验,而只是在绝句的第一行诗中排列了五个字"①来表达自己观物的感受。他认为:"一位读者,哪怕不懂汉语,也能够觉察到这些字的视觉特征,它们的接续与诗句的含义相吻合。实际上,按照顺序来读这几个字,人们会产生一种目睹一株树开花过程的印象。"②他紧接着解释"木末芙蓉花"五字所激活的感知过程:

§1

第一个字:一株光秃秃的树;第二个字:枝头上长出一些东西;第三个字:出现了一个花蕾,"艹"是用来表示草或者叶的部首;第四个字:花蕾绽放开来;第五个字:一朵盛开的花。③

按照程氏的解释,我们读"木末芙蓉花"这五个字的感受,犹如看到了一朵花从蓓蕾到徐徐开放的电影特写慢镜头。接着,程氏进一步深挖"芙蓉花"三字字形构造所寓藏的更深的含义,以求说明王维试图借字形来揭示人与自然相通融合的内在关系:

§2

但是穿过这些表意文字,在所展现的(视觉特征)和所表明的(通常含义)内容背后,一位懂汉语的读者不会不觉察到一个巧妙地隐藏著的意念,也即从精神上进入入树中并参与了树的演化的人的意念。实际上,第三个字"芙"包含着"夫"(男子)的成分,而"夫"则包含着"人"的成分(从而,前两个字所呈现的树,由此开始寄居了人的身影)。第四个字"蓉"包含着"容"的成分

---

① 程抱一著、涂卫群译:《中国诗画语言研究》,第13页。
② 程抱一著、涂卫群译:《中国诗画语言研究》,第13页。
③ 程抱一著、涂卫群译:《中国诗画语言研究》,第13页。

（花蕾绽放为面容），在"容"字里面则包含着"口"的成分（口会说话）。最后，第五个字包含着"化"（转化）的成分（人正在参与宇宙转化）。诗人通过非常简练的手段，并未求助于外在评论，在我们眼前复活了一场神秘的体验，展现了它所经历的各个阶段。①

程氏对王维诗句作了如此富于想象的发挥，但仍意犹未尽，故又引杜甫的一联诗"雷霆空霹雳，云雨竟虚无"，进而阐述自己的汉字诗性说：

§3

诗人用了一系列都含有"雨"字头的字：雷霆、霹雳、云。然后，他让"雨"字本身最后出现，而它已包含在所有其他允诺它的字中。枉然的允诺。因为这个字刚一出现，后面便紧跟着"无"字，它结束了诗句。可是，这最后一个字以火字为形旁："灬"。因此，落空的雨很快就被灼热的空气所吸收了。②

读完这些解释，我们不禁会惊叹程氏化平直明了的诗句为神奇的想象力，同时又有似曾相识的感觉。略加思索，不难发现，程氏的字形解诗法与费、庞二人对"人见马"、"日升东"两句的解读如出一辙，或说把费、庞氏汉字诗性说发挥得淋漓尽致。

然而，程氏字形解诗法恐怕无法为人接受，难逃被视为不合用的"舶来品"，因为它非但与我们今日读汉诗的体验多相扞格，而且与古人诗歌创作中体现出的字形选择的意图，以及与古代批评家有关字形选择的论述完全是背道而驰的。程氏所选的两个例子都是使用同一

① 程抱一著、涂卫群译：《中国诗画语言研究》，第13—14页。
② 程抱一著、涂卫群译：《中国诗画语言研究》，第15页。

偏旁字的诗句,显然是认为这类诗句最能凸显汉字字形在汉诗艺术中具有决定性的作用。究竟是否如此？现在就让我们先列出使用同一偏旁诗句的作品两例,看看古代诗人选择同偏旁字的真正意图。第一例是晋代郭璞(276—324)的《江赋》,其中水字边赋句甚多:

§4

若乃巴东之峡,夏后疏凿。绝岸万丈,壁立赪驳。虎牙嵥竖以屹崒,荆门阙竦而磐礴。圆渊九回以悬腾,溢流雷响而电激。骇浪暴洒,惊波飞薄。迅澓增浇,涌湍叠跃。砯岩鼓作,<u>潎洌嵊溜</u>。皆大波相激之声也。漂澒灂瀄,<u>溃濩淲潈</u>。皆水势相激汹涌之貌。<u>滈湟㳎泱</u>,瀄汩澜沦。皆水流漂疾之貌。<u>漩澴荥瀯</u>,㵧溜溃瀑。皆波浪回旋溃涌而起之貌也。溲㳻泺涓,龙鳞结络。碧沙遗瀺而往来,巨石硉矹以前却。潜演之所汩湎,奔溜之所礴错。厓隒为之泐嶕,崎岭为之喦崿。幽㵎积岨,崿碚碏礭。

若乃曾潭之府,灵湖之渊。<u>澄淡汪洸</u>,㶚㴜困法。<u>泓法涧</u><u>瀑</u>,浑邻圜漅。混涴灏溔,流映扬焑。<u>溟潗渺㴐</u>,<u>汗汗沺沺</u>。察之无象,寻之无边。气滃渤以雾杳,时郁律其如烟。类胚浑之未凝,象太极之构天。

长波浃渫,峻湍崔嵬。盘涡谷转,凌涛山颓。阳侯砐硪以岸起,洪澜澒涀而云回。㳠沦流滚,乍浥乍堆。㵭如地裂,豁若天开。触曲崖以萦绕,骇崩浪而相礧。鼓唇窟以潎渤,乃溢涌而驾隈。①

这三段赋共有 292 个字,其中带水字边的字有 104 个,占 35.62% 之多。带水字边的字如此密集出现大概有三个主要原因。其一,顾名思义,《江赋》集中描写水景,自然要用上大量带水字边的字。其二,郭

---

① 萧统编、李善注:《文选》,北京:中华书局 1977 年影印本,第 184—185 页。

璞有意使用一串又一串的同偏旁字,尤其是特别艰涩古奥的同偏旁字,旨在显耀自己知识之渊博,掌握的字词量之巨大,如此卖弄辞藻似乎是当时许多辞赋之士之癖好。其三,郭氏寻求创造出一系列由四个同偏旁字组成的联绵字群(引文带有下划线的部分),借其双音叠韵之声来传递大江惊涛拍岸之声,汹涌澎湃之貌。李善的笺注就明确地指出了这点。

第二例是一首既无署名也无标题的、完全用辵字边字写成五言绝句。此诗有两个稍有不同的版本,下表左边一栏是在长沙窑出土瓷器釉下所录的版本。右边一栏是陈尚君先生在《敦煌遗书》中发现的版本,与长沙窑版基本相同,只有四字有所变动。

§5

辵字边诗	
远送还通达, 逍遥近道边。 遇逢退迡过, 进退随遛连。①	送远还通达, 逍遥近道边。 遇逢退迡过, 进退速游连。②

长沙与敦煌之间相隔千山万水,在唐代两地交通来往之困难可想而知。然而,此诗在两地同时出现,又以不同的物质形式保存至今,确是令人惊讶,极为费解的事。若强作解释,不外有两种可能,一是此诗当时在民间广为流传,传遍大江南北、塞内塞外,而同时被长沙窑主和敦煌抄卷者选中。二是此诗当时并非那么出名,只是因长沙窑瓷器外销

---

① 见周世荣:《长沙窑唐诗录存》,《中国诗学》第五辑,南京:南京大学出版社 1997 年版,第 67—71 页。又可参见长沙窑课题组编《长沙窑》第三章第六节《文字》,北京:紫禁城出版社 1996 年版,第 144 页。
② 中研院历史语言研究所傅斯年图书馆藏敦煌遗书一五号背三(简称傅一五)。转引自陈尚君:《长沙窑唐诗书后》,载《中国诗学》第五辑,第 75—77 页。

至塞外而被敦煌抄卷者抄录下来。第二种可能性似乎更大些。与郭璞《江赋》中水字边字的连用不同,此诗的辵字边字并没有巧妙地与双声叠韵结合,从视觉和听觉两方面呈现物象的情貌,故读来不觉得有多少文学价值,更像是一首较为俚俗的文字游戏诗。这类文字游戏诗在唐代似乎颇为流行①,程抱一先生所举的王维和杜甫的诗句与之有无关系? 这一值得考虑的问题超出本文的研究范围,故不作讨论。

下面接着谈古代批评家如何阐述字形与诗歌艺术的关系。刘勰《文心雕龙·练字》是深入探讨此关系的专文。刘氏在文中首先提出了选用字形的四大原则:

§6

心既托声于言,言亦寄形于字,讽诵则绩在宫商,临文则能归字形矣。是以缀字属篇,必须拣择:一避诡异,二省联边,三权重出,四调单复。②

第一条原则"避诡异"即行文时最好避开看上去诡异的字。刘氏解释说:"诡异者,字体瑰怪者也。曹摅诗称:'岂不愿斯游,褊心恶呴嗾。'两字诡异,大疵美篇,况乃过此,其可观乎!"③刘氏认为,"呴嗾"二字诡异,从而大煞风景,降低了诗句的美感。

第二条原则"省联边":"联边者,半字同文者也。状貌山川,古今咸用,施于常文,则龃龉为瑕,如不获免,可至三接,三接之外,其《字林》乎!"④刘氏这段话的意思是,相同偏旁部首的字最好不要一起出现,如果无法避免,则最多出现三次,出现三次以上的文章则可以讥讽其为《字林》。虽然刘勰认为应该"省联边",然而时人诗赋中这样的

① 又见周世荣:《长沙窑唐诗录存》所录残文:1)"□□□□岩,□□□□嵊峘。□□嵶嵤褐,□□□嵨礌";2)"嵊峘二字"。载《中国诗学》第五辑,第67—71页。
② 詹锳:《文心雕龙义证》,上海:上海古籍出版社1989年版,第1461—1463页。
③ 詹锳:《文心雕龙义证》,第1463页。
④ 詹锳:《文心雕龙义证》,第1465页。

例子不胜枚举。清人黄叔琳注曰："三接者,如张景阳《杂诗》'洪潦浩方割',沈休文《和谢宣城诗》'别羽汎清源'之类。三接之外,则曹子建《杂诗》'绮缟何缤纷',陆士衡《日出东南隅行》'璚佩结瑶璠',五字而联边者四,宜有《字林》之讥也。若赋则更有十接二十接不止者矣。"①上文所引郭璞《江赋》两段中就使用104个水字边字,可谓达到联边"接不止"之极致者。

第三条原则是"权重出":"重出者,同字相犯者也。《诗》《骚》适会,而近世忌同,若两字俱要,则宁在相犯。故善为文者,富于万篇,贫于一字,一字非少,相避为难也。"②此段的意思是,属文之时需要权衡重复出现的字。

第四条原则是"调单复":"单复者,字形肥瘠者也。瘠字累句,则纤疏而行劣;肥字积文,则黯黕而篇暗。善酌字者,参伍单复,磊落如珠矣。"③这原则说的是,字形有肥有瘦,即最好不要连续几个全是笔画多看起来肥胖的字,也不要连续几个全是笔画少看起来很瘦的字,行文时最好肥瘦相间,如此才能"参伍单复,磊落如珠矣"。

无论是不同时期诗人刻意选择字形的实践,还是刘勰对这类实践所作的论述总结,无不反映出字形在汉诗艺术中的次要作用。虽然魏晋六朝名流文人多有爱用"联边句"者,这类诗句在五言诗中数量毕竟是很有限的,在赋中的像郭璞《江赋》狂用"联边句"的例子是不多的。唐代的"联边诗"主要是无名氏之作,大概乃出自下层文人之手的文字游戏,无关宏旨。就艺术性而言,除了郭璞《江赋》中所见那种联边与双声叠韵结合而生的形声之美,似乎是乏善可陈。若非如此,刘勰怎么会对"联边"持一种批评或至少是保留的态度,告诫对之要"省"。另外,从刘氏对"瘠字累句"、"肥字积文"的批评,我们可以看

---

① 黄叔琳注、李详补注、杨明照校注拾遗:《文心雕龙校注》,北京:中华书局2000年版,第487页。
② 詹锳:《文心雕龙义证》,第1467页。
③ 詹锳:《文心雕龙义证》,第1470页。

出,刘勰主要是就文字书写的审美效果来谈"炼字"。综合来看,他认为临文时不要使用字形过分诡异的字破坏美感,相同的字形或偏旁不需要出现太多次,全篇文章中字形的肥瘦则须参差有序,才能产生较好的视觉美感。换言之,他所关心的是字形结构的视觉美感,而非像某些学者所误解的那样更关心语义的表述。

比较古代诗人使用"联边"的实践和刘勰对此实践的评述,我们可以看到,程氏步费、庞二人的后尘将字形作为汉诗艺术决定因素,无疑是一种谬误的观点。首先,程氏引用"木末芙蓉花"与"雷霆空霹雳,云雨竟虚无"二例,认为它们最能证明字形与汉诗艺术之内在联系。然而,这两句则恰好可以归入刘勰所认为的不当的"联边",即一句中用三个以上同样偏旁的字。其次,程氏大谈王维和杜甫联边句中的字形的变化如何直接呈现诗人的感物和抒情过程,而古代诗人恐怕从未为试图凭借字形来显示自己的感物和抒情过程。若是如此依赖字形,他们不会不像程氏那样谈论自己妙用字形抒情的体会,批评家也不可能不深入探究字形与写物抒情的关系。这两种文章在古代文学批评史上是不存在的。

刘勰《文心雕龙·练字》是中国传统诗学中唯一专门讨论字形使用的文章,但其对字形的讨论是围绕汉字的视觉美感角度展开的,与感物抒情过程无关。他文中所说的"临文"是指将作品书写出来,而选字的四项原则旨在告诫选字组句须充分考虑字形的视觉美感。在某种意义上来看,刘勰《文心雕龙·练字》与书法美学的关系之密切甚至胜于文学。

基于以上分析,程氏有关汉字与汉诗艺术关系的描述应该算是误导式的描述。为什么对中国文化有着极为深刻理解的程氏会作出这种误导式的描述?笔者猜测,这大概是因为他所面对的读者群中有很多是对中国文化、中国诗歌毫无了解的外国读者。汉字与西方文字截然不同,不仅表音,更象形表意,往往令他们心驰神往,认为汉字有不可替代的魅力。因此,程氏将汉诗与汉字紧密联系,也许是希冀以谈字形的魅力为开场白,将这些读者引导入汉诗的艺术世界之中。

二、汉字与汉诗艺术: 字音的决定性作用

西方学者率先研究汉字与诗歌创作的关系,为揭示汉诗艺术的特点以及其形成的原因开辟了新的途径,这充分显示了他们从双语或多语的角度审视汉诗艺术的优势。然而,"象形——会意神话"以及其他有关汉字字形的想象在西方延续了数百年,经久不衰。在此语境中研究汉字与汉诗关系,西方学者自然很容易步入过分强调字形作用的误区,即使不像费、庞两人及程氏那样作出误导性的描述,也难免会对汉字其他方面的作用视而不见。

在排除了汉字字形对汉诗决定性作用之后,我们应该把注意力转移到汉字字音之上。汉字字音有三个在世界语言中独一无二的特点,一是每个汉字都是单音字,二是每个汉字都有其固定声调,三是单音节汉字绝大部分既表声也表意,纯粹表声的汉字数量极少。表意汉字的大部分可以独立使用,与英语 word 的功用相等,小部分不能单独使用的字也多半是含有意义的语素(morphemes)。这两类汉字都可以与其他字灵活地组合为双音词、三音词组或四字成语。

汉字字音三大特点对汉诗艺术产生了什么的影响呢? 此问题尚未有人进行系统深入的理论研究。笔者认为,汉字字音对汉诗艺术的方方面面都产生了直接或间接的巨大影响,其中对诗歌节奏的影响最为明显,其意义也最为深远。汉字单音节而又独立表意,这就造就了世界上绝无仅有的一种韵律与语义紧密相连的语言节奏,而这种特殊语言节奏在诗体中得以升华,进而又影响了汉诗句法和结构,为在不同诗体的意境的产生奠定了语言基础。本节将集中讨论汉字字音对汉诗节奏的直接影响,而后面五节则研究汉字字音对汉诗句法、结构、

诗境的间接影响。

（一）单音节汉字与汉诗韵律、语义节奏之汇合

诗歌韵律包括诗韵和格律两大部分，即英文所说的 rhyme 和 meter。这两者实际上构成两个层次上的诗歌节奏。在古今中外的主要诗体中，尾韵通常是最重要诗韵，它通过诗行末字有规律地重复使用相同或相似的韵母（以及其后的声母），营造出诗行之间的节奏（interline rhythm）。格律则是通过有规律地重复使用相同的基本韵律节奏单位，营造出诗行之中的节奏（intra-line rhythm）。

最基本的诗歌节奏单位，或称音步，均是由两个或三个音节构成的。单音节不构成音步，而四个音节则是两个双音节的重复，五个音节则是一个双音节与一个三音节的总和，由此可以类推下去。因此，双音音步、三音音步是节奏的两种基本单位，不同长短的诗句均是双音音步与三音音步的不同配置组合而成。古今中外皆如此。例如，英诗中，根据双音节和三音节中轻重音的分布情况，音步分为五种：抑扬格（iamb，即轻音在前重音在后）、扬抑格（trochee，即重音在前轻音在后）、抑抑扬格（anapest，即轻音+轻音+重音）、扬抑抑格（dactyl，即重音+轻音+轻音）、扬扬格（spondee，即重音+重音）。英诗带有固定韵律的诗行都是这些音步的叠加而成的，如最受人喜爱的抑扬五步诗行（iambic pentameter line）就是由五个抑扬格音步组成的。

汉诗的情况也大致如此。韵律基本单位只有双音和三音，或说二言和三言两种。在诗行中，二言和三言之后稍加停顿就构成独立的韵律单位，而双音韵律单位自我叠加就形成标准的四言、六言、八言等双数字诗行，但若双音与三音单位交叉结合就形成五言、七言、九言等单数字诗行。同样，在唐代成形的律诗格律中，与这种顿歇节奏单位相交错的声调单位也是只有双音和三音两大类，即平平、仄仄；平平平、仄仄仄。这些情况无不印证了节奏的基本单位只有双音与三

音两种①。

汉诗节奏与西方诗歌节奏虽然都由双音或三音音步构成,但两者由于与意义的关系"疏密"有别而具有本质的不同。如下例所示,在西方诗歌中节奏与词句的意义无内在关联。

§7

Shall I ｜ com-pare ｜ thee to ｜ a **sum ｜ mer's** day?

Thou art ｜ more **love-｜ ly** and ｜ more **tem-｜per-ate**:

…

(Shakespeare' Sonnet 18)

我怎么能够把你来比作夏天?

你不独比它可爱也比它温婉:……

(梁宗岱译文②)

以上诗句引自极为出名的莎士比亚十四行诗第十八首,所加的竖线分割出两行抑扬五步诗句的十个音步。其中只有四个音步与句中的意群吻合,而其他六个音步则与意群扞格不合,均用加粗下划线标出。例如,"sum ｜ mer's"前半部分"sum"与 summer 意思完全不同,而"mer's"则并非英文单词。同样,"love-｜ ly"前半部分的"love"与"lovely"意思也不同,而"tem-｜per-ate"断开之后,则变为两个无意义

① 如果按 2+3 节奏来划分五、七言句末的声调单位,则有平平仄、仄仄平、平仄仄、仄平平四种。严格说来,这四种只是三言节奏单位之声调,而并非构成近体诗格律的基本声调单位。近体律句形式有两种,要么是两个或三个双音声调单位的对比(外加一个单音),形成(2)2+2+1 句,即五言之仄仄平平仄、平平仄仄平和七言之(平平)仄仄平平仄、(仄仄)平平仄仄平;要么是一个或两个双音声调单位与单个三音声调单位的对比,形成(2)3+2 句,即五言之平平平仄仄、仄仄仄平平和七言之(仄仄)平平平仄仄、(平平)仄仄仄平平。依照规则交替使用这两种律句就可推衍出近体诗格律的四种形式。参见拙文《一种解释近体诗格律的新方法》,收入《中国文学研究》(辑刊)第 1 期,上海:复旦大学出版社 2014 年版,第 8—18 页。

② 梁宗岱译:《莎士比亚全集》第六卷,北京:人民文学出版社 1994 年版,第 542 页。

的字母组合。由此可见,英文诗的韵律节奏与意义的停顿常无关联,也就是说韵律与意义无内在的联系。

汉诗却恰恰相反。汉字都是单音节的。一个单音节字,不管是有意义的字还是含有意义但不能独立使用的词素,都有与另一个单音节字组合为一个新的双音词的强烈倾向。这种在汉语研究中称为双音化的趋势在《诗经》已见端倪,入汉后经历爆炸性的发展,随后成为汉语词汇发展的常态,一直延续至今。双音是最基本音步,一个双音词自然就是一个音步,这样意义与韵律一拍即合。同时,汉代以后,越来越多的单音节字又与双音词结合成为三音名词或偏正词组,而一个三音词自然也是一个三音步,语义与韵律因而又紧密相连。换言之,二言意群、三言意群既是意义的基本单位,又是基本韵律单位。这样,它们自身重叠或交替使用,其间产生有规则的语义停顿,从而构成了意义节奏与韵律节奏的合流。

大概因为没有与汉语截然不同的异国诗歌作对比,中国古人没有对意义节奏和韵律节奏作出精确的定义和区分,也没有深入探讨两种节奏合离之张力如何成为各种诗体发展的内在动力。然而,他们直觉地把握了诗行字音数量、行间节奏、行中节奏的重要性,视之为诗体分类的基础。

(二) 字音数量、行间节奏与诗体分类

诗行的字数,或说诗行字音或音节的数量,是中国最古老的诗体分类标准。挚虞(?—312?)《文章流别论》云:"古之诗有三言、四言、五言、六言、七言、九言。古诗率以四言为体,而时有一句二句杂在四言之间,后世演之,遂以为篇。"①这里可以看到,挚氏试图对齐言诗进

---

① 郭绍虞、王文生编:《中国历代文论选》,上海:上海古籍出版社1979年版,第1册,第191页。

行溯源分类。他认为,最古老的四言是所有齐言诗的共同源头,因为后世其他字数的齐言诗都是通过把古老四言诗中的杂句扩展为篇而成的。

刘勰(467?—538?)《文心雕龙·章句》云:"若夫笔句无常,而字有条数,四字密而不促,六字格而非缓。或变之以三五,盖应机之权节也,至于诗颂大体,以四言为正,唯祈父肇禋,以二言为句。寻二言肇于黄世,竹弹之谣是也,三言兴于虞时,元首之诗是也;四言广于夏年,洛汭之歌是也;五言见于周代,行露之章是也。六言七言,杂出诗骚,而体之篇,成于两汉,情数运周,随时代用矣。"①这段话中,刘勰一时说"四字"、"六字",一时又说"四言"、"六言",可见在论诗体时"字"和"言"是互换使用的。在古人的心目中,文字与字声两者是相通而不可分割的,与西方将文字(writing)与言语(speech)绝对对立的观点显然是截然不同的②。正是因为如此看待声音与文字、声音与意义的内在关系,古人才会自然地用音节数量来命名主要诗体。在汉诗以外的传统中,以音节数量命名诗体的现象,即使不是全然无有,也是极少见的。例如"五步抑扬格"仅仅是韵律节奏的名称,与意义完全无涉,故从来没有也不可能用来命名诗体。

用诗行的音节数来命名诗体,这意味着古人已经觉察到相同长度诗行重复出现而形成一种节奏,即不同诗行之间的节奏。例如,挚虞和刘勰所提及的"五言"即每行五个音节,随后停顿,并为了加强停顿而用韵,要么每行用韵,要么隔行用韵。的确,刘勰已经注意到诗行音节字数寡众与诗体节奏促缓的关系,称"四字密而不促,六字格而非缓。"

日人遍照金刚(空海,774—835)《文镜秘府论·南卷》进一步阐

---

① 范文澜著:《文心雕龙注》,北京:人民文学出版社1962年版,第571页。
② 历代编纂的字典无不通过汉字反切来标示读音,而历代编纂的韵书则不仅用具体的汉字命名韵部,还在各韵部之中列出大量韵母、声调相同的汉字。如此把字类辑集和诗歌韵律融为一体的韵书体例大概只有中国才有,这也足以证明在中国古人的心目中文字和字声是不可分割的。

发了刘勰的观点,写道:"然句既有异,声亦互舛,句长声弥缓,句短声弥促,施于文笔,须参用焉。就而品之,七言以去,伤于太缓,三言以还,失于至促,准可以闲其文势,时时有之。至于四言,最为平正,词章之内,在用宜多。凡所结言,必据之为述。至若随之于文,合带以相参,则五言六言,又其次也。"①

(三) 古代批评家论行中节奏

除了诗行之间的节奏,汉诗中还有更重要的一种节奏,即诗行之中由诵读的习惯顿歇而产生的节奏。虽然刘勰没有觉察到"行中节奏",与他同时代的沈约(441—513)则发现了三言、四言、五言、六言、七言诗各自的"行中节奏",并加以详细的描述。《文镜秘府论·西卷》中"文中二十八种病"章引沈约称:"沈氏云'五言之中,分两句,上二下三。'"②这里说的"句"实指诵读的节奏段,即现在所说的句读之顿。《文镜秘府论·天卷》中"诗章中用声法式"章又云:

> §8
> 凡上一字为一句,下二字为一句,或上二字为一句,下一字为一句。(三言。)上二字为一句,下三字为一句。(五言。)上四字为一句,下二字为一句。(六言。)上四字为一句,下三字为一句。(七言。)③

这段话大概是古代文论中最早有关诗行诵读顿歇的描述,谈及了三言句的 1+2 或 2+1 节奏,五言句的 2+3 节奏,六言句的 4+2 节奏,

---

① [日] 遍照金刚撰、卢盛江校考:《文镜秘府论汇校汇考》,北京:中华书局 2006 年版,第 3 册,第 1493 页。
② "文二十八种病",[日] 遍照金刚撰、卢盛江校考:《文镜秘府论汇校汇考》,第 2 册,第 956 页。
③ "诗章中用声法式",《文镜秘府论汇校汇考》,第 1 册,第 173 页。

七言句的 4+3 节奏。对三言、五言、七言句节奏的描述极为精确，一直被后人所沿用，唯独六言的四二分法欠全面。

到了明清时期，对行中节奏的划分更加细致。明周履靖《骚坛秘语》下卷第六云：

§9

上三下四，凤凰乐／奏钧天曲，乌鹊桥／边织女河。上四下三，金马朝回／门似水，碧鸡天远／路如丝。……上二下五，不贪／夜识金银器，远害／朝看麋鹿游。上五下二，杖藜叹世者／谁子，中天月色好／谁看。①

黄生《诗麈》把五言句进一步细分为八类，并一一附例解释：

§10

上二下三者，如："玉剑／浮云骑，金鞭／明月弓。"（卢照邻）"洞水／空山道，柴门／老树空。"（杜甫）上三下二，如："把君诗／过日，念此别／惊神。"（杜甫）"一封书／未返，千树叶／皆飞。"（于武陵）上一下四，如："台／倚乌龙岭，楼／侵白雁潭。"（许浑）"雁／惜楚山晚，蝉／知秦树秋。"（司空曙）上四下一，如："雀啄北窗／晚，僧开西阁／寒。"（喻凫）"莲花国土／异，贝叶梵书／能。"（护国）上二中一下二，如："旌旃／朝／朔气，笳吹／夜／边声。"（杜审言）"星河／秋／一雁，砧杵／夜／千家。"（韩翃）上二中二下一，如："春风／骑马／醉，江月／钓鱼／歌。"（司空图）"晴山／开殿／翠，秋水／卷帘／寒。"（许浑）上一中二下二，如："地／盘山／入塞，河／绕国／连天。"（张祜）"井／凿山／含月，风／吹磬／出林。"（贾岛）上一下一中

---

① 周维德集校：《全明诗话》，济南：齐鲁书社 2005 年版，第 3 册，第 2228—2229 页。引文中"／"号为本文作者据周氏的顿歇划分所加上的。

三,如:"星/临万户/动,月/傍九霄/多。"(杜甫)"剑/留南斗/近,书/寄北风/遥。"(祖咏)此皆以五言成句,而句中有读者也。①

黄生接着又把七言句分成十类,分别举例说明:

§11

上四下三,如:"九天阊阖/开宫殿,万国衣冠/拜冕旒。"(王维)"龙武新军/深住辇,芙蓉别殿/慢焚香。"(杜甫)上三下四,如:"洛阳城/见梅迎雪,鱼口桥/逢雪送梅。"(李绅)"斑竹岗/连山雨暗,枇杷门/向楚天秋。"(韩翃)上二下五,如:"朝罢/香烟携满袖,诗成/珠玉在挥毫。"(杜甫)"霜落/雁声来紫塞,月明/人梦在青楼。"(刘沧)上五下二,如:"不见定王城/旧处,常怀贾傅井/依然。"(杜甫)"同餐夏果山/何处,共钓寒涛石/在无。"上一下六,如:"盘/剥白鸦谷口栗,饭/煮青泥坊底芹。"(杜甫)"烟/横博望乘槎水,日/上文王避雨陵。"(唐彦谦)上六下一,如:"忽惊屋里琴书/冷,复乱檐前星宿/稀。"(杜甫)"却从城里携琴/去,许到山中寄药/来。"(贾岛)上二中二下三,如:"旌旗/落日/黄云动,鼓角/阴风/白草翻。"(李频)"论旧/举杯/先下泪,伤离/临水/更登楼。"(杨巨源)上一中三下三,如:"鱼/吹细浪/摇歌扇,燕/蹴飞花/落舞筵。"(杜甫)"门/通小径/连芳草。"(郎士元)上二中四下一,如:"河山/北枕秦关/险,驿路/西连汉畤/平。"(崔颢)"宫中/下见南山/尽,城上/平临北斗/悬。"(杜审言)上一中四下二,如:"诗/怀白阁僧/吟苦,俸/买青田鹤/价

---

① 黄生著:《诗麈》,载于贾文昭主编:《皖人诗话八种》,合肥:黄山书社1995年版,第57—58页。引文中"/"号为本文作者据黄氏节奏划分所加上的。

偏。"(陆龟蒙) 此皆以七言成句,而句中有读者也。①

传统句法论中所见的顿歇划分,最为详尽者大概就是黄生这两段话。虽然黄生《诗麈》等著作有不少精湛的见解,但由于没有收入诗文评的总集中,一直鲜为人知,直至 1995 年《皖人诗话八种》一书出版,才有缘与广大读者见面。之后,蒋寅《清诗话考》发现《诗麈》一书被冒春荣(1702—1760)《葚原诗说》大量剽窃,竟达五十五则之多,其中包括上引的两段话②。

清代论诗家还注意到句中顿歇节奏与抒情深度广度有着密切的关系。刘熙载(1813—1881)《艺概·诗概》认为节奏是诗法的实质,并用数字来标明五、七言诗的顿歇。他说:"论句中自然之节奏,则七言可以上四字作一顿,五言可以上二字作一顿耳。"③这表明他看到了七言句的节奏为 4+3,而五言句的节奏为 2+3。他进而用实例说明顿歇节奏对传情达意的直接影响:

§12

五言上二字下三字,足当四言两句,如"终日不成章"之于"终日七裹,不成报章"是也。七言上四字下三字,足当五言两句,如"明月皎皎照我床"之于"明月何皎皎,照我罗床帏"是也。是则五言乃四言之约,七言乃五言之约矣。太白尝有"寄兴深微,五言不如四言,七言又其靡也"之说,此特意在尊古耳,岂可不违其意而误增闲字以为五七哉!④

---

① 黄生著:《诗麈》,载于贾文昭主编:《皖人诗话八种》,第 58 页。引文中"/"号为本文作者据黄氏节奏划分所加上的。
② 见蒋寅著:《清诗话考》,北京:中华书局 2005 年版,第 355—360 页。
③ 刘熙载著:《艺概》,上海:上海古籍出版社 1978 年版,第 70 页。
④ 刘熙载著:《艺概》,上海:上海古籍出版社 1978 年版,第 70—71 页。

刘氏指出,四言一变为五言,五言再变为七言,每增一字不仅使语音节奏更加丰富多变,语义表达的范围亦随之倍增,诗行愈加凝练。对参刘氏所比较的例句,更觉得他立论之严谨精辟;相比之下,李白所持的四、五、七言"渐退论"显得有些肤浅偏颇。李白渐退论,在刘氏看来意在尊古而已,刘氏认为不能错误地将四言发展到七言其间所增加的字看作"闲字",而是本质上的变化。从四言到五言,增加一字,表达的意义等于两句四言句共八字之意;从五言到七言,增加二字,表达的意义等于两句五言共十字之意,因此,节奏的变化带来的也就是传情达意的范围之变化。

(四) 韵律节奏与意义节奏关系

五言上二下三、七言上四下三的顿歇划分,从沈约以来一直为大多数论诗家所沿用,为何周履靖和黄生却能列出多至八种五言和十种七言的顿歇节奏呢? 其原因是周、黄二人在发现了另一种前人很少论及的语义顿歇节奏。沈约、遍照金刚等人所作顿歇划分是各种诗体所固有的,简单而统一的韵律节奏。在诵读或吟唱诗章之时,人人都自然地遵守这种顿歇节奏,故刘熙载称之为"自然节奏"。周履靖和黄生所讨论的则是一种不受诵读节奏制约,纯粹由语义和文法所决定的顿歇节奏。这种顿歇与一般散文的顿歇没有什么不同,完全由"无声"的读者根据词组间关系疏密而定。正因如此,黄生在列举八类五言句之后立即说:"此皆以五言成句,而句中有读者也。"在列举十类七言句之后又再次强调:"此皆以七言成句,而句中有读者也。"这两句话所说的"读者"应是指"句读"之"读"。然而,由于这类"读"多由读诗人根据语义和文法而自行决定,所以"句中有读者"似乎亦可解为指有读者的参与。既然这种语义顿歇在一定程度上有赖于读者的主观判断,它必定不是简单而统一,而是繁杂而具有开放性的。为了防止混乱,本文把诵读与语义顿歇分别称为"韵律节奏"和"语义节奏"，同时把构成这两种节奏的单位分别称为"音段"和"意段"。

进入 20 世纪之后，对诗歌节奏的讨论非但没有因旧体诗的式微而冷却，反而成为现代诗论中一个备受关注的研究热点。20 年代的新文化运动引发了新旧体诗之争，而韵律节奏之利弊则是这场论辩的焦点。不管论者是主张完全继承（如以吴宓为代表的学衡派），或创造性地改造（如闻一多等格律体新诗倡导者），还是彻底摒弃（如胡适等散文化新诗倡导者）古典诗的韵律节奏，他们都试图借用西方诗律学的概念来分析汉诗韵律节奏及其与语义节奏的关系。

胡适《谈新诗》（1919 年）一文提出"节"的概念，定义为"诗句里面的顿挫段落"①。他认为"旧体的五、七言诗两个字为一'节'"②，故他说的"节"是比遍照金刚的"句（读）"或刘熙载的"顿"更小的节奏单位。他用"节"来划分以下五、七言例句的"顿挫段落"，分别得出二二一和二二二一两种节奏："风绽—雨肥—梅（两节半）"，"江间—波浪—兼天—涌（三节半）"③。刘熙载称五、七言诗之韵律节奏为"自然节奏"，胡适则恰恰相反，把它视为阻碍传情达意，新诗必须破除的不自然节奏。他所称的"自然音节"是新诗白话句子里无定的，包含有一字至五字不等的顿挫段落。用胡适的话说，它"就是句里的节奏，也是依着意义的自然区分与文法的自然区分"④。

闻一多把韵律节奏称为"音尺"，即英文的"foot"，后通译为"音步"。他在《律诗底研究》（1922 年）中说："大概音尺（即浮切）在中诗当为逗。'春水'、'船如'、'天上坐'实为三逗。合逗而成句，犹如'尺'（meter）而成行（line）也。"⑤他借用外来术语"音尺"，把原仅指顿歇的"逗"（"读"）改造成由二、三音节字群和顿歇两者结合而成的节奏单位。这一作法与胡适释"节"为"顿挫段落"，把顿歇之顿扩展

---

① 欧阳哲生编：《胡适文集》，北京：北京大学出版社 1998 年版，第 2 册，第 142 页。
② 欧阳哲生编：《胡适文集》，第 2 册，第 142 页。
③ 欧阳哲生编：《胡适文集》，第 2 册，第 142 页。
④ 欧阳哲生编：《胡适文集》，第 2 册，第 143 页。
⑤ 闻一多著：《神话与诗》，上海：华东师范大学出版社 1997 年版，第 296 页。

为节奏单位的作法如出一辙。显然，闻"音尺"说受到了胡"节"说的启发，不过闻对节奏单位的划分则与胡分道扬镳。胡认为汉诗韵律节奏有五种，从一言（半节）至五言音节，而闻则认为只有"二字尺"和"三字尺"两种，故分"春水船如天上坐"一句为"三逗"（即二二三），而不是胡的"三节半"（即二二二一）。闻一多的观点显然比胡适的更为合理，因为单字或太长的音节组是不能构成节奏的。明李东阳云："〔诗句〕太短太长之无节者，则不足以为乐。"①可见这点古人早已知晓。的确，四言是二言音步之重叠，五言则是二、三言音步之组合，而并非独立的节奏单位。闻氏的音步分类不仅是当时格律体新诗派建立的理论依据，而且日后被大多数语音学家采用②。

朱光潜《诗论》（1943 年）中《论顿》一章对诗歌节奏作了透彻精辟的讨论。与胡适和闻一多一样，他把传统诗论中有关顿歇的术语改造为节奏单位的名称。他所选用的字是"顿"，与胡的"节"和闻的"逗"有所区别。在《论顿》中，朱光潜首次明确地指出，古典诗歌里有两种不同的、呈主从关系的节奏：

§13

在读诗时，我们如果拉一点调子，顿就很容易见出。例如下列诗句通常照这样顿：

陟彼—崔嵬，—我马—虺隤—。我姑—酌彼—金罍，—维以—不永怀。

涉江—采芙—蓉，—兰泽—多芳—草。

花落—家僮—未扫，—鸟啼—山客—犹眠。

永夜—角色—悲自—语，—中天—月色—好谁—看。

---

① 李东阳著：《麓堂诗话》，载于丁福保编：《历代诗话续编》，北京：中华书局 1983 年版，下册，第 1370 页。

② 参阅冯胜利著：《汉语韵律语法研究》，北京：北京大学出版社 2005 年版，第 3—7 页；吴为善著：《汉语韵律句法探索》第一章第二节《音步长度的确认及其类型》，上海：学林出版社 2006 年版，第 4—7 页。

五更—鼓角—声悲—壮，—三峡—星河—影动—摇。

这里我们要特别注意的就是说话的顿和读诗的顿有一个重要的分别。说话的顿注重意义上的自然区分，例如"彼崔嵬"、"采芙蓉"、"多芳草"、"角声悲"、"月色好"诸组必须连着读。读诗的顿注重声音上的整齐段落，往往在意义上不连属的字在声音上可连属，例如"采芙蓉"可读成"采芙—蓉"，"月色好谁看"可读成"月色—好谁看"，"星河影动摇"可读成"星河—影动摇"。①

朱氏把近古体诗的节奏分为"读诗的顿"和"说话的顿"两种，即是本文所说的"韵律节奏"和"语义节奏"。他认为，前者是主导节奏，而后者是次要辅助的节奏，须要迁就服从前者。因而，"'采芙蓉'可读成'采芙—蓉'，'月色好谁看'可读成'月色—好谁看'，'星河影动摇'可读成'星河—影动摇'"，尽管这种读法与"说话的顿"相违。据朱氏此"二顿"说，我们回头再比较一下刘熙载与黄生顿歇说，不难知道两者繁简之巨大差别乃是划分两种不同节奏所致。其实，黄生自己完全明白，他所划分的语义节奏与韵律节奏截然不同，前者必须迁就后者。他说："唐人多以句法就声律，不以声律就句法。"②黄生《诗麈》有民国二十年神州国光社刊本③，朱氏有否读过，进而受黄生的启发而提出"二顿"说，不得而知。

朱氏认为，对写新诗的人而言，旧体诗的韵律节奏犹如"囚笼"。他说道："旧诗的顿完全是形式的，音乐的，与意义相乖讹。凡是五言句都是一个读法，凡是七言句都另是一个读法，几乎千篇一律，不管它内容情调与意义如何。这种读法所生的节奏是外来的，不是内在的，

---

① 朱光潜著：《诗论》，上海：上海古籍出版社2005年版，第134页。
② 黄生著：《诗麈》，载于贾文昭主编：《皖人诗话八种》，第86页。
③ 见蒋寅著：《清诗话考》，第3页。

沿袭传统的,不是很能表现特殊意境的。"①正因为如此,激进的新诗倡导者力图要"把旧诗的句法、章法和音律一齐打破"②。

在确定韵律节奏的主导地位的同时,朱氏意识到语义节奏亦有反过来抑制韵律节奏,发挥主导作用的空间。他说:"我们在上列各例中完全用形式化的节奏去顿,这种顿法并非一成不变,每个读诗者都有伸缩的自由,比如下列顿法:'涉江—采芙蓉。''风绽—雨肥梅。''中天—月色好—谁看。''江间—波浪—兼天涌。'"③这种意顿法与黄生的顿歇划分完全一样,都是在读者(尤其是默读者)的主观作用下实现的。黄氏云"五、七言成句,而句中有读者也",与朱氏"每个读诗者都有伸缩的自由"的意思有相通之处。

20世纪50年代末,新诗形式之争再度兴起,诗歌节奏又成了诗学界的热门话题。在这次论争中,语音学家不仅积极参与,而且似乎成为一股主要的力量。他们对语义节奏尤感兴趣。50到80年代间出版的重要语音学著作都花了不少笔墨讨论语义节奏。除了王力以外,罗常培、高明凯、胡裕树等语音学家提出"意群"、"节拍"、"节拍群"、"音义群"一系列新概念,借以建构各种语义节奏的分析模式④。从90年代迄今,诗歌节奏的研究又有了进一步的发展。冯胜利、王洪君、吴为善等学者借鉴西方语言学中新兴的非线性音系学,致力于建立汉语韵律句法学。他们对诗文韵律和语义节奏的本质,对两者的互动关系及其对句式的制约影响都作出了许多极为精辟的、超越前人的论述。

---

① 朱光潜著:《诗论》,第140—141页。
② 朱光潜著:《诗论》,第141页。
③ 朱光潜著:《诗论》,第135页。
④ 参阅罗常培、王均著:《普通语音学纲要》,北京:科学出版社1957年版;高名凯、石安石主编:《语言学概论》,北京:中华书局1963年版;胡裕树主编:《现代汉语》,上海:上海教育出版社1981年版。陈本益:《汉语诗歌的节奏》,台北:文津出版社1994年版,第53—56页,扼要地介绍了这些语言学家的观点。

三、单音节汉字与汉语句法

　　日本学者松浦友久评论中国诗歌的特点时说："中国诗韵律结构与中国语的特点关系最为密切；同样地，与韵律结构有着不可分割的关系的抒情结构，恐怕也深深地受到它的影响。"①汉诗节奏是怎样深深地影响抒情结构的呢？两者不可分割的关系是怎样形成的呢？在古代诗学著作中，我们找不到有关这两个问题的研究，刘熙载也只是点到了节奏与抒情的内在关系而已。笔者认为，韵律结构与抒情结构研究脱节的原因是，我们完全忽视了连接两者的纽带：句子结构。

　　在汉诗传统中，每种诗体都有其独特的韵律节奏，而每种主要韵律节奏都承载与其相生相应的句式，展现不同的时空及主客观关系，营造出绚丽多彩的诗境。因而，从诗体节奏的角度分析各种诗体中句法的演变是急待研究的重要课题。为了有效地开展这项研究，我们首先要对古今汉诗节奏论和句法论加以系统的梳理。古今节奏论的梳理已在上节完成，现在我们可以接着评述古今句法论的发展。由于上节中有关语义节奏的讨论已涵盖了传统诗学句法论的主要部分，故本节将重点介绍现代语法句法论的核心内容，为后续几节对不同诗体节奏和句法的分析打下理论基础。

（一）传统诗学句法论和现代语法学句法论

　　要深入研究各种诗体节奏与句法的关系，我们必须同时借鉴传统诗学和现代语法学的句法研究。《现代汉语词典》解释"句法"如下：

---

① 松浦友久著：《中国诗的性格——诗与语言》，载于蒋寅编译：《日本学者中国诗学论集》，南京：凤凰出版社 2008 年版，第 18 页。

§14

【1】句子的结构方式：这两句诗的～很特别。【2】语法学中研究词组和句子的组织的部分。①

此词条所列第一义以诗为例，显然与传统诗学中所谈的句法有密切关系。实际上，"句法"一词原本是传统诗学的专门术语。第二义即是源自西方的分析句法，即建立在空间—逻辑关系框架之中的所谓"syntax"。如果说传统诗学的句法主要研究诗歌外部语序的变化，现代语法学的句法则研究句子的内部结构，即词语之间时空和逻辑的关系。

在传统诗学著作中，句法指不同字词相配联接成句的法则，即词与词之间在外部层面上互相组合的顺序。刘勰《文心雕龙·章句》对不同字词相配联接句子的法则作出以下的定义："置言有位，位言曰句。句者，局也，局言者联字以分疆。"马建忠解释道："凡字相配而辞意已全者，曰句。……所谓联字者，字与字相配也，分疆者，盖辞意已全也。"②明清时期的论诗家则喜欢谈论诗人对语序的种种创新。王世贞说："句法有直下者，有倒插者，倒插最难，非老杜不能也。"③清初黄生说："唐人炼句，有倒装、横插、明暗、呼应、藏头、歇后诸法，凡二十种。"④因此，他们所认为的"句法"实则是字词之间、句子之间的组织原则。与西方语言不同，汉字自身不带有西方语言那种形态标记（inflection），即时态、语态、性数变化等标记。汉语结字组句主要是依

---

① 中国社会科学院语言研究所词典编辑室编：《现代汉语词典》，北京：商务印书馆1978年版，第606页。

② 马建忠对刘勰此段的引用与解释参见《马氏文通》首卷"界说十一"，见马建忠：《马氏文通》，北京：商务印书馆1998年版，第24页。

③ 王世贞著：《艺苑卮言》，见丁福保：《历代诗话续编》，北京：中华书局1983年版，第2册，第961页。清人冒春荣袭用王氏的论述，略加扩充云："句法有倒腰，有折腰，有交互，有掉字，有倒叙，有混装对，非老杜不能也。"（《葚原诗说》，载于郭绍虞编：《清诗话续编》，上海：上海古籍出版社1983年版，第3册，第1593页。）

④ 黄生著：《诗麈》，载于贾文昭主编：《皖人诗话八种》，第57页。

赖字词的语序,以及用于标明语序的虚词,勾勒出句中词语的主谓关系以及非主谓关系。汉语并不以"形态标记"建构句子,所以它的句法应属于不带形态标记(non-inflectional)的语序句法。在西方现代语言学中,在语序句法上建构的语言,如汉语、越南语等,被称为"孤立语言"(isolating language)或"分析语言"(analytical language)。

西方语言的句法(syntax)是指组词造句所依赖的时空—因果框架。此框架是由时态、语态、词类的变格相互结合而构成的。西方语言中各种词汇通常都附带有形态标记,以帮助确定句中字词的时态(tense)、语态(voice)、性数(gender and number)等等,从而揭示字词之间或说它们所指涉的现象之间的时空—逻辑关系。换言之,孤立的言词,一旦正确地放置在此框架之中,组成句子,即可在精确具体的时空之中把客观或主观现象呈现出来,并表明这些现象之间的因果关系。

为什么西方语言必须使用各种形态标志,发展成为"屈折语言"(inflectional language)?反之,为何汉语却走上使用语序句法,建构"分析语言"的道路呢?这也许是语言学家永远无法彻底解释清楚的问题。不过,我们这些语言学外行也能直觉地感觉到,这两种截然不同的句法乃至语言系统的形成应与两种语言各自的语音节奏有关。更具体地说,也许分别与西方词汇多音化和汉字单音节化有着密切的关系。词汇多音化的西方语言无法使用语序句法的主要原因是,一个字词可以有多个音节,一句话因此也许会有十多个音节,相邻的多音节词之间间隔较疏,各自音节数目又多不一样,故没有固定的、可预料的顿歇可言。既然不能用顿歇来标示句中不同意群的转换衔接,所以必须使用形态标记来加以说明不同意群的时空—逻辑关系。

汉语的情况则恰恰相反。每个字就是一个音节,又多有自身的意义,故相邻的单音字之间关系极为紧密,要么合成一个双音词或双音词组,要么与一个双音词结合,成为一个三言词组,而这些词和词组又与二、三的基本韵律单位完全吻合,实现音义合一,因而形成的固定的、可预料的停顿节奏。不同意群依照这种富有规律的语序出现,它们之间的时空、逻辑以及其他关系自然就可"不言(不用形态标记)而喻"了①。因此,这很可能就是为何汉语不带形态标记的主要原因。颇有意思的是,西方语言学家冠以汉语的名称,不管是"孤立语言"还是"分析语言",都似乎印证了汉字单音化对汉语建构的巨大影响。所谓"孤立"似乎可以看作是指单音汉字可以"孤立"无援地(即不使用外在的形态标志)造句,而"分析"又可以看作是指汉字遣词造句序列的自身就揭示了句中字词之间的"分析关系"(analytical relationship),即时空和逻辑上的关系。进一步推论,我们似乎又可以说,由于汉语语序自身就体现了一种时空和逻辑上的关系,所以中国传统句法感性地描述语序即可,自然无须发展出西方那种基于时空—逻辑关系的分析性句法。相反,多音化的西方语言无法依赖语音节奏表达词语之间的时空—逻辑关系,故不能不发展出以主谓结构为核心的分析性句法。

自从马建忠《马氏文通》于 1898 年问世以来,中国语言学家一直致力于在西方语言那种时空—因果的框架之中重构汉语句法。他们一方面参照西语词类把实、虚字两大词类细分为名词、动词、代词、形容词、副词诸类。另一方面,他们又引入主语、谓语、宾语、状语、补语等概念,结合汉语特有的语序和语音节奏,系统详尽地分析了古、现代汉语组句的规律,列出各种主要的单、复主谓句式。汉语语法家在时空—因果的框架之中成功地重构汉语句法,有助于我们这些文学工作者开辟研究汉诗艺术的新蹊径。然而,在运用现代语言学句法论来分析汉诗之前,我们必须先掌握汉语中主谓和非主谓两大类句型的特

---

① 戴浩一《时间顺序原则与汉语语序》一文系统地阐述了汉语语序普遍遵循时间顺序原则的特点,所举的例证涉及时间联系词使用、两个谓语的连接、复合动词的结构、状语位置、时间范围原则、名词短语结构诸多方面。见《国外语言学》1988 年第 1 期,第 10—20 页。戴文当时引起汉语语言学界的巨大反响,其中也有学者对戴的观点提出了质疑,参见姚振武:《认知语言学思考》,载《语文研究》2007 年第 2 期,第 13—24 页。本文的匿名评审人为作者提供了戴、姚两人文章的信息,谨此鸣谢。

点,尤其是它们表示时空逻辑关系和非时空逻辑关系的独特之处。

(二)汉语主谓句的特点

"主谓结构",或更具体地称为"主—谓—宾结构",是汉语语法学的核心部分。在这个源自西方的概念基础之上建构汉语语法,有其合理性。王力先生指出:"主—动—宾的词序,是从上古汉语到现代汉语的词序。"①上古时期曾有一些常用的主—宾—动句式,但它们都是由代词和疑问词的凝固句式,而且在先秦之后就极少见了②。然而,汉语主谓结构之形态,与西方语言所展现的,迥然不同。西方语言是具有"形态标记"的语言。顾名思义,"形态标记"就是各种词类在句子中必须戴上的标记。在西方语言之中,这些标记五花八门,应有尽有,而具体的数目与使用规则则因具体语言而异。英语的形态标记,虽比法、西、俄诸语所用的少些,但也够复杂的了。完整正确的句子,必定带有显示动词的时态和语态,名、代词的性数,代词的主宾格(case)种种标记。另外,一个概念通常在不同词类有不同的形式。例如,"黑"的形容词是 black,名词是 blackness,动词是 blacken。所有这些形态标记,无非是要精确地把句子所述内容的时空和因果关系确定下来,尽可能地消灭任何能产生误解的模糊空间。与西方语言相反,汉语是"非形态标记型"语言,至少是没有西方那种固定的,不可拆除的形态标记。汉语中,有些虚词的确带有标记形态的作用,但它们只是造句的辅助成分,往往可以省略,由语序、语境或其他因素代替。

可以说,汉语与西方语言背道而驰,走的是允许意指模糊空间存在、自由化的路子。这种自由化的倾向,在语句的具体使用中表现更

---

① 王力著:《汉语史稿》,北京:中华书局 1980 年版,中册,第 357 页。
② 有关这些句式的讨论,参阅王力著:《汉语史稿》,中册,第 357—367 页。

为突出,非但不带形态标记,就连主、谓、宾语都可省掉。对此,启功先生作出精彩而又幽默的评语:"汉语之中随处都会遇到缺头短尾巴'不合格'(也可讲成不合"葛朗玛")的句子。若否定那算一句,它又分明独立存在在那里,叫不出它算个甚么。若肯定那算一句,它却又缺头短尾,甚至没有中段。例如:'结庐在人境,而无车马喧。'(陶渊明)'天地玄黄,宇宙洪荒。'(《千字文》)都是没头没尾的'残品'。"①

启功先生又曾举出"长河落日圆"为例证明汉语主谓句与西方主谓句的区别。他认为:

§15 这五个字可以变成若干句式:

河长日落圆　　圆日落长河　　长河圆日落

以上三式,虽有艺术性高低之分,但语义上并无差别,句法上也无不通之处。

长日落圆河　　河圆日落长　　河日落长圆

河日长圆落　　圆河长日落　　河长日圆落

这几式就不能算通顺了。但假如给它们各配上一个上句,仍可起死回生。②

因此,从这一例,我们可以看到汉语主谓句在诗歌中的极度灵活性,在后续分析中,我们可以看到诗人是怎样利用这样的灵活性,创造出表达不同意义的诗句。

(三) 汉语非主谓句的特点

启功先生戏称为"没头没尾的'残品'"的中文主谓句,曾在 20 世

---

① 启功著:《汉语现象论丛》,北京:中华书局 1997 年版,第 55—56 页。
② 启功著:《汉语现象论丛》,第 16 页。

纪初被一部分人视为造成中国贫穷落后,遭西方列强欺凌的重要原因之一。这些人认为,汉语句法过于松散自由,缺乏精确性,不利于进行严密的逻辑思维,故严重地阻碍了科学在中国的发展。有趣的是,汉语句法,正当其在中国倍受鞭挞之际,却得到庞德等著名西方现代主义诗人的高度赞誉。在他们看来,西方语言的种种形态标记,无不是束缚艺术想象的枷锁。他们所作的艺术实验就是要砸破这些枷锁,超越概念化思维,用意象直观地呈现主客观世界之实相。如上文所述,费氏以"人见马"一句话为例子,详细地讨论了汉语词类不带形态标记,汉字不随词类变化而换形的特点。费氏指出,英文的主谓句,被形态标记所束缚,只能表达枯燥抽象的概念,而不受此束缚所累的汉语则可把自然界万物之间、人与自然之间相互作用的势能呈现出来。

其实,"人见马"那类主谓句,并非费、庞二人所能找到的最佳例子。他们可惜不知道,汉语里还有一种非主谓型的、可给予更大想象空间、更能体现意象派艺术理想的句型,那就是赵元任所称的"主题+评语"句型(topic+comment,以下简称"题评")。这一理论实是西方语言学家发明的,他们以"题评"这种解释的方法讨论英文中的倒装句,所谓"topic"即话题,而"comment"则是对此话题加以评价的评语。赵元任先生则最早用"题评"的概念精辟地揭示了汉语中这类句型与主谓句型迥然不同之处①。他认为,"人见马"或"狗咬人"(赵所用的例子)这类的标准主谓句,在汉语中所占的份额不到百分之五十,也就是说,多数以上的汉语句子都不是名副其实的主谓句②。他在《汉语口语语法》一书中用下几个例子作了说明:(1)这件事早发表了;(2)这瓜吃着很甜;(3)人家是丰年。

---

① 为了防止类别混淆,本文中"句型"专指主谓与题评两大类基本句子结构,而"句式"则指两大句型之下的细类。

② 以下所介绍赵先生的观点,详见于 Yuen Ren Chao, *A Grammar of Spoken Chinese* (Berkeley: University of California Press, 1968), pp.67–78。

这三个句子，在形式的层面上都呈现主谓句的语序。句首是主语，中间是谓语动词，句末是宾语或补语。然而，在语义的层面上，它们却与主谓结构固有的"施事者—动作或状态—受事者"的线型逻辑关系相悖。这种现象在西方语言中是不允许出现的。以上第一句可看作"某人早发表这事/某人早发表（有关）这事（的文章）"的被动式，但这样不带被动态标记句子在英语中只是逻辑不通的病句。第二句看作被动式更加勉强，倒置的主宾关系改过来，可得"某人吃着这瓜"一句，但"很甜"则无法放入此重构的主动句中，必须是另外一句评语。另外，两句的意思已有很大出入。原句是说瓜的味道甜，而重构句则指吃瓜的动作。

在以上例子中的形式主语与形式谓语，既不是施事者与动作的关系，甚至也不能视为被动式中受事者与动作的关系。那么，两者的关系是什么呢？赵元任先生认为，这类句子的形式主语实际上是讲话人或书写人所关注的主题，而句中的形式谓语则是讲话人或书写人对主题所发表的评论。赵先生这一精辟论断揭示了这类汉语特有句型的本质。遗憾的是，赵先生反对其他学者在主谓句型之外树立一个与之对等的"题评句型"，而把"题评"说成是汉语主谓句的共有的特性①。笔者认为，两种句型不仅有本质的差异，而（正如赵先生所说）各自在汉语中所占的比重又接近相等，把它们视为相对独立的、相辅相成的两大类，应该是顺理成章的。

赵先生还特别指出，题评式的句子在诗歌中频繁出现，并举出李白"云想衣裳花想容"，杜荀鹤"琴临秋水弹明月，酒近东山酌白云"的诗句为例。笔者认为，题评句在诗歌中大量存在，主要的原因是它们为诗人提供了一种不诉诸概念语言的抒情方式。在诗歌中，主题既是诗人在现实或想象世界中观照着的一物、一景或一事，而评语则是

---

① 在赵元任的影响之下，周法高把 topic+comment（他译为"主题"和"解释"）视为古汉语的最基本句型。见周法高著：《中国古代语法：造句篇上》，《中研院历史语言研究专刊》之三十九，台北：中研院历史语言研究所 1961 年版，第 1—6 页。

"诗人感物,联类无穷",最终所采撷到最能传达自己当时情感活动的声音、意象和言词。主题与评语,往往处于不同的时空,不存在如施事与受事那种前后因果的关系。因而,评语与其说是对主题的客观描述,毋宁说是诗人情感活动的象征。从相反的读者角度来看,主题与评语之间时空与逻辑的鸿沟,促使读者超越概念思维,通过联想和想象,让诗人的情感重现在自己的脑海里,升华为一种艺术境界。题评句具有如此巨大的艺术感召力,无怪乎《诗经》以来的诗人一直不断地大量使用,在各种诗体中发展出各式各样的新题评句式。

四、汉诗节奏与传统语序句法

上节已大胆地推测了单音节汉字与汉语语序句法的渊源关系,然后阐述传统诗学句法论和现代语言学句法论的差异,并描述了汉语主谓和题评句型的特点。本节试图分析汉诗节奏与传统语序句法的关系,借以揭示汉诗节奏的重要性。更具体地说,我们将探讨单音汉字构成的节奏如何帮助破除虚词的束缚,使汉字造句能力在五、七言等诗体中达到登峰造极的地步,从而把汉语语序传情达意的潜力发挥得淋漓尽致。

在古汉语散文中,虚词起着"联字以分疆"的重要作用。刘勰《文心雕龙·章句》对此有精辟的阐述:

> §16 至于夫惟盖故者,发端之首唱;之而于以者,乃札句之旧体;乎哉矣也者,亦送末之常科。[1]

---

[1] 范文澜著:《文心雕龙注》,北京:人民文学出版社1958年版,第572页。

刘氏列举了散文造句时常用的三类关键的虚字,"夫惟盖故"为句首之起始字,其作用类似西方语言标示句子开头的大写字母。"之而于以"为散文句中的连词。"乎哉矣也"则为句末标示句子结束的虚字,对应于西方语言句子结束时所用的句号、感叹号等标点。

诗歌中基本不用这些虚字,因为它们的作用已被诗歌节奏所代替。正如上文所示,由尾韵构成的"行间节奏"足以告诉读者,诗行何处结束,另一诗行何处开始,自然不需要使用古汉语散文中那些标示句子首尾的虚字。的确,"夫惟盖故"这类发端虚词几乎在所有诗体中销声匿迹。在汉代以后的诗中,"乎哉矣也"这类送末的虚字,若非为了特别加强语气,也极少使用。同时,由顿歇构成的"行中节奏"又取代了"之而于以"这类札句之"旧体"。刘勰称这些虚词为"旧体",很可能意指这些连词主要用于古老的《诗经》和《楚辞》之中,因为它们在新兴的五言诗中已被"行中节奏"所取代。的确,在《诗》《骚》之后的各种诗体中,行间节奏和行中节奏取代了表示句首、句中、句末停顿的虚词,汉字组句的潜力因而淋漓尽致地发挥出来了。

(一) 英语中的两种文字游戏

为了说明汉诗中汉字的非凡造句能力,我们不妨拿英语和汉语文字游戏作比较,看看两者的差别有多大。以下图二和图三分别是西人习玩纵横填字游戏(Crossword Puzzle)和寻字游戏(Word Search Puzzle)。二者要求解谜者以纵向、横向、斜向等各个方向填入字母,连接成有意义的单词,从而获得文字游戏的乐趣。

图一、二:纵横填字游戏(crossword puzzle)①

---

① "Merit Badge Crossword Puzzle Answers",见 http://www.usmint.gov/kids/coinNews/makingCents/2003/q2_crosswordAnswers.cfm.

Across

2. ARCH
5. NEAT
7. IDEA
8. EDITION
11. EYE
12. STANDARD
13. BE
14. WEB
15. LISTS

Down

1. MERIT BADGE
2. ATTIC
3. COIN
4. QUARTERS
6. REVISED
9. MEDALS
10. LABEL

图一

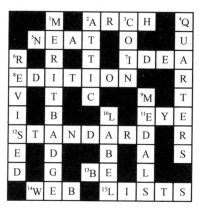

图二

图一是纵横填字游戏的提示,列出纵横两个方向需要填入的词,几乎等于把谜底和盘托出。由于英文字母众多,若是没有如此明显的提示,解谜者是很难拼出这些词,得到答案。图三则是寻字游戏,是让解谜者上下左右寻找可读通的词。这里是要求寻找国家首都的名字,横向有古巴首都哈瓦那"Havana",纵向有比利时首都布鲁塞尔"Brussels",斜向则有也门首都萨那"Sanaa",等等。纵横填字是西人老少皆喜爱的游戏,主要报纸每天都载有纵横填字游戏的专栏。寻字游戏则主要面向在校学童,帮助他们识字,扩大词汇量。

图二、三中字母能沿着不同方向连成词,这足以说明英文二十七个字母的组词能力。然而,图二中留有不少空格,这也说明英文字母组词的能力也是有所限制的。图三中所有字母虽然都可连成首都名称,但这些名字之间相互交叉点不多,有些近乎是单独罗列(如最左边纵向的 Brussels 一词),这也说明英文字母组词能力是有所限制的。

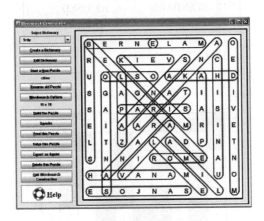

图三　寻字游戏
（Word Search Puzzle）①

（二）汉诗文字游戏：回文诗

最能说明汉字组合能力的文字游戏应是回文诗。五言诗在汉代兴起之后,诗人就已经自觉地意识到汉字惊人的组句能力,试着把诗中文字上下左右地串联成句,视为一种自娱自乐的游戏,不久就发展出回文诗这种举世无双的文字游戏。

在汉语世界里,最著名的回文诗当属相传为东晋苏蕙所作的《璇玑图》。苏蕙,字若兰,符秦时期始平人,依《晋书·列女传》,苏蕙为"窦滔妻……善属文。滔,符坚时为秦州刺史,被徙流沙,苏氏思之,

---

① http://www.word-buff.com/free-word-puzzles.html.

织锦为回文旋图诗以赠滔。宛转循环以读之,词甚凄惋,凡八百四十字,文多不录"①。从这一记载可知苏蕙所作回文图包括 840 汉字,现存版本如下所示:

蘇筝流脆激弦商秦西發聲悲摧藏淳風和詠宜高堂噴憂增慕懷慘傷仁
芳娟月夜君無家姿淑窕窈窈召南周風興自後妃溢從是敬孝克基智
蘭華容飾誰為妍閨闈中節厲女楚鄭衛姬河廣思歸溢持所慎念厥恭懷
蕙香生英色耀葩越逶迤逶路逞望詠歌長歎不能奮飛絕雍和家遠悒疑德
秀斜日倚房沾裳隔頑其人碩奏雙商清調歌我衷衣誠思克慎敦節容聖
敷情中傷路曠逞土追相聲同征宮調弦譜感我情悲箴庸頑肆讒愚滋虞
陽嗟歎懷夢所驚鄉誰為容冶色姿豔華色翠羽葳甤所慈孝念遜謙蒙唐
春方外客身君苦辛苦惟難生患多殷憂纏情將如何欽蒼旻矢終篤志貞
牆禽心音春身深加冤何生我備文繁虎龍懷傷思悼榮萌羨容城貞明妙
面伯改曳濡我兼丁是艱苦揚彩華雕旍悲感戚歎幽防猶苟傾忠難重
娘在者竹物平潤愁漫漫愁琦觀飾容乖情獨抱岩炎不在我受華
意誠惑風品集浸瘁嬰是憂阻光美耀繡衣誰者我盼峻禍感義戒害膚勳
惑舊違玉德疾恨少章時桑詩終始詩情明仁顏貞寒嵯深寵姬後凶源業
故棄愛飄地愁構精徽盛鶩雅戀圖璿璣機巧賢衰物歲峨蔡漸班妾奸禍昌
新故間佩天辛跂神恨昭感興春詩　始怨別改知識深致寵雙親因嬪
霜遺親鳴施何積遠元葉孟鹿床氏蘇平義行華終渭湄慮人婕趙佞所為
冰舊違玉德因怨幽微傾宜此麗辭理興士容始松遠伐妒氏人恃降
齊君殊步貴備其曠怨悲羞掩事往感年衰思感靡寧涯慎用亂飛作恣汭
潔平我之乎嘗樱其纏怨勞深情情傷孜孜經在昭肇燕亂惡惡配
志惟同漢均苦難分念是舊感味讒消酒屌時依枕屏網未肯漢實幃幛英
清欽愛濱雲辛尋鳳凰誰為獨居調琴非故聲形夢想追思形青成生庭盈榮
純貞志一專所當麟沙飛魚筍書浮沉華英翹耀滑陽林西照景薄榆桑倫
望雲浮寄身輕飛龍何激憤志壯心違一生苦思光長君思念好仇匹
遠輝光飾身宣彩文昭為誰與將身飾麗華美俯仰容儀流歎歡發容摧傷飄
空鸞掩鏡鳳孤幛德虧不盈無衰有盛惟替無日不悲宮廂東步階西遊跡
闊飛亂綠草殘情懷移西日白年往昔舊遊倏忽若弛迢休林桃愁圖桑沉
疏春陽和鴻雁歸聖資何情憂感悼衰志節上通神祇催揚沙塵清泉流江
愛微忱通感明神皇辭成者作豐下遺封菲采者無私仁鳩雙巢鳳孤翔瀚
親剛柔有體女之人房幽處己閔微身長路悲曠感下民梁山殊塞隔河津

图四　苏蕙《璇玑图》

此图读法多种多样:"共八百余言,上下左右,婉转读之,皆成章句。原图五色相宜,用以区别三、五、七言诗句,后来变五色为黑色,诗句便不可读。约在宋元间,僧起宗以意推求,得诗三千七百五十二首。明

①《晋书》卷九六,北京:中华书局 1974 年版,第 2523 页。

康万民增读其诗四千二百零六首。两家合计共七千九百五十八首。"①因此,此图可读为三言诗、五言诗、七言诗等等,不胜枚举。今人曾对此图作如下分析:

> §17
>
> 二环56字,由七言诗组成。二环四角和四条边的正中,安排有八个协韵字。四角的协韵字是:钦、林、麟、辛;四边正中的协韵字为:深、沈、神、殷。②
>
> (顺时针)读时,诗句的末尾一字要注意落在韵上,也就是说,从韵字前推至第七字,从此字开始读,才能琅琅上口,成其为诗。……例如,从右上角"钦"字开始读,得七言诗一首:"钦岑幽岩峻嵯峨,深渊重涯经网罗。林阳潜耀翳英华,沉浮书札鱼流沙。"③
>
> 逆时针读,这八个协韵字各自的次一字(何、多、加、遐、沙、华、罗、峨)也基本上是协韵字,以此作为韵脚也可以成诗。……例如,从左下方"沙"字开始读,得诗:"沙流鱼札书浮沉,华英翳耀潜阳林。罗网经涯重渊深,峨嵯峻岩幽岑钦。"④

按照以上解读,图四中以圆圈标出了分别处于"四角"与"四边正中"的"八个协韵字":"钦、林、麟、辛"与"深、沈、神、殷"。按照上文的解释,由这八个字开始,沿着各个方向可读出七言诗。

和图二、图三的英文字谜比较,《璇玑图》没有空格,所有字均可与上下左右的词相连,可见自由组合能力之强。更值得注意的是,此

---

① 白寿彝主编:《中国通史》第五卷《中古时代·三国两晋南北朝时期》,上海:上海人民出版社2004年版,第998页。
② 李蔚:《诗苑珍品璇玑图》,北京:东方出版社1996年版,第108页。
③ 李蔚:《诗苑珍品璇玑图》,第108页。
④ 李蔚:《诗苑珍品璇玑图》,第108页。

图并不附有任何提示。汉诗有三言、四言、五言、七言等固定节奏,另外配上韵,解谜者自然便知何处停顿,故可顺当地读出诗句。如上所说,今人对此图的分析便是根据韵脚断句,从而得出几首七言绝句的。

回文诗于六朝时候兴起,一直延续到现在都是很多诗人喜作之体。下举清代女诗人吴绛雪(1651—1674)《春夏秋冬》回文诗为例,进一步说明汉字的组句能力:

§18

《春》诗:莺啼岸柳弄春晴晓日明

《夏》诗:香莲碧水动风凉夏日长

《秋》诗:秋江楚雁宿沙洲浅水流

《冬》诗:红炉透炭向寒冬过雪风①

这四句十言诗句实则每句都包括了一首七言绝句。例如,《春》诗可演绎出以下七绝一首:

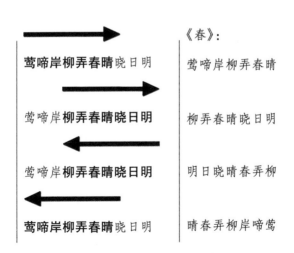

---

① 余元洲:《历代回文诗词曲三百首》,长沙:岳麓书社 2008 年版,第 88—89 页。

这里的《春》诗第一句是十言句的前七字,第二句则是后七字,第三句则是倒回来的前七字,第四句则是反过来的后七个字。另外,还有一种念法,即是把每句当成两句五言,那么《春》诗则变为"莺啼岸柳弄,春晴晓日明"一联。《夏》、《秋》、《冬》诗的读法亦然。

因此,从以上例子可以看到,中国文字组句的潜力远胜过英文字母组词的能力。和英文字谜相比,回文诗最大的特点是拼出来的为诗句,而不是孤立的一个词。诗中所用的每一个汉字均有意义,所以无论从什么顺序都自然可以组成诗句。《璇玑图》不需要像英文字谜一样留有空格,而是所有字皆共享,并且可以通过固定的不同诗歌节奏停顿,按照大家已知的四言、五言、七言节奏断句,读者从而可以读出各种各样的诗句。在翻译回文诗时,似乎可将每一字直译为英文,而后在每一字之间加入连接词,根据所组成的诗之句意不同进行翻译。译者往往会妥协于诗歌大意,势必会将原本的中文句法打破①。需要讲求多种念法,则限制了意义的表达,因此回文诗中往往很少有艺术价值较高的作品传世。尽管如此,回文诗足以反映汉字非凡的造句能力。同时,以上回文诗还充分说明,节奏是汉诗语序判断(即断句)的重要依据。读者主要借助诗歌节奏进行不同的断句,然后又按相反的语序读出不同的诗句。

五、汉诗节奏与现代分析句法

上文已指出,要揭示刘熙载和松浦友久所关注的汉诗节奏与抒情结构内在关系,我们必须弄清楚句子结构在两者之间所起的关键作

---

① 比如,翻译冯梦龙"三言"为英文的译者便认为翻译这类诗时要对句意做出更多妥协,参见 Shuhui Yang and Yunqin Yang, "Endnotes and Other Things: Intended Audience and Translating the *Sanyan* Collections," *Translation Quarterly* No.70 (2013): pp.33 - 36。

用。如果说传统语序句法有助于观察梳理各种诗体中繁复纷呈的节奏,那么现代分析句法则可以帮助我们较准确地判断这些节奏如何影响乃至决定各种诗体的抒情广度和深度,也就是说,具体说明它们如何承载不同类别主谓句和题评句式,为诗人创造灿烂多彩的艺术境界不断拓展出广阔的语言空间。

(一)现代分析句法在汉诗研究中的应用

自20世纪60年代以来,已有好几位学者试图将传统语序句法与现代分析句法相结合,从此崭新的角度展开对汉诗语言的研究。这种研究的开创者大概是王力先生。在其《汉语诗律学》一书中,王氏运用现代分析句法,将清人对五、七言律句节奏分类扩展了数十倍。他首先把五言近体诗句分为简单句、复杂句、不完句句三大种,然后根据句中三十一种不同的词类组合(即语义节奏)再层层细分。王力还把唐诗五言近体诗大量的名句放入一个四层次的系统里检查归类,所得简单句式"共有二十九个大类,六十个小类,一百零八个大目,一百三十五个细目"①,复杂句句式"共有四十九个大类,八十九个小类,一百二十三个大目,一百五十个细目"②,不完全式句式"共有十七个大类,五十四个小类,一百零九个大目,一百十五个细目"③。王氏似乎意识到此分类系统之庞大已达到了极点,故不对七言近体诗句式作更细微的分类,并解释说:"如果七言句式也像五言那样分析,则其种类和篇幅必比五言增加数倍。"④

我们如果回顾一下黄生的顿歇划分,王力这种分类对其承继关系就彰显出来了。王力分类系统的建构方法是,把黄生所列那些传统顿

① 王力著:《汉语诗律学》,上海:上海教育出版社1958年版,第199页。
② 王力著:《汉语诗律学》,第217页。
③ 王力著:《汉语诗律学》,第229页。
④ 王力著:《汉语诗律学》,第236页。

歌种类放入简单句、复杂句、不完全句的大框架之中而得出主要大类，接着给各类中每一意段加上现代词类及句中作用的代号①，然后根据意段词类的不同组合，再分出小类、大目和细目②。这种五、七言诗句法的研究，作为语言现象的记录分类，在语言学上是很有意义的。但从文学批评的角度来看，如此庞大冗杂的分类反倒让人眼花缭乱，摸不清主要句式变化的规律，故很少被诗歌评论者直接运用。

在唐近体诗句法的研究中，如果说王力先生力求"全"，后来学者则多求"精"，即把注意力集中在最能反映出唐诗艺术魅力的句法现象之上。吾师高友工教授与梅祖麟教授在70年代所写论唐诗艺术的文章，无疑是这种把现代句法分析运用于唐诗研究的最佳典范③。本世纪初出版的张斌《汉语语法学》和蒋绍愚《唐诗语言研究》虽然是语言研究的专著，但均出于辅助文学研究的考虑而大幅度地简化了王著冗杂句式类别，而且还不惜笔墨地描述了各种独特句式的审美效果。这点蒋著做得尤为成功，对文学研究者帮助甚大④。

在研究汉诗节奏和句法关系之时，笔者力图在共时和历时两个方面取得突破。共时方面所选择的突破点有二，一是要把题评句提升为与主谓句平等的基本句型。首先运用现代句法论来分析古典诗歌的

---

① 王力根据词类及其在句中不同作用，分出三十一种词性类别，逐一加上英文字母（或多字母组合）的代号。多字母的代号中，又有大小写之别。例如，"nN—前一个名词修饰后一个名词，例如'秋花'"等等。详见王力著：《汉语诗律学》，第183—185页。
② 例如，王力把杜甫《舟月对驿》"城乌啼眇眇，野鹭宿娟娟"归类如下："（28）末二字为叠字，在其所修饰的动词或形容词的后面。28.1. 叠字修饰动词者：28. 1. a1.nN—V—fr'城乌啼眇眇，野鹭宿娟娟'。"
③ 参见 Kao Yu-kung and Mei Tsu-lin, "Meaning, Metaphor, and Allusion in T'ang Poetry," *Harvard Journal of Asiatic Studies* 38. 2（1978）：pp.281－356；and "Syntax, Diction, and Imagery in T'ang Poetry," *Harvard Journal of Asiatic Studies* 31（1971）：pp.49－136。 这两篇重要长文二十多年前已译成中文，并结集成书：高友工、梅祖麟著，李世耀译：《唐诗的魅力：诗语的结构主义批评》，上海：上海古籍出版社1989年版。
④ 参见张斌著：《汉语语法学》，上海：上海教育出版社1998年版；蒋绍愚著：《唐诗语言研究》，北京：语文出版社2008年版。

学者应是吾师高友工先生。他在《中国语言文字对诗歌的影响》一文中说:"赵元任先生早年即以'题语(topic)释语(comment)'来分析国语的句子,我想如果能自由地运用在古文的分析上,更可以看出中文中形象表现的灵活生动之处。这种'题释句'正是形象的两端:个体与其性质。"①他从理论上阐述了运用主谓和题评两种句型分析中国诗歌演变的可取性,但在他自己撰写和与梅祖麟先生合著的多篇重要论文中没有对题评句展开系统全面的分析。张斌先生觉察到题评句与主谓句的重大差异,但又不愿立之为可与主谓句分庭抗礼的基本句型,而是反复称之为"散文中少见"的句型②。蒋绍愚先生则把题评句视为特殊的主谓句,用"特殊被动式"、"特殊兼语式"、"特殊判断句"、"特殊述宾式"等标签加以甄别③。将题评句归为主谓句不仅会化简为繁,生造出冗杂难用的标签,更重要的是此举必定会掩盖题评句独有的、语言学中所称的"语用"(pragmatics)性质,即题评句既陈述观察对象(题语),又同时表达讲话人对该对象的主观感知、判断或情绪反应的特殊能力。因此,将题评句定义为与主谓句对等的句型非但顺理成章,而且特别有助于分析诗歌语言。另一个突破点是要把句法研究延伸到章法和篇法的研究,这点下文将详叙,此处不赘。

历时方面的突破点则是要冲破研究限于唐诗的局限。如上所示,从清初黄生到王力、高友工、张斌、蒋绍愚等现当代学者,研究汉诗节奏和句法无不把目光集中在唐代近体诗。笔者坚信,唐代近体诗美不胜收的节奏和句法绝非凭空而来,而是源于《诗经》、《楚辞》,随后在辞赋、五古、七古诸诗体中不断得以磨砺改造,历时一千多年才演变成型的。同时,近体诗又是汉诗艺术发展的新起点。许多试图冲破近体形式束缚的节奏和句法革新,在杜甫等盛晚唐诗人的近体诗篇中已见端倪,但到词之小令和慢词中才能完美地得以实现。因此,笔者力图

① 高友工著:《中国美典与文学研究》,台北:台湾大学出版中心2004年版,第179页。
② 见张斌著:《汉语语法学》,第149—151、157—158页。
③ 见蒋绍愚著:《唐诗语言研究》,第172—190页。

沿波讨源,深究汉诗节奏、句法、结构三大方面演变的始末,将这三者在同一诗体里发展的内在脉络、在不同诗体之间相互影响的复杂路径一一梳理清楚,以求揭示为何各种诗体在其不同的发展时期能焕发出迥然不同的诗境,即独特的时空或超时空之审美经验。

以上所述共时和历时方面的突破若能实现,那么一个庞大精深的汉诗艺术诠释体系就近乎成形。在这一宏大目标指引之下,笔者力争早完成撰写一系列相关的论文的计划①。篇幅所限,这里仅以《诗经》、《楚辞》为例,扼要阐明诗歌节奏与现代分析句法的关系,即解释前者如何承载各种不同的主谓和题评句式。

(二)《诗经》、《楚辞》的节奏和句法特点

首先谈《诗经》。《诗经》里大概百分之九十的诗句为四言句,四言句的韵律节奏基本均为 2+2 节奏,下面这四句出自《周南·桃夭》,试作一分析:

§19

桃之夭夭,灼灼其华。之子于归,宜其室家。②

---

① 这一论文系列中有五篇已经发表:(1)《节奏、句式、诗境——古典诗歌传统的新解读》,载《中山大学学报》,总第 218 期,第 49 卷,2009 年,第 26—38 页;(2)《古典诗歌的现代诠释——节奏·句式·诗境(第一部分:理论研究和《诗经》研究)》,载《"中央研究院"文哲所通讯》第 20 卷第 1 期,2010 年,第 1—45 页;(3)《一种解释近体诗格律的新方法》,载《中国文学研究(辑刊)》,第 23 期,第 8—18 页;(4)《早期五言诗新探——节奏、句式、结构、诗境》,载《中国文哲研究集刊》,第 44 卷,2014 年,第 1—55 页;(5)《小令词牌和节奏研究——从与近体诗关系的角度展开》,载《文史哲》,总第 348 期,2015 年第 3 期,第 49—87 页。尚未发表部分的主要内容已在 2014 年夏为复旦大学中文系所作的中国古代诗歌八讲中公开,日后将争取及早把诸篇讲稿整理出来,先以论文形式发表,最后结集成书。八讲部分录音已上载至易班学院 http://k.yiban.cn/。

② 引自《毛诗正义》,《十三经注疏》本,北京:中华书局 1980 年版,第 279 页。

这里每句基本都是 2+2 的语义节奏，句法上看，"桃之夭夭"为题评句，其间"夭夭"为联绵词。《诗经》中多用联绵词，然而《诗经》的联绵词并未概念化，不可视之为有固定意义的形容词，使用时往往只是纯音词。因而，联绵词出现在名词、动词之前或之后，并非构成对某一事物或动作自身性质的判断。也就是说，作者看到物象产生的情感反应以此联绵词表达之。换言之，这些联绵词与名词或动词组合，通常并不形成一种逻辑判断句。这两大组成部分的关系实际上是题语与评语的关系。因此，"夭夭"实则是观桃人的感受，"桃"与"夭夭"并没有形成主谓的逻辑判断句，二者之间存在时空上、逻辑上的断裂，因此这一句实则是题评句。而后面一句"宜其室家"则是动宾结构，为主谓句。

后代经师往往忽视《诗经》中联绵词有声无义的本质，硬给联绵词加上固定的意义，从而造成许多明显的谬误。毛《传》解《桃夭》云："夭夭，其少壮也。"孔《疏》："夭夭言桃之少。"①毛《传》又解《桧风·隰有苌楚》"夭之沃沃，乐子之无知"句云："夭，少也。"②又，《国语·鲁语》："泽不伐夭。"韦注："草木未成曰夭。"③显然，毛《传》和孔颖达以《桧风·隰有苌楚》单音字"夭"之义来给《桃夭》之"夭夭"一个"少"的固定意义，而此义与此诗下三段所描述的桃树枝叶果实繁茂的状态明显相矛盾，难以圆其说④。

在《诗经》中，几乎所有题评结构里的评语都是联绵字（包括双声、叠韵、叠字三类）。在英语中，叠字往往是拟声的（如"hush-hush"和"ticktock"），有时又是概念的（如"hanky-panky"和"helter-skelter"）。

---

① 引自《毛诗正义》，《十三经注疏》本，第 279 页。
② 引自《毛诗正义》，《十三经注疏》本，第 382 页。
③ 《国语》，上海：上海古籍出版社 1998 年版，第 178 页。
④ 拙文《古典诗歌的现代诠释——节奏·句式·诗境（第一部分：理论研究和《诗经》研究）》第 32—37 页详细介绍了郭璞、郑樵（1104—1162）、郝懿行（1757—1825）以及美国汉学家金守拙（George A. Kennedy, 1901—1960）等人反对给《诗经》联绵词套上固定意义的观点。

《诗经》中的联绵字主要是用于表达观察者对外物的情感回应,故将这种情感转化为感人的声音,多与概念无关。刘勰早就注意到这点,在《文心雕龙·物色》中详细地描述了创造联绵字时心物互动的状况:"是以诗人感物,联类不穷。流连万象之际,沉吟视听之区;写气图貌,既随物以宛转;属采附声,亦与心而徘徊。故灼灼状桃花之鲜,依依尽杨柳之貌,杲杲为出日之容,漉漉拟雨雪之状,喈喈逐黄鸟之声,喓喓学草虫之韵。皎日嘒星,一言穷理;参差沃若,两字穷形。并以少总多,情貌无遗矣。"①联绵字巧妙地糅合了情感的因素,成为历代诗人所喜爱的抒情方式,对中国古典诗歌的发展有着经久不衰的影响力。

《诗经·国风》中大量的比兴结构均是先写景后抒情,景语多为使用联绵字的题评句,而情语表达自己情感,多为主谓句。但《诗经·大雅》以直言铺陈的"赋"为体,几乎全用主谓句,如《大雅·文王》首段所示:

§20

文王在上,于昭于天。周虽旧邦,其命维新。

有周不显,帝命不时。文王陟降,在帝左右。②

这八句是叙述周文王之功绩,全为主谓句。"赋"篇中句子绝大部分都是主谓句,如《大雅·绵》等诸篇所见,只有在诗人停下叙事去状物时才会使用几个题评句。

《楚辞·九歌》中则出现了一种 3+兮+2 的新节奏,如《九歌·东皇太一》所示:

---

① 范文澜著:《文心雕龙注》,第693—694页。
② 引自《毛诗正义》,《十三经注疏》本,第503—504页。

§21

吉日兮辰良,穆将愉兮上皇!抚长剑兮玉珥,璆锵鸣兮琳琅。
瑶席兮玉瑱,盍将把兮琼芳。蕙肴蒸兮兰藉,奠桂酒兮椒浆。扬
枹兮拊鼓,疏缓节兮安歌,陈竽瑟兮浩倡。灵偃蹇兮姣服,芳菲菲
兮满堂。五音纷兮繁会,君欣欣兮乐康!①

九歌体节奏的特点是以"兮"分隔开前后两部分。这种 3+兮+2 节奏
无疑带有巫觋唱词舞蹈节奏的印记。句腰中出现了"兮"字,前后两
部分就很难认作是主谓结构,而只能看做是题评结构。这里"穆将
愉"是"题",说的是庄严愉悦的气氛,"上皇"则是"评",说明"穆将
愉"者是谁。同样,下面一句"抚长剑兮玉珥"若当成是主谓句,前半
部分可解而后半部分不可解,前半部分中"抚"可以看做是谓语,"长
剑"则是宾语,但是这样一来,"兮"后面的"玉珥"又作何解呢? 因此,
只有用题评句才能解释得通,"抚长剑"是动作,而"玉珥"是对此动作
进行补充说明。"抚长剑"之时最能引人注目的是镶嵌于长剑柄上的
"玉珥"。

《九歌》使用"3+兮+2"节奏的句子都是题评句,即使是具有主谓
短语的句子实际上还是题评句。如"盍将把兮琼芳"里"把兮琼芳"四
个字可作为一个主谓动宾句解,而整个句子可以解释为"何不拿著芳
草"。然而,在其间加入的断裂"兮"则使得"兮"前面的三字"盍将
把"变成了一个独立的主谓结构。同时,"兮"造成的断裂让这句可作
题评句解释,先描绘持草之动作,然后对此动作加以补充说明,说明所
持者为何物。陈子展《楚辞直解》便将此句译为"合著而且捧著啊琼
枝的花香"②。陈氏用"啊"翻译了"兮",整句话采用的恰恰正是现代
汉语中的题评句。的确,"盍将把兮琼芳"还是用题评句来解释为好。

① 陈子展:《楚辞直解》,南京:江苏古籍出版社 1988 年版,第 84—86 页。
② 陈子展:《楚辞直解》,第 85 页。

与"九歌体"相比,"骚体"最大的不同就是"兮"字从句腰移到了句末,反映了从歌唱舞蹈节奏到咏诵节奏的转变,而这种节奏的转变又带来了句法的巨大变化。

§22

帝高阳**之**苗裔兮,朕皇考**曰**伯庸。摄提贞**于**孟陬兮,惟庚寅吾**以**降。皇览揆余初度兮,肇锡余**以**嘉名:名余**曰**正则兮,字余**曰**灵均。

纷吾既有此内美兮,又重之**以**修能;扈江离**与**辟芷兮,纫秋兰**以**为佩。汨余若将不及兮,恐年岁**之**不吾与。朝搴阰**之**木兰兮,夕揽洲**之**宿莽。日月忽**其**不淹兮,春与秋**其**代序。惟草木**之**零落兮,恐美人**之**迟暮! 不抚壮**而**弃秽兮,何不改此度? 乘骐骥**以**驰骋兮,来吾道**夫**先路![1]

九歌体句腰的"兮"字在骚体中移到了单数句的句末。句腰的位置则以一连词代替之,这样则必然使得原来断裂的题评句变成了主谓句,以上加粗下划线部分均是句腰连词,如之、于、以、与、其、而等,如刘勰所言,这些字"乃札句之旧体"[2]。这些字均将前后两个部分连接为一个长句。比如句腰"之"的功能主要是将简单的名词词组扩展,这也决定主谓句的动词的类别多为句首动词+较长的、作宾语用的名词词组。骚体中所用的连接词有限,主谓句类别也因此非常有限,仅仅几种。

《楚辞》中骚体诗所用的连词种类不多,一个连词经常在同一首诗中反反复复地使用。虽然不同的连词可以创造出各异的主谓句式,但它们有一点是相同的:它们组成的句子都是线性单向,往前推进,

---

① 陈子展:《楚辞直解》,第 39—41 页。
② 范文澜著:《文心雕龙注》,第 572 页。

而不允许横跨两音段的倒装句式。这个特点无疑有助于叙述或描写中的铺陈排比。也许正是因为如此,骚体句式不仅在《楚辞》中被广泛运用,亦影响到后来赋体的写作。

通过对九歌体和骚体的节奏和句法的比较分析,我们可以清楚地看到汉诗节奏和句法不可分割的内联性。当"兮"出现在句腰,形成一种强烈的歌唱舞蹈节奏,而此节奏只能承载题评句。然而,当"兮"挪到单数句句末,句腰换上连词,就造成了新的节奏,由于句中连词连接了前后两个部分,已经没有了九歌体里"兮"放在句腰造成的停顿或断裂,没有断裂,题评句就无以成立了。所以,"骚体"的 3+连词+2 节奏只能承载主谓结构。

六、汉诗句法与汉诗结构的关系

汉诗节奏与汉诗结构并没有直接明显的关系,然而深受节奏制约的句法却与结构有着难以分割的关系。中国传统文论认为句子、章节、篇章的结构是统一相通的。刘勰《文心雕龙·章句》云:

§23

夫设情有宅,置言有位,宅情曰章,位言曰句。故章者,明也;句者,局也。局言者,联字以分疆;明情者,总义以包体:区畛相异,而衢路交通矣。夫人之立言,因字而生句,积句而成章,积章而成篇。篇之彪炳,章无疵也;章之明靡,句无玷也;句之清英,字不妄也。振本而末从,知一而万毕矣。①

刘勰似乎认为,文章有字、句、章、篇四层次。这四个层次虽各自不同,

---

① 范文澜著:《文心雕龙注》,第 570 页。

但是相通的,即"衢路交通"所云。但就组织结构来说,只有句、章、篇三个层次,因为每个字为独立的整体,无结构营造可言。刘勰强调这三层的结构是由小至大的过程,又言"知一而万毕矣"。按照刘勰这一思路,我们不妨探究一下联字成句的原则与章节、诗篇的结构营造有无内在的关系。下面让我们尝试从分析《诗经》的主谓句和题评句结构入手,寻绎出汉诗章节结构和诗篇结构的基本组织原则。

(一) 主谓句与线性章节结构、线性诗篇结构

主谓句实质上代表了一种很明显的线性结构。一个完整的主谓句有主语、谓语、宾语,主语是施事者,谓语是施事者的动作,宾语是动作的承受者。这三者连成一线,组成时间序列上的线性过程。同时这一过程也代表了逻辑上的因果发展过程,施事者作为主语为因,动作为果,而作为动作承受者的宾语则是对果的进一步陈述。因此,若谓语是表示动作的及物动词,主谓语之间有明显的因果逻辑关系。缺少宾语的不完整主谓句依然体现了这一关系,谓语所表示的动作无不是主语所为,而谓语所表示的状态亦无不是主语的属性。由此可见,主谓句呈现出一种无断裂的线性结构,反映出主谓两者之间明显的时序和逻辑因果关系。主谓句的线性结构原则投射在章节层次之上,线性章节结构就自然地产生了。

§24

文王在上,于昭于天。(因)周虽旧邦,其命维新。有周不显,帝命不时。(果)①

比如第一句"文王在上"主语为"文王","在上"则是表示状态,后接

---

① 引自《毛诗正义》,《十三经注疏》本,第 503 页。

"于昭于天"主语依然是"文王",继续赞叹并描写文王在上的状态。因此,很明显,这两句之间是按照线性进程组织句子的。第三句至第六句"周虽旧邦,其命维新。有周不显,帝命不时",接开头二句,称赞文王功绩甚为显耀,传统注疏认为"不"即是"甚"之意。这里,第三、四句与第一、二句之间存在明显的因果关系。开头二句赞语揭示文王受命于帝之"因",第三至第六句是"果"。由于文王生时受命于天,才会出现"周虽旧邦,其命维新。有周不显,帝命不时"的大好形势。接着,第七、八句则又一次回到了"因",起到了过渡句作用,引出下一章。因而可见第一章是在线性轴线上展开的,句子之间并无意义上的断裂,因此可称此章为线性章节。

线性主谓句构进一步向诗篇组织这一最高层次投射,便形成一种明显的线性诗篇结构。这种线性诗篇结构在《大雅》中广泛使用,通常承载时序连贯的叙事(见《大雅·大明》、《大雅·绵》诸篇),有时用于展开逻辑因果关系较为明显的叙述,如《大雅·文王》一篇所示:

§25

文王在上,于昭于天。周虽旧邦,其命维新。有周不显,帝命不时。文王陟降,在帝左右。

亹亹文王,令闻不已。陈锡哉周,侯文王孙子。文王孙子,本支百世。凡周之士,**不显亦世。**

世之不显,厥犹翼翼。思皇多士,生此王国。王国克生,维周之桢。济济多士,文王以宁。

穆穆文王,于缉熙敬止。假哉天命,有商孙子。商之孙子,其丽不亿。上帝既命,**侯于周服。**

侯服于周,天命靡常。殷士肤敏,裸将于京。厥作裸将,常服黼冔。王之荩臣,**无念尔祖。**

无念尔祖,聿修厥德。永言配命,自求多福。殷之未丧师,克配上帝。宜鉴于殷,**骏命不易!**

命之不易，无遏尔躬。宣昭义问，有虞殷自天。上天之载，无声无臭。仪刑文王，万邦作孚！①

《大雅·文王》全篇分七章，第一章的因果关系已作分析。以下诸章的结构几乎完全相同。第二章的以"亹亹文王，令闻不已"开始，承接前一章，是本章之"因"，而后六句则列举出其"果"，即周王家族子孙兴旺繁衍。第三章进一步列举文王统治之果，描写周国"济济多士"的繁荣景象。第四章以"穆穆文王，于缉熙敬止"开始，又回到文王之"因"，后面六句又是"果"，即商人臣服承天命之周主状况的描写。第五章以"天命靡常"为"因"，引出告诫商人后裔之"果"，先劝周王进用的商臣勿念旧祖，第六章再言他们当以殷商倾覆为鉴，敬畏天命。末章则转向对周朝子孙进行劝诫，敦促他们珍惜天命，勿像商朝那样丧失天命。为了加强此诗的线性结构，诗人采取了顶针格的手法。如下划线加粗部分所示，上一章的末句，重复使用而构成下一章的首句，如此承上启下，足以使得七章连贯顺畅地展开，每章之间紧密相扣，毫无断裂，从而使得整篇呈现出一种极为明显的线性结构。

（二）题评句与断裂性章节结构、断裂性诗篇结构

与主谓句的线性结构相反，题评句中题语和评语之间有着意义上的断裂。题评句在《国风》之中大量使用，如《周南·桃夭》首章所示：

§26

桃之夭夭，灼灼其华。之子于归，宜其室家。②

---

① 引自《毛诗正义》，《十三经注疏》本，第503—505页。
② 引自《毛诗正义》，第279页。

"桃之夭夭"与"灼灼其华"均为题评句。"桃"与"华"是题语,而"夭夭"与"灼灼"都是没有固定意义的联绵字,不能解作"桃"与"华"的属性,而是观物者对"桃"之形貌态的情感的表达。因此,题语和评语之间存有时空与逻辑上的断裂。

假若这种断裂的题评结构投射到章节结构的层次,就会形成一种断裂性章节结构。这正是《国风》使用题评句时几乎必然出现的情况。在《周南·桃夭》首章之中,前两句(桃之夭夭,灼灼其华)与后两句(之子于归,宜其室家)之间则有明显的断裂,即景语与情语之间的断裂。这两部分在时空上未必有联系,而意义上则忽然从自然景物的描写转向叙述。这种结构完全可以借用题评的概念来解释。写景的两句可视为"题语",而叙述的两句则是"评语",两者结合则构成典型的断裂性题评章节。

断裂性题评章节在传统诗学中被称为是"兴"。由于章节前后二部分的关系断裂,具体何解并不清楚,因此几千年来对于"兴"定义的讨论总是见仁见智。毛《传》谈"兴",往往提出特定物象,认为这种物象为"兴",并且给予这一物象道德涵义上的描述,虽然毛《传》对"兴"的讨论会联系后面的章节,然而多是对物象进行阐明,如毛《传》对《周南·桃夭》的分析中,评说第一章的前二句,认为这二句是"兴也",随后拈出桃的意象进行阐发:"桃有华之盛者,夭夭,其少壮也。灼灼,华之盛也。"[1]而到了宋代,朱熹则是在整个章节意义上谈论"兴",他并非讨论孤立物象,而是已将物象作为章节的一部分,认为每一章,每一整个景语情语兼有的章节在整体上可称作"兴",在讨论《周南·桃夭》一篇时,朱熹是在第一章第四句结尾之后加以评注,认为全章为"兴也"[2],而并没有执着于孤立物象进行阐发。朱熹在注释《周南·关雎》首章时称:"兴者,先言他物以引起所咏之词也。"[3]显

---

① 引自《毛诗正义》,第 279 页。

② 朱熹:《诗集传》,北京:中华书局 1958 年版,第 5 页。

③ 朱熹:《诗集传》,第 1 页。

然已经注意到了作为章节之"兴"的断裂结构。

然而,如何将题评章节组合成完整的诗篇呢? 方法极为简单,重复使用断裂性题评章节即可:

§27

桃之夭夭,灼灼其华,之子于归,宜其室家。

桃之夭夭,有蕡其实,之子于归,宜其家室。

桃之夭夭,其叶蓁蓁,之子于归,宜其家人。①

如果说《大雅·文王》重复使用线性章节而形成线性的诗篇结构,那么《周南·桃夭》重复使用断裂性题评章节,便衍生出一种独特的重章结构。此诗的三章均为题评章节,合在一起便形成了章节的排比,故此诗结构可称为重章诗篇结构,在三章的排比中,关键字词的变换使得每章意思层层递进,同时也造就了诗歌情感表达上的变化。重章结构重叠了在逻辑意义上断裂的题评章节,并在反复使用之中改变关键词语,通过每次的反复使用与改变引入不同的景语,通过不同的景语替换带来读者视觉的变换,并加强了作者情感的反复表达。情语变换的效果亦然。

(三)重章诗篇结构的演变:二元诗篇结构、叠加诗篇结构

重章诗篇结构用于《国风》绝大部分作品,可谓盛极一时。然后,这种诗篇结构在后世的诗词中却几乎完全消失。取而代之的是二元诗篇结构和叠加诗篇结构。与重章结构一样,这两种诗篇结构也是发轫于《诗经》的断裂性题评章节,但这三者演变所循的路径有所不同。

---

① 引自《毛诗正义》,《十三经注疏》本,第 279 页。

如果说重章诗篇结构是多个题评章节排比而成,那么二元诗篇结构则是对单个题评章节扩充而成。更具体地说,对一个题评章节的写物部分(题语)加以扩充,由个别孤立的物象发展为不同物象构成的一片场景,同时又把抒情部分(评语)变成持续连贯的抒情叙述。这两大部分合而为一,便形成一个典型的二元诗篇结构。这种二元诗篇结构首见于《邶风·匏有苦叶》:

§ 28

匏有苦叶,济有深涉。深则厉,浅则揭。

有弥济盈,有鷕雉鸣,济盈不濡轨,雉鸣求其牡。

雝雝鸣雁,旭日始旦。士如归妻,迨冰未泮。

招招舟子,人涉卬否。人涉卬否,卬须我友。①

这首共四章,景语情语各占一半,前二章为景语,把河边渡口不同的物象连缀成一片秋景,后二章则为情语,叙事抒情,把主人公求嫁的迫切心情,以及对爱情的忠贞都生动地表达出来。在诗篇层面上,此诗二分为景语、情语,描写之景均一致,抒发之情亦一致,二元诗篇结构的特点极为明显。

二元结构在后续的各类诗体中大量使用,如在《古诗十九首》、乐府、律诗以及相当数量的词,景语与情语往往各占诗篇一半。如律诗中起承部分往往是景语,转合部分往往是情语;而许多词是上阕写景下阕抒情。这种结构于各种诗体中大量使用,例子不胜枚举。

叠加诗篇结构是通过隐性地重复题评章节而形成的。所谓"隐形重复",就是说不像重章结构那样机械地重复使用题评章节的字句,而是在写景时使用同一类别的景象,但不断变换其具体物象,又在写情时集中抒发同类的情感,但不断变化抒情的角度。这种叠加诗篇

---

① 引自《毛诗正义》,《十三经注疏》本,第302—303页。

结构在《小雅·四月》已经成型：

§29

四月维夏，六月徂暑。先祖匪人，胡宁忍予！
秋日凄凄，百卉具腓。乱离瘼矣，爰其适归？
冬日烈烈，飘风发发。民莫不谷，我独何害？
山有嘉卉，侯栗侯梅。废为残贼，莫知其尤！
相彼泉水，载清载浊。我日构祸，曷云能谷！
滔滔江汉，南国之纪。尽瘁以仕，宁莫我有！
匪鹑匪鸢，翰飞戾天。匪鳣匪鲔，潜逃于渊。
山有蕨薇，隰有杞桋。君子作歌，维以告哀。①

此诗八章，中心内容为抒发悲愤之情。每章之中的景物是四季不同的
自然景色，属于同一类别，而物色意象则包括卉草、山、泉、江等，从而
造成了每章景物内容的变换，无一机械的重复。同样，每章都从不同
的角度抒发了个人痛苦，先后诉说丧乱离散之苦、横遭祸害之痛、世道
混浊之怨、孤独无友之悲。除了语气词"匪"和代词"我"之外，全诗没
有任何文字的重复，而是通过同类景语和同类情语的"隐性重复"来
表达缠绵不断的无限悲情。

叠加诗篇结构按照中心意思组织同类而内容相异的景物与情感，
抒情性极强，在以后兴起的各种诗体中得以大量运用。如陶渊明《归
田园居》其一即使用叠加诗篇结构，其间并不能看到截然二分的景语
与情语，而是按照一个中心思想加以景物描写与情感抒发，情景叠加
而不重复，各种田园生活的景象物色纷呈，隐居闲适之感跃然纸上。

综上所述，《诗经》的诗篇结构共有四种：线性诗篇结构、重章诗
篇结构、二元诗篇结构、叠加诗篇结构。除了重章诗篇结构在《诗经》

---

① 引自《毛诗正义》，《十三经注疏》本，第462—463页。

之后很少使用以外，其他三种诗篇结构均在以后各类诗体中得以承继发展。各类诗体中变换多样的结构实则都可视为是这三种基本结构的变体。笔者后续的论文将依此基本框架对这三大结构各种不同的变体加以梳理评述。

七、结　语

本文首节对西方汉学界中盛行的汉字字形决定汉诗艺术的观点提出质疑，后续六节则从分析汉字字音对汉诗艺术的影响入手，剥丝抽茧，一层层地寻绎汉诗诗体之内联性。首先发现的是，汉字每个字的发音是单音节，而绝大多数字又是含有意义的词或是能与其他字结合的不自由语素，从而使汉诗发展出一种独一无二的节奏。此节奏的特点是韵律节奏和意义节奏总体是合二为一，但两者之间又存有分离的张力。其次，我们又探察到汉诗节奏与句法密不可分的关系。就传统句法而言，每种诗体独特的节奏都决定该诗体组词造句的主要语序以及可以有何种变动的可能。从现代语法学的角度来看，每种诗体独特的节奏决定了该诗体可以承载何种主谓句式，在时空逻辑的框架呈现何种主客观现象；同时又可以承载何种题评句，超越时空逻辑关系来并列意象和言语，借以激发读者的想象活动。最后，我们从句法演绎到章法、篇法，发现三者都是遵循同样的组织原则。主谓句所遵循的是时空和因果相连的线性组织原则，而此原则运用在章节和诗篇的层次之上，便构造出连贯一致的线性章节和诗篇。同样，题评句所遵循的是时空和因果断裂的组织原则，而此原则运用在章节和诗篇的层次之上，便构造出各种不同的断裂章节和诗篇结构。

需要强调的是，汉诗节奏、句法、结构之间的这种内联不是静止的关系，而是呈现不断发展的动态。在近三千年的中国诗史中，为了开拓新的诗境，诗人孜孜不倦地挖掘汉语自身演变（尤其是双音化发展）所带来的机会，借鉴不同的民间音乐曲调以及各类散文，不断发展出音义皆流转完美的新节奏，并创造出与之相应的新句式和新结构，为新诗境的产生提供了所必须的语言空间。新节奏、句式、结构的产生通常标志着一种新诗体的诞生。当一种诗体发展到一定的阶段，它所开创的那类诗境难免渐渐变得陈旧，这时诗人又自然地回到散文和民间的音乐演唱传统中，去寻找新的节奏，重构或创造各种句式和结构，以求开辟新的诗境。正如笔者已发表或将发表的论文所示，汉诗节奏、句法、结构、诗境的这种深度互动，在《诗经》、五言古诗、五言七言绝句、五言七言律诗、小令、慢词的兴衰过程中，无不得以极好的印证。

（作者单位：香港岭南大学）